O GIGANTE ENTERRADO

KAZUO ISHIGURO

O gigante enterrado

Tradução de
Sonia Moreira

9ª *reimpressão*

Grafia atualizada segundo o Acordo Ortográfico da Língua Portuguesa de 1990, que entrou em vigor no Brasil em 2009.

Título original
The Buried Giant

Capa
Alceu Chiesorin Nunes

Ilustração de capa
Pedro de Kastro

Preparação
Andressa Bezerra Corrêa

Revisão
Ana Maria Barbosa
Adriana Bairrada

Dados Internacionais de Catalogação na Publicação (CIP)
(Câmara Brasileira do Livro, SP, Brasil)

Ishiguro, Kazuo
O gigante enterrado / Kazuo Ishiguro ; tradução Sonia Moreira. — 1ª ed. — São Paulo : Companhia das Letras, 2015.

Título original: The Buried Giant.
ISBN 978-85-359-2597-5

1. Ficção inglesa — Escritores japoneses I. Título.

15-03424 CDD-823.91

Índice para catálogo sistemático:
1. Ficção : Literatura japonesa em inglês 823.91

EDITORA SCHWARCZ S.A.
Rua Bandeira Paulista, 702, cj. 32
04532-002 — São Paulo — SP
Telefone: (11) 3707-3500
www.companhiadasletras.com.br
www.blogdacompanhia.com.br
facebook.com/companhiadasletras
instagram.com/companhiadasletras
twitter.com/cialetras

Deborah Rogers
1938-2014

PARTE I

1.

Você teria que procurar muito tempo para encontrar algo parecido com as veredas sinuosas ou os prados tranquilos pelos quais a Inglaterra mais tarde se tornaria célebre. Em vez disso, o que havia eram quilômetros de terra desolada e inculta; por todo lado, trilhas toscas que atravessavam colinas escarpadas ou charnecas áridas. A maior parte das estradas deixadas pelos romanos já teria àquela altura se fragmentado ou ficado coberta de vegetação, muitas delas desaparecendo em meio ao mato. Uma névoa gelada pairava sobre rios e pântanos, muito útil aos ogros que ainda eram nativos daquela terra. As pessoas que moravam ali perto — e pode-se imaginar o grau de desespero que as teria levado a se estabelecer num lugar tão soturno — teriam razão de sobra para temer essas criaturas, cuja respiração ofegante se fazia ouvir muito antes de seus corpos deformados emergirem da neblina. Mas esses monstros não causavam espanto. As pessoas da época os teriam encarado como perigos cotidianos, e naquele tempo havia uma infinidade de outras coisas com que se preocupar: como obter alimentos do solo duro; como não deixar que a lenha acabasse; como curar a doença que podia matar uma dúzia de porcos num único dia e provocar brotoejas esverdeadas nas bochechas das crianças.

De qualquer forma, os ogros não eram tão ruins assim, desde que ninguém os provocasse. Era preciso aceitar que, de vez em quando — talvez depois de alguma obscura desavença entre eles próprios —, um desses monstros, tomado de uma fúria terrível, iria entrar atabalhoadamente numa aldeia e, apesar dos gritos e das armas brandidas em sua direção, acabaria destruindo tudo o que lhe aparecesse pela frente e ferindo quem demorasse a sair de seu caminho. Ou que, de vez em quando, um ogro poderia agarrar uma criança e sumir neblina adentro. As pessoas da época tinham que se resignar com essas atrocidades.

Numa dessas áreas na beira de um extenso pântano, à sombra de algumas colinas de contornos irregulares, vivia um casal de idosos, Axl e Beatrice. Talvez não fossem exatamente esses os nomes, mas, para facilitar, é assim que vamos nos referir a eles. Eu diria que esse casal levava uma vida isolada, mas naquele tempo poucos viviam "isolados" em qualquer dos sentidos que entendemos hoje. Para se manter aquecidos e ter proteção, os aldeões moravam em tocas, muitas delas escavadas bem lá no fundo da encosta da colina, que se ligavam umas às outras por passagens subterrâneas e corredores cobertos. O nosso casal de velhinhos morava num desses conjuntos labirínticos de tocas, ou abrigos — "edifício" seria uma palavra digna demais para descrever aquilo —, com cerca de sessenta outros aldeões. Se saísse desse abrigo e caminhasse por vinte minutos ao redor da colina, você chegaria à comunidade vizinha, que lhe pareceria idêntica à primeira. Mas, para os próprios habitantes, haveria muitos detalhes para distinguir um abrigo do outro, dos quais eles sentiriam orgulho ou vergonha.

Não quero dar a impressão de que era só isso que existia na

Grã-Bretanha daquele tempo; de que numa época em que magníficas civilizações floresciam em outras partes do mundo, aqui ainda não estávamos muito além da Idade do Ferro. Se tivesse a chance de perambular à vontade pelo interior, você poderia muito bem encontrar castelos cheios de música, boa comida, excelência atlética; ou mosteiros com moradores extremamente cultos. Mas não há como negar: mesmo montado num cavalo forte, com o tempo bom, você poderia passar dias cavalgando sem avistar nenhum castelo nem mosteiro se elevando do meio da vegetação. A maior parte do tempo, você veria comunidades como a que acabei de descrever e — a menos que estivesse levando presentes como alimentos e roupas, ou estivesse armado até os dentes — não teria a menor garantia de ser bem recebido. Lamento pintar um quadro como esse do nosso país naquela época, mas o que se há de fazer?

Voltando a Axl e Beatrice. Como eu dizia, esse casal idoso morava na margem externa do abrigo, de modo que a toca deles ficava menos protegida dos elementos e pouco se beneficiava do calor da fogueira da Grande Câmara, onde todos se reuniam à noite. Talvez tenha havido uma época em que moravam mais perto do fogo, uma época em que eles moravam com os filhos. Na verdade, eram exatamente ideias assim que vinham à cabeça de Axl quando ele ficava acordado na cama nas horas vazias antes do amanhecer, enquanto sua mulher dormia um sono profundo ao seu lado, e nesse momento a sensação de uma perda indefinida começava a lhe doer no coração, impedindo-o de pegar no sono de novo.

Talvez tenha sido por isso que, naquela manhã específica, Axl desistiu de ficar na cama e saiu de mansinho do abrigo para ir se sentar lá fora, no banco velho e torto que ficava ao lado da entrada, à espera dos primeiros sinais da luz do dia. Era primavera, mas o ar ainda estava congelando, embora Axl estivesse enrolado no manto de Beatrice, que ele tinha pegado ao sair. No entanto, ficou tão absorto em seus pensamentos que, quando se deu conta de como estava com frio, as estrelas já tinham praticamente sumido, um brilho começava a se espalhar pelo horizonte e as primeiras notas do canto dos pássaros emergiam da penumbra.

Axl se levantou lentamente do banco, arrependido de ter passado tanto tempo do lado de fora. Gozava de boa saúde, mas tinha levado um bom tempo para se livrar da última febre e não queria que ela voltasse. Sentia agora a umidade nas suas pernas, porém, quando se virou para voltar para dentro do abrigo, o que mais sentiu foi satisfação, pois naquela manhã ele tinha conseguido se lembrar de várias coisas que vinham lhe fugindo à memória já fazia algum tempo. Além disso, sentia que estava prestes a tomar uma decisão muito importante — que vinha sendo adiada havia muito tempo — e isso lhe dava um entusiasmo que ele estava ansioso para compartilhar com a esposa.

Do lado de dentro, as passagens entre as tocas ainda estavam em total escuridão, e ele foi obrigado a tatear o caminho para vencer a pequena distância de volta até a porta de sua câmara. Muitas das "portas" no interior do abrigo não passavam de um arco para marcar a entrada de uma câmara. A natureza aberta desse arranjo não incomodava os aldeões por lhes tirar a privacidade, mas permitia que os quartos aproveitassem qualquer calorzinho que viesse da grande fogueira pelos corredores ou das outras fogueiras menores permitidas dentro do abrigo. No entanto, como ficava longe demais de qualquer fogueira, o quarto de Axl e Beatrice tinha algo que poderíamos reconhecer como uma porta de verdade: uma grande moldura de madeira entrecruzada com pequenos galhos, ramos de parreira e de cardo, que alguém que estivesse entrando ou saindo precisava levantar e empurrar para o lado, e que impedia a entrada de correntes de ar frio. Axl teria dispensado de bom grado essa porta, mas, com o tempo, ela havia se tornado um motivo considerável de orgulho para Beatrice. Muitas vezes, quando voltava para o quarto, ele encontrava a esposa retirando ramos murchos dessa construção e os substituindo por outros mais frescos que ela colhera durante o dia.

Naquela manhã, Axl afastou a porta apenas o suficiente para poder entrar, tomando cuidado para fazer o mínimo de barulho possível. Ali, a luz do amanhecer começava a se infiltrar no quarto pelas pequenas frestas da parede externa. Ele conseguia ver vagamente sua própria mão diante de si e, na cama de capim, a silhueta de Beatrice, que ainda parecia dormir sob as cobertas grossas.

Axl ficou tentado a acordar a mulher, pois um lado seu tinha certeza de que, se nesse momento ela estivesse acordada e conversasse com ele, qualquer barreira que ainda restasse contra a decisão que ele acabara de tomar finalmente ruiria. Mas ainda levaria algum tempo para a comunidade se levantar e o dia de trabalho começar, então o homem se acomodou no banquinho que ficava num canto do quarto, ainda bem embrulhado no manto da esposa.

Ele se perguntava se a neblina naquela manhã seria muito espessa e se, quando a escuridão desaparecesse, descobriria que ela tinha penetrado pelas rachaduras dentro do quarto deles. Mas, depois, os pensamentos dele se desviaram dessas questões e se concentraram novamente no que o preocupava antes. Será que eles sempre tinham vivido assim, só os dois, na periferia da comunidade? Ou será que um dia as coisas já haviam sido muito diferentes? Mais cedo, lá fora, alguns fragmentos de uma recordação tinham lhe voltado à mente: um breve momento em que ele estava andando pelo longo corredor central do abrigo, com o braço em torno dos ombros de um de seus filhos e o corpo um pouco curvado, não por causa da idade, como poderia acontecer agora, mas simplesmente porque queria evitar bater a cabeça nas vigas do corredor sombrio. Talvez a criança tivesse acabado de lhe dizer alguma coisa engraçada e os dois estivessem rindo. Mas agora, exatamente como acontecera antes lá fora, nada se fixava direito em sua mente e, quanto mais ele se concentrava, mais os fragmentos pareciam se tornar indistintos. Talvez fossem apenas fantasias de um velho tolo. Talvez Deus nunca tivesse lhes dado filhos.

Você pode estar se perguntando por que Axl não pedia aos outros aldeões que o ajudassem a recordar o passado, mas isso não era tão fácil quanto se poderia supor, pois naquela comunidade o passado raramente era discutido. Não que fosse um tabu, mas ele havia de algum modo sumido em meio a uma névoa tão densa quanto a que cobria os pântanos. Simplesmente não ocorria àqueles aldeões pensar sobre o passado — nem mesmo o recente.

Como exemplo, citemos uma coisa que vinha incomodando Axl havia algum tempo: ele tinha certeza de que, recentemente, havia entre eles uma mulher de longos cabelos ruivos — uma mulher que era tida como uma figura fundamental para a aldeia. Sempre que alguém se machucava ou ficava doente, era essa mulher ruiva, tão habilidosa na arte da cura, que era imediatamente chamada. Agora, porém, não se via mais essa mulher em parte alguma, e ninguém parecia estranhar que ela tivesse sumido, nem lamentar sua ausência. Certa manhã, quando Axl tocou nesse assunto com três vizinhos enquanto trabalhava com eles para quebrar o gelo que cobria o campo, a resposta que lhe deram mostrou que os três realmente não tinham a menor ideia do que ele estava falando. Um dos homens até parou de trabalhar para fazer um esforço de memória, mas no fim balançou a cabeça, fazendo que não. "Deve ter sido muito tempo atrás", disse ele.

"Eu também não tenho nenhuma lembrança dessa mulher", Beatrice disse a Axl quando ele tocou no assunto uma noite. "Talvez você tenha sonhado com ela para satisfazer suas próprias necessidades, Axl, apesar de ter uma esposa aqui ao seu lado que está menos encurvada do que você."

Essa conversa havia acontecido em algum momento do outono anterior, e eles estavam deitados lado a lado na cama, num breu absoluto, ouvindo a chuva bater no teto da toca.

"É bem verdade que você não envelheceu nada com o passar dos anos, princesa", Axl tinha dito. "Mas a mulher de quem falei não era um sonho, e você mesma se lembraria dela se parasse um instante para pensar no assunto. Não tem mais de um mês que ela estava aqui na nossa porta, uma alma generosa perguntando se queríamos que nos trouxesse alguma coisa. Não é possível que você não se lembre."

"Mas por que é que ela estava querendo trazer alguma coisa para nós? Era parente nossa por acaso?"

"Acho que não, princesa. Ela só estava sendo gentil. Não é possível que você não se lembre. Volta e meia, essa mulher vinha aqui para perguntar se não estávamos com frio ou com fome."

"O que eu estou perguntando, Axl, é por que ela foi escolher justo nós dois como alvo da gentileza dela."

"Também fiquei me perguntando isso na época, princesa. Eu me lembro de pensar: 'Bom, o trabalho dela é cuidar dos doentes e, no entanto, nós dois estamos tão saudáveis quanto a maioria das pessoas da aldeia. Será que está correndo algum boato de que há uma praga a caminho e essa mulher veio aqui para nos examinar?'. Mas acabou que não havia praga nenhuma e ela só estava sendo gentil mesmo. Agora que estamos falando sobre isso, outra coisa me vem à lembrança: ela estava parada ali, dizendo para não ligarmos para as crianças que ficavam nos xingando. E foi isso. Depois, nunca mais vimos essa mulher."

"Não só essa ruiva é uma invenção da sua cabeça, Axl, como ela é uma tola de ficar se preocupando com um bando de crianças e com as brincadeiras delas."

"Foi exatamente o que pensei na época, princesa. Que mal as crianças poderiam nos fazer? Aquilo era só uma maneira de elas se distraírem, já que o tempo lá fora estava tão ruim. Respondi que nós não tínhamos dado a mínima importância para isso, mas a mulher quis ser amável mesmo assim. E aí eu lembro que ela disse que era uma pena nós termos que passar nossas noites sem uma vela sequer."

"Se essa criatura ficou com pena por não termos mais velas, pelo menos numa coisa ela tinha razão", Beatrice disse. "É um acinte nos obrigarem a passar noites como essas sem nenhuma vela, quando nossas mãos são tão firmes quanto as de qualquer um. Enquanto isso, tem gente que enche a cara de sidra toda noite e pode ter vela no quarto, ou gente que deixa os filhos correrem de um lado para o outro feito uns malucos. No entanto, foi a nossa vela que eles tiraram, e agora eu mal consigo ver o seu vulto, Axl, mesmo estando bem do seu lado."

"Eles não agiram com a intenção de ofender, princesa. É só a forma como as coisas sempre foram feitas, apenas isso."

"Bom, não é só a ruiva dos seus sonhos que acha estranho terem tirado a nossa vela. Ontem mesmo — ou foi anteontem? — passei pelas mulheres na beira do rio e tenho certeza de que ouvi várias delas comentarem, quando acharam que eu já estava longe o bastante e não ia ouvir, que vergonha era um casal honesto como nós dois ter que passar todas as noites no escuro. Então sua mulher imaginária não é a única que pensa assim."

"Eu já disse que ela não é uma mulher imaginária, princesa. Todo mundo aqui a conhecia um mês atrás e falava muito bem dela. O que será que fez com que todo mundo, inclusive você, esquecesse da existência dela?"

Lembrando-se dessa conversa agora, naquela manhã de primavera, Axl estava quase disposto a admitir que a mulher ruiva fora uma fantasia sua. Afinal, ele era um homem de idade e propenso a se confundir de vez em quando. Contudo, esse caso da mulher ruiva tinha sido apenas um numa longa série de episódios intrigantes desse tipo. Para sua frustração, Axl não estava conseguindo se lembrar de muitos exemplos no momento, mas foram vários casos, disso tinha certeza. Havia, por exemplo, o incidente envolvendo Marta.

Ela era uma menininha de nove ou dez anos que sempre tivera fama de destemida. Nenhuma das histórias de arrepiar os cabelos que se contavam sobre o que podia acontecer com crianças desgarradas parecia diminuir o espírito de aventura da menina. Então, no fim de tarde em que, restando menos de uma hora de luz do dia, com a névoa se aproximando e os uivos dos lobos já se fazendo ouvir da colina, começou a circular a notícia de que Marta havia sumido, todo mundo largou na mesma hora o que estava fazendo, alarmado. Durante os minutos seguintes, vozes gritaram o nome dela por todo o abrigo e o som de passos apressados ecoou para cima e para baixo pelos corredores, enquanto os aldeões procuravam pela menina em todos os quartos, todas as cavas de armazenamento e cavidades sob os caibros, todo esconderijo em que uma criança poderia se enfiar por diversão.

Então, no meio desse pânico, dois pastores que voltavam de seu turno nas montanhas entraram na Grande Câmara e foram se aquecer perto do fogo. Enquanto faziam isso, um deles contou que no dia anterior tinham visto uma carriça voar em círculos acima da cabeça deles, uma, duas, três vezes. Não havia dúvida, disse ele, era uma carriça. A novidade se espalhou rapidamente pelo abrigo e logo uma multidão já tinha se aglomerado em volta do fogo para ouvir a história dos pastores. Até mesmo Axl tinha corrido para se juntar à multidão, pois a aparição de tal ave na terra deles era uma notícia de fato extraordinária. Entre os muitos poderes atribuídos à carriça estava a habilidade de afugentar lobos e, segundo contavam, havia lugares em que os lobos tinham desaparecido por completo por sua causa.

A princípio, os pastores foram interrogados avidamente e forçados a repetir sua história vezes a fio. Depois, o ceticismo começou aos poucos a se espalhar entre os ouvintes. Muitas pessoas já haviam relatado casos parecidos, alguém salientou, e todas as vezes descobriu-se que eram infundados. Outro declarou que, na primavera anterior, aqueles mesmos pastores haviam contado uma história idêntica e, no entanto, ninguém mais avistara carriça nenhuma. Zangados, os dois pastores negaram terminantemente ter relatado qualquer história parecida antes, e logo a multidão começou a se dividir entre os que acreditavam nos pastores e os que diziam ter alguma lembrança do suposto episódio no ano anterior.

Conforme a discussão ia ficando mais acalorada, Axl percebeu que estava lhe batendo aquela sensação incômoda e familiar de que havia alguma coisa errada. Então, afastando-se do tumulto e da gritaria, ele saiu para ver a noite cair e a névoa se aproximar. Depois de algum tempo, fragmentos de memória começaram a se encaixar uns nos outros dentro de sua cabeça e ele se lembrou do sumiço de Marta, do perigo e de como, não fazia muito tempo, todo mundo estava procurando pela menina. Mas logo essas lembranças já estavam se embaralhando, do mesmo modo como um sonho se torna confuso poucos segundos depois de acordarmos, e foi só com um extremo esforço de concentração que Axl conseguiu continuar pensando na pequena Marta, enquanto as vozes atrás dele não paravam de discutir a carriça. Então, enquanto estava parado lá desse jeito, ele ouviu o som de uma menina cantando baixinho e viu Marta surgir de dentro da névoa.

"Você é uma criança estranha, menina", disse Axl quando ela veio saltitando até ele. "Não tem medo do escuro, não? Nem dos lobos e dos ogros?"

"Ah, eu tenho medo deles sim, senhor", ela respondeu, sorrindo. "Mas eu sei me esconder deles. Espero que os meus pais não tenham perguntado por mim. Eu levei uma surra e tanto na semana passada."

"Se eles perguntaram por você? Claro que perguntaram. A aldeia inteira está procurando por você. Não está ouvindo a gritaria lá dentro? É tudo por sua causa, menina."

Marta riu e disse: "Ah, deixe de brincadeira, senhor! Eu sei que eles não sentiram minha falta. E eu estou ouvindo muito bem. Não é por minha causa que eles estão gritando".

Quando ela disse isso, Axl se deu conta de que a menina de fato tinha razão: as vozes que vinham lá de dentro não estavam falando dela de forma alguma, mas sim de um assunto completamente diferente. Ele se inclinou em direção ao vão da porta para ouvir melhor e, captando uma ou outra frase em meio às vozes exaltadas, começou a se lembrar da história dos pastores e da carriça. Estava se perguntando se deveria dar alguma explicação sobre isso a Marta quando ela, de repente, passou saltitando por ele e foi lá para dentro.

Axl foi atrás dela, antevendo o alívio e a alegria que o reaparecimento da menina iria trazer. E, para falar com franqueza, também lhe ocorreu que, entrando com Marta, talvez ele recebesse parte do louvor por ela ter voltado sã e salva. No entanto, quando Axl e a menina chegaram à Grande Câmara, os aldeões ainda estavam tão envolvidos na discussão sobre os dois pastores que só alguns deles se deram ao trabalho de olhar em sua direção. A mãe de Marta ainda saiu do meio da multidão por tempo suficiente para dizer à filha: "Então você apareceu! Nunca mais suma desse jeito, está ouvindo? Quantas vezes vou ter que repetir?". Mas, logo em seguida, voltou a atenção para o debate travado ao redor do fogo. Então Marta lançou um sorriso para Axl, como quem diz "Eu não falei?", e correu rumo às sombras em busca das amigas.

O quarto agora estava bem mais claro. Como ficava na beira do abrigo, a câmara de Axl e Beatrice tinha uma pequena janela que dava para o lado de fora, embora fosse alta demais para permitir que se olhasse por ela sem subir num banquinho. Naquele momento, ela estava tampada com um pano, mas os primeiros raios de sol começavam a penetrar no quarto por um canto da janela, lançando um feixe de luz no lugar em que Beatrice estava dormindo. Axl avistou, iluminado por esse raio, o que parecia ser um inseto pairando no ar logo acima da cabeça da esposa. Então, ele percebeu que era uma aranha pendurada por seu fio invisível e vertical; naquele mesmo instante, ela começou a descer suavemente. Levantando-se sem fazer barulho, Axl atravessou o pequeno quarto e passou a mão pelo espaço acima da sua mulher adormecida, prendendo a aranha dentro do punho. Depois, ficou parado ali por um momento, olhando para Beatrice. Dormindo, o rosto dela tinha uma expressão de tranquilidade que agora Axl via raramente quando a esposa estava acordada, e o súbito acesso de alegria que essa visão lhe trouxe o pegou de surpresa. Ele soube então que tinha mesmo tomado uma decisão e mais uma vez sentiu vontade de acordar a mulher, só para lhe dar a notícia. Mas percebeu que seria uma atitude egoísta e, além do mais, como ele poderia ter tanta certeza de qual seria sua reação? Por fim, voltou em silêncio para o seu banquinho e, ao sentar-se, lembrou-se da aranha e abriu a mão com cuidado.

Quando estava sentado mais cedo no banco lá fora, esperando os primeiros sinais da luz do dia, Axl tentara se lembrar em que momento ele e Beatrice haviam discutido pela primeira vez a ideia de viajar. Na hora, ele tinha achado que isso se dera durante uma conversa específica dos dois numa noite naquele mesmo quarto, mas agora, enquanto observava a aranha fugir da beirada da sua mão para o chão de terra, veio-lhe a certeza de que a primeira menção ao assunto fora feita no dia em que a estranha vestida com andrajos escuros havia passado pela aldeia.

Era uma manhã cinzenta — teria sido no último mês de novembro? Já fazia mesmo tanto tempo assim? —, e Axl estava caminhando ao lado do rio, em uma trilha coberta por copas de salgueiros. Voltava correndo do campo para o abrigo, talvez para buscar alguma ferramenta ou receber novas instruções de um capataz. De qualquer forma, foi detido por uma gritaria repentina, vinda de trás dos arbustos à sua direita. A primeira coisa que lhe veio à cabeça foi que deviam ser ogros, e ele mais que depressa olhou em volta à procura de uma pedra ou de um pau. Depois se deu conta de que as vozes, que eram todas femininas, embora zangadas e exaltadas, não demonstravam o pânico que costuma acompanhar o ataque de um ogro. Mesmo assim, Axl abriu caminho com determinação por entre os arbustos de zimbro e foi dar numa clareira, onde viu cinco mulheres — já não muito jovens, mas ainda em idade fértil — paradas perto umas das outras. Elas estavam de costas para ele e continuavam gritando na direção de alguma coisa à distância. Axl estava chegando perto delas quando uma das mulheres notou, com um sobressalto, que ele estava ali. Mas, logo em seguida, as outras também se viraram e o encararam quase com desdém.

"Ora, ora", uma delas disse. "Pode ser só coincidência, ou pode ser outra coisa, mas o marido está aqui. Com alguma sorte, ele vai conseguir enfiar um pouco de juízo na cabeça dela."

A mulher que o tinha visto primeiro disse: "Nós falamos para a sua esposa não ir lá, mas ela não quis nos ouvir. Cismou que tinha que levar comida para uma estranha, mesmo sendo muito provável que a desconhecida seja um demônio ou um elfo disfarçado".

"Minha esposa está em perigo? Senhoras, por favor, expliquem-se."

"Uma mulher desconhecida ficou nos rondando a manhã inteira", disse outra. "Ela tem um cabelo que vai até o meio das costas e está usando um manto feito de trapos pretos. Ela disse que é saxã, mas não se veste como nenhum dos saxões que eu já vi. Tentou se aproximar de mansinho pelas nossas costas quando estávamos lavando roupa na margem do rio, mas nós a vimos a tempo e a enxotamos. Porém, a mulher voltava toda hora e agia como se estivesse sofrendo com alguma coisa, ou ficava nos pedindo comida. Achamos que ela devia estar o tempo inteiro dirigindo o feitiço dela para a sua esposa, senhor, pois hoje de manhã já tivemos que segurá-la pelos braços duas vezes, de tão decidida que estava a se aproximar daquele demônio. E agora ela conseguiu se desvencilhar de todas nós e foi correndo lá para o velho pilriteiro, onde neste exato momento o demônio está à sua espera. Nós seguramos sua mulher o máximo que pudemos, senhor, mas os poderes do demônio já deviam estar agindo sobre ela, porque Beatrice estava com uma força que não é natural para uma mulher tão magra e idosa como ela."

"O velho pilriteiro..."

"Ela foi para lá agora mesmo, senhor. Mas aquilo é um demônio, com certeza. E, se for atrás dela, tome cuidado para não tropeçar nem se cortar num cardo envenenado, porque é provável que o machucado nunca sare."

Axl fez o melhor que pôde para esconder sua irritação com aquelas mulheres, dizendo educadamente: "Muito obrigado, senhoras. Eu vou lá ver o que a minha mulher está aprontando. Com licença".

Para os nossos aldeões, o "velho pilriteiro" simbolizava tanto um ponto da região famoso por sua beleza quanto a árvore que parecia brotar diretamente da pedra na beira de um monte situado a uma pequena caminhada de distância do abrigo. Num dia de sol, se o vento não estivesse forte, era um lugar agradável para passar o tempo. De lá se tinha uma boa vista do terreno até a beira da água, da curva do rio e dos pântanos mais além. Aos domingos, era comum as crianças brincarem em volta das raízes retorcidas, às vezes se aventurando a pular da beira do monte, que na verdade tinha apenas uma inclinação suave, que não faria nenhuma criança se machucar, mas simplesmente sair rolando como um barril pelo gramado até o final do declive. Mas numa manhã como aquela, quando tanto os adultos como as crianças estavam ocupados com suas tarefas, o lugar estaria deserto, e Axl, que subiu o aclive em meio à névoa, não ficou surpreso ao ver que as duas mulheres estavam sozinhas, suas figuras não mais que silhuetas em contraste com o céu branco. Era verdade que a estranha, que estava sentada com as costas apoiadas na pedra, usava uma roupa curiosa. De longe, pelo menos, seu manto parecia ser feito de vários pedaços de pano costurados uns nos outros, e agora ele estava esvoaçando ao vento, dando à sua dona a aparência de um grande pássaro prestes a alçar voo. Ao lado dela, Beatrice — que estava de pé, embora com a cabeça abaixada na direção da companheira — parecia franzina e vulnerável. Elas estavam concentradas na conversa, mas, ao avistarem Axl subindo em direção a elas, pararam de falar e ficaram olhando para ele. Então Beatrice foi até a beira do monte e gritou lá para baixo:

"Pare aí mesmo, marido! Não dê nem mais um passo. Eu vou até você, mas não suba até aqui para perturbar a paz dessa pobre senhora, agora que ela finalmente pode descansar os pés e comer um pouco de pão dormido."

Axl ficou esperando, como tinha sido instruído a fazer, e pouco depois viu a esposa descer a longa trilha até onde ele estava. Ela chegou bem perto dele e, sem dúvida receando que o vento levasse as palavras trocadas por eles até a desconhecida, disse em voz baixa:

"Foram aquelas mulheres idiotas que falaram para você vir atrás de mim, marido? Quando eu tinha a idade delas, tenho certeza de que eram os velhos os cheios de medos e crendices bobas, que achavam que todas as pedras eram amaldiçoadas e todos os gatos erradios eram espíritos malignos. Mas agora eu mesma fiquei velha, e o que vejo é que são os jovens que estão cheios de crendices, como se nunca tivessem ouvido a promessa do nosso Senhor de nos acompanhar o tempo inteiro. Olhe para aquela pobre desconhecida, veja por si mesmo como ela está exausta e solitária. Faz quatro dias que está vagando pela floresta e pelos campos, passando por uma aldeia atrás da outra e sendo escorraçada de todas elas. E foram terras cristãs que ela atravessou, mas mesmo assim as pessoas acharam que ela fosse um demônio ou talvez uma leprosa, embora a pele dela não tenha nenhuma marca da doença. Então, marido, espero que você não esteja aqui para me dizer que não posso dar a essa pobre mulher um pouco de conforto e alguma sobra de comida que eu traga comigo."

"Eu jamais te diria uma coisa dessas, princesa, pois estou vendo por mim mesmo que o que você diz é verdade. Antes mesmo de chegar aqui, eu estava pensando como é vergonhoso não sermos mais capazes de receber uma pessoa estranha com gentileza."

"Então volte para as suas tarefas, pois tenho certeza de que daqui a pouco vão começar a reclamar de novo de como você é lerdo no seu trabalho e, logo, logo, vão botar as crianças para entoar zombarias atrás de nós outra vez."

"Ninguém nunca disse que eu sou lerdo no meu trabalho. Onde foi que você ouviu uma coisa dessas? Nunca ouvi uma única queixa nesse sentido e sou capaz de dar conta da mesma carga de trabalho que qualquer homem vinte anos mais moço."

"Eu só estava brincando com você, marido. Claro que não tem ninguém se queixando do seu trabalho."

"Se há crianças que zombam de nós, não é porque eu trabalho rápido ou devagar, mas porque certos pais são idiotas demais, ou provavelmente beberrões demais para lhes ensinar a ter bons modos e respeito pelos outros."

"Calma, marido. Eu já falei que só estava mexendo com você e não vou mais fazer isso. A desconhecida estava me contando uma coisa que me interessa muito e pode vir a te interessar também. Mas ela ainda precisa terminar de me contar a história, então eu vou pedir de novo que você vá correndo tratar daquilo que precisa e me deixe voltar para ouvir o que a mulher tem a dizer e dar a ela o conforto que eu puder."

"Peço desculpas se falei com você de um jeito ríspido."

Mas Beatrice já tinha lhe dado as costas e começado a subir a trilha de volta para o pilriteiro e a figura de manto esvoaçante.

Um pouco mais tarde, já tendo concluído a incumbência de que fora encarregado, Axl voltava para os campos quando decidiu, mesmo sob o risco de testar a paciência dos colegas, desviar-se de seu caminho para passar pelo velho pilriteiro de novo. Pois a verdade era que, embora sentisse o mesmo desdém que a esposa pelo instinto de desconfiança das mulheres, Axl não havia conseguido se livrar da ideia de que a estranha podia de fato representar algum tipo de ameaça e estava apreensivo desde que deixara Beatrice sozinha com ela. Sentiu alívio ao ver, de longe, a esposa sozinha no promontório em frente ao rochedo, olhando para o céu. Ela parecia perdida em seus pensamentos e só notou a presença do marido quando ele a chamou. Enquanto Axl a observava descer a trilha, mais lentamente do que antes, ocorreu a ele, não pela primeira vez, que nos últimos tempos havia algo diferente no jeito de andar de Beatrice. Ela não estava exatamente mancando, mas era como se estivesse chocando uma dor secreta em algum lugar. Quando ele lhe perguntou, enquanto ela se aproximava, que fim tinha levado a estranha, Beatrice respondeu simplesmente: "Ela seguiu seu caminho".

"Ela deve ter ficado grata com a sua generosidade, princesa. Vocês conversaram muito?"

"Conversamos, e ela tinha muita coisa para contar."

"Pelo visto, ela disse alguma coisa que deixou você preocupada. Talvez aquelas mulheres tivessem razão em achar que era melhor manter distância dela."

"Ela não me fez mal nenhum, Axl, mas me fez pensar."

"Estou te achando meio esquisita. Tem certeza de que ela não botou nenhum feitiço em você antes de desaparecer como num passe de mágica?"

"Suba até o pilriteiro, marido, que você vai ver que ela ainda está descendo a trilha e partiu há pouco. A mulher tem esperança de encontrar melhor acolhida na aldeia do outro lado da colina."

"Bem, eu vou indo então, princesa, agora que já vi que nada de mal lhe aconteceu. Deus vai ficar contente com a bondade que você praticou, como aliás você sempre faz."

Dessa vez, no entanto, Beatrice parecia não querer que o marido fosse embora. Segurou-lhe o braço, como se precisasse se equilibrar momentaneamente, e depois encostou a cabeça no peito dele. Como por instinto, a mão de Axl se ergueu para afagar o cabelo de Beatrice, que o vento havia embaraçado. Quando abaixou a cabeça para olhar para a esposa, Axl ficou surpreso de ver que os olhos dela continuavam arregalados.

"Você realmente está esquisita", ele disse. "O que foi que aquela estranha falou para você?"

Beatrice manteve a cabeça encostada no peito dele por mais alguns instantes. Depois, endireitou o corpo e soltou o marido. "Pensando bem, Axl, acho que talvez você tenha razão naquilo que vive dizendo. É muito esquisito mesmo como o mundo está esquecendo das pessoas e de coisas que aconteceram ontem ou anteontem. É como se uma doença tivesse contagiado a todos nós."

"Era exatamente isso que eu estava dizendo, princesa. Veja, por exemplo, o caso daquela mulher ruiva..."

"Esqueça a mulher ruiva, Axl. O problema são as outras coisas que a gente não está lembrando." Ela disse isso olhando para a camada de névoa ao longe, mas depois se virou e olhou bem para Axl, e ele viu que os olhos dela estavam cheios de tristeza e ansiedade. E foi então — ele tinha certeza — que ela lhe disse: "Eu sei que você está se opondo a essa ideia faz tempo, Axl, mas acho que chegou a hora de pensarmos sobre isso de novo. Há uma viagem que precisamos fazer, e não podemos mais adiá-la".

"Uma viagem? Que tipo de viagem?"

"Uma viagem até a aldeia do nosso filho. Não é muito longe daqui, marido, nós sabemos disso. Mesmo com os nossos passos vagarosos, serão alguns dias de caminhada, no máximo. Fica só um pouco depois da Grande Planície, seguindo para o leste. E a primavera vai chegar daqui a pouco."

"Nós podemos fazer essa viagem, é claro, princesa. Foi alguma coisa que aquela estranha lhe disse que fez você pensar nisso?"

"Eu venho pensando nisso faz tempo, Axl, mas foi o que aquela pobre mulher me disse ainda há pouco que me fez querer não adiar mais. O nosso filho está nos aguardando na aldeia dele. Quanto tempo mais vamos deixá-lo à espera?"

"Quando a primavera chegar, princesa, nós certamente vamos pensar nessa viagem. Mas por que você disse que eu sou contra essa ideia?"

"Eu não me lembro agora de tudo o que se passou entre

nós, Axl, só me lembro que você sempre se opunha à ideia, mesmo quando eu estava ansiosa para fazer a viagem."

"Bom, princesa, vamos conversar mais sobre isso quando não tivermos tarefas à nossa espera nem vizinhos prontos para nos chamar de lerdos. Eu vou seguir o meu caminho agora, mas em breve voltaremos a falar sobre isso."

Nos dias que se seguiram, porém, ainda que tenham mencionado algumas vezes a ideia da viagem, eles nunca chegaram a conversar direito sobre o assunto. Pois descobriram que sentiam um estranho desconforto sempre que o tema era abordado e, em pouco tempo, um acordo já tinha se firmado entre os dois, do jeito silencioso como acordos são firmados entre um marido e uma mulher que convivem há muitos anos, para evitar o assunto até onde fosse possível. Digo "até onde fosse possível" porque às vezes parecia haver uma necessidade — uma compulsão, se poderia dizer — à qual um dos dois se via forçado a ceder. Mas todas as discussões que eles tinham nessas circunstâncias inevitavelmente terminavam rápido, de um modo evasivo ou mal-humorado. E na única vez em que Axl perguntou à esposa de forma direta o que a estranha havia lhe dito naquele dia em que as duas subiram até o pilriteiro, a expressão de Beatrice se enevoou e, por um momento, ela deu a impressão de estar à beira das lágrimas. Depois disso, ele passou a tomar o cuidado de evitar qualquer referência à estranha.

Passado algum tempo, Axl já não era mais capaz de se lembrar como a conversa a respeito da viagem havia começado, nem o que ela um dia havia significado para eles. No entanto, naquela manhã, sentado lá fora na hora fria antes do amanhecer, sua memória parecia ter se aclarado ao menos parcialmente e muitas coisas haviam lhe voltado à cabeça: a mulher ruiva; Marta; a estranha vestida com trapos escuros; e outras lembranças com as quais nós não precisamos nos preocupar no momento. E ele se recordara de modo muito vívido do que havia acontecido apenas alguns domingos antes, quando tiraram a vela de Beatrice.

Domingo era um dia de descanso para aqueles aldeões, pelo menos porque eles não trabalhavam nos campos. Mas ainda era preciso cuidar do gado e dar conta de muitas outras tarefas, tantas que o padre havia aceitado a impraticabilidade de proibir tudo o que pudesse ser entendido como trabalho. Assim, quando saiu para o sol da primavera naquele domingo específico, depois de passar a manhã consertando botas, Axl deparou com seus vizinhos espalhados por todo o terreno em frente ao abrigo, alguns sentados na grama irregular, outros em banquinhos ou troncos, todos conversando, rindo e trabalhando. Crianças brincavam por toda parte, e um grupo tinha se reunido em volta de dois homens que estavam construindo uma roda de carroça na grama. Era o primeiro domingo do ano em que o tempo permitia essas atividades ao ar livre, e havia uma atmosfera quase festiva. Ainda assim, enquanto estava parado na entrada do abrigo, olhando para um ponto além dos aldeões onde a terra se inclinava para baixo em direção aos pântanos, Axl percebeu que a névoa estava subindo de novo e calculou que, até o cair da tarde, eles mais uma vez estariam submersos numa garoa cinzenta.

Ele estava parado ali já fazia algum tempo quando se deu conta de que havia algum tipo de tumulto acontecendo lá embaixo, perto da cerca que contornava os pastos. A princípio aquilo não lhe interessou muito, mas depois um som trazido pela brisa chamou a atenção dos seus ouvidos e fez com que ele esticasse o corpo. Pois embora sua visão tivesse se tornado irritantemente embaçada com o passar dos anos, sua audição continuava confiável, e ele havia discernido, na confusão de gritos que emergia do grupo aglomerado perto da cerca, a voz aflita de Beatrice.

Outras pessoas também estavam interrompendo o que faziam para se virar e olhar para lá. Mas agora Axl disparou a correr por entre elas, por pouco não esbarrou em crianças em movimento e tropeçou em objetos deixados na grama. Antes que ele conseguisse chegar ao pequeno empurra-empurra, porém, a aglomeração de repente se dispersou, e Beatrice emergiu do meio dela, segurando algum objeto junto ao peito com as duas mãos. A expressão da maior parte das pessoas à sua volta mostrava que elas estavam achando graça, mas a mulher que avançou rapidamente em direção a Beatrice — a viúva de um ferreiro que morrera de febre no ano anterior — tinha as feições contorcidas de fúria. Beatrice se desvencilhou da mulher que a atormentava, seu próprio rosto parecendo o tempo inteiro uma máscara rígida e quase sem expressão. Mas, quando ela viu Axl se aproximar, as emoções afloraram em seu semblante.

Pensando sobre isso agora, Axl achou que a expressão que o rosto de Beatrice assumira naquele momento tinha sido, acima de tudo, de imenso alívio. Não que sua mulher acreditasse que tudo ficaria bem agora que o marido havia chegado, mas sua presença tinha feito toda a diferença para ela, que olhara para ele não só com alívio, mas também com certo ar de súplica, e estendera na direção dele o objeto que ela vinha protegendo tão ciosamente.

"Isso é nosso, Axl! Nós não vamos mais ficar na escuridão. Pegue rápido, marido. É nosso!"

Ela segurava diante dele uma vela atarracada e meio deformada. A viúva do ferreiro tentou arrancar a vela de novo, mas Beatrice deu um tapa na mão invasora.

"Pegue, marido! Aquela menininha ali, a Nora, me trouxe este presente hoje de manhã. Foi ela mesma quem fez, com as mãozinhas dela, achando que nós já devíamos estar cansados de passar as nossas noites no escuro."

Isso provocou outra série de gritos e também algumas risadas. Mas Beatrice continuou olhando para Axl, com uma expressão cheia de confiança e súplica, e a imagem do rosto dela naquele momento tinha sido a primeira coisa que voltara à lembrança de Axl pela manhã, quando ele estava sentado no banco em frente ao abrigo esperando o dia raiar. Como era possível que ele tivesse esquecido daquele episódio, quando não podia fazer mais do que três semanas que aquilo havia acontecido? Como era possível que ele não tivesse mais pensado naquilo até hoje?

Embora tenha estendido o braço, Axl não conseguiu pegar a vela — a multidão não deixou que a alcançasse —, e ele disse, em voz alta e com alguma convicção: "Não se preocupe, princesa. Não se preocupe". No mesmo momento em que dizia aquelas palavras, Axl percebeu o quanto elas eram vazias, de modo que ficou surpreso quando a multidão se aquietou e até a viúva do ferreiro deu um passo para trás. Só depois se deu conta de que aquela reação não se devia às suas palavras, mas à aproximação do padre pelas suas costas.

"Que modos são esses, em pleno dia do Senhor?" O padre passou ao lado de Axl com pisadas firmes e lançou um olhar zangado para a multidão agora silenciosa. "Então?"

"É a sra. Beatrice, senhor", disse a viúva do ferreiro. "Ela arranjou uma vela."

O rosto de Beatrice tinha virado uma máscara rígida de novo, mas ela não evitou o olhar do padre quando este se voltou para ela.

"Eu estou vendo que o que ela diz é verdade, sra. Beatrice", disse o padre. "Pois bem, a senhora não esqueceu que o conselho determinou que a senhora e o seu marido estão proibidos de usar velas dentro da sua câmara, esqueceu?"

"Nenhum de nós dois jamais derrubou uma vela na vida, senhor. Nós não vamos ficar noites e noites no escuro."

"A decisão foi tomada e os senhores têm que cumpri-la até que o conselho decida outra coisa."

Axl viu a raiva faiscar nos olhos de Beatrice. "Isso é pura

maldade, mais nada." Ela disse isso em voz baixa, quase sussurrando, mas estava olhando bem nos olhos do padre.

"Peguem a vela", disse o padre. "Façam o que estou mandando. Tirem dela."

Quando várias mãos se estenderam na direção de Beatrice, Axl teve a impressão de que ela não havia entendido direito o que o padre dissera, pois ficou parada no meio do empurra-empurra com uma expressão perplexa, ainda se agarrando à vela como que apenas por obra de algum instinto esquecido. Depois, pareceu ficar tomada de pânico e estendeu a vela na direção do marido de novo, ao mesmo tempo em que um esbarrão a fez perder o equilíbrio. Só não caiu por causa das pessoas que a espremiam de todos os lados e, recuperando o equilíbrio, mais uma vez estendeu o objeto para o marido. Axl tentou pegar a vela, mas outra mão a agarrou, e então o padre disse com voz retumbante:

"Chega! Deixem a sra. Beatrice em paz e não ousem falar com ela de maneira grosseira. Ela já está velha e nem sempre sabe o que faz. Chega, eu já disse! Esse tipo de comportamento não é digno do dia do Senhor."

Quando finalmente alcançou a esposa, Axl a abraçou, e aos poucos a multidão foi se dispersando. Quando se lembrou desse momento, ele teve a impressão de que os dois haviam ficado muito tempo assim, agarrados, ela com a cabeça encostada no peito dele, exatamente como fizera no dia da visita da mulher desconhecida, como se estivesse apenas cansada e querendo recuperar o fôlego. Ele ainda a abraçava quando o padre ordenou de novo que as pessoas fossem embora. Quando por fim se separaram e olharam em volta, eles descobriram que estavam sozinhos ao lado do pasto das vacas e do portão de ripas de madeira.

"O que importa, princesa?", ele disse. "Pra que é que a gente precisa de vela? Já estamos mais que acostumados a andar pelo nosso quarto sem luz. E nós não nos distraímos muito bem com as nossas conversas, seja com vela ou sem?"

Ele a observava com atenção. Ela tinha um ar contemplativo e não parecia estar particularmente desgostosa.

"Sinto muito, Axl", disse ela. "Nós perdemos a vela. Eu devia ter mantido segredo; seria um segredo só nosso. Mas fiquei tão feliz quando a menininha trouxe a vela para mim. E foi ela própria quem fez, especialmente para nós. Agora já foi. Não importa."

"Não importa nem um pouco, princesa."

"Eles acham que nós somos um par de idiotas, Axl."

Beatrice deu um passo para a frente e encostou a cabeça no peito dele de novo. E foi então que ela disse, com uma voz abafada que fez Axl pensar a princípio que tinha ouvido errado:

"O nosso filho, Axl. Você se lembra do nosso filho? Quando as pessoas estavam me empurrando agora há pouco, foi do nosso filho que eu lembrei. Um homem bom, forte, justo. Por que nós temos que ficar aqui? Vamos para a aldeia do nosso filho. Ele vai nos proteger e zelar para que ninguém nos trate mal. Será que você não vai mudar de ideia sobre isso, Axl, agora que tantos anos já se passaram? Você ainda acha que nós não podemos ir até ele?"

Enquanto ela dizia isso, com voz suave, junto ao peito do marido, vários fragmentos de memória faziam força para vir à consciência de Axl, tanta força que ele teve a sensação de que ia desmaiar. Soltou Beatrice e deu um passo para trás, temendo perder o equilíbrio e acabar fazendo com que ela se desequilibrasse também.

"O que você está dizendo, princesa? Eu alguma vez fui contra a ideia de nós irmos à aldeia do nosso filho?"

"Claro que foi, Axl. Claro que foi."

"Quando foi que eu falei que não queria fazer essa viagem?"

"Eu sempre achei que você não quisesse, marido. Mas, ah, Axl, agora que você perguntou, não estou conseguindo me lembrar direito. E por que é que nós estamos de pé aqui fora, ainda que o dia esteja bonito?"

Beatrice parecia confusa de novo. Olhou para o rosto do marido, depois olhou em volta, para o sol agradável, para os vizinhos, que tinham retomado suas atividades.

"Vamos entrar e descansar no nosso quarto", ela disse depois de um tempo. "Vamos passar um tempo sozinhos, só nós dois. O dia está bonito, sem dúvida, mas eu estou completamente exausta. Vamos entrar."

"Isso mesmo. Vamos sentar e descansar um pouco, fora desse sol. Você vai se sentir melhor logo, logo."

Havia outras pessoas acordadas agora em diversas partes do abrigo. Os pastores já deviam ter saído fazia algum tempo, embora Axl estivesse tão absorto em seus pensamentos que não os ouvira. Do outro lado do quarto, Beatrice fez um som murmurante, como se estivesse se preparando para cantar, depois se virou para o outro lado debaixo das cobertas. Reconhecendo esses sinais, Axl foi andando até ela silenciosamente, sentou-se com cuidado na beira da cama e ficou esperando.

Beatrice se virou de barriga para cima, abriu um pouco os olhos e fitou Axl.

"Bom dia, marido", ela disse por fim. "Fico feliz de ver que os espíritos decidiram não levá-lo embora enquanto eu dormia."

"Princesa, eu quero falar com você sobre uma coisa."

Beatrice continuou fitando o marido, seus olhos ainda apenas entreabertos. Depois, ergueu o tronco e se sentou, seu rosto cruzando o raio de luz que antes iluminara a aranha. O cabelo grisalho de Beatrice, solto e embaraçado, caía-lhe abaixo dos ombros com rigidez, mas Axl mesmo assim sentiu uma agitação de felicidade dentro do peito ao ver a mulher sob a luz da manhã.

"O que é que você tem para dizer, Axl, que não pode nem esperar eu esfregar os olhos para espantar o sono?"

"Nós já conversamos antes sobre fazer uma viagem. Bem, a primavera está quase chegando e talvez esteja na hora de nós partirmos."

"Partir, Axl? Mas quando?"

"Assim que for possível. Nós não vamos demorar. A aldeia pode perfeitamente passar alguns dias sem nós. Vamos conversar com o padre."

"E nós vamos visitar nosso filho, Axl?"

"Claro, é para isso que vamos viajar: para visitar nosso filho."

Lá fora, os passarinhos agora cantavam em coro. Beatrice olhou para a janela e para o sol que atravessava o pano pendurado na frente da janela.

"Tem dias que me lembro dele com bastante clareza", disse ela. "Aí, no dia seguinte, é como se um véu tivesse coberto minha memória. Mas nosso filho é um homem bom e íntegro, disso eu tenho certeza."

"Por que ele não está aqui conosco agora, princesa?"

"Não sei, Axl. Talvez ele tenha discutido com os anciãos e teve que ir embora. Eu já perguntei a várias pessoas aqui da aldeia e ninguém se lembra dele. Mas ele nunca teria feito nada que lhe causasse vergonha, disso eu tenho certeza. E você, Axl? Também não consegue se lembrar de nada?"

"Quando eu estava lá fora agora há pouco, aproveitando o silêncio para tentar recordar o máximo que eu pudesse, muitas coisas me vieram à mente. Mas eu não consigo me lembrar do nosso filho, nem do rosto nem da voz dele, embora às vezes tenha a impressão de conseguir vê-lo quando ele ainda era um menininho, e eu andava de mãos dadas com ele pela beira do rio. Ou de uma vez em que ele estava chorando e eu estendi os braços em sua direção para consolá-lo. Mas que aparência ele tem agora, onde está morando, se já tem filhos ou não, de nada disso eu me lembro. Eu tinha esperança de que você se lembrasse de mais coisas, princesa."

"Ele é nosso filho", disse Beatrice. "Então eu consigo sentir coisas a respeito dele, mesmo que não me lembre com clareza. E eu sei que ele está ansioso para que nós saiamos daqui e passemos a morar com ele, sob a proteção dele."

"Ele é carne da nossa carne e sangue do nosso sangue. Por que não iria querer que nós fôssemos para perto dele?"

"Mesmo assim, eu vou sentir falta daqui, Axl. Deste nosso quartinho e desta aldeia. Não é fácil sair de um lugar que você conhece há tanto tempo."

"Ninguém está pedindo para fazermos coisas sem pensar, princesa. Enquanto eu esperava o sol nascer ainda há pouco, fiquei pensando que nós vamos precisar ir até a aldeia do nosso filho para conversar com ele antes, pois, mesmo sendo os pais dele, não podemos chegar lá um belo dia e exigir que nos deixem morar na aldeia como se fizéssemos parte dela."

"Tem razão, marido."

"Tem outra coisa que me preocupa. Pode ser que essa aldeia fique a apenas alguns dias de distância como você diz, mas como vamos saber que caminho seguir para chegar lá?"

Beatrice ficou em silêncio, olhando fixamente para um ponto diante de si, seus ombros oscilando de leve ao ritmo de sua respiração. "Acho que nós vamos encontrar o caminho sem muito problema, Axl", ela disse por fim. "Mesmo que ainda não saibamos exatamente onde fica a aldeia dele, eu já fui várias vezes a aldeias próximas com as outras mulheres para negociar nosso mel e nosso estanho. Conheço até de olhos vendados o caminho para a Grande Planície e para a aldeia saxã do outro lado, onde muitas vezes descansávamos. A aldeia do nosso filho só pode ficar um pouco depois disso, então não vamos ter muita dificuldade de encontrá-la. Axl, nós vamos mesmo viajar em breve?"

"Sim, princesa. Vamos começar a nos preparar hoje mesmo."

2.

Havia, no entanto, muitas coisas para providenciar antes que eles pudessem partir. Numa aldeia como aquela, muitos dos itens necessários para a viagem — como cobertas, cantis, acendalhas — pertenciam à coletividade e, para garantir seu uso, era preciso negociar muito com os vizinhos. Além disso, Axl e Beatrice, mesmo sendo idosos, tinham sua carga de tarefas diárias e não podiam simplesmente ir embora sem o consentimento da comunidade. E, quando enfim estavam prontos para partir, uma mudança no tempo os atrasou ainda mais. Pois que sentido faria arriscar-se a enfrentar perigos como a neblina, a chuva e o frio se o sol com certeza logo reapareceria?

Um dia, porém, eles finalmente partiram, de cajado na mão e trouxa às costas, numa manhã de céu claro, riscado de nuvens brancas, e brisa forte. Axl queria partir à primeira luz da manhã, pois não tinha dúvida de que o dia seria bonito, mas Beatrice fez questão de esperar que o sol subisse um pouco mais. A distância até a aldeia saxã onde eles pretendiam passar a primeira noite, ela argumentou, podia ser galgada facilmente com um dia de caminhada, e sem dúvida a prioridade deles era atravessar o canto da Grande Planície o mais perto possível do meio-dia, quando era mais provável que as forças sombrias daquele lugar estivessem adormecidas.

Já fazia algum tempo que eles não caminhavam grandes distâncias juntos, e Axl estava um pouco apreensivo quanto à capacidade de resistência da mulher. Mas, depois de uma hora de caminhada, ele se tranquilizou: embora andasse devagar — ele notou novamente que ela estava andando de um jeito meio torto, como se tentasse amortecer alguma dor —, Beatrice avançava em ritmo contínuo, de cabeça baixa para se proteger do vento em descampados, sem titubear quando deparava com terrenos cobertos de cardo e vegetação rasteira. Em colinas ou terrenos tão lamacentos que era um esforço levantar um pé depois do outro, ela diminuía bastante o ritmo, mas continuava avançando.

Nos dias que antecederam a partida dos dois, Beatrice havia ficado cada vez mais confiante de que se lembraria da rota que eles tinham de seguir, pelo menos até a aldeia saxã que ela visitara regularmente junto com as outras mulheres ao longo dos anos. Mas depois que eles não avistaram mais as colinas escarpadas situadas acima do povoado deles e atravessaram o vale do outro lado do pântano, ela perdeu um pouco da confiança. Quando se via diante de uma bifurcação numa trilha ou de um campo agitado pelo vento, ela estacava e ficava um bom tempo parada no mesmo lugar, o pânico invadindo lentamente sua expressão enquanto ela perscrutava a paisagem.

"Não se preocupe, princesa", Axl dizia nessas ocasiões. "Fique calma e leve todo o tempo que for necessário."

"Mas, Axl, nós não temos tempo", ela respondia, virando-se para ele. "Temos que atravessar a Grande Planície ao meio-dia, se quisermos fazer isso com segurança."

"Nós vamos chegar lá em boa hora, princesa. Leve todo o tempo que for necessário."

Vale salientar aqui que se orientar em campo aberto era uma coisa muito mais difícil naquela época, e não só por causa da falta de bússolas e mapas confiáveis. Ainda não tínhamos as cercas vivas que hoje dividem de forma tão agradável a região rural entre campos, veredas e prados. Um viajante daquele tempo via-se com frequência no meio de paisagens indistinguíveis umas das outras, a vista quase idêntica independente do lado para que ele se virasse. Uma fileira de pedras eretas no horizonte distante, a curva de um rio, a inclinação peculiar de um vale: pistas desse tipo eram os únicos meios de mapear uma rota. E as consequências de se tomar o caminho errado muitas vezes eram fatais. O pior não era nem a possibilidade de sucumbir ao mau tempo: desviar-se do caminho certo significava se expor mais do que nunca ao risco de ser atacado por agressores — humanos, animais ou sobrenaturais — atocaiados ao largo das estradas principais.

Você poderia estranhar o fato de eles conversarem tão pouco enquanto caminhavam, aquele casal de idosos normalmente tão cheios de coisas para dizer um ao outro. Mas numa época em que um tornozelo quebrado ou uma ferida infeccionada podiam custar a vida, havia um reconhecimento de que era recomendável ter concentração em todo e qualquer passo que se dava. Talvez notasse também que, toda vez que o caminho ficava estreito demais para que eles andassem lado a lado, era sempre Beatrice que ia na frente, e não Axl. Isso também poderia lhe causar surpresa, pois pareceria mais natural que o homem entrasse primeiro em terrenos potencialmente perigosos — e, de fato, em bosques ou em lugares onde havia a possibilidade de existirem lobos ou ursos, eles invertiam suas posições sem discussão. Mas, na maior parte do tempo, Axl fazia questão de que a esposa fosse na frente, pela simples razão de que praticamente todos os monstros ou espíritos malignos que eles poderiam encontrar costumavam atacar a presa posicionada na retaguarda do grupo —

da mesma maneira que, suponho, um grande felino persegue o antílope que está no final da manada. Havia inúmeros casos de viajantes que tinham se virado para ver o companheiro que vinha andando atrás e descoberto que ele havia sumido sem deixar rastro. Era o medo de que algo assim acontecesse que impelia Beatrice a perguntar volta e meia enquanto eles caminhavam: "Você ainda está aí, Axl?". Ao que ele respondia rotineiramente: "Ainda estou aqui, princesa".

Eles chegaram à beira da Grande Planície ao final da manhã. Axl sugeriu que fossem em frente e deixassem logo o perigo para trás, mas Beatrice estava determinada a esperar até meio-dia. Então se sentaram numa pedra no alto da colina cuja encosta descia até a planície e ficaram observando atentamente as sombras cada vez mais curtas de seus cajados, que eles seguravam eretos diante de si, apoiados no chão.

"O tempo pode estar bom, Axl, e eu nunca tive notícia de que nenhum mal tenha acontecido a ninguém neste canto da planície. Mesmo assim, é melhor esperar até o meio-dia, quando com certeza nenhum demônio vai querer sequer espiar para nos ver passar."

"Vamos esperar como você propõe. E você tem razão. Afinal, é a Grande Planície, ainda que seja um canto benigno dela."

Eles ficaram ali sentados durante algum tempo, olhando para o terreno à sua frente, quase sem pronunciar palavra. Num determinado momento, Beatrice disse:

"Quando encontrarmos o nosso filho, Axl, ele com certeza vai insistir para que nos mudemos para a aldeia dele. Não vai ser estranho deixar os vizinhos para trás depois de tantos anos, mesmo que de vez em quando eles debochem de nossos cabelos brancos?"

"Nada está decidido ainda, princesa. Vamos conversar sobre tudo isso quando estivermos com nosso filho." Axl continuou contemplando a Grande Planície. Depois, sacudiu a cabeça e disse baixinho: "É estranho como não consigo me lembrar de absolutamente nada dele agora".

"Acho que sonhei com ele na noite passada", disse Beatrice. "Estava parado perto de um poço e se virou um pouco para o lado, chamando alguém. Mas o que aconteceu antes ou depois já me fugiu da memória."

"Pelo menos você viu o nosso filho, princesa, mesmo que tenha sido em sonho. Como ele é?"

"Ele tem um rosto forte, bonito, disso eu me lembro. Mas não tenho nenhuma lembrança da cor dos olhos dele nem do formato da bochecha."

"Eu não me lembro de nada do rosto dele agora", disse Axl. "Deve ser efeito dessa névoa. Tem muitas coisas que não me importo nem um pouco que se percam na névoa, mas é cruel quando não conseguimos nos lembrar de algo precioso assim."

A mulher chegou mais perto do marido e pousou a cabeça em seu ombro. O vento agora batia forte e parte do manto de Beatrice havia se soltado. Botando o braço em volta dela, Axl prendeu o manto e apertou contra o corpo da esposa.

"Bem, eu aposto que um de nós vai acabar se lembrando, não demora muito", disse ele.

"Vamos tentar, Axl. Vamos tentar nós dois. É como se tivéssemos perdido uma pedra preciosa, mas, se nós dois procurarmos, com certeza vamos encontrá-la de novo."

"Claro que vamos, princesa. Mas, olhe, as sombras já estão sumindo. Está na hora de descermos."

Beatrice endireitou o corpo e começou a remexer em sua trouxa. "Tome, vamos carregar isto."

Ela lhe entregou o que pareciam ser dois seixos lisos, mas, quando os examinou mais de perto, Axl viu padrões complexos talhados na face de ambos.

"Ponha os dois no seu cinto, Axl, e tome cuidado para manter as marcas viradas para fora. Isso vai ajudar o Senhor Cristo a nos manter a salvo. Eu carrego os outros."

"Um já é o bastante para mim, princesa."

"Não, Axl, nós vamos dividi-los igualmente. Agora, pelo que me lembro, há uma trilha ali mais adiante e, a menos que a chuva a tenha desmanchado, a caminhada vai ser mais fácil do que a maior parte das que fizemos até agora. Mas há um lugar onde nós precisamos ter muito cuidado. Você está me ouvindo, Axl? É quando a trilha passa por onde o gigante está enterrado. Para quem não conhece, parece uma colina comum, mas vou te fazer um sinal quando chegarmos lá, aí você vai sair da trilha atrás de mim e contornar a beira da colina até encontrarmos a mesma trilha na descida do outro lado. Não vai nos fazer nenhum bem passar por cima de um túmulo como aquele, mesmo que seja ao sol do meio-dia. Você está me entendendo direitinho, Axl?"

"Não se preocupe, estou entendendo muito bem."

"E imagino que eu não precise lembrar que, se cruzarmos com alguma pessoa estranha pelo caminho, ou se ouvirmos alguém nos chamar, ou se encontrarmos algum animal preso numa armadilha ou ferido dentro de um fosso, ou qualquer outra coisa que chame sua atenção, você não deve dizer palavra, nem diminuir o passo por causa disso."

"Eu não sou idiota, princesa."

"Bom, então, Axl, está na hora de irmos em frente."

Como Beatrice havia prometido, eles só precisaram andar uma pequena distância pela Grande Planície. A trilha pela qual seguiram, embora lamacenta em alguns trechos, permaneceu sempre bem definida e não os tirou do alcance da luz do sol em nenhum momento. Depois de um primeiro trecho em declive, ela subia de modo contínuo, até que eles se viram andando ao longo de uma crista, com charneca dos dois lados. Soprava um vento furioso, mas até que era um antídoto bem-vindo contra o sol do meio-dia. Por toda parte, a terra estava coberta de urzes e tojos, que nunca ultrapassavam a altura dos joelhos, e só de vez em quando aparecia uma ou outra árvore — espécimes solitários, encarquilhados como velhinhas, curvados por infindáveis ventanias. Então, um vale surgiu à sua direita, lembrando-os do poder e do mistério da Grande Planície e de que eles estavam atravessando apenas um pequeno canto dela.

Eles caminhavam bem perto um do outro, Axl quase nos calcanhares da mulher. Mesmo assim, no decorrer de toda a travessia, Beatrice continuou a entoar a mesma pergunta a cada cinco ou seis passos, como se fosse uma ladainha: "Você ainda está aí, Axl?". Ao que ele respondia: "Ainda estou aqui, princesa". Tirando essa troca ritualística de palavras, os dois nada diziam. Mesmo quando chegaram ao monte sepulcral do gigante e Beatrice fez sinais frenéticos para indicar que era hora de sair da trilha e se embrenhar por entre as urzes, os dois continuaram a perguntar e responder num tom de voz constante, como se quisessem enganar qualquer demônio que por acaso estivesse ouvindo o que pretendiam fazer. O tempo inteiro Axl se manteve atento a névoas que avançassem rapidamente e a escurecimentos súbitos no céu, mas não viu sinal de nenhuma dessas coisas. Então, por fim, eles deixaram a Grande Planície para trás. Quando adentraram um pequeno bosque cheio de pássaros canoros, Beatrice não fez nenhum comentário, mas Axl notou que todo o corpo dela havia relaxado, e ela não repetiu mais seu refrão.

Eles descansaram ao lado de um riacho, onde banharam os pés, comeram pão e encheram novamente seus cantis de água. Desse ponto em diante, seguiram por uma longa senda da época dos romanos, ladeada de carvalhos e olmos e já um pouco afundada, pela qual era bem mais fácil caminhar, mas que exigia vigilância em razão dos outros viajantes que eles com certeza iriam encontrar. E, de fato, só durante a primeira hora de caminhada eles cruzaram com uma mulher e duas crianças, com um menino que conduzia jumentos e com dois atores itinerantes que estavam correndo para se juntar de novo à sua trupe. Em todas as ocasiões, eles pararam para trocar cumprimentos, mas houve uma vez em que, ouvindo o estrépito de cascos e rodas se aproximando, eles se esconderam numa vala. No entanto, esse viajante também mostrou ser inofensivo: um lavrador saxão com um cavalo e uma carroça abarrotada de lenha.

No meio da tarde, o céu começou a se encher de nuvens escuras que pareciam anunciar uma tempestade. Eles estavam descansando debaixo de um enorme carvalho, de costas para a estrada e escondidos de quem quer que passasse. Uma grande clareira se estendia diante deles, de modo que notaram de imediato a mudança de tempo.

"Não se preocupe, princesa", disse Axl. "Esta árvore vai nos proteger da chuva até o sol voltar."

Mas Beatrice já estava de pé, com o tronco inclinado para a frente, uma das mãos erguidas para proteger os olhos. "Pelo que vejo, Axl, a estrada faz uma curva lá adiante. Isso quer dizer que a antiga vila não está muito longe. Eu me abriguei lá uma vez, quando vim com as mulheres. Está em ruínas, mas na época o telhado ainda estava bom."

"Você acha que nós conseguimos chegar lá antes que a tempestade caia?"

"Se nós formos agora, acho que sim."

"Então vamos correndo. Não há razão para nos arriscarmos a morrer porque ficamos encharcados. E, reparando melhor agora, esta árvore está cheia de buracos, dá para ver a maior parte do céu aqui em cima de mim."

A vila em ruínas ficava mais distante da estrada do que Beatrice se lembrava. Com os primeiros pingos de chuva caindo e o céu acima deles escurecendo, eles se viram penando para descer uma trilha longa e estreita com urtigas até a cintura, por entre as quais eles tinham que abrir caminho com seus cajados. Embora estivesse bem à vista da estrada, a ruína sumia atrás de árvores e folhagens durante boa parte da trilha que levava até lá, de modo que foi com surpresa e também alívio que os viajantes de repente se perceberam diante dela.

A vila devia ter sido esplêndida no tempo dos romanos, mas agora só uma pequena parte dela continuava de pé. Pisos outrora magníficos jaziam expostos aos elementos, desfigurados por poças de água estagnada, enquanto tufos de mato brotavam por entre os ladrilhos desbotados. Restos de parede, que em alguns lugares mal chegavam à altura da canela, revelavam a antiga disposição dos cômodos. Um arco de pedra dava passagem para a parte do edifício que permanecia de pé, e Axl e Beatrice agora seguiam com cautela até lá, parando no limiar para tentar ouvir algum ruído. Passado um tempo, Axl gritou: "Tem alguém aí?". E, como não houve resposta, acrescentou: "Somos dois velhos bretões em busca de um abrigo para nos proteger da tempestade. Viemos em paz".

Como tudo continuou em silêncio, eles passaram sob o arco e adentraram a sombra do que um dia provavelmente fora um corredor. Emergiram na luminosidade cinzenta de um espaçoso salão, embora ali também uma parede inteira tivesse ruído. O cômodo adjacente havia desaparecido por completo, e sempre-vivas avançavam opressivamente até a beira do piso. As três paredes ainda de pé, no entanto, formavam uma área abrigada, conservando um bom teto. Encostadas à alvenaria encardida do que um dia haviam sido paredes caiadas encontravam-se duas figuras escuras, uma em pé e a outra sentada, a certa distância uma da outra.

Sentada num pedaço de alvenaria caído, uma senhora bem velhinha — mais velha do que Axl e Beatrice — e de aparência frágil como a de um passarinho estava enrolada num manto escuro, com o capuz puxado para trás apenas o suficiente para revelar suas feições rugosas. Seus olhos eram tão fundos que mal se podia vê-los. A curva das suas costas não chegava a encostar na parede atrás dela. Algo estava se remexendo no seu colo, e Axl viu que era um coelho, que ela segurava com firmeza entre suas mãos ossudas.

No ponto mais distante da mesma parede, como se quisesse ficar o mais longe possível da velha sem sair de debaixo do teto, encontrava-se um homem magro e excepcionalmente alto. Ele usava um casaco grosso e comprido, do tipo que um pastor usaria durante uma vigília numa noite fria, mas a parte inferior de suas pernas, que o casaco deixava exposta, estava nua. Nos pés, usava um tipo de sapato que Axl só tinha visto em pescadores. Embora ele por certo ainda fosse jovem, o topo da sua cabeça era todo careca, enquanto tufos escuros de cabelo cresciam em volta de suas orelhas. De costas para o salão, o homem estava postado rigidamente, com uma das mãos apoiada na parede à sua frente como se tentasse ouvir algo que estava se passando do outro lado. Quando Axl e Beatrice entraram, ele olhou para trás de relance, mas não falou nada. Também em silêncio, a velha olhava para eles fixamente, e só quando Axl disse "A paz esteja convosco" foi que eles relaxaram um pouco. O homem alto respondeu: "Entrem mais, amigos, ou vão acabar se molhando".

De fato, o céu agora havia aberto as comportas e a chuva escorria por algum buraco no telhado, respingando no chão perto de onde os visitantes estavam. Agradecendo ao homem, Axl conduziu a esposa até a parede, escolhendo um ponto equidistante entre os dois anfitriões. Em seguida, ajudou Beatrice a tirar a trouxa das costas e depois pousou a própria trouxa no chão.

Os quatro permaneceram assim durante algum tempo, enquanto a tempestade desabava cada vez mais feroz. Então, um relâmpago iluminou o abrigo. A postura estranhamente rígida do homem alto e da velha parecia enfeitiçar Axl e Beatrice, pois agora eles também estavam tão imóveis e calados quanto os outros dois. Era quase como se, ao se deparar com um quadro e adentrá-lo, eles tivessem sido impelidos a se transformar em figuras pintadas também.

Quando o temporal cedeu lugar a uma chuva uniforme e contínua, a velhinha finalmente quebrou o silêncio. Afagando o coelho com uma das mãos enquanto o segurava com força com a outra, ela disse:

"Deus esteja convosco, primos. Peço desculpas por não tê-los cumprimentado antes, mas fiquei surpresa de vê-los aqui. Saibam que são bem-vindos, mesmo assim. Estava um dia muito bom para viajar, antes dessa tempestade repentina. Mas ela é do tipo que passa tão de repente quanto surge e não vai atrasar muito a viagem dos senhores. Além do mais, é sempre bom parar um pouco para descansar. Para onde estão indo, primos?"

"Nós estamos a caminho da aldeia do nosso filho, que aguarda ansioso nossa chegada", respondeu Axl. "Mas esta noite pretendemos procurar abrigo numa aldeia saxã, onde esperamos chegar ao anoitecer."

"Saxões têm modos rudes, mas costumam acolher viajantes com mais facilidade do que nosso próprio povo", disse a velha. "Sentem-se, primos. Aquele tronco atrás dos senhores está seco e eu já me sentei nele com conforto várias vezes."

Axl e Beatrice aceitaram a sugestão, e então o silêncio se instalou de novo, enquanto a chuva continuava caindo forte. Passado um tempo, um movimento da velha fez Axl olhar em sua direção de soslaio. Ela estava puxando as orelhas do coelho para trás e, enquanto o animal lutava para se libertar, ela o mantinha preso com firmeza, com unhas que mais pareciam garras. Axl continuou a observar e viu a velha sacar uma grande faca enferrujada com a outra mão e encostar a lâmina na goela do animal. Axl sentiu Beatrice ter um sobressalto do lado dele e se deu conta de que as manchas escuras debaixo dos pés dos dois e em vários outros pontos do piso em ruínas eram velhas manchas de sangue e de que, misturado ao cheiro de hera e pedra úmida, havia outro cheiro, leve mas persistente, de antigas matanças.

Tendo levado a faca ao pescoço do coelho, a velha ficou completamente imóvel de novo. Seus olhos fundos, Axl percebeu, estavam fixos no homem alto parado no canto oposto da parede, como se ela esperasse algum sinal dele. O homem, porém, continuava na mesma posição rígida de antes, com a testa quase encostada na parede. Ou ele não tinha notado a velha ou estava fazendo questão de ignorá-la.

"Boa senhora", disse Axl, "mate o coelho se for preciso, mas quebre o pescoço dele de uma vez. Ou então pegue uma pedra e dê uma boa pancada em sua cabeça."

"Se eu tivesse força para isso, senhor... Mas estou muito fraca. Só o que tenho é uma faca afiada."

"Então eu te ajudo de bom grado. Não há necessidade de usar sua faca." Axl se pôs de pé e estendeu a mão, mas a velha não fez nenhuma menção de lhe entregar o coelho. Permaneceu exatamente como antes, segurando a faca encostada à garganta do animal, o olhar fixo no homem do outro lado do salão.

Por fim, o homem alto se virou de frente para eles. "Amigos", disse ele, "eu fiquei surpreso ao vê-los entrar aqui, mas agora estou contente, pois vejo que os senhores são pessoas de bem. Então eu lhes peço que, enquanto esperam a tempestade passar, os senhores me permitam lhes contar o meu problema. Eu sou um humilde barqueiro que transporta viajantes por águas agitadas. Não me queixo do trabalho, embora eu labute várias horas seguidas e — quando há muitos esperando para fazer a travessia — durma pouco e meus braços doam cada vez que puxo o remo. Trabalho debaixo de chuva, ventania ou sol escaldante, mas mantenho o ânimo sonhando com meus dias de descanso. Pois sou apenas um entre vários barqueiros, e nós nos revezamos para que cada um possa tirar um tempo de folga, ainda que depois de longas semanas de trabalho. Nos nossos dias de descanso, cada um de nós tem um lugar especial para ir, e este, amigos, é o meu. Esta casa onde um dia fui uma criança sem preocupações. Ela não é mais o que era antigamente, mas para mim está cheia de recordações preciosas, e eu venho aqui desejando apenas um pouco de tranquilidade para desfrutá-las. Agora considerem o seguinte: sempre que venho para cá, menos de uma hora depois da minha chegada, aquela senhora entra por aquele arco, senta-se e fica me provocando horas a fio, noite e dia. Faz acusações cruéis e injustas. Protegida pela escuridão, ela me dirige os xingamentos e as maldições mais terríveis que se possa imaginar. Não me dá um instante de sossego. Às vezes, como vocês estão vendo, ela traz um coelho ou algum outro pequeno animal, para matá-lo aqui e profanar com o sangue dele este lugar tão valioso para mim. Já fiz de tudo para tentar convencê-la a me deixar em paz, mas, se Deus lhe pôs alguma compaixão na alma, ela aprendeu a ignorá-la, pois não vai embora nem para de me atormentar. Agora mesmo, foi só por causa da chegada inesperada dos senhores que ela interrompeu sua perseguição a mim. E não demora muito, vai chegar a hora de eu iniciar minha viagem de volta, para outras longas semanas de trabalho árduo na água. Amigos, eu lhes suplico, façam o que puderem para convencê-la a ir embora daqui. Façam essa senhora entender que seu comportamento é abominável. Sendo de fora, é possível que tenham alguma influência sobre ela."

Quando o barqueiro parou de falar, o silêncio se instalou

mais uma vez. Axl mais tarde se lembrou de haver sentido um vago ímpeto de responder, mas sobreveio-lhe ao mesmo tempo uma sensação de que o homem tinha lhe falado num sonho e na verdade não havia necessidade de responder. Beatrice também não parecia sentir nenhum impulso de falar, pois seus olhos continuavam fixos na velha, que agora havia afastado a faca do pescoço do coelho e estava acariciando o pelo do animal, quase afetuosamente, com o fio da lâmina. Por fim, Beatrice se manifestou:

"Senhora, eu te peço, deixe que meu marido te ajude com seu coelho. Não há necessidade de derramar sangue num lugar como este, e não há bacia com que pegar esse sangue. A senhora trará má sorte não só para esse honesto barqueiro, mas também para si mesma e para todos os outros viajantes que aqui venham buscar abrigo. Guarde sua faca e abata o animal sem crueldade em algum outro lugar. E de que adianta provocar esse homem como a senhora tem feito, um barqueiro tão dedicado ao trabalho?"

"Não vamos nos precipitar falando com rispidez com essa senhora, princesa", Axl disse com voz suave. "Nós não sabemos o que se passou entre essas pessoas. O barqueiro parece honesto, mas, por outro lado, é possível que essa senhora tenha um motivo justo para vir aqui e passar o tempo dela como tem feito."

"O senhor não poderia ter sido mais feliz nas suas palavras, senhor", disse a velha. "Será possível que eu ache que esse é um jeito agradável de passar os dias que ainda me restam? Eu preferia estar bem longe daqui, na companhia do meu marido, e é por causa desse barqueiro que agora estou separada dele. O meu marido era um homem sábio e cuidadoso, senhor, e nós passamos um bom tempo planejando a nossa viagem; falamos dela e sonhamos com ela durante muitos anos. Quando finalmente ficamos prontos e tínhamos tudo de que precisávamos, pegamos a estrada e, depois de alguns dias, encontramos a enseada de onde poderíamos zarpar rumo à ilha. Ficamos esperando o barqueiro e, passado algum tempo, avistamos o barco dele vindo na nossa direção. Mas, para nosso azar, foi justo esse homem aqui presente que veio até nós. Vejam como ele é alto. De pé dentro do barco na água, com um longo remo na mão e o céu ao fundo, ele parecia tão alto e magro quanto aqueles artistas que andam em pernas de pau. Ele veio até as pedras onde eu e meu marido estávamos e amarrou o barco. E até hoje não sei como ele conseguiu, mas de alguma forma nos enganou. Nós confiamos demais nele. Com a ilha tão perto, esse barqueiro levou meu marido e me deixou esperando na praia, isso depois de termos vivido mais de quarenta anos como marido e mulher, raras vezes tendo passado um dia separados. Não consigo entender como ele fez isso. A voz dele deve ter nos feito sonhar, porque, quando dei por mim, ele estava remando para longe com meu marido no barco e eu continuava em terra firme. Mesmo assim eu não acreditei. Quem imaginaria que um barqueiro seria capaz de tamanha crueldade? Então, fiquei esperando. Disse a mim mesma que ele só tinha feito aquilo porque o barco não podia levar mais de um passageiro de cada vez, pois a água estava revolta naquele dia e o céu quase tão escuro quanto está agora. Fiquei lá na pedra, vendo o barco diminuir cada vez mais até virar um pontinho perdido na distância. Mesmo assim, continuei esperando. Passado um tempo, o pontinho começou a crescer de novo e vi que era o barqueiro voltando na minha direção. Pouco depois, eu já estava conseguindo ver a cabeça do barqueiro, lisa como um seixo, e o barco, agora sem passageiro nenhum. Imaginei que fosse minha vez e que logo eu estaria ao lado do meu amado de novo. Mas, quando chegou ao lugar onde eu estava esperando e amarrou a corda dele à estaca, ele balançou a cabeça e se recusou a me levar para a ilha. Eu reclamei, chorei, implorei, mas ele não quis saber. Em vez disso, me ofereceu — vejam que crueldade! — me ofereceu um coelho, que, segundo ele, tinha sido pego numa armadilha no litoral da ilha. Ele tinha trazido o coelho para mim, achando que seria um jantar adequado para a minha primeira noite de solidão. Em seguida, vendo que não havia mais ninguém esperando para ser transportado, ele foi embora e me deixou aos prantos na praia, segurando o maldito coelho. Deixei o coelho fugir para o meio das urzes logo depois, pois não tive apetite naquela noite nem nas muitas que se seguiram. É por isso que trago o meu próprio presentinho para ele sempre que venho aqui: um coelho para o ensopado dele, em troca da gentileza que me fez naquele dia."

"O coelho era para ser o meu próprio jantar naquela noite", irrompeu a voz do barqueiro, vinda do outro lado do salão. "Eu fiquei com pena e dei o coelho para ela. Foi uma simples gentileza."

"Nós nada sabemos do seu trabalho, senhor", disse Beatrice, "mas parece de fato uma crueldade deixar essa senhora sozinha na praia do jeito como ela descreveu. O que levou o senhor a fazer uma coisa dessas?"

"Boa senhora, a ilha de que essa mulher fala não é uma ilha comum. Nós, barqueiros, já levamos muitos até lá ao longo dos anos e, a essa altura, deve haver centenas habitando seus campos e bosques. Mas se trata de um lugar de características estranhas, e quem chega lá vaga por entre as árvores e a vegetação sozinho, sem jamais ver qualquer outra alma. De vez em quando, numa noite de luar ou quando uma tempestade está prestes a cair, é possível sentir a presença dos outros habitantes. Mas na maior parte dos dias, para cada viajante, é como se ele fosse o único morador da ilha. Eu teria transportado essa senhora de bom grado, mas, quando entendeu que não ficaria junto com o marido, ela declarou que não queria essa solidão e recusou-se a ir. Eu acatei sua decisão, como é minha obrigação, e deixei que ela seguisse seu próprio caminho. O coelho, como eu disse, eu dei a ela por pura gentileza. E os senhores estão vendo como ela me agradece."

“Esse barqueiro é ardiloso”, disse a velha. “Ele tem a ousadia de tentar enganá-los, apesar de os senhores serem de fora. Quer fazer com que acreditem que todas as almas vagam sozinhas naquela ilha, mas não é verdade. Por que então o meu marido e eu teríamos passado tantos anos sonhando em ir para um lugar assim? A verdade é que muitos recebem permissão de atravessar a água como marido e mulher para morar juntos na ilha. Há muitos que vagam por aquelas mesmas florestas e praias tranquilas de braços dados. O meu marido e eu sabíamos disso. Sabíamos desde crianças. Caros primos, se vasculharem sua memória, os senhores irão se lembrar de que isso é verdade, exatamente do jeito que acabei de dizer. Nós não tínhamos a menor ideia, enquanto esperávamos naquela enseada, de como o barqueiro que atravessaria as águas para nos buscar seria cruel.”

“Só uma parte do que ela falou é verdade”, disse o barqueiro. “De vez em quando, um casal recebe permissão para fazer a travessia até a ilha, mas isso é raro. É necessário que exista um vínculo de amor excepcionalmente forte entre os dois. Às vezes de fato acontece, eu não nego, e é por isso que quando encontramos um marido e sua esposa, ou mesmo amantes que não são casados esperando para ser transportados, é nosso dever interrogá-los cuidadosamente. Pois cabe a nós sentir se o vínculo que existe entre os dois é forte o bastante para que eles façam a travessia juntos. Essa senhora reluta em aceitar isso, mas o vínculo dela com o marido simplesmente era fraco demais. Se ela examinar o próprio coração, duvido que se atreva a dizer que a conclusão a que cheguei naquele dia estava errada.”

“Senhora”, disse Beatrice. “O que a senhora nos diz?”

A velha permaneceu em silêncio. Manteve a cabeça baixa e continuou a passar a lâmina nos pelos do coelho melancolicamente.

“Senhora”, disse Axl, “quando a chuva parar, nós vamos voltar para a estrada. Por que a senhora não vai conosco? Nós a acompanharemos com prazer durante parte do seu caminho e podemos conversar com calma sobre o que a senhora quiser. Deixe esse bom barqueiro em paz para desfrutar do que resta desta casa enquanto ela ainda está de pé. De que adianta ficar aqui desse jeito? E, se a senhora quiser, eu mato o coelho de uma vez antes que os nossos caminhos se separem. O que a senhora me diz?"

A velha não respondeu nem deu qualquer sinal de ter escutado o que Axl disse. Depois de algum tempo, ela se pôs lentamente de pé, segurando o coelho junto ao peito. Era uma mulher de estatura minúscula, e seu manto se arrastava no chão enquanto ela caminhava rumo ao lado destruído do salão. A água que escorria de uma parte do telhado caiu em cima dela, mas a velha não pareceu se importar. Quando chegou à extremidade oposta do piso, ela parou e ficou olhando para a chuva e a vegetação que começava a invadir o salão. Em seguida, curvando-se devagar, pousou o coelho no chão, perto de seus pés. Talvez petrificado de medo, o animal a princípio não se mexeu. Depois, correu para o meio do mato e sumiu.

A velha ergueu o tronco com cuidado. Quando se virou, parecia estar olhando para o barqueiro — seus olhos estranhamente encovados não permitiam que se tivesse certeza. Então, ela disse: "Esses estranhos tiraram o meu apetite. Mas ele vai voltar, eu não tenho dúvida".

Dizendo isso, ela levantou a barra do manto e entrou no mato com passos lentos e cautelosos, como quem entra numa piscina. A chuva caía sem parar, e ela cobriu melhor a cabeça com o capuz antes de dar os passos seguintes entre as urtigas altas.

"Espere alguns instantes que nós vamos com a senhora", Axl gritou para ela. Mas logo sentiu a mão de Beatrice no seu braço e a ouviu sussurrar:

"É melhor não se meter com ela, Axl. Deixe que vá embora."

Pouco depois, quando foi até o lugar onde a velha havia entrado no mato, Axl imaginava que fosse vê-la parada em algum lugar, impedida de seguir adiante pela folhagem. Mas não encontrou nenhum sinal dela.

"Obrigado, amigos", o barqueiro disse atrás dele. "Talvez ao menos hoje eu tenha paz para relembrar minha infância."

"Nós também vamos deixá-lo em paz, barqueiro, assim que essa chuva passar", disse Axl.

"Não há pressa, amigos. Os senhores falaram com muita sensatez e eu lhes sou grato por isso."

Axl continuou a olhar para a chuva. Algum tempo depois, ouviu a esposa dizer atrás dele: "Esta casa devia ser magnífica antigamente, senhor".

"Ah, era mesmo, boa senhora. Quando menino, eu não tinha ideia do quanto ela era magnífica, pois não conhecia nenhum outro lugar. Ela era cheia de quadros e tesouros maravilhosos, cheia de empregados sábios e gentis. Logo depois daquele corredor ali, havia uma sala de banquetes."

"Vê-la assim deve deixá-lo triste, senhor."

"Na verdade, boa senhora, eu me sinto grato por ela ainda continuar de pé, mesmo que esteja assim. Pois esta casa testemunhou tempos de guerra, quando muitas outras como ela foram totalmente destruídas por incêndios e agora não passam de um ou dois montes cobertos de capim e urzes."

Então, Axl ouviu os passos de Beatrice vindo em sua direção e sentiu a mão dela no seu ombro. "O que é, Axl?", ela perguntou em voz baixa. "Eu estou vendo que você está aflito."

"Não é nada, princesa. É só esta ruína. Por um momento, foi como se fosse eu que estivesse me lembrando de coisas que aconteceram aqui."

"Que tipo de coisas, Axl?"

"Não sei, princesa. Quando o homem falou de guerras e de casas incendiadas, foi quase como se algo estivesse voltando a minha memória. Deve ter sido antes de nos conhecermos."

"Existiu mesmo um tempo antes de nos conhecermos, Axl? Às vezes tenho a sensação de que nós estamos juntos desde que éramos bebês."

"Eu também tenho a mesma sensação, princesa. Deve ser só alguma maluquice que me deu neste lugar estranho."

Ela ficou olhando para Axl, pensativa. Depois, apertou a mão dele e disse baixinho: "Este lugar é muito esquisito mesmo e pode nos causar mais malefícios do que a chuva. Estou ansiosa para ir embora daqui, Axl. Antes que aquela mulher volte ou aconteça coisa pior".

Axl fez que sim com a cabeça. Então, virando-se, disse para o homem do outro lado do salão: "Bem, barqueiro, como o céu parece estar clareando, vamos seguir nosso caminho. Muito obrigado por ter nos dado abrigo".

O barqueiro não falou nada, mas, enquanto os dois botavam suas trouxas nas costas, ele veio ajudá-los, entregando-lhes seus cajados. "Façam uma boa viagem, amigos", disse ele. "Espero que encontrem seu filho em boa saúde."

Eles agradeceram de novo e já estavam atravessando o arco quando Beatrice parou de repente e olhou para trás.

"Já que estamos partindo, senhor, e talvez nunca mais tornemos a vê-lo", disse ela, "será que o senhor permitiria que eu fizesse uma pequena pergunta?"

Parado no seu lugar de costume, perto da parede, o barqueiro a observava com atenção.

"O senhor falou de seu dever de interrogar todo casal que esteja esperando para fazer a travessia", Beatrice continuou. "Falou da necessidade de descobrir se o vínculo de amor entre os dois é forte o bastante para permitir que eles morem juntos na ilha. Bem, senhor, eu fiquei pensando sobre isso. Que tipo de perguntas o senhor faz para descobrir o que precisa?"

Por um momento, o barqueiro pareceu hesitar. Depois, disse: "Para ser franco, boa senhora, não me cabe falar sobre esses assuntos. Na verdade, nem deveríamos ter nos encontrado hoje, mas algum curioso acaso nos uniu e não lamento que isso tenha acontecido. Os senhores foram bondosos e ficaram do meu lado, e eu lhes sou grato por isso. Então, vou responder da melhor forma que me for possível. Como a senhora disse, é meu dever interrogar todos que desejem fazer a travessia até a ilha. Se é um casal tal como a senhora falou, que acredita que o vínculo entre eles é forte o bastante, tenho que pedir a cada um deles que me relate suas lembranças mais caras. Eu peço a um e depois ao outro que faça isso. Eles têm que falar separadamente. Dessa forma, a verdadeira natureza do vínculo que existe entre o casal logo se revela".

"Mas não é difícil, senhor, ver o que realmente há no coração das pessoas?", perguntou Beatrice. "As aparências enganam com tanta facilidade."

"É verdade, boa senhora, mas nós, barqueiros, já vimos tantos viajantes ao longo dos anos que não demoramos muito a perceber o que está por trás das aparências. Além disso, quando os viajantes falam de suas lembranças mais caras, é impossível para eles ocultar a verdade. Um casal pode declarar estar unido por amor, mas nós, barqueiros, podemos ver em vez disso ressentimento, raiva e até ódio. Ou um enorme vazio. Às vezes, só o medo da solidão e mais nada. Um amor infinito, que resistiu à passagem dos anos, isso nós só encontramos raramente. E quando encontramos, temos enorme prazer em transportar o casal junto. Boa senhora, já falei mais do que devia."

"Eu te agradeço por isso, barqueiro. Era só para satisfazer a curiosidade de uma velha. Agora nós vamos deixá-lo em paz."

"Que vocês tenham uma boa viagem."

* * *

Eles voltaram pelo mesmo caminho que haviam aberto antes por entre as samambaias e urtigas. A tempestade tinha tornado o solo traiçoeiro; assim, por maior que fosse a ansiedade dos dois de deixar a vila para trás, eles avançavam com passos cuidadosos. Quando finalmente chegaram à estrada afundada, a chuva ainda não havia passado, e eles se abrigaram debaixo da primeira árvore frondosa que conseguiram encontrar.

"Você está muito encharcada, princesa?"

"Não se preocupe, Axl. O meu casaco cumpriu seu papel. E você, como está?"

"Nada que o sol não possa secar rapidamente quando voltar."

Eles pousaram as trouxas e ficaram encostados no tronco da árvore, recuperando o fôlego. Passado um tempo, Beatrice disse baixinho:

"Axl, estou com medo."

"Mas por quê, princesa? Nada de mal pode nos acontecer agora."

"Você se lembra daquela mulher estranha, vestida com trapos escuros, que você viu conversando comigo perto do velho pilriteiro naquele dia? Ela podia parecer uma andarilha maluca, mas a história dela tem muito em comum com a que a velha nos contou agora há pouco. O marido dela também tinha sido levado por um barqueiro, e ela, deixada para trás na praia. E quando estava voltando da enseada, chorando de tristeza e solidão, ela se viu atravessando a beira de um vale alto. Conseguia ver um bom pedaço do caminho à sua frente e também um bom pedaço atrás de si, e ao longo do caminho inteiro havia pessoas chorando exatamente como ela. Quando eu estava ouvindo essa história, fiquei com medo, mas não muito, porque disse a mim mesma que isso não tinha nada a ver com nós dois, Axl. Mas a mulher continuou falando e disse que esta terra tinha sido amaldiçoada com uma névoa do esquecimento, uma coisa sobre a qual nós mesmos já falamos várias vezes. E aí ela me perguntou: 'Como a senhora e o seu marido vão provar o seu amor um pelo outro, se não conseguem se lembrar do passado que compartilharam?'. E tenho pensado nisso desde então. Às vezes, penso nisso e fico com muito medo."

"Mas medo de quê, princesa? Nós não temos planos de viajar para nenhuma ilha desse tipo nem desejo de fazer nada parecido."

"Mesmo assim, Axl. E se nosso amor murchar antes que tenhamos a chance de sequer pensar em ir para esse lugar?"

"O que você está dizendo, princesa? Como é que o nosso amor pode murchar? Ele não está mais forte agora do que quando éramos dois jovens tolos e apaixonados?"

"Mas, Axl, nós não conseguimos sequer nos lembrar dessa época. Nem de nenhum dos anos entre aquele tempo e agora. Não lembramos das nossas brigas mais difíceis nem dos pequenos momentos que foram deliciosos e preciosos para nós. Não lembramos do nosso filho nem por que ele está longe de nós."

"Podemos fazer todas essas lembranças voltarem. Além disso, o sentimento que tenho por você no meu coração vai continuar lá de qualquer forma, não importa o que eu lembre ou esqueça. Você não sente assim também?"

"Eu sinto, Axl. Mas ao mesmo tempo eu me pergunto se o que sentimos no nosso coração hoje não é como esses pingos de chuva que ainda continuam caindo em cima de nós das folhas encharcadas da árvore, apesar de a chuva em si já ter parado de cair faz tempo. Eu me pergunto se, sem as nossas lembranças, o nosso amor não está condenado a murchar e morrer."

"Deus não permitiria uma coisa dessas, princesa." Axl disse isso bem baixinho, quase sussurrando, pois ele próprio tinha sentido um medo obscuro invadi-lo.

“No dia em que conversei com a estranha perto do velho pilriteiro”, Beatrice continuou, “ela me recomendou que não perdesse mais tempo. Disse que tínhamos que fazer todo o possível para lembrar o que vivemos juntos, tanto as coisas boas como as ruins. E agora aquele barqueiro, quando nós estávamos indo embora, deu exatamente a resposta que eu previa e temia. Que chance nós temos, Axl, do jeito que estamos agora? E se alguém como ele nos perguntasse quais são as nossas lembranças mais preciosas? Eu estou com tanto medo, Axl.”

“Não fique assim, não há nada a temer. As nossas lembranças não sumiram para sempre, elas só estão escondidas em algum lugar por causa dessa maldita névoa. Mas nós vamos encontrá-las de novo, uma por uma se for necessário. Não é por isso que estamos fazendo esta viagem? Quando o nosso filho estiver diante dos nossos olhos, muitas coisas com certeza vão começar a voltar à nossa memória.”

“Espero que sim. O que aquele barqueiro disse me deixou mais apavorada ainda.”

“Esqueça o barqueiro, princesa. O que poderíamos querer com o barco ou mesmo com a ilha dele? E você tem razão: a chuva parou e nós vamos ficar mais secos saindo debaixo desta árvore. Vamos seguir nosso caminho e parar de nos preocupar com essas coisas.”

3.

Se você visse a aldeia saxã à distância e a certa altura, ela teria lhe parecido mais familiar como "aldeia" do que o abrigo de Axl e Beatrice. Por uma razão: não havia nenhuma escavação colina adentro, talvez porque os saxões tivessem um senso mais aguçado de claustrofobia. Se estivesse descendo a encosta íngreme do vale, como Axl e Beatrice estavam fazendo naquele fim de tarde, você veria lá embaixo cerca de quarenta casas independentes, dispostas no fundo do vale em dois círculos irregulares, um dentro do outro. Talvez estivesse longe demais para notar as variações de tamanho e de luxo entre elas, mas teria visto os telhados de colmo e percebido que muitas delas eram casas redondas não muito diferentes do tipo de casa em que alguns de vocês, ou talvez seus pais, cresceram. E se sacrificavam de bom grado um pouco de segurança em troca dos benefícios do ar livre, os saxões tinham o cuidado de compensar isso: uma cerca alta, feita de mastros de madeira amarrados uns aos outros e pontiagudos como lápis gigantes, circundava a aldeia inteira. Em qualquer ponto, a cerca tinha pelo menos o dobro da altura de um homem e, para tornar a ideia de escalá-la ainda menos tentadora, um fosso profundo acompanhava todo o contorno da cerca pelo lado de fora.

Essa seria a imagem que Axl e Beatrice veriam logo abaixo quando pararam para recuperar o fôlego, enquanto desciam a encosta. O sol agora estava se pondo sobre o vale, e Beatrice, que enxergava melhor, estava mais uma vez se inclinando para a frente, um ou dois passos adiante de Axl, o capim e os dentes-de-leão ao seu redor batendo em sua cintura.

"Eu estou vendo quatro, não, cinco homens guardando o portão", ela disse. "E acho que eles estão armados com lanças. Quando estive aqui pela última vez com as mulheres, era só um guarda com um par de cães."

"Você tem certeza de que vamos ser bem recebidos aqui, princesa?"

"Não se preocupe, Axl, a essa altura eles já me conhecem muito bem. Além do mais, um dos anciãos deles é um bretão que é considerado por todos um líder sábio, apesar de não ser do mesmo sangue que os demais. Ele vai providenciar um abrigo seguro para passarmos a noite. Mesmo assim, Axl, acho que aconteceu alguma coisa e estou aflita. Agora chegou mais um homem com uma lança e veio trazendo um bando de cães ferozes."

"Quem entende o que se passa na cabeça dos saxões?", disse Axl. "Talvez seja melhor procurarmos abrigo em outro lugar esta noite."

"Já, já vai escurecer, Axl, e aquelas lanças não são por nossa causa. Além disso, há uma mulher lá que eu gostaria de visitar, uma mulher que entende mais de remédios que qualquer pessoa de nossa aldeia."

Axl ficou esperando que Beatrice dissesse mais alguma coisa. Como ela continuou calada, perscrutando o que acontecia ao longe, ele perguntou: "E por que você precisaria de remédios, princesa?".

"É um pequeno desconforto que eu sinto de vez em quando. Essa mulher pode conhecer alguma substância que alivie isso."

"Que tipo de desconforto? Onde é que você sente esse incômodo?"

"Não é nada, não. Só lembrei disso porque vamos precisar procurar abrigo aqui de qualquer forma."

"Mas onde é, princesa? Essa dor?"

"Ah..." Sem se virar para Axl, ela pôs uma das mãos na lateral do corpo, logo abaixo das costelas, e depois riu. "Não é nada de mais, não. Hoje você viu que isso não diminuiu o ritmo da minha caminhada até aqui."

"Não diminuiu mesmo. Eu é que precisei ficar implorando para nós pararmos para descansar."

"É o que estou dizendo, Axl. Então não é nada que seja motivo de preocupação."

"Não diminuiu nem um pouco mesmo. Na verdade, acho que você está tão forte quanto qualquer mulher com a metade da sua idade. Mesmo assim, se há uma pessoa aqui que pode ajudar a aliviar essa sua dor, que mal vai fazer se a procurarmos?"

"Era exatamente o que eu estava dizendo, Axl. Eu trouxe um pouco de estanho para trocar por remédios."

"Quem gosta dessas dorzinhas? Todos nós as temos e todos nós nos livraríamos delas se pudéssemos. Então, não há a menor dúvida de que temos de ir até essa mulher, se ela estiver aqui e aqueles guardas nos deixarem passar."

Já estava quase escuro quando eles atravessaram a ponte que passava por cima do fosso, e as tochas dos dois lados do portão foram acesas. Os guardas eram grandes e corpulentos, mas pareceram ficar em pânico quando viram os dois se aproximarem.

"Espere um pouco, Axl", Beatrice disse em voz baixa. "Eu vou sozinha falar com eles."

"Não chegue perto das lanças, princesa. Os cães parecem calmos, mas aqueles saxões parecem ensandecidos de medo."

"Se é você que eles temem, Axl, mesmo velho como está, logo vou lhes mostrar o quanto estão enganados."

Ela foi andando com intrepidez até eles. Os homens se agruparam em volta dela e, enquanto Beatrice falava, eles lançavam olhares desconfiados na direção de Axl. Então, um deles ordenou, na língua saxã, que Axl chegasse mais perto das tochas, presumivelmente para que pudessem conferir se ele não era um homem mais jovem disfarçado de velho. Em seguida, depois de trocarem mais algumas palavras com Beatrice, os homens permitiram que o casal passasse.

Axl ficou espantado de uma aldeia que à distância parecia se constituir de dois círculos organizados de casas acabar se revelando um labirinto tão caótico agora que eles estavam caminhando por suas vias estreitas. É bem verdade que estava escurecendo, mas, enquanto seguia atrás de Beatrice, Axl não conseguia encontrar nenhuma lógica nem padrão naquele lugar. Edificações surgiam inesperadamente na frente deles, bloqueando o caminho e forçando-os a entrar em desnorteantes vielas transversais. Além disso, eles eram forçados a andar com mais cautela ainda do que na estrada, pois não só o chão era todo esburacado e estava cheio de poças provocadas pela tempestade recente, como os saxões pareciam considerar aceitável deixar objetos aleatórios, até mesmo entulho, largados pelo caminho. Mas o que mais intrigava Axl era o odor que ora ficava mais forte, ora mais fraco conforme eles iam andando, mas nunca desaparecia. Como qualquer pessoa do seu tempo, Axl já estava bem acostumado com o cheiro de excremento, humano ou animal, mas aquilo era bem mais repugnante. Não demorou muito, ele descobriu a origem do odor: por toda a aldeia, as pessoas haviam deixado do lado de fora, na frente das casas ou do lado da rua, montes de carne em putrefação como oferendas para seus diversos deuses. Num dado momento, assaltado por um fedor particularmente forte, Axl tinha se virado e visto, pendurado no beiral de uma cabana, um objeto escuro que mudou de forma diante de seus olhos, quando a colônia de moscas pousada em cima do objeto se dispersou. Um instante depois, eles depararam com um porco sendo arrastado pelas orelhas por um grupo de crianças. Viram também cachorros, vacas e asnos soltos, sem que ninguém os vigiasse. As poucas pessoas que eles encontravam ficavam olhando fixa e silenciosamente para eles ou se escondiam mais que depressa atrás de uma porta ou cortina.

"Tem alguma coisa estranha aqui hoje", Beatrice sussurrou enquanto eles caminhavam. "Normalmente, eles estariam sentados na frente das casas ou reunidos em círculos, conversando e rindo. E as crianças a essa altura já estariam nos seguindo, fazendo centenas de perguntas e tentando decidir se iriam nos xingar ou ser nossas amigas. Está tudo quieto demais, e isso está me deixando nervosa."

"Nós estamos perdidos, princesa, ou ainda estamos indo para o lugar onde eles vão nos abrigar?"

"Eu estava pensando em visitar a mulher dos remédios primeiro, mas com as coisas do jeito que estão, talvez seja melhor irmos direto para a velha casa comunitária, para evitar confusão."

"Ainda falta muito para chegarmos à casa da mulher dos remédios?"

"Pelo que eu me lembro, falta bem pouco agora."

"Então vamos ver se ela está lá. Mesmo que o que você esteja sentindo seja só uma coisa boba, como nós sabemos que é, não faz sentido ficar com dor se ela pode ser curada."

"Dá para esperar até amanhã de manhã, Axl. Não é nem uma dor que eu note, quando não estamos falando sobre ela."

"Mesmo assim, princesa, agora que já estamos aqui, por que não ir de uma vez consultar essa sábia senhora?"

"Nós podemos ir, se você faz questão, Axl. Embora eu pudesse tranquilamente deixar isso para amanhã ou talvez para a próxima vez em que eu passar por aqui."

Enquanto conversavam, eles dobraram uma esquina e depararam com o que parecia ser a praça da aldeia. Uma fogueira ardia no centro da praça e, ao redor, iluminada pela claridade do fogo, uma multidão se aglomerava. Havia saxões de todas as idades, até mesmo crianças pequeninas no colo dos pais, e a primeira coisa que veio à cabeça de Axl foi que eles haviam topado com uma cerimônia pagã. No entanto, quando pararam para observar a cena diante deles, Axl percebeu que a atenção da multidão estava dispersa. Os rostos que ele conseguia ver tinham uma expressão grave, talvez assustada. As vozes eram baixas e, juntas, chegavam até eles como um murmúrio apreensivo. Um cachorro latiu para Axl e Beatrice e foi prontamente enxotado por vultos escuros. As pessoas da multidão que notavam a presença dos visitantes olhavam para eles com rostos sem expressão e logo depois perdiam o interesse.

"Quem é que sabe o que eles estão fazendo aqui, Axl", disse Beatrice. "Eu daria meia-volta agora mesmo, se a casa da mulher dos remédios não ficasse em algum lugar aqui por perto. Deixe-me ver se ainda consigo encontrar o caminho até lá."

Enquanto andavam em direção a uma fileira de cabanas à direita, eles se deram conta de que havia muito mais gente nas sombras, observando em silêncio a multidão reunida em volta do fogo. Beatrice parou para falar com uma dessas pessoas, uma mulher que estava diante da porta da sua própria casa, e depois de algum tempo Axl percebeu que aquela era a mulher dos remédios. Ele não estava conseguindo enxergá-la direito naquela penumbra, mas distinguiu a silhueta de uma mulher alta, de costas eretas, provavelmente de meia-idade, segurando um xale em torno dos braços e dos ombros. Ela e Beatrice continuavam conversando em voz baixa, às vezes olhando de relance para a multidão, outras vezes para Axl. Passado um tempo, a mulher fez um gesto convidando-os a entrar na cabana dela, mas Beatrice, indo até Axl, disse num tom suave:

"Deixe-me conversar com ela sozinha, Axl. Ajude-me a tirar essa trouxa das costas e espere por mim aqui fora."

"Eu não posso ir com você, princesa, mesmo sem entender quase nada da língua saxã?"

"São assuntos de mulher, marido. Deixe-me conversar com ela sozinha. Ela me disse que vai examinar esse meu velho corpo com cuidado."

"Desculpe, eu não estava pensando direito. Deixe-me pegar sua trouxa e pode ficar tranquila que espero aqui por quanto tempo você quiser."

Depois que as duas mulheres entraram na cabana, Axl sentiu um enorme cansaço, principalmente nos ombros e nas pernas. Tirando a própria trouxa das costas, ele se encostou na parede de turfa atrás de si e ficou observando a multidão. Havia agora uma crescente agitação: pessoas saíam andando às pressas da escuridão ao redor dele para se juntar à multidão, enquanto outras se afastavam correndo do fogo só para voltar instantes depois. As chamas iluminavam alguns rostos intensamente e deixavam outros na penumbra, mas depois de algum tempo Axl chegou à conclusão de que todas aquelas pessoas estavam esperando, com certa apreensão, que alguém ou alguma coisa emergisse da enorme casa de madeira situada à esquerda da fogueira. Dentro desse casarão, provavelmente um local de reuniões dos saxões, também devia haver uma fogueira acesa, pois suas janelas se esboçavam, oscilando entre a escuridão e a luz.

Axl estava prestes a cochilar, encostado na parede, ouvindo as vozes abafadas de Beatrice e da mulher dos remédios em algum ponto atrás dele, quando a multidão se agitou e se deslocou, soltando um leve grunhido coletivo. Alguns homens tinham saído do casarão de madeira e estavam andando em direção à fogueira. A multidão se aquietou e abriu caminho para eles, como na expectativa de uma declaração, mas nenhuma foi feita, e logo várias pessoas começaram a se aglomerar em torno dos recém-chegados, as vozes se elevando novamente. Axl notou que a atenção da multidão estava quase toda concentrada no homem que havia saído por último do casarão. Ele provavelmente não tinha mais que trinta anos, mas transmitia uma autoridade natural. Embora estivesse vestido com simplicidade, como um lavrador, não se parecia com ninguém naquela aldeia. Não era apenas o modo como havia jogado seu manto sobre um ombro, deixando à mostra o cinto e o punho da espada. Também não era simplesmente porque seu cabelo era mais comprido do que o de qualquer outro aldeão — pendia quase até os ombros, e ele havia prendido parte dos fios com uma tira de couro, para evitar que lhe caíssem nos olhos. Na verdade, o pensamento que passou pela cabeça de Axl foi que aquele homem havia prendido o cabelo para impedir que lhe tapasse a visão *durante o combate*. Essa ideia ocorrera de forma muito natural e só depois, ao refletir sobre isso, foi que ela o espantou, pois trazia em si um elemento de reconhecimento. Além disso, quando o estranho deixou que sua mão pousasse no punho da espada ao caminhar para o meio da multidão, Axl havia sentido, de modo quase tangível, o misto peculiar de alívio, alvoroço e medo que aquele movimento era capaz de despertar. Dizendo a si mesmo que voltaria a pensar nessas curiosas sensações mais tarde, Axl as tirou da cabeça e se concentrou na cena que se desenrolava diante dele.

Era a postura do homem, o modo como ele se movimentava e se posicionava, que tanto o distinguia dos que estavam ao seu redor. "Não adianta ele tentar se passar por um saxão comum", pensou Axl, "esse homem é um *guerreiro*. E talvez um guerreiro capaz de provocar grandes estragos quando quer."

Dois dos outros homens que haviam saído do casarão de madeira seguiam atrás dele de um jeito nervoso e, sempre que o guerreiro avançava mais fundo multidão adentro, ambos faziam o melhor que podiam para ficar perto dele, como crianças receosas de se perder do pai. Os dois homens, bastante jovens, também portavam espadas e, para completar, carregavam lanças na mão, mas notava-se que não estavam nem um pouco acostumados a usar essas armas. Além do mais, tinham bastante medo e pareciam não conseguir responder às palavras de incentivo que os outros aldeões estavam lhes dirigindo. Viravam os olhos de um lado para o outro, em pânico, mesmo enquanto outras pessoas lhes davam tapinhas nas costas ou lhes apertavam os ombros.

"O sujeito de cabelo comprido é um estranho que só chegou aqui uma ou duas horas antes de nós", Beatrice havia dito no ouvido de Axl. "É saxão, mas de uma terra distante. Lá dos pântanos do leste, segundo ele próprio disse, onde ultimamente tem combatido saqueadores vindos do mar."

Axl havia percebido já fazia algum tempo que a voz das mulheres tinha ficado mais nítida e, virando-se, viu que Beatrice e sua anfitriã tinham saído da casa e estavam paradas em frente à porta, logo atrás dele. Então a mulher dos remédios começou a falar em voz baixa, em saxão. Quando ela terminou de falar, Beatrice disse no ouvido dele:

"Parece que hoje mais cedo um dos aldeões voltou para cá esbaforido e com o ombro machucado. Quando conseguiram fazer com que se acalmasse, contou que ele, o irmão e um sobrinho, um menino de doze anos, estavam pescando no rio, no lugar de costume, quando foram atacados por dois ogros. Só que, de acordo com esse homem ferido, não eram ogros comuns, mas sim monstruosos, mais rápidos e mais espertos do que qualquer ogro que ele já tivesse visto. Os demônios — pois é assim que esses aldeões estão se referindo a eles — mataram o irmão dele na mesma hora e carregaram o menino, que estava vivo e se debatendo. O próprio homem ferido só conseguiu escapar depois de correr um bocado pela trilha da margem do rio, perseguido o tempo inteiro por grunhidos medonhos que pareciam chegar cada vez mais perto, mas no fim acabou conseguindo deixar os ogros para trás. É aquele que está ali agora, Axl, com a tala no braço, conversando com o estranho. Mesmo ferido, ele estava tão preocupado com o sobrinho que resolveu conduzir um grupo formado pelos homens mais fortes da aldeia de volta até o local, e eles viram a fumaça de uma fogueira perto da margem do rio. Quando estavam se aproximando de mansinho da fogueira, de armas em punho, os arbustos se abriram e parece que eram os mesmos dois demônios de antes, que tinham preparado uma armadilha. A mulher dos remédios diz que três homens foram mortos antes mesmo que os outros pensassem em correr para salvar a própria vida e, embora tenham voltado para casa ilesos, muitos deles agora estão na cama, tremendo e resmungando sozinhos, apavorados demais para sair de casa e desejar boa sorte a esses homens valentes que estão dispostos a ir até lá agora, mesmo com a noite caindo e a névoa chegando, para fazer o que doze homens fortes não conseguiram fazer em plena luz do dia."

"Eles sabem se o menino ainda está vivo?"

"Não sabem de nada, mas vão até o rio assim mesmo. Depois que o primeiro grupo voltou em pânico, não havia um único homem com coragem bastante para concordar em participar de uma nova expedição, apesar de toda insistência dos anciãos. Então, por obra do acaso, aquele estranho chegou à aldeia em busca de abrigo para passar a noite, depois que o cavalo dele machucou uma pata. E embora nada soubesse do menino nem da família dele antes de chegar aqui, ele declarou estar disposto a ajudar a aldeia. Aqueles que estão indo junto são outros dois tios do menino e, pelo jeito deles, eu diria que é mais provável que acabem atrapalhando o guerreiro do que lhe prestando algum auxílio. Olhe, Axl, eles estão tremendo de medo."

"Estou vendo, princesa. Mas, ainda assim, são homens corajosos, por se disporem a ir mesmo estando com tanto medo. Escolhemos uma noite ruim para pedir a hospitalidade desta aldeia. Há choro em algum lugar agora, e pode haver muito mais antes que a noite termine."

A mulher dos remédios pareceu entender alguma coisa do que Axl tinha dito, pois falou de novo, em sua própria língua. Em seguida, Beatrice disse: "Ela falou para irmos direto para a velha casa comunitária e não aparecermos de novo até de manhã. Se decidirmos ficar perambulando pela aldeia, ela diz que não há como prever se seremos bem recebidos numa noite como esta".

"Exatamente o que eu pensei, princesa. Então vamos seguir o conselho da boa senhora, se você ainda conseguir lembrar o caminho."

No entanto, justo naquele momento, a multidão fez um barulho repentino, depois o barulho se transformou em brados de estímulo, e ela se agitou de novo, como se estivesse lutando para mudar de forma. Então, começou a avançar, com o guerreiro e seus dois companheiros no meio da aglomeração. Em seguida, a multidão começou a cantar baixinho, e logo os espectadores que estavam nas sombras se uniram ao grupo, incluindo a mulher dos remédios. A procissão veio andando na direção deles e, embora a claridade do fogo tivesse ficado para trás, várias tochas estavam se deslocando com a multidão, de modo que Axl conseguia ver rostos de relance, alguns assustados, outros entusiasmados. Quando acontecia de uma tocha iluminar o guerreiro, sua expressão estava sempre calma. Ele olhava para um lado e para o outro como resposta às palavras de encorajamento que recebia, a mão mais uma vez pousada no punho da espada. Eles passaram por Axl e Beatrice, seguiram por entre duas fileiras de casas e sumiram de vista, embora o canto suave tenha permanecido audível durante algum tempo.

Talvez intimidados por aquela atmosfera, Axl e Beatrice ficaram imóveis durante algum tempo. Depois, Beatrice começou a fazer perguntas à mulher dos remédios acerca do melhor caminho para a casa comunitária, e logo Axl teve a impressão de que as duas mulheres estavam discutindo como chegar a outro destino completamente diferente, pois apontavam e faziam gestos na direção das colinas distantes situadas acima da aldeia.

Só quando a quietude se instalou na aldeia eles finalmente se dirigiram aos alojamentos. Estava mais difícil do que nunca encontrar o caminho na escuridão, e as tochas acesas em esquinas esporádicas pareciam apenas aumentar a confusão com as sombras que produziam. Eles andavam no sentido oposto ao que a multidão havia seguido, e as casas por que passavam estavam escuras e sem nenhum sinal evidente de vida.

"Ande devagar, princesa", Axl disse suavemente. "Se um de nós dois levar um tombo feio neste chão, eu não sei se alguma alma vai aparecer para nos ajudar."

"Axl, acho que nós nos perdemos de novo. Vamos voltar para a última esquina. Não é possível que eu não ache o caminho desta vez."

Passado um tempo, a trilha ficou mais reta e eles se viram andando ao lado da cerca perimetral que tinham visto da colina. Os mastros pontiagudos da cerca se elevavam acima deles num tom mais escuro do que o do céu noturno, e conforme seguiam adiante, Axl começou a ouvir vozes murmurantes que vinham de algum lugar acima deles. Então, viu que os dois não estavam mais sozinhos: lá no alto, em intervalos irregulares ao longo da barreira, havia formas que ele agora percebia serem de pessoas olhando por cima da cerca para a floresta escura do lado de fora. Axl mal acabara de partilhar essa observação com Beatrice, quando eles ouviram sons de passos se aproximando por trás. Os dois apertaram o passo, mas agora uma tocha estava se movendo ali perto e sombras passavam rapidamente na frente deles. A princípio, Axl pensou que haviam deparado com um grupo de aldeões vindo da direção oposta, mas depois percebeu que ele e Beatrice estavam completamente cercados. Homens saxões de diferentes idades e constituições físicas, alguns com lanças, outros brandindo enxadas, foices e diversas ferramentas, aglomeravam-se em volta do casal. Várias vozes se dirigiram a eles ao mesmo tempo, e parecia estar chegando cada vez mais gente. Axl sentia o calor das tochas apontadas para os seus rostos e, segurando Beatrice junto de si, tentou avistar o líder daquele grupo, mas não encontrou ninguém que parecesse exercer tal função. Além disso, todos os rostos estavam tomados de pânico, e ele se deu conta de que qualquer movimento brusco poderia ser catastrófico. Puxou Beatrice para fora do alcance de um rapaz de olhar particularmente alucinado que havia erguido uma faca trêmula no ar e vasculhou sua memória em busca de alguma frase em saxão. Como nada lhe ocorreu, decidiu fazer sons tranquilizadores, como os que faria para um cavalo arisco.

"Pare com isso, Axl", Beatrice sussurrou. "Eles não vão te agradecer por cantar cantigas de ninar para eles." Ela se dirigiu a um homem em saxão e depois a outro, mas os ânimos não melhoraram. Discussões exaltadas começavam a surgir, e um cachorro, puxando uma corda, atravessou a multidão para rosnar na direção deles.

Então as figuras tensas pareceram de repente se retrair. Suas vozes foram se calando, até que só restou uma, que bradava colericamente em algum ponto ainda distante. A voz foi chegando mais perto, e então o grupo se dividiu para abrir caminho para um homem atarracado e deformado, que caminhou arrastando os pés até o meio iluminado da multidão, apoiando-se num grosso cajado.

Ele era bastante idoso e, embora suas costas fossem relativamente retas, o pescoço e a cabeça se projetavam dos ombros num ângulo grotesco. Mesmo assim, todos os presentes pareceram se curvar à sua autoridade — até o cachorro parou de latir e se escondeu nas sombras. Mesmo com seu conhecimento limitado da língua saxã, Axl entendeu que a fúria do homem deformado só se devia em parte ao modo como os aldeões trataram os estranhos; eles estavam sendo repreendidos por terem abandonado seus postos de sentinela, e os rostos iluminados pela luz das tochas adquiriram uma expressão desconsolada, embora cheia de dúvida. Então, quando a voz do ancião se elevou a um nível ainda mais alto de raiva, os homens pareceram lentamente se lembrar de alguma coisa e foram, um a um, voltando para a escuridão da noite. Mas, mesmo depois que o último deles se foi, e ouviam-se sons de pés subindo escadas às pressas, o homem deformado continuou vociferando contra eles.

Por fim, ele se virou para Axl e Beatrice e, passando a falar na língua deles, disse sem nenhum vestígio de sotaque: "Como é possível eles esquecerem até isso e, ainda por cima, tão pouco tempo depois de terem visto o guerreiro partir com dois primos deles para fazer o que ninguém teve coragem de tentar fazer? Será que é a vergonha que deixa a memória deles tão fraca ou é só o medo mesmo?".

"Eles sem dúvida estão bem apavorados, Ivor", disse Beatrice. "Se uma aranha caísse perto deles agora, poderia fazer com que estraçalhassem uns aos outros. Lamentável essa guarnição que você enviou para nos receber."

"Peço desculpas, sra. Beatrice. E ao senhor também. Não

foi a acolhida que normalmente teriam aqui, mas, como puderam ver, os senhores chegaram numa noite de muito pânico."

"Não estamos conseguindo encontrar a casa comunitária, Ivor", disse Beatrice. "Se o senhor puder nos apontar o caminho, ficaríamos muito gratos. Eu e o meu marido estamos ansiosos para nos recolher e descansar, principalmente depois dessas boas-vindas."

"Eu gostaria de poder lhes prometer uma boa acolhida na casa comunitária, amigos, mas, numa noite como esta, não há como prever o que os meus vizinhos podem decidir fazer. Eu ficaria mais tranquilo se a senhora e o seu marido concordassem em passar a noite na minha casa, onde sei que os senhores não serão incomodados."

"Nós aceitamos de bom grado sua gentileza, senhor", Axl interveio. "Minha esposa e eu estamos muito necessitados de descanso."

"Então me sigam, amigos. Fiquem bem perto de mim e procurem falar baixo até chegarmos."

Eles seguiram Ivor escuridão adentro até chegarem a uma casa que, embora muito parecida com as outras na estrutura, era maior e ficava separada das demais. Assim que entraram pelo arco baixo, perceberam que o ar lá dentro estava cheio de fumaça de fogueira, coisa que, ao mesmo tempo em que fazia Axl sentir seu peito se contrair, também o fazia se sentir aquecido e bem-vindo. A fogueira em brasa fumegava no centro do cômodo, cercada de tapetes, peles de animais e móveis de carvalho e freixo. Enquanto Axl tratava de desencavar cobertas de dentro de suas trouxas, Beatrice desabou aliviada numa cadeira de balanço. Ivor, no entanto, permaneceu de pé perto da porta, com uma expressão preocupada no rosto.

"O tratamento que os senhores receberam agora há pouco", disse ele, "eu estremeço de vergonha só de pensar."

"Por favor, não vamos mais pensar nisso, senhor", disse Axl. "O senhor foi mais generoso conosco do que merecemos. E nós chegamos esta noite a tempo de ver aqueles homens valentes partirem em tão perigosa missão. Então entendemos muito bem o pânico que paira no ar, e não é de espantar que alguns se comportem de modo insensato."

"Se os senhores, que não são daqui, lembram dos nossos problemas, como é possível que aqueles idiotas já estejam esquecendo? Eles foram instruídos, com palavras que até uma criança entenderia, a manter suas posições na cerca a todo custo, uma vez que a segurança da comunidade inteira dependia disso, para não falar na necessidade de ajudar os nossos heróis caso eles chegassem aos portões perseguidos por monstros. E o que eles fazem? Dois estranhos passam e, esquecendo por completo das ordens que receberam e até mesmo das razões pelas quais as ordens foram dadas, partem para cima dos senhores feito lobos ensandecidos. Eu desconfiaria da minha própria sanidade se esses estranhos esquecimentos não acontecessem com tanta frequência por aqui."

"Está acontecendo a mesma coisa na nossa aldeia, senhor", disse Axl. "Minha esposa e eu já testemunhamos muitos esquecimentos desse tipo entre os nossos próprios vizinhos."

"Que interessante o que o senhor está me dizendo. Eu temia que essa praga estivesse se espalhando só pela nossa terra. E será que é pelo fato de eu ser velho ou por ser um bretão vivendo aqui entre saxões que muitas vezes sou o único a lembrar das coisas enquanto todos ao meu redor se esquecem?"

"Conosco acontece o mesmo, senhor. Apesar de sermos bastante atingidos pela névoa — pois foi assim que eu e a minha mulher passamos a nos referir a esse mal —, aparentemente somos menos afetados do que os mais jovens. O senhor consegue imaginar alguma explicação para isso?"

"Já ouvi muitas coisas a esse respeito, amigo, a maioria delas superstições saxãs. Mas, no inverno passado, um estranho que passou por aqui disse uma coisa sobre isso que tem me parecido mais plausível quanto mais eu penso nela... O que é isso agora?" Ivor, que havia permanecido perto da porta, com o cajado na mão, virou-se com uma agilidade surpreendente para alguém tão disforme. "Queiram me desculpar, amigos. Pode ser que os nossos bravos homens já tenham voltado. Por ora, é melhor que os senhores fiquem aqui dentro e não se mostrem."

Quando Ivor saiu, Axl e Beatrice permaneceram em silêncio durante algum tempo, de olhos fechados, gratos, em suas respectivas cadeiras, pela chance de descansar. Então Beatrice disse em voz baixa:

"O que você acha que o Ivor ia dizer naquela hora, Axl?"

"Quando, princesa?"

"Quando ele estava falando da névoa e da razão de ser dela."

"Foi só um rumor que ele ouviu uma vez. Mas vamos pedir que ele fale mais sobre isso, sim. É um homem admirável. Ele sempre viveu com os saxões?"

"Pelo que me disseram, ele vive desde que se casou com uma saxã, muito tempo atrás. Eu nunca soube o que foi feito dela. Axl, não seria bom saber a causa da névoa?"

"Seria muito bom, de fato, mas de que isso adiantaria, eu não sei."

"Como é que você pode dizer isso, Axl? Como você pode dizer uma coisa tão cruel?"

"O que foi, princesa? Qual é o problema?", perguntou Axl, se desencostando da cadeira para olhar para a esposa. "Eu só quis dizer que conhecer a causa não iria fazer a névoa desaparecer, nem aqui nem na nossa terra."

"Se houver alguma chance de entender a névoa, isso pode fazer uma diferença enorme para nós. Como é que você pode fazer tão pouco-caso disso, Axl?"

"Desculpe, princesa, eu não pretendia fazer pouco-caso. É que eu estava com outras coisas na cabeça."

"Em que outras coisas você pode estar pensando, quando hoje mesmo nós ouvimos aquele barqueiro dizer aquilo?"

"Outras coisas, princesa... Por exemplo, se aqueles homens valentes regressaram de fato e conseguiram trazer o menino de volta ileso. Ou se esta aldeia, com seus guardas apavorados e aquele portão frágil, vai ser invadida esta noite por demônios monstruosos querendo vingança por causa do tratamento grosseiro que receberam. Tem muitas outras coisas que podem ocupar os pensamentos de uma pessoa, além da névoa e da conversa supersticiosa de barqueiros desconhecidos."

"Não precisa ser ríspido, Axl. Eu não estava querendo puxar briga."

"Desculpe, princesa. Deve ser a atmosfera tensa daqui que está me afetando."

Mas Beatrice tinha ficado amuada. "Não há necessidade de falar de maneira tão ríspida", ela resmungou, quase como se estivesse falando consigo mesma.

Levantando-se, Axl foi até a cadeira de balanço, se agachou um pouco e segurou Beatrice junto ao seu peito. "Desculpe, princesa", disse ele. "Vamos conversar com o Ivor sobre a névoa sem falta antes de irmos embora daqui." Depois de alguns instantes, durante os quais os dois continuaram abraçados, Axl disse: "Para ser franco, tinha uma coisa específica ocupando os meus pensamentos agora há pouco".

"O que era, Axl?"

"Eu estava me perguntando o que a mulher dos remédios teria dito a você sobre sua dor."

"Ela disse que não era nada além do que já era mesmo de esperar com a idade."

"Exatamente o que eu vinha dizendo o tempo todo, princesa. Eu não disse a você que não havia motivo para se preocupar?"

"Não era eu que estava preocupada, marido. Foi você quem insistiu que fôssemos até a mulher dos remédios hoje."

"E foi bom nós termos ido, pois assim não precisamos mais nos preocupar com a sua dor, se é que chegamos a ficar preocupados."

Ela se desvencilhou delicadamente do abraço dele e deixou que a cadeira de balanço se inclinasse para trás com suavidade. "Axl", disse ela. "A mulher dos remédios mencionou um velho monge que ela diz que é muito sábio, mais sábio até do que ela. Ele já ajudou muitas pessoas desta aldeia. Chama-se Jonus. O mosteiro onde ele mora fica a um dia de viagem daqui, subindo a estrada da montanha a leste."

"A estrada da montanha a leste." Axl foi andando até a porta, que Ivor tinha deixado entreaberta, e olhou para a escuridão lá fora. "Eu estou pensando, princesa, que amanhã poderíamos tranquilamente pegar a estrada mais alta, em vez da estrada baixa que atravessa a floresta."

"É uma estrada difícil, Axl. Tem muita ladeira. Vai acrescentar no mínimo um dia à viagem, e nosso filho está ansioso à nossa espera."

"Isso tudo é verdade, mas seria uma pena, já tendo chegado até aqui, não irmos ver esse monge sábio."

"A mulher dos remédios só disse isso porque estava achando que íamos seguir viagem por aquele caminho. Quando eu disse a ela que era mais fácil chegar à aldeia do nosso filho pela estrada baixa, ela mesma concordou que não valeria muito a pena então, já que não há nada me incomodando a não ser as dores que costumam mesmo aparecer com a idade."

Axl continuou olhando para a escuridão pelo vão da porta. "Mesmo assim, princesa, ainda podemos pensar sobre isso. Mas agora o Ivor vem vindo ali e não está parecendo contente."

Ivor entrou pisando forte e respirando forte. Sentando-se

numa cadeira larga coberta de peles, deixou seu cajado cair com estrépito no chão, perto de seus pés. "O idiota de um rapaz jurou que tinha visto um demônio escalar o lado de fora da nossa cerca e disse que o monstro ainda estava lá, nos espiando por cima da cerca. Foi um rebuliço tremendo, como vocês podem imaginar, e eu não tive outro jeito senão convocar um grupo para ir até lá ver se era verdade. Claro que não havia nada no lugar para onde ele estava apontando a não ser o céu noturno, mas ele continuou dizendo que o demônio estava lá olhando para nós, e aí os outros ficaram se escondendo atrás de mim feito crianças, com as suas enxadas e lanças. Por fim, o idiota acabou confessando que pegou no sono enquanto estava de guarda e que viu o demônio num sonho. Depois disso, eles obviamente voltaram correndo para os seus postos, certo? Errado! Eles estavam tão apavorados que tive que jurar que, se eles não fossem, eu ia cobri-los de pancada até que os próprios parentes deles os confundissem com pedaços de carne." Ele olhou ao redor, ainda respirando ruidosamente. "Desculpem este seu anfitrião, amigos. Eu vou dormir naquele quarto ali, se é que vou conseguir dormir esta noite. Então, façam o que puderem para encontrar conforto aqui, embora haja pouco à disposição."

"Pelo contrário, senhor", disse Axl. "O senhor está nos oferecendo acomodações extremamente confortáveis e nós lhe agradecemos por isso. Lamento que não tenham sido notícias melhores que o chamaram lá fora há pouco."

"Ainda vamos precisar esperar para ter notícias, talvez a noite inteira e pela manhã adentro também. Para onde os senhores estão indo, amigos?"

"Vamos seguir para o leste amanhã, senhor, rumo à aldeia do nosso filho, que nos espera ansioso. Mas talvez o senhor possa nos ajudar a esse respeito, pois a minha mulher e eu estávamos agora mesmo discutindo qual seria a melhor estrada a tomar.

Nós soubemos que um sábio monge chamado Jonus mora num mosteiro situado na estrada que sobe a montanha e estávamos pensando em consultá-lo acerca de um pequeno problema."

"Jonus sem dúvida é um nome muito reverenciado, embora eu nunca tenha visto o homem frente a frente. Vão consultá-lo sim, mas fiquem avisados de que a viagem até o mosteiro não é nada fácil. Os senhores vão enfrentar um caminho íngreme durante a maior parte do dia. E quando ele finalmente se tornar plano, os senhores terão que tomar muito cuidado para não se perder, pois estarão no território de Querig."

"Querig, a dragoa? Faz tanto tempo que não ouço falar nela. Ainda é temida nesta região?"

"Hoje ela raramente sai das montanhas", disse Ivor. "Embora seja capaz de atacar um viajante por impulso, é bem provável que ela muitas vezes leve a culpa por obras de animais selvagens ou bandidos. Para mim, a ameaça que Querig representa não vem de suas ações, mas sim de sua longa presença aqui. Enquanto ela permanecer em liberdade, todo tipo de mal vai continuar se alastrando pela nossa terra como uma praga, inevitavelmente. Vejam esses demônios que estão nos atormentando hoje. De onde vieram? Não são simples ogros. Ninguém aqui nunca viu nada parecido com eles antes. Por que vieram para cá, acampar na margem do nosso rio? Querig pode só aparecer raramente, mas muitas forças sombrias derivam dela e é uma desgraça que ela continue viva esses anos todos."

"Mas, Ivor", disse Beatrice, "quem iria querer desafiar uma fera dessas? Pelo que todos dizem, Querig é uma dragoa extremamente feroz e está escondida num terreno difícil."

"Tem razão, sra. Beatrice, é uma tarefa aterrorizante. Na verdade, há um velho cavalheiro, remanescente dos tempos de Arthur, que foi encarregado por aquele grande rei, muitos anos atrás, de matar Querig. Talvez os senhores cruzem com ele, se forem pela estrada da montanha. É difícil não vê-lo, vestido com uma cota de malha enferrujada e montado num corcel combalido, sempre ansioso para declarar sua missão sagrada, embora eu duvide que o velho tonto tenha causado um instante sequer de tensão àquela dragoa. Vamos ficar velhos decrépitos esperando o dia em que ele cumpra o seu dever. Vão até o mosteiro, sim, amigos, mas vão com cautela e façam todo o possível para chegar a um abrigo seguro até o anoitecer."

Ivor começou a andar em direção ao quarto, mas Beatrice rapidamente se desencostou da cadeira e disse:

"O senhor estava falando da névoa, Ivor, de ter ouvido alguma coisa a respeito de sua causa, mas foi chamado lá fora antes de concluir o que estava dizendo. Gostaríamos muito de ouvir o que o senhor tem a dizer sobre esse assunto."

"Ah, a névoa. É um bom nome para isso. Quem sabe o que há de verdadeiro no que nós ouvimos dizer, sra. Beatrice? Imagino que eu estivesse falando do estranho que passou pela nossa aldeia ano passado e se hospedou aqui. Ele era da região dos pântanos, como o nosso valente visitante desta noite, embora falasse um dialeto muitas vezes difícil de entender. Ofereci a ele o abrigo desta casa, como fiz com os senhores, e nós conversamos sobre muitos assuntos ao longo da noite, inclusive sobre a névoa, como os senhores tão adequadamente a chamam. A nossa estranha mazela o deixou muito interessado e o homem me fez várias perguntas sobre o assunto. Depois, ele disse uma coisa que descartei na hora, mas sobre a qual tenho refletido muito desde então. O estranho sugeriu que talvez o próprio Deus tenha esquecido boa parte do nosso passado, acontecimentos muito longínquos, acontecimentos do mesmo dia. E se uma coisa não está na mente de Deus, qual é a chance de ela permanecer na de homens mortais?"

Beatrice arregalou os olhos para ele. "O senhor acha isso possível, Ivor? Todos somos seus filhos queridos. Será que Deus iria esquecer o que nós fizemos e o que aconteceu conosco?"

"Foi exatamente a pergunta que eu fiz, sra. Beatrice, e o estranho não tinha nenhuma resposta a oferecer. Mas, desde aquele dia, tenho me pegado pensando cada vez mais nas palavras dele. Talvez seja uma explicação tão boa quanto qualquer outra para o que os senhores chamam de névoa. Agora os amigos me perdoem, mas preciso descansar um pouco enquanto posso."

Axl se deu conta de que Beatrice estava sacudindo seu ombro. Ele não tinha a menor ideia de quanto tempo eles haviam dormido: ainda estava escuro, mas havia ruídos lá fora, e ele ouviu Ivor dizer em algum lugar acima dele: "Vamos rezar para que sejam boas notícias, e não o nosso fim". Quando Axl se sentou, porém, o anfitrião já havia saído, e Beatrice disse: "Depressa, Axl, vamos ver se as notícias são boas ou ruins".

Tonto de sono, ele enroscou o braço no da esposa e, juntos, eles saíram cambaleantes noite afora. Havia muito mais tochas acesas agora, algumas flamejando do alto da barreira, o que tornava bem mais fácil enxergar o caminho que se seguia. Pessoas se deslocavam de um lado para o outro, cachorros latiam e crianças choravam. Então, certa ordem pareceu se impor, e Axl e Beatrice se viram no meio de uma procissão, que seguia apressada num único sentido. Eles estacaram de repente, e Axl ficou surpreso ao ver que já estavam na praça central — obviamente, havia um caminho mais curto da casa de Ivor até a praça do que o que eles haviam feito antes. A fogueira ardia com mais intensidade do que nunca, tanto que Axl por um instante pensou que tinha sido o calor do fogo que fizera os aldeões pararem. No entanto, olhando além das fileiras de cabeças, ele viu que o guerreiro havia voltado. Bastante calmo, o homem estava parado à esquerda do fogo, com um lado do corpo iluminado e o outro na sombra. A parte visível do seu rosto estava coberta do que Axl reconheceu como minúsculos pingos de sangue, como se ele tivesse acabado de atravessar uma névoa fina desse líquido. Seu cabelo comprido, embora ainda estivesse preso, tinha mechas soltas e parecia molhado. Suas roupas estavam cobertas de lama e talvez também de sangue, e o manto que ele jogara com displicência sobre o ombro ao partir estava agora rasgado em vários lugares. Mas o homem em si parecia ileso e agora conversava em voz baixa com três dos anciãos da aldeia, sendo um deles Ivor. Axl percebeu também que o guerreiro estava segurando algum objeto na dobra do braço.

Enquanto isso, os aldeões haviam começado a aclamar o guerreiro entoando palavras em coro, suavemente a princípio, depois com veemência cada vez maior, até que por fim ele se virou para a multidão em reconhecimento. A conduta dele era destituída de qualquer sinal patente de vanglória. E quando ele começou a se dirigir à multidão, sua voz, embora alta o bastante para que todos ouvissem, dava de alguma forma a impressão de que ele estava falando num tom baixo e íntimo, adequado ao assunto solene.

Seus ouvintes fizeram silêncio para captar cada palavra, e logo o guerreiro já estava extraindo deles murmúrios de aprovação ou arquejos de horror. Num determinado momento, ele fez um gesto para um lugar atrás de si, onde Axl notou pela primeira vez, sentados no chão bem na beira do círculo da claridade do fogo, os dois homens que haviam partido com o guerreiro. Eles pareciam ter caído ali de uma grande altura e estar atordoados demais para se levantar. A multidão começou a aclamá-los, mas os dois não pareceram notar, pois continuaram olhando fixamente para um ponto à frente.

O guerreiro, então, virou-se de novo para a multidão e disse alguma coisa que fez com que os brados de aclamação se extinguissem. Aproximou-se do fogo e, pegando com uma das mãos o objeto que segurava na dobra do braço, levantou-o no ar.

Axl viu o que parecia ser a cabeça de uma criatura presa a um pescoço grosso, cortado logo abaixo da garganta. Caracóis de cabelo escuro pendiam do cocuruto, emoldurando um rosto sinistramente desprovido de feições: onde os olhos, o nariz e a boca deveriam estar, havia apenas faixas de pele encaroçada, como a de um ganso, e nas bochechas, alguns tufos de penugem. A multidão deixou escapar um grunhido, e Axl a sentiu recuar de medo. Só então foi que ele se deu conta de que o que eles estavam vendo não era uma cabeça de forma alguma, mas sim uma parte do ombro e do braço de alguma criatura semelhante a um ser humano, mas muito maior que uma pessoa normal. O guerreiro, na verdade, estava segurando o seu troféu pelo coto, perto dos bíceps, com a ponta do ombro para cima, e naquele momento Axl viu que o que ele tinha confundido com mechas de cabelo eram tendões pendendo do corte que separara aquele segmento do resto do corpo.

Pouco depois, o guerreiro baixou seu troféu e o deixou cair perto de seus pés, como se agora mal conseguisse sentir o devido desprezo pelos restos mortais da criatura. Pela segunda vez, a multidão recuou, para logo depois avançar e começar novamente a entoar palavras em coro. Dessa vez, porém, o coro se extinguiu quase que de imediato, pois o guerreiro começou a falar de novo. Embora não conseguisse entender uma palavra, Axl sentia de modo palpável a agitação nervosa a seu redor. Beatrice disse no ouvido dele:

"Nosso herói matou os dois monstros. Um deles fugiu para a floresta com uma ferida letal e não vai sobreviver até o fim da noite. O outro resistiu e lutou e, pelos pecados que cometeu, o guerreiro trouxe aquele pedaço dele que você vê ali no chão. O resto do corpo do monstro se arrastou até o lago para anestesiar a dor e lá afundou nas águas negras. O menino, Axl, você está vendo o menino ali?"

Quase fora da claridade do fogo, um pequeno grupo de mulheres tinha se juntado em volta de um rapazinho magro, de cabelo escuro. Ele já tinha quase a altura de um homem adulto, mas percebia-se que, debaixo do cobertor em que agora estava enrolado, ele ainda tinha o corpo franzino de um menino. Uma mulher havia trazido um balde e estava limpando a sujeira agarrada à pele do rosto e do pescoço do garoto, mas ele parecia alheio. Seus olhos estavam fixos nas costas do guerreiro à sua frente, embora de vez em quando ele inclinasse a cabeça para o lado, como se estivesse tentando espiar por entre as pernas do guerreiro para ver o pedaço de corpo caído no chão.

Axl ficou surpreso quando percebeu que ver o menino resgatado ali, vivo e obviamente sem nenhum ferimento grave, não lhe trouxe nem alívio nem alegria, mas sim uma vaga inquietação. Supôs a princípio que isso estivesse relacionado com o comportamento estranho do próprio menino, mas depois se deu conta do que estava errado, na verdade: havia algo esquisito no modo como aquele menino, cuja segurança era a principal preocupação da comunidade até pouco tempo atrás, estava sendo recebido agora. O tratamento distante, quase frio, dado ao rapaz fez Axl se lembrar do incidente envolvendo a menina Marta, que acontecera em sua própria aldeia, e ele se perguntava se o menino, assim como Marta, estaria sendo esquecido. Mas por certo não poderia ser esse o caso ali, pois ainda agora havia gente apontando para ele, e as mulheres que estavam à sua volta encaravam a multidão como se estivessem na defensiva.

"Eu não estou conseguindo entender o que eles estão dizendo, Axl", Beatrice falou no ouvido dele. "Há alguma desavença a respeito do menino, embora seja uma grande bênção ele ter sido trazido de volta são e salvo e ele próprio demonstre uma calma surpreendente depois do que seus jovens olhos viram."

O guerreiro ainda estava se dirigindo à multidão, e a voz dele tinha adquirido um tom de apelo. Era quase como se ele estivesse fazendo uma acusação, e Axl sentiu que o ânimo da multidão estava mudando. O sentimento de reverência e gratidão estava cedendo lugar a alguma outra emoção, e havia incerteza e até medo no burburinho que se avolumava ao redor de Axl. O guerreiro falou de novo, com voz severa, apontando para trás, na direção do menino. Então Ivor se aproximou da claridade do fogo e, parando ao lado do guerreiro, disse algo que arrancou urros de protesto menos inibidos de partes da plateia. Uma pessoa atrás de Axl gritou alguma coisa, e então começaram a brotar discussões de todos os lados. Ivor elevou a voz e por um breve momento houve silêncio, mas logo depois a gritaria recomeçou, agora acompanhada de um empurra-empurra nas sombras.

"Ah, Axl, por favor, vamos embora correndo!", Beatrice pediu em seu ouvido. "Aqui não é lugar para nós."

Axl pôs o braço em torno dos ombros dela e começou a abrir caminho por entre a multidão, mas alguma coisa o fez olhar para trás mais uma vez. O menino não havia mudado de posição e continuava com o olhar fixo nas costas do guerreiro, aparentemente alheio ao tumulto à sua frente. A mulher que vinha cuidando dele, porém, havia dado alguns passos para a frente e olhava com incerteza ora para o menino, ora para a multidão. Beatrice puxou o braço dele. "Por favor, Axl, nos tire daqui. Estou com medo de que nos machuquem."

A população inteira da aldeia devia estar na praça, pois eles não encontraram ninguém no caminho de volta para a casa de Ivor. Só quando avistaram a moradia foi que Axl perguntou: "O que eles estavam dizendo quando nós saímos de lá, princesa?".

"Eu não sei direito, Axl. Era muita coisa ao mesmo tempo

para o meu parco entendimento. Eles estavam discutindo alguma coisa sobre o menino que foi salvo, e os ânimos se exaltaram. Ainda bem que saímos de lá. Depois nós procuramos saber o que aconteceu."

Quando Axl acordou na manhã seguinte, raios de sol atravessavam o quarto. Ele estava no chão, mas tinha dormido numa cama de tapetes macios e debaixo de cobertas quentes — uma acomodação mais suntuosa do que aquela à qual ele estava acostumado — e seu corpo estava bem descansado. Além disso, ele estava de bom humor, pois acordara com uma lembrança agradável vagando pela sua cabeça.

Beatrice se remexeu ao lado dele, mas seus olhos continuaram fechados e sua respiração, constante. Axl ficou observando-a, como fazia com frequência nessas horas, esperando que uma suave sensação de alegria lhe invadisse o peito. Isso logo aconteceu, exatamente como ele esperava, mas hoje a sensação estava misturada com um pouco de tristeza. Esse sentimento o surpreendeu, e Axl passou a mão de leve pelos ombros da esposa, como se aquele gesto pudesse afugentar a tristeza.

Ele ouvia ruídos lá fora, mas, diferente dos barulhos que os tinham acordado no meio da noite, aqueles eram ruídos normais, de pessoas cuidando de seus afazeres numa manhã normal. Ocorreu a Axl que ele e Beatrice tinham dormido até mais tarde do que seria prudente, mas mesmo assim ele hesitava em acordar a esposa e continuou a observá-la. Passado um tempo, ele se levantou com cuidado, foi andando até a porta de madeira e a abriu um pouco. Essa porta — uma porta "de verdade", com dobradiças de madeira — fez um rangido, e o sol entrou com força pela fresta, mas mesmo assim Beatrice continuou dormindo. Um pouco preocupado agora, Axl voltou para onde ela estava e se agachou ao seu lado, sentindo uma rigidez nos joelhos ao fazer isso. Por fim, Beatrice abriu os olhos e levantou a cabeça para olhar para ele.

"Está na hora de levantar, princesa", disse ele, escondendo o alívio que estava sentindo. "A aldeia já está de pé, e o nosso anfitrião já saiu faz tempo."

"Então você devia ter me acordado mais cedo, Axl."

"É que você parecia tão tranquila. E depois de um dia longo como o de ontem, eu achei que dormir mais um pouquinho te faria bem. E eu estava certo, porque agora você está parecendo tão cheia de vida quanto uma jovem noiva."

"Você já começou com as suas tolices e nós ainda nem sabemos o que aconteceu à noite. Pelos sons que estão vindo lá de fora, parece que eles não se espancaram até virar pedaços sangrentos de carne. Estou ouvindo vozes de crianças e latidos de cachorros alegres e bem alimentados. Tem água aqui para nos lavarmos, Axl?"

Um pouco mais tarde, depois de se arrumarem da melhor forma que puderam — e como Ivor ainda não tinha voltado —, eles saíram para o ar fresco e revigorante da manhã luminosa em busca de alguma coisa para comer. A aldeia agora pareceu a Axl um lugar muito mais acolhedor. As choupanas redondas, que no escuro davam a impressão de estar posicionadas de modo tão caótico, agora surgiam diante deles em fileiras bem organizadas, suas sombras idênticas formando uma ordeira avenida no meio da aldeia. Homens e mulheres andavam apressados de um lado para o outro, carregando ferramentas ou bacias de lavar roupa e seguidos por grupos de crianças. Os cachorros, embora numerosos como sempre, pareciam dóceis. A única coisa que lembrava a Axl o lugar anárquico que ele adentrara na noite anterior era um asno que defecava tranquilamente ao sol, bem na frente de um poço. Alguns aldeões haviam até inclinado a cabeça ou sussurrado saudações ao passar por eles, embora nenhum tenha ido tão longe a ponto de lhes dirigir a palavra.

Eles ainda não haviam andado muito quando avistaram as figuras contrastantes de Ivor e do guerreiro postadas diante deles na rua, suas cabeças próximas uma da outra enquanto conversavam. Quando Axl e Beatrice se aproximaram, Ivor deu um passo para trás e um sorriso constrangido.

"Eu não quis acordá-los antes da hora", disse ele. "Mas sou péssimo anfitrião e os senhores devem estar famintos. Venham comigo até a velha casa comunitária que eu providencio para que lhes sirvam uma boa refeição. Mas antes, amigos, permitam que eu lhes apresente o nosso herói de ontem à noite. Os senhores verão que o sr. Wistan entende a nossa língua sem dificuldade."

Axl se virou para o guerreiro e inclinou a cabeça. "Eu e minha esposa ficamos honrados em conhecer um homem de tanta coragem, generosidade e habilidade. Os seus feitos de ontem à noite foram notáveis."

"Os meus feitos não foram nada de extraordinário, senhor, como as minhas habilidades também não são", o guerreiro falou com voz suave, como antes, e com um esboço de sorriso no olhar. "Eu tive sorte ontem à noite e também a valiosa ajuda dos meus valentes companheiros."

"Os companheiros de que ele fala", disse Ivor, "estavam ocupados demais se borrando para participar da batalha. Foi esse homem sozinho quem destruiu os demônios."

"Por favor, senhor, vamos esquecer esse assunto." O guerreiro tinha se dirigido a Ivor, mas agora estava olhando fixamente para Axl, como se algum traço no rosto do velho o fascinasse.

"O senhor fala a nossa língua muito bem", disse Axl, um pouco constrangido com o escrutínio.

O guerreiro continuou examinando Axl, depois parou e riu.

"Eu peço desculpas, senhor. Por um momento pensei que... Mas me desculpe. O meu sangue é todo saxão, porém fui criado numa região não muito distante daqui e convivi bastante com bretões. Então, aprendi a sua língua ao mesmo tempo em que aprendi a minha. Hoje já não estou mais tão acostumado com ela, pois moro longe, lá na região dos pântanos, onde se ouve muitas línguas estranhas, mas não a sua. Então, o senhor terá que desculpar os meus erros."

"Longe disso, senhor", disse Axl. "Mal se nota que o senhor não é um falante nativo. Na verdade, não pude deixar de notar ontem à noite a maneira como o senhor carrega sua espada: mais próxima da cintura e mais alta do que os saxões costumam carregar, a mão pousando com facilidade no punho quando o senhor anda. Espero que não se ofenda com o que eu vou dizer, mas é uma maneira muito parecida com a dos bretões."

Novamente Wistan riu. "Os meus companheiros saxões vivem zombando não só da maneira como carrego a espada, mas também do modo como a manejo. Mas, sabe, as habilidades que tenho me foram ensinadas por bretões, e eu não poderia ter desejado melhores mestres. O que eles me ensinaram já me livrou de muitos perigos e me salvou de novo ontem à noite. Perdoe a minha impertinência, mas eu noto que o senhor também não é daqui desta região. Por acaso a sua terra natal fica a oeste?"

"Nós somos da região vizinha, senhor. A um dia de caminhada daqui, no máximo."

"Mas muitos anos atrás talvez o senhor tenha vivido mais para oeste, não?"

"Como eu disse, senhor, eu sou da região vizinha."

"Perdoe-me pelos meus maus modos, senhor. É que, tendo viajado até este ponto tão a oeste, estou sentindo uma grande nostalgia da terra da minha infância, embora saiba que ela ainda está um pouco distante, e me pego vendo em toda parte vestígios de rostos dos quais só guardo vagas lembranças. O senhor e sua boa esposa vão voltar para casa esta manhã?"

"Não, senhor, nós estamos indo para leste, rumo à aldeia de nosso filho, onde esperamos chegar daqui a dois dias."

"Ah, vocês vão pegar a estrada que atravessa a floresta, então."

"Na verdade, senhor, pretendemos pegar a estrada alta que sobe as montanhas, pois há um homem sábio no mosteiro lá localizado e esperamos que ele nos conceda uma audiência."

"É mesmo?" Wistan assentiu, pensativo, e mais uma vez ficou olhando atentamente para Axl. "Pelo que me disseram, essa estrada é bastante íngreme."

"Meus hóspedes ainda estão de barriga vazia", disse Ivor, intrometendo-se. "Com sua licença, sr. Wistan, agora vou levá-los até a casa comunitária. Depois, se o senhor me permitir, eu gostaria de retomar a conversa que estávamos tendo ainda há pouco." Ele diminuiu a voz e disse alguma coisa em saxão, ao que Wistan respondeu fazendo que sim com a cabeça. Em seguida, virando-se para Axl e Beatrice, Ivor balançou a cabeça e disse com ar grave: "Apesar dos grandes esforços deste homem ontem à noite, nossos problemas ainda estão longe de estar resolvidos. Mas venham comigo, amigos. Os senhores devem estar famintos".

Ivor saiu andando do seu jeito claudicante, fincando seu cajado na terra a cada passo. Parecia distraído demais para notar que seus hóspedes estavam ficando para trás nas vielas apinhadas de gente. Num determinado momento, quando Ivor estava vários passos à frente deles, Axl comentou com Beatrice: "Aquele guerreiro é um homem admirável, você não achou, princesa?".

"Sem dúvida", ela respondeu de um jeito contido. "Mas era estranho aquele jeito como ele ficava olhando para você, Axl."

Não houve tempo para dizer mais nada, pois Ivor, notando finalmente que corria o risco de perdê-los pelo caminho, havia parado numa esquina.

Pouco depois, eles chegaram a um pátio ensolarado. Gansos zanzavam pelo terreno, que era dividido por um riacho artificial — um canal raso escavado na terra, ao longo do qual um curso de água fluía com urgência. No trecho mais largo e raso do riacho havia uma pontezinha simples, feita de duas pedras planas, e naquele momento uma criança crescida estava agachada numa das pedras, lavando roupa. Axl achou aquela cena quase idílica e teria parado para contemplá-la se Ivor não continuasse a avançar com passadas largas e firmes em direção à casa baixa e comprida, encimada por um volumoso telhado de colmo e cujo comprimento ocupava toda a extensão dos fundos do pátio.

No interior dela, você não teria achado aquela casa comunitária muito diferente do tipo de refeitório rústico que você já pode ter frequentado em uma ou outra instituição. Havia fileiras de mesas e bancos compridos e, perto de um dos cantos, uma cozinha e uma área para as pessoas se servirem. A principal diferença daquele lugar para um refeitório moderno teria sido a presença dominante do feno: havia feno acima da cabeça das pessoas, feno debaixo de seus pés e, embora não fosse de propósito, feno espalhado por toda a superfície das mesas, soprado pelas rajadas de vento que varavam o longo salão regularmente. Numa manhã como aquela, quando os nossos viajantes se sentaram para fazer a primeira refeição do dia, os raios de sol que penetravam pelas janelinhas parecidas com vigias teriam revelado que o próprio ar estava cheio de partículas de feno flutuantes.

A velha casa comunitária estava deserta quando eles chegaram, mas Ivor foi até a área da cozinha e, instantes depois, duas senhoras idosas apareceram, trazendo pão, mel, biscoitos e jarras de leite e água. Em seguida, o próprio Ivor voltou com uma bandeja contendo pedaços de carne de ave, que Axl e Beatrice puseram-se a devorar com gratidão.

A princípio, os dois comeram sem dizer nada, só percebendo naquela hora o quanto estavam famintos. Ivor, sentado diante deles do outro lado da mesa, continuava mergulhado em seus pensamentos, o olhar distante, e foi só depois de algum tempo que Beatrice disse:

"Esses saxões são um grande fardo para o senhor, Ivor. Talvez o senhor sinta vontade de voltar para o seu povo, ainda que o menino já tenha regressado são e salvo e os ogros estejam mortos."

"Aquilo não eram ogros, senhora, nem nenhuma criatura já vista por estes lados. É um enorme alívio saber que eles não rondam mais os nossos portões. Já o caso do menino é diferente: ele pode ter voltado, mas não está são e salvo." Ivor se inclinou sobre a mesa na direção deles e diminuiu a voz, muito embora os três estivessem novamente sozinhos. "Mas tem razão, sra. Beatrice. Eu mesmo me surpreendo por ter decidido viver entre essa gente tão selvagem. Seria melhor morar num covil de ratos. O que aquele valente estranho não deve estar pensando de nós, depois de tudo que ele fez ontem à noite?"

"Mas por quê, senhor? O que foi que aconteceu?", perguntou Axl. "Nós fomos até perto da fogueira ontem à noite, mas nos retiramos quando sentimos que os ânimos estavam ficando exaltados e não sabemos o que houve."

"Os senhores fizeram bem em se esconder, amigos. Esses pagãos ontem à noite ficaram ensandecidos o bastante para arrancar os olhos uns dos outros. Tenho até medo de pensar no que eles poderiam ter feito se tivessem encontrado um par de bretões desconhecidos no meio deles. O menino Edwin voltou para casa a salvo, mas, quando a aldeia ainda estava só começando a comemorar, as mulheres encontraram um pequeno ferimento nele. Eu mesmo examinei o ferimento, assim como os outros anciãos. Era um machucado logo abaixo do peito, em nada mais grave do que qualquer outro machucado que as crianças fazem quando levam tombos. Mas as mulheres, que aliás eram parentes do menino, declararam que aquilo era uma mordida, e é assim que a aldeia inteira está chamando o ferimento esta manhã. Eu precisei mandar que trancassem o menino dentro de um barracão para a sua segurança, e mesmo assim companheiros e até membros da própria família do garoto ficaram atirando pedras na porta e bradando que ele tinha que ser trazido para fora e liquidado."

"Mas como isso é possível, Ivor?", Beatrice perguntou. "Será que foi a névoa de novo que os fez esquecer por completo os horrores pelos quais essa criança acabou de passar?"

"Quem dera tivesse sido, senhora. Mas desta vez eles parecem se lembrar de tudo muito bem. Os pagãos não conseguem enxergar além das superstições em que acreditam. Estão convictos de que, como foi mordido por um demônio, o menino em breve vai se transformar num demônio também e instaurar o horror aqui no interior dos nossos muros. Eles estão com muito medo do menino e, se permanecer aqui, ele vai ter um fim tão terrível quanto aquele do qual o sr. Wistan o salvou ontem à noite."

"Mas com certeza, senhor, existem pessoas inteligentes o bastante aqui para se opor a essa insensatez", disse Axl.

"Se existem, estão em minoria. E mesmo se nós conseguíssemos impor a ordem durante um dia ou dois, não demoraria muito para que os ignorantes acabassem conseguindo fazer o que querem."

"Então, qual é a solução, senhor?"

"O guerreiro está tão horrorizado quanto os senhores, e nós dois passamos a manhã inteira discutindo o que fazer. Embora saiba que estou pedindo demais, eu propus que ele leve o menino quando for embora daqui e o deixe em alguma aldeia suficientemente distante, onde Edwin tenha a chance de construir uma vida nova. Eu fiquei profundamente envergonhado de pedir uma coisa dessas a um homem que acabou de arriscar a própria vida por nós, mas não consegui encontrar uma alternativa. Wistan agora está considerando minha proposta, embora tenha uma missão a cumprir para o rei dele e já esteja atrasado por conta do cavalo que se machucou e dos problemas de ontem à noite. Na verdade, eu preciso ir agora mesmo conferir se o menino ainda está seguro e depois perguntar se o guerreiro já tomou uma decisão." Ivor se levantou e pegou seu cajado. "Não se esqueçam de se despedir antes de partir, amigos. Muito embora, depois do que os senhores ouviram, eu consiga entender perfeitamente se os senhores quiserem sair correndo daqui sem nem olhar para trás."

Axl ficou observando pelo vão da porta Ivor se afastar, atravessando com passadas largas e decididas o pátio ensolarado. "Notícias desoladoras, princesa", disse ele.

"São sim, Axl, mas elas nada têm a ver conosco. Vamos embora daqui assim que possível. Temos um caminho íngreme pela frente hoje."

A comida e o leite estavam muito frescos, e eles continuaram comendo em silêncio durante algum tempo. Então Beatrice disse:

"Você acha possível que seja verdade aquilo que o Ivor disse sobre a névoa ontem à noite, Axl? Que é Deus que está nos fazendo esquecer?"

"Eu não sei o que pensar disso, princesa."

"Axl, uma ideia a esse respeito me veio à cabeça hoje de manhã, bem quando eu estava acordando."

"Que ideia, princesa?"

"Foi só uma ideia, mas me ocorreu que talvez Deus esteja zangado com alguma coisa que nós fizemos. Ou talvez não zangado, mas envergonhado."

"É uma ideia curiosa, princesa. Mas, se é assim, por que ele não nos castiga? Por que nos fazer esquecer como parvos até coisas que aconteceram uma hora atrás?"

"Talvez Deus esteja sentindo uma vergonha tão profunda de nós, de algo que fizemos, que ele próprio esteja querendo esquecer. E como o estranho disse ao Ivor: se Deus não lembra, não é de espantar que nós não consigamos lembrar."

"Mas o que nós podemos ter feito para deixar Deus tão envergonhado?"

"Não sei, Axl. Mas com certeza não foi nada que eu e você tenhamos feito, pois ele sempre nos amou. Se rezarmos para ele, rezarmos e pedirmos que ele se lembre de pelo menos algumas das coisas mais preciosas para nós, quem sabe ele nos escuta e realiza o nosso desejo?"

Lá de fora, veio de repente um estouro de gargalhadas. Inclinando a cabeça, Axl viu no pátio externo um grupo de crianças se equilibrando nas pedras planas dispostas sobre o pequeno curso de água. Enquanto ele observava, uma das crianças caiu na água, soltando um gritinho estridente.

"Quem sabe, princesa", disse ele. "Talvez o sábio monge que vive nas montanhas possa nos explicar. Mas, por falar em acordar, uma coisa também me veio à cabeça hoje de manhã, talvez na mesma hora em que você estava pensando nesse assunto. Foi uma reminiscência, uma lembrança bem simples, mas que me deixou bastante contente."

"Ah, Axl! Que lembrança foi essa?"

"Eu me lembrei de uma vez em que nós estávamos andando por uma feira — ou talvez fosse uma quermesse. Nós estávamos numa aldeia, mas não era a nossa, e você usava aquele manto verde-claro com capuz."

"Isso só pode ter sido um sonho ou então alguma coisa que aconteceu faz muito tempo, Axl, porque eu não tenho nenhum manto verde."

“Eu estou falando de muito tempo atrás, sem dúvida, princesa. Era um dia de verão, porém soprava um ventinho frio nesse lugar onde nós estávamos, e você tinha posto o manto verde em torno dos ombros, mas não o capuz na cabeça. Era uma feira ou talvez alguma quermesse. E era uma aldeia numa colina, com um curral de bodes logo na entrada.”

“E o que nós estávamos fazendo lá, Axl?”

“Nós só estávamos andando de braços dados, e aí de repente apareceu um estranho, um homem da aldeia, no meio do nosso caminho. Assim que a viu, ele cravou os olhos em você como se estivesse contemplando uma deusa. Você se lembra disso, princesa? Era um homem jovem, embora eu suponha que nós também fôssemos jovens na época. Ele disse que nunca tinha posto os olhos numa mulher tão bonita, depois estendeu a mão e tocou no seu braço. Você tem alguma lembrança disso, princesa?”

“Acho que está me vindo alguma coisa à memória, mas não é uma lembrança clara. Esse homem de que você fala por acaso estava bêbado?”

“Um pouco embriagado talvez, não sei, princesa. Era um dia de festividades, como eu disse. De qualquer forma, ele viu você e ficou maravilhado. Disse que você era a coisa mais linda que ele já tinha visto na vida.”

“Então deve ter sido há muito tempo mesmo! Não foi esse o dia em que você ficou com ciúme, brigou com o homem e nós quase fomos escorraçados da aldeia?”

“Eu não me lembro de nada disso, princesa. No dia a que me refiro, você usava o manto verde, estava havendo algum festival, e esse mesmo estranho que mencionei, vendo que eu era seu protetor, virou-se para mim e disse: ‘Ela é a coisa mais linda que eu já vi. Então, trate de cuidar muito bem dela, meu amigo’. Foi o que ele disse.”

“Eu só me lembro vagamente, mas tenho certeza de que você brigou com o estranho depois, por ciúme.”

"Como eu poderia ter feito uma coisa dessas se até hoje sinto o meu peito se encher de orgulho quando me lembro do que o estranho disse? A coisa mais linda que ele já tinha visto na vida. E estava me recomendando que cuidasse muito bem de você."

"Se sentiu orgulho, Axl, também sentiu ciúmes. Você não enfrentou o homem, apesar de ele estar bêbado?"

"Não é assim que eu me lembro desse dia, princesa. Talvez eu só tenha fingido que estava com ciúme, como uma espécie de brincadeira. Mas com certeza eu sabia que o sujeito não tinha falado por mal. Foi com essa lembrança que eu acordei hoje de manhã, muito embora isso tenha acontecido há muitos anos."

"Se é assim que você se lembra, Axl, então vamos acreditar que tenha sido assim. Com essa névoa sobre nós, qualquer lembrança é preciosa, e o melhor que temos a fazer é nos agarrar a ela."

"O que será que aconteceu com aquele manto? Você sempre cuidou tão bem dele."

"Era um manto, Axl, e, como qualquer manto, deve ter ficado gasto com o tempo."

"Nós não o perdemos em algum lugar? Ou o esquecemos em cima de uma pedra banhada de sol talvez?"

"Isso mesmo, agora estou me lembrando. E eu culpei você pela perda."

"Eu acho que culpou sim, princesa, embora no momento eu não consiga imaginar por que a culpa teria sido minha."

"Ah, Axl, é um alívio que nós ainda estejamos conseguindo nos lembrar de algumas coisas, com névoa ou sem névoa. Pode ser que Deus já tenha nos ouvido e esteja se apressando para nos ajudar a lembrar."

"E ainda vamos recordar muito mais, princesa, quando nos concentrarmos nisso. E aí nenhum barqueiro astuto vai conseguir nos passar a perna, se é que algum dia nós daremos importância para conversas moles desse tipo. Mas vamos tratar de terminar de comer. O sol já está alto; e nós, atrasados para trilhar aquela estrada íngreme."

Eles estavam andando de volta para a casa de Ivor e tinham acabado de passar pelo lugar onde quase haviam sido atacados na noite anterior, quando ouviram uma voz do alto os chamando. Olhando em volta, avistaram Wistan em cima da barreira, encarapitado numa plataforma de sentinela.

"Que bom que os senhores ainda estão aqui, amigos!", o guerreiro gritou lá do alto.

"Ainda estamos aqui", Axl gritou em resposta, dando alguns passos em direção à cerca. "Mas apressados para seguir nosso caminho. E o senhor? Vai passar o dia aqui para descansar?"

"Não, eu também preciso partir em breve. Mas se o senhor puder me conceder alguns instantes para uma breve conversa, eu ficaria muito grato. Prometo não tomar muito o seu tempo."

Axl e Beatrice trocaram olhares e, em seguida, ela disse em voz baixa: "Converse com ele se quiser, Axl. Eu vou voltar para a casa de Ivor e preparar provisões para a nossa viagem".

Axl fez que sim com a cabeça. Depois, virando-se para Wistan, gritou: "Está bem, então. O senhor quer que eu suba?".

"Como quiser, senhor. Eu desço de bom grado, mas a manhã está esplêndida e a vista daqui é tão bonita que revigora o espírito. Se a escada de mão não for problema para o senhor, eu recomendo que se junte a mim aqui em cima."

"Vá ver o que ele quer, Axl", Beatrice disse baixinho. "Mas tenha cuidado, e não é só da escada que eu estou falando."

Ele subiu os degraus cautelosamente até alcançar o guerreiro, que o esperava com a mão estendida. Axl se equilibrou na plataforma estreita, depois olhou lá para baixo, onde Beatrice o observava. Só depois que ele acenou alegremente para a esposa ela começou a caminhar com certa relutância rumo à casa de Ivor, casa esta que Axl agora avistava com clareza lá do alto. Ele continuou olhando para a esposa por mais algum tempo, depois se virou e contemplou a paisagem por cima do topo da cerca.

"O senhor vê que eu não menti", disse Wistan, parado ao lado de Axl, enquanto o vento batia em seus rostos. "É absolutamente esplêndido até onde a vista alcança."

A vista diante deles naquela manhã talvez não fosse tão diferente da que se tem hoje das janelas altas de uma casa de campo inglesa. Os dois homens teriam visto, à sua direita, a encosta do vale descendo em cumes verdes e regulares, enquanto bem à esquerda a vertente oposta, coberta de pinheiros, teria parecido mais enevoada, por ser mais distante, ao se fundir com os contornos das montanhas no horizonte. Bem à frente deles abria-se uma vista desimpedida de todo o fundo do vale; do rio dobrando uma curva suave enquanto seguia o desfiladeiro até sumir de vista; das extensões de terreno pantanoso interrompidas por lagos mais ao longe. Haveria olmos e salgueiros perto da água, assim como uma floresta densa, que naquela época teria transmitido uma sensação de mau agouro. E, no lado esquerdo do rio, justo onde a luz do sol dava lugar à sombra, teria sido possível avistar vestígios de uma aldeia abandonada havia muito tempo.

"Ontem eu cavalguei por aquela encosta", disse Wistan, "e a minha égua, sem que eu a tivesse incitado, desatou a galopar como que de pura felicidade. Nós corremos pelos campos, passamos por lagos e rios, e o meu espírito se encheu de alegria. Foi uma coisa estranha, como se eu estivesse voltando a cenários de uma vida pregressa, embora soubesse que nunca visitei esta região. Será que passei por aqui quando era pequeno, ainda novo demais para me localizar, mas já velho o bastante para guardar essas paisagens na memória? As árvores e os urzais daqui, até mesmo o próprio céu, parecem despertar alguma memória perdida."

"É possível", disse Axl. "Esta região e a outra mais a oeste, onde você nasceu, têm muitas semelhanças."

"É, deve ser isso, senhor. Na região dos pântanos, nós não temos nenhuma colina de verdade, e as árvores e a relva não têm a cor que vemos agora à nossa frente. Mas foi nessa alegre galopada que a minha égua quebrou a ferradura e, embora nesta manhã a boa gente daqui tenha lhe posto uma nova, terei que cavalgar com cuidado, pois um dos cascos dela está machucado. A verdade, senhor, é que eu não te pedi que viesse aqui em cima simplesmente para admirar a paisagem, mas sim para ficar longe de ouvidos inconvenientes. Imagino que a essa altura o senhor já tenha conhecimento do que aconteceu com o menino Edwin."

"O sr. Ivor nos contou, e nós achamos a notícia lastimável, depois de sua corajosa intervenção de ontem."

"Talvez o senhor também já saiba que os anciãos, desesperados com o que pode acontecer com o menino aqui, imploraram para que eu o leve embora hoje mesmo. Eles me pediram para deixar o menino em alguma aldeia distante, contando alguma história de como eu o teria encontrado na estrada, perdido e faminto. Eu atenderia ao pedido de bom grado, se acreditasse que esse plano poderia realmente salvá-lo. Mas a notícia vai se espalhar facilmente para outras regiões, e no mês que vem ou no ano que vem o menino pode se ver na mesma situação difícil em que está hoje, com o agravante de ser recém-chegado e de família desconhecida. O senhor entende o que eu quero dizer?"

"O senhor tem toda a razão em temer esse desfecho, sr. Wistan."

O guerreiro, que estivera observando a paisagem enquanto falava, puxou para trás uma mecha de cabelo embaraçado que o vento tinha soprado para a frente de seu rosto. Enquanto fazia isso, ele de repente pareceu ver alguma coisa nas feições de Axl que lhe chamou a atenção e esqueceu por alguns instantes o que pretendia dizer. Inclinando a cabeça, ele ficou examinando atentamente o rosto de Axl. Depois, deu uma risadinha e disse:

"Eu peço desculpas, senhor. É que uma lembrança me veio à cabeça. Mas voltando ao que eu ia dizer: eu não sabia nada a respeito desse menino antes de ontem à noite, mas fiquei impressionado com o modo firme como ele enfrentou cada novo terror com que se deparou. Os meus companheiros de ontem, embora tenham se mostrado corajosos ao partir, foram dominados pelo medo quando nós nos aproximamos do acampamento dos demônios. Já o menino, apesar de ter ficado à mercê dos demônios durante várias horas, comportou-se com uma calma que me deixou admirado. Muito me doeria pensar que o destino dele agora já está praticamente selado. Então, eu fiquei tentando pensar numa saída e, se o senhor e a sua boa esposa concordarem em me ajudar, é possível que tudo ainda acabe bem."

"Nós estamos ansiosos para ajudar como pudermos, senhor. Qual é a sua proposta?"

"Quando os anciãos me pediram que levasse o menino para uma aldeia distante, sem dúvida estavam pensando numa aldeia *saxã*. Mas uma aldeia saxã é exatamente o lugar onde ele jamais ficará a salvo, pois são os saxões que acreditam nessa superstição a respeito da mordida que o menino levou. Por outro lado, se fosse deixado com bretões — que sabem que isso não passa de crendice —, não haveria perigo algum, mesmo que boatos sobre o que aconteceu chegassem à aldeia que o acolher. Ele é um menino forte e, como eu disse, tem uma coragem extraordinária, ainda que fale pouco. E vai ser um ajudante muito útil para qualquer comunidade desde o dia em que chegar. Pois bem, o senhor disse antes que os senhores vão seguir para leste, rumo à aldeia do seu filho. Eu imagino que ela seja exatamente o tipo de aldeia cristã que nós procuramos. Se o senhor e sua esposa falassem em favor do menino, talvez com o apoio de seu filho, isso com certeza iria garantir um bom resultado. Claro que é possível que as mesmas boas pessoas aceitassem o menino se ele chegasse comigo, mas eu seria um estranho para elas, e provavelmente inspiraria medo e desconfiança. Além disso, a missão que me trouxe a esta região impede que eu me desvie tanto para o leste."

"O senhor está sugerindo então que eu e a minha esposa nos encarreguemos de levar o menino embora daqui", disse Axl.

"Essa é, de fato, a minha sugestão, senhor. No entanto, minha missão permite que eu percorra pelo menos parte da mesma estrada. O senhor disse que vai pegar o caminho que passa pelas montanhas. Eu acompanharia com prazer os senhores e o menino, pelo menos até o outro lado. A minha companhia será um fardo tedioso, mas, por outro lado, as montanhas são conhecidas por serem perigosas, e pode ser que a minha espada ainda venha a lhes ser útil. Além disso, a minha égua pode carregar as bagagens dos senhores, pois, mesmo com a pata dolorida, ela não vai se queixar do peso. O que o senhor me diz?"

"Eu acho um plano excelente, senhor. A minha mulher e eu ficamos muito tristes quando soubemos da situação do menino, e será uma grande satisfação para nós poder ajudá-lo. E o senhor tem toda a razão: o lugar mais seguro para ele agora é entre os bretões. Eu não tenho dúvida de que ele será recebido com hospitalidade na aldeia do meu filho, que é uma figura respeitada por lá, praticamente um ancião em tudo, tirando a idade. Ele vai interceder pelo menino, tenho certeza, e garantir que ele seja bem acolhido."

"Fico muito aliviado. Vou informar ao sr. Ivor o nosso plano e tentar encontrar uma maneira discreta de tirar o menino do celeiro. O senhor e sua esposa estão prontos para partir em breve?"

"A minha mulher está agora mesmo preparando provisões para a viagem."

"Então, por favor, me esperem em frente ao portão sul. Eu estarei lá daqui a pouco com a égua e o menino Edwin. Fico grato ao senhor por dividir comigo esse problema e feliz com a perspectiva de sermos companheiros de viagem durante um ou dois dias."

4.

Ele nunca tinha visto sua aldeia de uma altura e de uma distância tão grandes, e ficou impressionado. Era como se ela fosse um objeto que desse para pegar na mão e, como que para experimentar, ele dobrou os dedos sobre a vista, que estava embaçada pela névoa da tarde. A velha, que o observara subir com apreensão, continuava parada ao pé da árvore, gritando para que ele não subisse mais. Mas Edwin a ignorou, pois conhecia as árvores melhor do que ninguém. Quando o guerreiro ordenou que ele ficasse de vigia, Edwin havia escolhido o olmo com cuidado, sabendo que, apesar da aparência doentia, aquela árvore possuiria uma força sutil e o acolheria. Além disso, ela oferecia a melhor vista da ponte e da estrada da montanha que levava até lá, de modo que agora o menino conseguia ver com clareza os três soldados conversando com o cavaleiro. Então o cavaleiro desmontou e, segurando seu cavalo inquieto pelas rédeas, começou a discutir acaloradamente com os soldados.

Edwin conhecia as árvores muito bem — e aquele olmo era exatamente como Steffa. "Ele que morra e apodreça na floresta."

Era o que os meninos mais velhos sempre diziam em relação a Steffa. “Não é isso que acontece com os velhos aleijados que não conseguem mais trabalhar?” Mas Edwin tinha visto em Steffa o que ele era na realidade: um velho guerreiro, ainda secretamente forte, e com uma sabedoria maior até do que a dos anciãos. Steffa era o único na aldeia que havia estado num campo de batalha — onde ele perdera as pernas — e, por isso, tinha sido capaz de ver em Edwin o que ele realmente era. Existiam outros meninos mais fortes, que podiam se divertir derrubando Edwin no chão, montando em cima dele e lhe dando socos. Mas era Edwin, e não qualquer um deles, que tinha alma de guerreiro.

“Eu tenho observado você, menino”, o velho Steffa lhe dissera uma vez. “Debaixo de uma chuva de socos, seus olhos continuam calmos, como se memorizassem cada golpe. Olhos assim eu só vi nos melhores guerreiros, movendo-se friamente em meio à fúria da batalha. Um dia, não falta muito, você vai virar alguém a se temer.”

E agora aquilo estava começando. Estava se tornando realidade, exatamente como Steffa tinha previsto.

Quando um vento forte balançou a árvore, Edwin se agarrou a outro galho e tentou novamente se lembrar dos acontecimentos daquela manhã. O rosto de sua tia tinha se contorcido a ponto de se tornar irreconhecível. Ela estava berrando uma maldição contra ele, mas o ancião Ivor não a deixara terminar, empurrando-a para fora do vão da porta do celeiro e, assim, bloqueando o campo de visão de Edwin. Sua tia sempre havia sido boa para ele, mas, se agora queria amaldiçoá-lo, o menino estava pouco se importando. Não fazia muito tempo, ela tinha tentado convencê-lo a chamá-la de “mãe”, mas ele nunca a chamou assim, pois sabia que a sua verdadeira mãe estava viajando. A sua verdadeira mãe jamais berraria com ele daquele jeito, nem precisaria ser arrastada para longe pelo ancião Ivor. E naquela manhã, no celeiro, ele tinha ouvido a voz da sua verdadeira mãe.

O ancião Ivor o havia empurrado para dentro do celeiro, para a escuridão, e a porta tinha se fechado, escondendo o rosto contorcido da tia — e todos aqueles outros rostos também. A princípio, a carroça parecia apenas um enorme vulto negro no meio do celeiro. Depois, aos poucos, Edwin tinha conseguido discernir seus contornos, e quando ele esticou a mão para tocá-la, a madeira lhe pareceu úmida e podre. Do lado de fora, as pessoas estavam gritando de novo e, então, começaram os estampidos. No início eles eram esparsos, mas logo vários espocaram ao mesmo tempo, acompanhados por um ruído de alguma coisa se estilhaçando, depois do qual o celeiro pareceu ficar ligeiramente menos escuro.

Edwin sabia que os estampidos eram pedras se chocando contra as paredes precárias do celeiro, mas ignorou isso para se concentrar na carroça diante dele. Quanto tempo fazia que não era usada? Por que será que estava tão torta? Se não tinha mais utilidade, por que era mantida daquele jeito no celeiro?

Foi então que o menino ouviu a voz da mãe. Embora difícil de distinguir a princípio, por causa da gritaria lá fora e do barulho das pedras, ela fora ficando cada vez mais clara: "Isso não é nada, Edwin", dizia. "Nada mesmo. Você aguenta isso fácil."

"Mas os anciãos podem não conseguir controlar a multidão para sempre", ele havia dito no escuro, embora bem baixinho, enquanto passava a mão pela lateral da carroça.

"Não é nada, Edwin. Nada mesmo."

"As pedras podem quebrar essas paredes finas."

"Não se preocupe, Edwin. Essas pedras estão sob seu controle. Você não sabia? Olhe, o que é aquilo ali na sua frente?"

"É uma carroça velha e quebrada."

"Então, aí está. Dê voltas em torno da carroça, Edwin. Dê voltas e mais voltas, porque você é o asno amarrado à grande roda. Dê voltas e mais voltas, Edwin. A grande roda só pode girar se você a fizer girar — e, só se você a fizer girar, as pedras poderão continuar voando. Dê voltas e mais voltas em torno da carroça, Edwin. Voltas e mais voltas."

"Por que eu tenho que fazer a roda girar, mãe?" Enquanto ele fazia a pergunta, seus pés já começavam a andar em torno da carroça.

"Porque você é o asno, Edwin. Dê voltas e mais voltas. Esses estampidos que está ouvindo só poderão continuar se você girar a roda. Gire a roda, Edwin. Dê voltas e mais voltas. Voltas e mais voltas em torno da carroça."

Então, ele seguiu as instruções dela, mantendo as mãos nas bordas de cima das tábuas da carroça e passando uma mão por cima da outra para manter o impulso. Quantas voltas ele tinha dado em torno da carroça? Cem? Duzentas? Enquanto rodava, ele via, num canto, um monte de terra misterioso; e, em outro, onde uma faixa estreita de sol batia no chão do celeiro, um corvo morto caído de lado, com as penas ainda intactas. Na penumbra, essas duas visões — o monte de terra e o corvo morto — tinham surgido várias e várias vezes. Em certo momento, ele perguntara em voz alta: "A minha tia realmente me amaldiçoou?". Mas nenhuma resposta veio, e ele ficou se perguntando se sua mãe teria ido embora. Pouco depois, porém, ele ouviu a voz dela de novo, dizendo: "Cumpra o seu dever, Edwin. Você é o asno. Não pare ainda. Você controla tudo. Se você parar, os ruídos vão parar também. Então por que ter medo deles?".

Às vezes, ele dava três ou até quatro voltas em torno da carroça sem ouvir um único estampido. Mas depois, como que para compensar, vários estampidos soavam ao mesmo tempo, e a gritaria do lado de fora ficava mais alta do que nunca.

"Onde a senhora está, mãe?", ele tinha perguntado uma vez. "A senhora ainda está viajando?"

Ela não havia respondido, mas, algumas voltas depois, disse: "Eu gostaria de ter lhe dado irmãos, Edwin, muitos irmãos e irmãs. Mas você está sozinho. Então, encontre forças por mim. Você tem doze anos, já está quase crescido. E terá que fazer, sozinho, o trabalho de quatro ou cinco filhos fortes. Encontre a força necessária e venha me salvar".

Enquanto outra lufada de vento sacudia o olmo, Edwin se perguntava se o celeiro onde ele estivera era o mesmo em que as pessoas haviam se escondido no dia em que os lobos invadiram a aldeia. O velho Steffa lhe contara aquela história várias vezes.

"Você era muito pequeno nessa época, menino, talvez pequeno demais para se lembrar. Em plena luz do dia, três lobos, andando com a maior calma do mundo, entraram aqui na aldeia." Então, a voz de Steffa se enchia de desprezo. "E a aldeia inteira se escondeu, apavorada. Alguns homens já tinham ido para os campos, é verdade, mas muitos deles ainda estavam aqui. Foi todo mundo se esconder no celeiro da debulha. Não só as mulheres e crianças, mas os homens também. Disseram que os lobos tinham olhos estranhos, que era melhor não provocá-los. Então os lobos pegaram tudo o que quiseram: trucidaram as galinhas, fizeram um banquete com as cabras. E, o tempo inteiro, ficou todo mundo escondido. Alguns em suas casas. A maioria no celeiro da debulha. Aleijado que sou, eles me deixaram onde eu estava, sentado no carrinho de mão, com essas pernas quebradas para o lado de fora, perto da vala em frente à casa da sra. Mindred. Os lobos vieram trotando em minha direção. 'Podem vir e me comer', eu disse a eles, 'eu não vou me esconder num celeiro por causa de um lobo.' Mas eles não estavam nem um pouco interessados em mim e passaram direto, o pelo deles quase roçando nesses meus pés inúteis. Eles pegaram tudo o que quiseram, e só depois que já tinham ido embora fazia tempo aquele bando de homens valentes saiu de mansinho de seus esconderijos. Três lobos em plena luz do dia, e não havia um único homem aqui para enfrentá-los."

Ele tinha ficado pensando na história de Steffa enquanto dava voltas em torno da carroça. "A senhora ainda está viajando, mãe?", ele havia perguntado mais uma vez e de novo não obtivera resposta. Suas pernas estavam ficando cansadas, e ele já não aguentava mais ver o monte de terra e o corvo morto, quando ela finalmente disse:

"Chega, Edwin. Você já trabalhou muito. Chame o guerreiro agora, se quiser. Dê um basta nisso."

Edwin sentira alívio ao ouvir isso, mas continuou dando voltas ao redor da carroça mesmo assim. Chamar Wistan, ele sabia, exigiria um esforço imenso. Ele teria que desejar, bem lá do fundo do coração, que o guerreiro viesse, como fizera na noite anterior.

No entanto, de alguma forma, ele havia encontrado forças. Quando se sentiu confiante de que o guerreiro estava a caminho, Edwin diminuiu o passo — pois até mesmo os asnos eram puxados mais devagar perto do fim do dia — e reparou com satisfação que os estampidos estavam ficando mais esparsos. Mas só depois de um bom tempo de silêncio ele por fim parou e, encostando-se na lateral da carroça, começou a recuperar o fôlego. Então a porta do celeiro se abriu, e Edwin viu o guerreiro parado ali, com a luz ofuscante do sol ao fundo.

Wistan entrou deixando a porta escancarada atrás de si, como que para mostrar seu desdém por quaisquer forças hostis que tivessem se reunido do lado de fora. Isso trouxe um grande retângulo de sol para dentro do celeiro, e quando Edwin olhou em volta, a carroça — tão imponente no escuro —parecia-lhe pateticamente dilapidada. Será que Wistan o chamara de "jovem companheiro" logo de início? Edwin não tinha certeza, mas se lembrava muito bem de que o guerreiro o havia conduzido até aquele retângulo de luz, levantado sua camisa e examinado o ferimento. Depois, Wistan se ergueu, olhou com cuidado para trás e perguntou em voz baixa:

"Então, meu jovem amigo, você cumpriu a promessa que fez ontem à noite em relação a esse seu machucado?"

"Cumpri sim, senhor. Eu fiz exatamente o que o senhor falou."

"Você não contou para ninguém, nem mesmo para a sua tia?"

"Não contei para ninguém, senhor. Apesar de eles acreditarem que é uma mordida de ogro e me odiarem por causa disso."

"Deixe que eles continuem acreditando nisso, jovem companheiro. Seria dez vezes pior se eles soubessem a verdade sobre essa mordida."

"Mas e os meus dois tios que acompanharam o senhor? Eles não sabem a verdade?"

"Os seus tios, embora muito corajosos, passaram mal e não chegaram a entrar no acampamento. Então somos só nós dois que precisamos manter o segredo, e quando a ferida cicatrizar não haverá mais razão para ninguém ficar preocupado com ela. Procure mantê-la o mais limpa possível e não a coce de jeito nenhum, nem de dia nem de noite. Você entendeu?"

"Entendi sim, senhor."

Mais cedo, quando estavam subindo a encosta do vale e ele parou para esperar os dois velhos bretões, Edwin tinha tentado se lembrar das circunstâncias em que o ferimento acontecera. Naquela ocasião, parado no meio de cotos de urze, segurando as rédeas da égua de Wistan, nenhuma lembrança havia se formado com clareza na sua cabeça. Mas agora, trepado nos galhos do olmo, observando as figuras minúsculas na ponte lá embaixo, o menino percebeu que estavam lhe voltando à memória o ar úmido e a escuridão; o cheiro forte da pele de urso que cobria a pequena jaula de madeira; a sensação dos besourinhos caindo em sua cabeça e seus ombros quando a jaula foi sacudida. Lembrou-se de ter endireitado a postura e se agarrado à grade instável na sua frente para evitar ser arremessado de um lado para o outro enquanto a jaula era arrastada pelo chão. Depois, tudo se aquietara de novo, e ele ficou esperando a pele de urso ser retirada de cima da jaula, o ar frio envolvê-lo de repente e a noite surgir diante de seus olhos iluminada pela claridade de uma fogueira ali perto, pois isso era o que já havia acontecido duas vezes naquela noite, e a repetição tinha diminuído a intensidade do medo que ele sentia. Lembrou-se de mais: do mau cheiro dos ogros e da criaturinha medonha atirando-se de encontro às barras frágeis, obrigando-o a se encolher o máximo que podia no fundo da jaula.

A criatura se movimentava com tanta rapidez que era difícil vê-la com clareza. Edwin achou que ela fosse do tamanho e do formato de um galo, embora não tivesse bico nem penas. Atacava com dentes e garras, soltando o tempo inteiro um grasnido estridente. Edwin confiava que as barras de madeira o protegeriam dos dentes e das garras, mas volta e meia a cauda da criatura chicoteava a jaula por acidente, e então tudo parecia muito mais vulnerável. Felizmente, a criatura — que ainda era um filhote, Edwin supunha — parecia não ter consciência do poder da sua cauda.

Embora esses ataques parecessem durar uma eternidade quando estavam acontecendo, Edwin acreditava agora que eles não tivessem durado muito tempo, até que a criatura fosse puxada para trás pela coleira. Então, a pele de urso caía com um baque sobre ele, tudo ficava escuro novamente e o menino tinha que se segurar nas barras enquanto a jaula era arrastada para outro lugar.

Quantas vezes ele havia suportado essa sequência de agonias? Teriam sido só duas ou três? Ou será que foram dez ou até doze? Talvez ele tivesse pegado no sono depois da primeira vez, mesmo naquelas condições, e sonhado com o restante dos ataques.

Na última vez, já fazia um bom tempo que a pele de urso não era retirada. Edwin vinha esperando — ouvindo os grasnidos da criatura, às vezes de longe, outras bem mais de perto, e os sons parecidos com grunhidos que os ogros faziam quando conversavam uns com os outros — e pressentiu que algo diferente estava para acontecer. Tinha sido durante esses momentos de terrível expectativa que ele havia pedido um salvador. Fizera o pedido do fundo do seu íntimo, então fora quase uma prece e, assim que o pedido tomou forma na sua cabeça, Edwin teve a certeza de que ele seria atendido.

Naquele exato instante, a jaula havia começado a tremer, e Edwin percebeu que toda a parte da frente da jaula, com sua grade protetora, estava sendo puxada para o lado. Ao mesmo tempo em que ele entendia isso e tratava de se encolher no fundo da jaula, a pele de urso era retirada e a feroz criatura avançava para cima dele. Sentado como estava, seu instinto foi levantar os pés e começar a espernear, mas a criatura era ágil, então Edwin se viu lutando para afugentá-la com os punhos e braços. Uma vez, ele achou que a criatura tinha levado a melhor sobre ele e, por um instante, fechou os olhos; mas, quando os abriu novamente, viu sua adversária golpeando o ar com as garras enquanto era puxada para trás pela coleira. Foi uma das poucas vezes em que o menino teve a chance de olhar bem para a criatura, e viu que sua primeira impressão não tinha sido de todo equivocada: parecia de fato uma galinha depenada, mas com uma cabeça de serpente. Ela veio para cima dele de novo, e Edwin voltou a enxotá-la da melhor forma que pôde. Então, de repente, a parte da frente da jaula foi reposta diante dele, e a pele de urso o fez mergulhar na escuridão mais uma vez. Só depois disso, contorcido dentro da pequena jaula, foi que ele reparou na ardência do lado esquerdo do seu corpo, logo abaixo das costelas, e sentiu alguma coisa molhada e pegajosa.

Edwin ajeitou novamente a posição dos pés nos galhos do olmo e, abaixando a mão direita, tocou com cuidado na ferida. A dor tinha perdido a intensidade. Durante a subida pela encosta do vale, a aspereza da sua camisa de vez em quando o fazia se contrair de dor, mas quando ficava parado, como estava agora, ele quase não sentia nada. Mesmo naquela manhã, no celeiro, quando o guerreiro a examinou na luz que entrava pelo vão da porta, a ferida parecia não passar de um amontoado de pequenas perfurações. Era um machucado superficial, menos grave do que muitos que Edwin já tinha sofrido. E, no entanto, só porque as pessoas acreditavam que fosse uma mordida de ogro, a ferida havia causado todo aquele tumulto. Se tivesse enfrentado a criatura com mais determinação ainda, talvez ele tivesse conseguido evitar até mesmo um arranhão.

Mas o menino sabia que não havia nada de vergonhoso no modo como ele enfrentara aquela provação. Não tinha berrado de pavor nenhuma vez, nem implorado misericórdia aos ogros. Depois dos primeiros botes da criaturinha — que o pegaram de surpresa —, Edwin a encarara de cabeça erguida. De fato, ele tivera até a presença de espírito de perceber que a criatura ainda era filhote e de atinar que era bem provável que ele conseguisse botar medo nela, como se faz com um cachorro rebelde. Então, ele havia mantido os olhos abertos e tentado intimidá-la com o olhar. Sua verdadeira mãe, ele sabia, ficaria particularmente orgulhosa dele por isso. Na verdade, pensando bem agora, os ataques da criatura tinham perdido o veneno logo depois das investidas iniciais, e Edwin conquistara cada vez mais o domínio da luta. Ele se lembrou de novo de quando a criatura golpeara o ar com as garras, e agora aquilo lhe pareceu um sinal não de que ela estava ávida para continuar a brigar, mas sim apavorada com a coleira que a estrangulava. Era bem possível até que os ogros tivessem considerado que Edwin vencera a luta e, por isso, encerraram a disputa.

"Eu tenho observado você, menino", o velho Steffa havia dito. "Você tem uma coisa rara. Um dia, vai encontrar alguém que lhe ensine as habilidades condizentes com sua alma de guerreiro. Aí vai se tornar alguém a ser temido de verdade. Não vai ser desses que se escondem dentro de um celeiro enquanto lobos passeiam à vontade pela aldeia."

Agora tudo estava começando a acontecer. O guerreiro o tinha escolhido, e os dois partiriam juntos para cumprir uma tarefa. Mas que tarefa seria? Wistan não havia deixado claro, dizendo apenas que seu rei, lá na distante região dos pântanos, estava naquele exato momento esperando notícias sobre a conclusão da tarefa. E por que viajar com aqueles dois velhos bretões, que precisavam parar para descansar a cada curva da estrada?

Edwin olhou para os dois lá embaixo. Eles agora estavam tendo uma discussão séria com o guerreiro. A velha havia desistido de tentar convencer Edwin a descer da árvore, e agora os três espiavam os soldados na ponte escondidos atrás de dois enormes pinheiros. De onde estava, Edwin podia ver que o cavaleiro havia montado novamente no cavalo e estava gesticulando no ar. Em seguida, os três soldados pareceram se afastar dele, e então o cavaleiro girou o cavalo e saiu galopando da ponte, descendo de novo a montanha.

Mais cedo, Edwin ficara se perguntando por que o guerreiro teria se recusado com tanta veemência a seguir pela estrada principal da montanha, insistindo em enveredar pela trilha íngreme que subia a encosta do vale; agora tinha ficado claro que ele quisera evitar cruzar com cavaleiros como aquele que eles haviam acabado de ver. Dali em diante, porém, parecia não existir outro jeito de prosseguir viagem a não ser descendo para a estrada principal e atravessando a ponte até o outro lado da cachoeira, só que os soldados continuavam lá. Será que Wistan tinha visto lá de baixo que o cavaleiro fora embora? Edwin queria avisar ao guerreiro o que havia acontecido, mas achou que não deveria gritar de cima da árvore, pois o som poderia chegar aos ouvidos dos soldados. Ele teria que descer para falar com Wistan. Talvez, quando havia quatro adversários em potencial, o guerreiro tivesse ficado receoso de entrar em confronto com eles, mas agora, com apenas três homens na ponte, poderia considerar que as chances estavam a seu favor. Se fosse só Edwin e o guerreiro, com certeza eles já teriam descido para enfrentar os soldados há muito tempo, mas a presença do casal de velhos devia ter feito com que Wistan ficasse mais cauteloso. Sem dúvida, o guerreiro os trouxera por alguma boa razão — e eles até agora tinham sido gentis com o menino —, mas, mesmo assim, os dois velhos eram companheiros de viagem inconvenientes.

Edwin se lembrou de novo das feições contorcidas da tia. Ela havia começado a gritar uma maldição contra ele, mas nada disso tinha mais importância, porque o menino estava com o guerreiro agora e viajava, exatamente como sua mãe de verdade. Quem sabe eles não esbarrariam com ela? Ficaria tão orgulhosa de vê-lo lado a lado com o guerreiro. E os homens que estivessem com ela iriam tremer.

5.

Depois de enfrentar uma subida árdua durante boa parte da manhã, o grupo viu seu caminho obstruído por um rio de forte correnteza. Então, eles fizeram uma descida parcial por trilhas encobertas por árvores em busca da estrada principal da montanha, ao longo da qual, calculavam, certamente haveria uma ponte que cruzasse as águas.

Eles estavam certos a respeito da ponte, mas, ao avistarem os soldados parados lá, decidiram descansar entre os pinheiros até que os homens fossem embora. Pois, a princípio, os soldados não pareceram estar montando guarda ali, mas apenas se refrescando e dando água para os cavalos na cachoeira. No entanto, bastante tempo já havia se passado e os soldados não tinham dado nenhum sinal de que pretendiam partir. Só o que faziam era revezar-se para ir até a beira da ponte, deitar de barriga no chão e esticar os braços para se molhar; ou jogar dados, sentados com as costas apoiadas no parapeito de madeira. Então, um quarto homem havia chegado a cavalo — fazendo com que os três se levantassem — e dado instruções para eles.

Embora não dispusessem de uma visão tão boa quanto a que Edwin tinha do topo da árvore, Axl, Beatrice e o guerreiro haviam visto razoavelmente bem, de trás de seu esconderijo em meio às folhagens, tudo o que se passara e, quando o cavaleiro foi embora, trocaram olhares de dúvida.

"É possível que eles ainda fiquem bastante tempo ali", disse Wistan. "E os senhores estão ansiosos para chegar ao mosteiro."

"Seria bom se nós chegássemos lá antes do anoitecer, senhor", disse Axl. "Nós ouvimos dizer que Querig, a dragoa, ronda aquela região, e só insensatos andariam por lá no escuro. Que tipo de soldados o senhor supõe que eles sejam?"

"É difícil dizer a essa distância, senhor, e eu conheço pouco o vestuário local, mas imagino que sejam soldados bretões. E bretões leais a lorde Brennus. Talvez a sra. Beatrice me corrija."

"Os meus velhos olhos não enxergam bem de tão longe", respondeu Beatrice, "mas eu suponho que o senhor tenha razão, sr. Wistan. Eles estão com uniformes escuros como os que eu já vi várias vezes os homens de lorde Brennus usarem."

"Nós não temos nada a esconder deles", disse Axl. "Se nos explicarmos, eles vão nos deixar seguir nosso caminho em paz."

"Tenho certeza que sim", respondeu o guerreiro, depois ficou calado por um momento, olhando para a ponte lá embaixo. Os soldados haviam se sentado de novo e pareciam estar recomeçando a jogar dados. "Mesmo assim", Wistan continuou, "se vamos atravessar a ponte à vista deles, permitam-me propor pelo menos uma coisa. Sr. Axl, o senhor e a sra. Beatrice vão na frente e conversam com os soldados. O menino pode ir atrás, puxando a égua, e eu vou andando ao lado dele, com a boca meio aberta como um idiota e os olhos virando de um lado para o outro, perdidos. Os senhores dirão para os soldados que eu sou mudo e retardado, que o menino e eu somos irmãos e fomos emprestados aos senhores como pagamento por uma dívida. Eu vou esconder minha espada e o cinto bem no fundo da trouxa que a égua está carregando. Se eles encontrarem a espada, o senhor diz que é sua."

"Esse teatro é mesmo necessário, sr. Wistan?", Beatrice perguntou. "Está certo que esses soldados muitas vezes têm modos grosseiros, mas nós já cruzamos com vários deles sem que nenhum incidente acontecesse."

"Sem dúvida, senhora, mas não é fácil confiar em homens armados longe de seus comandantes. E aqui estou eu, um estranho de quem eles podem achar divertido zombar e a quem podem querer desafiar. Então vamos chamar o menino de cima da árvore e fazer como propus."

Eles emergiram da floresta ainda a uma boa distância da ponte, mas os soldados os viram imediatamente e puseram-se de pé.

"Sr. Wistan", Beatrice disse baixinho, "estou com medo de que a sua ideia não dê certo. Há alguma coisa no senhor que continua a denunciá-lo como guerreiro, por mais que o senhor faça cara de idiota."

"Eu não tenho muita habilidade como ator, sra. Beatrice. Se a senhora tiver algum conselho a dar que possa ajudar a melhorar meu disfarce, eu agradeço."

"São as suas passadas largas, senhor", disse Beatrice. "O senhor tem o jeito de andar de um guerreiro. Procure dar passos curtos e depois um passo longo, como se estivesse prestes a tropeçar."

"Boa sugestão, senhora. Obrigado. Agora é melhor eu não dizer mais nada, ou eles vão perceber que eu não sou mudo. Sr. Axl, use a sua lábia para convencer esses soldados a nos deixarem passar."

À medida que eles se aproximavam da ponte, o barulho da água caindo pelas pedras e sob os pés dos três soldados ficava mais intenso, provocando em Axl uma sensação de mau agouro. Ele seguia na frente do grupo, ouvindo atrás de si os cascos da égua pisando no chão musgoso. Quando chegaram a uma distância em que os soldados poderiam ouvir sua voz, ele estacou e fez sinal para que seu grupo parasse também.

Os homens não estavam usando cotas de malha nem elmos, mas suas túnicas escuras idênticas e as correias que cruzavam seus troncos do ombro direito até o lado esquerdo do quadril deixavam claro qual era a profissão dos três. Suas espadas estavam na bainha por ora, embora dois deles estivessem esperando com uma das mãos pousada no punho. Um era baixo, atarracado e musculoso; o outro, um rapazinho não muito mais velho que Edwin, também de pequena estatura. Ambos tinham cabelo bem curto. Em contraste, o terceiro soldado era alto, e seu cabelo longo e grisalho, cuidadosamente penteado, batia em seus ombros e estava preso por uma tira escura amarrada em torno da cabeça. Sem dúvida, ele era diferente dos companheiros não só na aparência, mas também na conduta — pois enquanto os outros dois estavam postados com rigidez, barrando a entrada da ponte, ele havia permanecido alguns passos atrás, encostado languidamente num dos postes da estrutura, com os braços cruzados na frente do peito, como se estivesse ouvindo uma história ao pé de uma fogueira.

O soldado atarracado deu um passo na direção deles, então foi a ele que Axl se dirigiu. "Bom dia, senhores. Nós não queremos causar transtornos. Queremos apenas seguir nosso caminho em paz."

O soldado atarracado não disse nada. Um ar de incerteza atravessava seu rosto, e ele encarava Axl com um misto de pânico e desprezo. Olhou de relance para o jovem soldado atrás de si, mas, não encontrando nada que pudesse ajudá-lo, dirigiu novamente os olhos para o idoso.

Ocorreu a Axl que provavelmente havia algum engano, que os soldados deviam estar esperando outro grupo completamente diferente e ainda não tinham se dado conta do equívoco. Então ele disse: "Nós somos simples lavradores, senhor, e estamos a caminho da aldeia do nosso filho".

Recuperando-se do susto, o soldado atarracado respondeu a Axl com uma voz desnecessariamente alta. "Quem são esses que viajam com você, lavrador? Saxões, ao que parece."

"São dois irmãos que acabam de ser entregues aos nossos cuidados e que nós temos que fazer o possível para treinar, embora, como o senhor está vendo, um ainda seja uma criança e o outro, mudo e lerdo. Então, é possível que o alívio que eles nos tragam seja pequeno."

Enquanto Axl dizia isso, o soldado alto e de cabelo grisalho, como se tivesse se lembrado de repente de alguma coisa, afastou-se do poste da ponte e inclinou a cabeça como quem faz um esforço de concentração. Ao mesmo tempo, o soldado atarracado olhava com raiva para um ponto atrás de Axl e Beatrice. Depois, com a mão ainda pousada no punho da espada, passou por eles para examinar os outros membros do grupo. Edwin, que estava segurando a égua, ficou observando o soldado se aproximar com olhos sem expressão. Já Wistan estava rindo alto sozinho, os olhos vagando de um lado para o outro, a boca bem aberta.

O soldado atarracado olhava para um e para outro como se procurasse alguma pista. Então, a frustração pareceu dominá-lo. Agarrando o cabelo de Wistan, ele o puxou com toda força, num acesso de fúria. "Ninguém corta o seu cabelo não, saxão?", ele gritou no ouvido do guerreiro e puxou novamente o cabelo dele, como se quisesse forçá-lo a se ajoelhar. Wistan cambaleou, mas conseguiu se manter de pé, soltando lastimáveis ganidos queixosos.

"Ele não fala, senhor", disse Beatrice. "Como o senhor pode ver, ele é bronco. Não se importa de ser tratado com brutalidade, mas tem fama de perder as estribeiras com facilidade e de ter um temperamento exaltado, que nós ainda não aprendemos a controlar."

Enquanto sua esposa falava, um pequeno movimento fez Axl se virar para os soldados que ainda estavam na ponte. Ele viu então que o homem alto e grisalho tinha levantado um braço; seus dedos quase se juntaram formando uma ponta, mas depois amoleceram e desabaram num gesto inútil. Por fim, ele deixou o braço inteiro cair, embora seus olhos continuassem observando a cena com ar de reprovação. Vendo isso, Axl teve de repente a sensação de que entendia e até reconhecia o que o soldado de cabelo grisalho acabara de sentir: uma repreensão furiosa quase se formara em seus lábios, mas ele havia se lembrado a tempo de que não possuía nenhuma autoridade formal sobre o seu colega atarracado. Axl estava certo de que ele próprio um dia tivera uma experiência quase idêntica em algum lugar, mas afastou esse pensamento da cabeça e disse num tom conciliador:

"Os senhores devem estar ocupados com suas tarefas, cavalheiros, e nós pedimos desculpas por tomar seu tempo. Se nos deixarem passar, logo sairemos do seu caminho."

Mas o soldado atarracado ainda estava atormentando Wistan. "Ia ser muita estupidez dele perder as estribeiras *comigo*!", berrou. "Ele que se atreva a fazer isso para ver quanto é que vai lhe custar!"

Por fim, ele soltou Wistan e foi andando de volta para assumir outra vez a sua posição na ponte. Não disse mais nada; parecia um homem zangado que esqueceu completamente o motivo de seu aborrecimento.

O barulho da água correndo parecia contribuir para aumentar a atmosfera de tensão, e Axl ficou se perguntando como os soldados reagiriam se ele simplesmente se virasse e conduzisse o grupo de volta para a floresta. Mas, justo naquele momento, o soldado de cabelo grisalho deu alguns passos adiante até ficar lado a lado com os outros dois e falou pela primeira vez.

"A ponte está com algumas tábuas quebradas, tio. Talvez seja por isso que nós estamos parados aqui, para recomendar a boas pessoas como os senhores que atravessem a ponte com cuidado, ou vão acabar rolando encosta abaixo junto com a correnteza."

"É muita gentileza sua, senhor. Nós vamos atravessar com cuidado então."

"Aquele seu cavalo ali, tio. Eu tive a impressão de vê-lo mancar quando ele estava vindo na nossa direção."

"A égua machucou a pata, senhor, mas nós esperamos que não seja nada grave. Mesmo assim, não estamos montando nela, como o senhor pode ver."

"As tábuas apodreceram com a umidade, e é por isso que nós estamos aqui, embora os meus colegas acreditem que deva haver alguma outra tarefa para cumprirmos. Então, eu vou lhe perguntar, tio, se o senhor e a sua boa esposa viram algum estranho nas suas viagens."

"Nós próprios somos estranhos aqui, senhor", disse Beatrice, "então não teríamos como reconhecer outro de imediato. Mas, em dois dias de viagem, não vimos nada fora do normal."

Reparando em Beatrice, os olhos do soldado de cabelo grisalho pareceram se suavizar e sorrir. "É uma longa caminhada para uma mulher da sua idade fazer até a aldeia de um filho, senhora. A senhora não preferiria morar lá com ele, onde ele poderia cuidar do seu bem-estar todos os dias, em vez de ter que andar desse jeito, à mercê dos perigos da estrada?"

"Eu gostaria bastante, senhor, e quando estivermos com nosso filho, eu e meu marido vamos conversar com ele sobre isso. Mas, como já faz muito tempo que não o vemos, é inevitável que fiquemos nos perguntando como ele irá nos receber."

O soldado de cabelo grisalho continuou olhando para ela com ar gentil. "Pode ser que não haja motivo para preocupação, senhora", disse ele. "Eu próprio estou longe do meu pai e da minha mãe e não os vejo faz muito tempo. Talvez palavras duras tenham sido ditas um dia, quem sabe? Mas se eles viessem me encontrar amanhã, tendo caminhado uma distância tão grande como os senhores estão fazendo agora, a senhora acha que eu não os receberia com o coração arrebentando de alegria? Não sei que tipo de homem o seu filho é, senhora, mas aposto que ele não é assim tão diferente de mim e que vai derramar lágrimas de alegria assim que vir os senhores."

"É muita bondade sua dizer isso, senhor", disse Beatrice. "Imagino que o senhor tenha razão, e o meu marido e eu já falamos a mesma coisa muitas vezes, mas é um conforto ouvir isso de outra pessoa, ainda mais de um filho que está longe de casa."

"Siga seu caminho em paz, senhora. E se por acaso a senhora encontrar minha mãe e meu pai na estrada, vindo no sentido oposto, fale com eles com carinho e diga-lhes que não desistam, pois a viagem deles não será em vão." O soldado de cabelo grisalho chegou para o lado para deixá-los passar. "E, por favor, lembrem-se das tábuas traiçoeiras. Tio, é melhor o senhor mesmo puxar a égua. Isso não é tarefa para crianças nem para idiotas."

O soldado atarracado, que vinha assistindo a tudo com ar de desagrado, pareceu mesmo assim sucumbir à autoridade natural de seu colega. Dando as costas para todos, ele se debruçou amuado sobre o parapeito e ficou olhando para a água. O jovem soldado hesitou, mas depois veio se postar ao lado do homem grisalho, e ambos acenaram com a cabeça educadamente quando Axl, agradecendo-lhes mais uma vez, conduziu a égua até a ponte, tapando-lhe os olhos para que ela não visse o precipício.

Depois que os soldados e a ponte sumiram de vista, Wistan parou e sugeriu que eles saíssem da estrada principal e pegassem uma trilha estreita que subia pelo meio da floresta.

"Sempre tive um instinto para encontrar meu caminho em florestas", disse ele. "E tenho certeza de que essa trilha vai nos permitir cortar um bom pedaço do caminho. Além disso, nós vamos ficar bem mais seguros longe de uma estrada como esta, muito usada por soldados e bandidos."

Durante algum tempo depois disso, foi o guerreiro que guiou o grupo, abrindo caminho por entre sarças e arbustos com um pau que ele havia encontrado. Segurando a égua pela focinheira e volta e meia sussurrando alguma coisa para ela, Edwin seguia logo atrás do guerreiro, de modo que quando Axl e Beatrice vinham na esteira deles, a trilha já havia se tornado bem mais fácil. Mesmo assim, o atalho — se é que aquilo de fato era um atalho — foi ficando cada vez mais árduo: a floresta se adensou em volta deles, raízes emaranhadas e cardos obrigavam-nos a prestar atenção em cada passo. Como de costume, eles falavam pouco enquanto caminhavam, mas num dado momento, quando o casal de idosos ficou um pouco mais para trás, Beatrice chamou: "Você ainda está aí, Axl?".

"Ainda estou aqui, princesa." De fato, Axl estava apenas alguns passos atrás. "Não se preocupe, essa floresta não tem fama de ser particularmente perigosa e fica a uma boa distância da Grande Planície."

"Eu só estava aqui pensando, Axl. O nosso guerreiro não é nada mau como ator. O disfarce dele poderia ter me enganado muito bem. E ele não se descuidou do papel em nenhum momento, nem mesmo quando aquele bruto estava puxando o cabelo dele."

"Ele representou muito bem, de fato."

"Eu estava pensando, Axl. Nós vamos passar muito tempo

longe da nossa aldeia. Você não acha espantoso que eles tenham nos deixado partir, quando ainda faltava tanta coisa para plantar e tanto conserto para fazer nas cercas e nos portões? Você acha que eles vão se queixar da nossa ausência quando precisarem de nós?"

"Eles vão sentir nossa falta, sem dúvida, princesa. Mas nós não vamos ficar fora tanto tempo assim, e o padre compreende nosso desejo de visitar nosso filho."

"Espero que você tenha razão, Axl. Eu não iria gostar que eles ficassem dizendo que viajamos justo quando eles mais precisavam de nós."

"Sempre vão existir alguns que pensam assim, mas os melhores entre eles vão entender nossa necessidade e iriam querer o mesmo no nosso lugar."

Durante algum tempo, eles seguiram em frente calados. Então Beatrice perguntou de novo: "Você ainda está aí, Axl?".

"Ainda estou aqui, princesa."

"Não foi certo o que eles fizeram: tirar a nossa vela."

"Que importância tem isso agora, princesa? E, além do mais, o verão está chegando."

"Eu só estava lembrando, Axl. E fiquei pensando que talvez tenha sido por causa da falta da vela que eu senti essa dor que tem me incomodado."

"O que você está dizendo, princesa? Como isso é possível?"

"Estou pensando que talvez tenha sido a escuridão que fez isso..."

"Tome cuidado quando passar por aquela ameixeira-brava ali. É um péssimo lugar para cair."

"Eu vou tomar cuidado, Axl. E, você, trate de tomar também."

"Como é possível que a escuridão tenha causado essa sua dor, princesa?"

"Você se lembra, Axl, que no inverno passado correu um boato de que um duende tinha sido visto perto da nossa aldeia? Nós nunca o vimos, mas as pessoas diziam que era um duende que gostava do escuro. E, levando em conta todas aquelas horas que nós passamos na escuridão, eu fiquei pensando que talvez o duende tenha passado algumas delas conosco sem que soubéssemos, no nosso próprio quarto, e me causado esse problema."

"Escuro ou não, nós teríamos percebido se ele estivesse lá conosco, princesa. Mesmo na escuridão total, teríamos ouvido o duende se mexer ou suspirar."

"Pensando bem, Axl, acho que acordei no meio da noite algumas vezes no inverno passado, enquanto você dormia profundamente do meu lado, e tive a nítida sensação de ter sido despertada por algum barulho estranho no quarto."

"Provavelmente foi um rato ou algum outro bicho, princesa."

"Não era esse tipo de barulho, e eu tive a impressão de ter ouvido mais de uma vez. E, pensando nisso agora, acho que foi por volta dessa época que a dor começou."

"Bem, se foi o duende, o que é que tem, princesa? A sua dor não passa de um probleminha à toa, obra de uma criatura que é mais brincalhona do que má, que nem aquela vez em que uma criança levada deixou uma cabeça de rato dentro do cesto de costura da sra. Enid só para ver a coitada tomar um susto e sair correndo."

"Nisso você tem razão, Axl. A criatura era mais brincalhona do que má. Acho que você está certo. Mesmo assim, marido..." Ela ficou calada enquanto se encolhia para passar entre dois velhos troncos de árvore apoiados um no outro. Depois continuou: "Mesmo assim, quando nós voltarmos, eu vou querer uma vela para passar nossas noites. Não quero que aquele duende nem qualquer outro espírito nos cause alguma coisa pior".

"Nós vamos cuidar disso, princesa, não se preocupe. Vamos

conversar com o padre assim que voltarmos. Mas os monges do mosteiro com certeza vão te dar sábios conselhos para acabar com sua dor, e aí a travessura não terá nenhuma consequência duradoura."

"Eu sei, Axl. Isso não é uma coisa que me preocupa muito."

Era difícil saber se Wistan tinha razão quando disse que aquela trilha cortava caminho, mas, de qualquer forma, pouco depois do meio-dia, eles emergiram da floresta e se viram de volta à estrada principal. Ali, o percurso tinha marcas de roda e era lamacento em alguns trechos, mas agora eles podiam andar com mais liberdade e, passado algum tempo, a estrada foi ficando mais seca e mais plana. Sob o sol agradável que passava por entre os galhos das árvores, eles seguiram adiante com boa disposição.

Então, Wistan os fez parar de novo e apontou para o chão à frente deles. "Há um cavaleiro solitário mais adiante, não muito longe de nós", disse ele, recomeçando a andar em seguida. Não demorou, eles avistaram uma clareira num dos lados da estrada e pegadas frescas fazendo uma curva em direção a ela. Trocando olhares, seguiram em frente com cautela.

Quando a clareira ficou mais à vista, eles perceberam que era bem grande: talvez um dia, em tempos mais prósperos, alguém tivesse pretendido construir uma casa ali, com um pomar em volta. A trilha que partia da estrada principal até lá, embora já coberta de mato, fora desobstruída com capricho, terminando numa ampla área circular, aberta para o céu, salvo por um enorme e frondoso carvalho no centro. De onde estavam agora, eles viam um homem sentado à sombra da árvore, encostado no tronco. Naquele momento ele estava de lado e parecia vestir uma armadura: duas pernas de metal projetavam-se rigidamente sobre o mato de um jeito infantil. Seu rosto estava encoberto pela folhagem que brotava do tronco, mas dava para ver que ele não usava capacete. Um cavalo selado pastava satisfeito ali perto.

"Declarem quem são vocês!", o homem bradou de debaixo da árvore. "Se forem bandidos e ladrões, saibam que eu me ergueri para recebê-los de espada na mão!"

"Responda a ele, sr. Axl", Wistan sussurrou. "Vamos descobrir o que está fazendo aqui."

"Nós somos simples viajantes, senhor", Axl bradou em resposta. "Só queremos passar em paz."

"Quantos vocês são? Por acaso isso que estou ouvindo é um cavalo?"

"É uma égua manca, senhor. Fora ela, nós somos quatro. Minha esposa e eu somos velhos bretões e conosco viajam um menino imberbe e um jovem mudo e retardado, que foram entregues a nós recentemente por seus parentes saxões."

"Então venham até aqui, amigos! Eu tenho pão para dividir, e os senhores devem estar ansiosos por descansar, como estou por companhia."

"Será que nós devemos ir até ele, Axl?", Beatrice perguntou.

"Eu acho que sim", disse Wistan, antes que Axl pudesse responder. "Ele não oferece nenhum perigo para nós e, pela voz, parece ser um homem já de certa idade. De qualquer forma, vamos representar o nosso teatro como antes. Vou ficar de boca aberta e fazer um olhar de idiota de novo."

"Mas esse homem está de armadura e armado, senhor", disse Beatrice. "O senhor tem certeza de que sua própria arma está ao seu alcance, escondida no fardo de um cavalo, entre cobertas e potes de mel?"

"É bom que a minha espada esteja escondida de olhos desconfiados, senhora. E vou encontrá-la bem rápido quando precisar dela. O jovem Edwin vai segurar as rédeas e zelar para que a égua não se afaste muito de mim."

"Acheguem-se, amigos!", o estranho gritou, sem alterar sua postura rígida. "Nada de mal acontecerá aos senhores! Sou um cavaleiro e também sou bretão. Estou armado, é verdade, mas cheguem mais perto e vão ver que eu não passo de um velho tolo de costeletas. Carrego esta espada e esta armadura apenas por respeito ao meu rei, o grande e amado Arthur, agora há muitos anos no céu, e sem dúvida já faz quase tantos anos que eu não saco minha espada em fúria. Aquele que os senhores veem ali é o meu velho cavalo de batalha, Horácio. Ele tem tido que aguentar o peso de todo esse metal. Olhem para ele: as pernas arqueadas, o lombo afundado. Ah, eu sei o quanto ele sofre cada vez que eu monto. Mas tem um grande coração, meu Horácio, e sei que ele não iria querer que fosse de outra forma. Nós viajamos assim, de armadura completa, em homenagem ao nosso grande rei e continuaremos a viajar dessa forma até que nós dois não consigamos dar nem mais um passo. Venham, amigos, não tenham medo de mim!"

Eles entraram na clareira e, ao se aproximar do carvalho, Axl viu que, de fato, o cavaleiro estava longe de ser uma figura ameaçadora. O homem parecia ser altíssimo, mas Axl tinha a impressão de que, sob a armadura, era bastante magro, ainda que musculoso. Sua armadura estava gasta e enferrujada, embora sem dúvida ele tivesse feito tudo o que podia para preservá-la. Sua túnica, que já fora branca, apresentava inúmeros remendos. O rosto que se projetava da armadura era bondoso e enrugado; acima dele, algumas mechas compridas de cabelo branco pendiam, esvoaçantes, de uma cabeça quase inteiramente calva. Ele poderia inspirar pena, pregado ao chão daquele jeito, com as pernas esparramadas diante de si, se o sol que se infiltrava por entre os galhos acima dele não o estivesse matizando com padrões de luz e sombra que o faziam parecer quase um soberano sentado num trono.

"O coitado do Horácio não comeu hoje de manhã, porque nós acordamos num terreno pedregoso. E, depois, como eu estava muito apressado e, admito, mal-humorado, não deixei que ele parasse para comer. Seus passos foram ficando mais lentos, mas a esta altura já conheço bem as artimanhas dele e me recusei a ceder. 'Sei que você não está cansado!', eu disse para o Horácio e o piquei de leve com a espora. Essas peças que ele tenta pregar em mim, amigos, não tolero de jeito nenhum! Mas aí meu companheiro foi diminuindo o passo cada vez mais e eu, coração mole que sou, apesar de saber muito bem que ele está rindo por dentro, sucumbo e digo: 'Pois bem, Horácio, pare e encha a pança'. E então aqui estou eu, feito de bobo novamente. Venham, amigos, juntem-se a mim." Ele se esticou para a frente, fazendo a armadura ranger, e tirou um pão de forma de dentro de um saco que estava pousado diante dele no capim. "Está fresquinho. Eu ganhei não tem nem uma hora, quando passei por um moinho. Venham, amigos. Sentem-se ao meu lado e vamos dividir este pão."

Axl segurou o braço de Beatrice enquanto ela se abaixava para sentar nas raízes nodosas do carvalho, depois se sentou entre a mulher e o velho cavaleiro. O tronco coberto de musgo atrás de suas costas e os passarinhos cantando e disputando espaço nos galhos acima dele fizeram com que Axl se sentisse imediatamente grato; o pão que o cavaleiro lhe passou estava fresco e macio. Beatrice encostou a cabeça no ombro dele e respirou fundo durante algum tempo, antes de também começar a comer com prazer.

Wistan, porém, não havia se sentado. Depois de soltar várias risadinhas e de exibir de diversas formas sua idiotia para o velho cavaleiro, ele foi para perto de Edwin, que estava parado no meio do capim alto, segurando a égua. Beatrice, tendo terminado de comer seu pedaço de pão, inclinou-se para a frente, dirigindo-se ao estranho.

"Eu peço desculpas por não tê-lo cumprimentado antes, senhor, mas não é toda hora que a gente depara com um cavaleiro. E ver o senhor aqui me deixou aturdida", disse ela. "Espero que o senhor não tenha ficado ofendido."

"De forma alguma, senhora. Eu fiquei foi contente com a sua companhia. Ainda falta muito para os senhores chegarem ao seu destino?"

"Falta um dia de caminhada para chegarmos à aldeia do nosso filho, já que nós optamos pela estrada da montanha para poder visitar um sábio monge que vive no mosteiro localizado nestas colinas."

"Ah, os santos padres. Tenho certeza de que eles vão receber os senhores com toda a gentileza. Eles foram de grande valia ao Horácio na primavera passada, quando ele estava com uma pata infeccionada — fiquei com medo de que ele não resistisse. E eu mesmo, quando me recuperava de uma queda alguns anos atrás, encontrei muito alívio nos bálsamos que eles prepararam. Mas se os senhores estão procurando uma cura para o mudo, eu receio que só mesmo Deus possa conceder a ele o dom da fala."

Enquanto dizia isso, o cavaleiro tinha olhado na direção de Wistan e descoberto que ele estava andando na sua direção e que o ar de idiota havia desaparecido por completo de seu rosto.

"Permita-me então surpreendê-lo, senhor", disse Wistan. "Eu recuperei o dom da fala."

O velho cavaleiro teve um sobressalto e em seguida girou o corpo, fazendo a armadura ranger, para lançar um olhar indagador e zangado na direção de Axl.

"Não culpe meus amigos, senhor cavaleiro", disse Wistan. "Eles só estavam fazendo o que eu lhes pedi. Mas agora que não há mais motivo para temer o senhor, eu decidi deixar de lado o meu disfarce. Por favor, me perdoe."

"Eu não me importo, senhor, pois é sempre aconselhável

ser cauteloso neste mundo", disse o velho cavaleiro. "Mas agora me diga que tipo de pessoa o senhor é, para que eu, por minha vez, também não tenha motivo para temê-lo."

"Meu nome é Wistan, senhor. Eu venho da região dos pântanos do leste e estou viajando por estes lados para cumprir uma missão que me foi dada pelo meu rei."

"Ah... O senhor está bem longe de casa de fato."

"Bem longe de casa, senhor, e estas estradas deveriam ser estranhas para mim. No entanto, a cada curva que dobro, é como se a paisagem reavivasse alguma lembrança distante na minha memória."

"Então o senhor já deve ter passado por aqui antes."

"Imagino que sim. Segundo me contaram, eu não nasci na região dos pântanos, mas sim numa área a oeste daqui. Então, foi muita sorte minha ter calhado de encontrá-lo aqui, senhor, supondo que o senhor seja sir Gawain, que vem daquela mesma área a oeste e é conhecido por cavalgar por estes lados."

"Eu sou Gawain, de fato, sobrinho do grande Arthur, que um dia governou estas terras com tanta sabedoria e justiça. Permaneci no oeste durante muitos anos, mas hoje Horácio e eu viajamos para onde queremos."

"Se o meu tempo me pertencesse, eu rumaria para oeste hoje mesmo para respirar o ar daquela região. Mas sou obrigado a cumprir minha missão e voltar correndo para relatá-la. No entanto, é uma enorme honra conhecer um cavaleiro do grande Arthur, ainda mais quando se trata de um sobrinho dele. Embora eu seja saxão, Arthur é um nome pelo qual tenho muito respeito."

"É uma alegria para mim ouvir o senhor dizer isso."

"Sir Gawain, tendo recuperado a fala de forma tão milagrosa, eu gostaria de fazer uma pequena pergunta ao senhor."

"Fique à vontade."

"Esse cavalheiro agora sentado ao seu lado é o sr. Axl, um lavrador de uma aldeia cristã situada a dois dias de viagem daqui e um homem de idade próxima à sua. Sir Gawain, eu te peço agora que se vire e olhe atentamente para ele. O senhor por acaso já viu esse rosto antes, ainda que tenha sido há muito tempo?"

"Santo Deus, sr. Wistan!" Beatrice, que Axl pensou que tivesse pegado no sono, inclinou-se para a frente de novo. "Por que essa pergunta?"

"Por nada, senhora. É que como sir Gawain é do oeste, eu imaginei que ele pudesse ter visto seu marido no passado. Que mal há nisso?"

"Sr. Wistan", disse Axl, "desde que nós nos conhecemos eu percebi que o senhor volta e meia olha para mim de um modo estranho, e fiquei esperando alguma explicação. Quem o senhor acredita que eu seja?"

Wistan, que estava em pé diante do lugar onde os três estavam sentados lado a lado debaixo do grande carvalho, então se agachou. Talvez ele tenha feito isso para parecer menos intimidador, mas para Axl foi quase como se o guerreiro estivesse querendo examinar o rosto deles mais de perto.

"Vamos deixar, por enquanto, que sir Gawain faça o que eu pedi", disse Wistan. "Ele só precisa virar um pouco a cabeça. Entendam isso como uma brincadeira infantil, se preferirem. Eu te peço, senhor, olhe para esse homem ao seu lado e me diga se o senhor já o viu no passado."

Sir Gawain deu uma risadinha e inclinou o tronco para a frente. Parecia estar ansioso para se divertir, como se de fato tivesse sido convidado a participar de uma brincadeira. Mas quando ele olhou bem para o rosto de Axl, seu semblante adquiriu uma expressão de espanto, talvez até mesmo de choque. Instintivamente, Axl desviou o rosto, ao mesmo tempo em que o velho cavaleiro pareceu quase enfiar as costas dentro tronco da árvore.

"Então, senhor?", Wistan perguntou, observando-o com interesse.

"Não creio que este cavalheiro e eu tenhamos nos encontrado antes de hoje", disse sir Gawain.

"Tem certeza? Os efeitos do tempo podem ser um grande disfarce."

"Sr. Wistan", interveio Beatrice, "o que é que o senhor procura no rosto do meu marido? Por que pedir uma coisa dessas a esse gentil cavaleiro, que até agora há pouco era um estranho para todos nós?"

"Eu peço desculpas, senhora. Este lugar desperta muitas lembranças em mim, embora todas elas sejam como um pardal inquieto que sei que vai voar com a brisa a qualquer momento. O rosto do seu marido vem me prometendo o dia inteiro uma recordação importante e, para falar a verdade, essa foi uma das razões que fizeram com que eu me oferecesse para viajar com os senhores, embora seja sincero o meu desejo de garantir que os senhores atravessem essas estradas perigosas com segurança."

"Mas por que o senhor haveria de ter conhecido o meu marido no oeste, se ele sempre viveu numa região próxima daqui?"

"Deixe isso para lá, princesa. O sr. Wistan me confundiu com alguém que ele conheceu quando era mais novo."

"É, deve ser isso, amigos!", disse sir Gawain. "Eu e o Horácio volta e meia confundimos um rosto com algum outro do passado. 'Está vendo lá, Horácio?', eu digo. 'Aquele ali mais adiante na estrada é o nosso velho amigo Tudur, e nós achando que ele havia caído na batalha de monte Badon!' Aí chegamos mais perto, e o Horácio solta um bufo, como quem diz: 'Como você é idiota, Gawain. Esse homem é jovem o bastante para ser neto do Tudur e não se parece nem um pouco com ele!'"

"Sr. Wistan, me diga uma coisa", disse Beatrice. "O meu marido te lembra alguém que o senhor amava quando era criança? Ou alguém de quem o senhor tinha pavor?"

"É melhor esquecer isso, princesa."

Mas Wistan, se balançando suavemente sobre os calcanhares, olhava fixamente para Axl. "Acho que era alguém que eu amava, senhora, pois quando nos encontramos hoje de manhã, meu coração pulou de alegria. No entanto, pouco tempo depois..." Ele continuou olhando para Axl em silêncio, com uma expressão quase sonhadora nos olhos. Então, o seu semblante se anuviou e, pondo-se de pé de novo, o guerreiro desviou o rosto. "Não tenho como responder a essa pergunta, sra. Beatrice, pois eu mesmo não sei. Imaginei que, viajando ao lado dos senhores, as minhas lembranças fossem vir à tona, mas até agora isso ainda não aconteceu. Sir Gawain, o senhor está bem?"

De fato, Gawain estava com o tronco caído para a frente. Ele então se endireitou e soltou um suspiro. "Estou razoavelmente bem, sim. Obrigado por perguntar. No entanto, Horácio e eu passamos muitas noites sem uma cama macia nem um abrigo decente e estamos os dois bastante cansados. É só isso." Ele ergueu uma das mãos e esfregou a testa, embora o seu verdadeiro objetivo, ocorreu a Axl, pudesse ter sido encobrir sua visão do rosto ao lado dele.

"Sr. Wistan", disse Axl, "já que agora estamos falando com franqueza, talvez eu possa te fazer uma pergunta também. O senhor disse que está aqui para cumprir uma missão para o seu rei, mas por que se preocupar tanto em se disfarçar se o senhor está viajando por uma região onde há tanto tempo reina a paz? Se eu, minha mulher e aquele pobre menino vamos viajar ao seu lado, nós gostaríamos de conhecer a verdadeira condição do nosso companheiro de viagem e saber quem são seus amigos e inimigos."

"O que o senhor pede é justo. Esta região, como o senhor disse, está estável e em paz há bastante tempo. Mas aqui estou eu, um saxão, cruzando terras governadas por bretões e, nesta região específica, por lorde Brennus, cujos guardas patrulham esta área intrepidamente para recolher impostos em grãos e cabeças de gado. Eu não quero me envolver em conflitos que possam advir de algum mal-entendido. Daí o meu disfarce, senhor, e todos nós viajaremos mais seguros por causa dele."

"Talvez o senhor tenha razão, sr. Wistan", disse Axl. "No entanto, eu percebi que os guardas de lorde Brennus não pareciam estar passando o tempo de modo ocioso na ponte, mas sim postados lá com algum objetivo. E, se não fosse a névoa toldando-lhes o raciocínio, eles poderiam ter examinado o senhor com mais cuidado. Então eu pergunto: o senhor é algum inimigo de lorde Brennus?"

Por um momento, Wistan pareceu perdido em seus pensamentos, acompanhando com os olhos uma das raízes nodosas que se estendiam do tronco do carvalho até um pouco além do lugar onde ele estava, antes de se enfiar na terra. Passado um tempo, ele se aproximou de novo, e dessa vez se sentou no capim baixo.

"Pois bem, senhor, eu vou falar abertamente", disse ele. "Não me importo de fazer isso diante do senhor e deste nobre cavaleiro. Chegaram até nós, no leste, rumores de que companheiros saxões estavam sendo maltratados por bretões nestas terras. Preocupado com seu povo, meu rei me enviou aqui com a missão de averiguar o que de fato está se passando. É só isso que me traz aqui, senhor, e eu estava cumprindo minha missão pacificamente quando minha égua machucou a pata."

"Eu entendo bem sua posição, senhor", disse Gawain. "Horácio e eu com frequência atravessamos terras governadas pelos saxões e sentimos a mesma necessidade de usar de cautela. Nessas horas, minha vontade é me livrar desta armadura e ser tomado por um humilde lavrador. Mas se nós deixássemos este traje de metal em algum lugar, como iríamos encontrá-lo novamente? E embora Arthur já tenha caído há anos, não continua sendo nosso dever usar a insígnia dele com orgulho para todos poderem ver? Então, nós seguimos adiante com coragem, e quando as pessoas veem que eu sou um cavaleiro de Arthur, alegra-me dizer que elas olham para nós com gentileza."

"Não me surpreende que o senhor seja bem acolhido nesta região, sir Gawain", disse Wistan. "Mas será que o mesmo acontece naquelas regiões em que Arthur um dia foi um inimigo tão temido?"

"Horácio e eu descobrimos que o nome do nosso rei é bem recebido em toda parte, senhor, mesmo nessas regiões que o senhor menciona, pois Arthur era tão generoso com aqueles que derrotava, que eles logo passavam a amá-lo como a um dos seus."

Já fazia algum tempo — na verdade, desde que o nome de Arthur fora mencionado pela primeira vez — que uma sensação incômoda de inquietação vinha atormentando Axl. Agora, finalmente, enquanto ele ouvia Wistan e o velho cavaleiro conversando, um fragmento de memória lhe veio à consciência. Não era muita coisa, mas pelo menos aquilo lhe dava o alívio de ter algo para preservar e examinar. Ele se lembrou de estar dentro de uma tenda, uma barraca grande do tipo que os exércitos costumam montar perto dos campos de batalha. Era noite, uma vela grossa bruxuleava e o vento do lado de fora fazia as paredes da tenda ora se estufarem, ora se encolherem. Havia outras pessoas com ele na tenda. Várias outras, talvez, mas ele não conseguia se lembrar do rosto delas. Ele, Axl, estava zangado com alguma coisa, mas tinha entendido a importância de esconder sua raiva pelo menos naquele momento.

"Sr. Wistan", Beatrice estava dizendo ao lado de Axl, "na nossa aldeia há várias famílias saxãs entre as mais respeitadas. E o senhor mesmo viu a aldeia saxã de onde nós saímos hoje. Aquelas pessoas estão prosperando e, embora às vezes possam sofrer nas mãos de demônios como aqueles que o senhor tão valentemente derrotou, não são bretões que as fazem padecer."

"O que essa boa senhora diz é verdade", disse sir Gawain. "O nosso amado Arthur instaurou uma paz duradoura entre bretões e saxões nesta região e, apesar de ainda ouvirmos falar de guerras em lugares distantes, aqui nós somos há muito tempo amigos e parentes."

"Tudo o que vi condiz com as declarações dos senhores", disse Wistan, "e estou ansioso para levar boas notícias de volta para casa, embora ainda tenha que ver as terras que ficam além dessas colinas. Sir Gawain, eu não sei se algum dia terei novamente a oportunidade de fazer essa pergunta a alguém tão sábio, então me permita fazer isso agora. Que estranha habilidade foi essa que o seu grande rei usou para curar as cicatrizes de guerra por essas terras, de tal modo que um viajante hoje mal consegue encontrar alguma marca ou vestígio delas?"

"A pergunta é digna de elogio, senhor. A minha resposta é que o meu tio era um governante que nunca se considerou maior do que Deus e sempre orava pedindo orientação. Por isso os conquistados, da mesma forma que os que lutavam ao seu lado, viam o quanto ele era justo e desejavam tê-lo como rei."

"Mesmo assim, senhor, não é estranho que um homem chame de irmão alguém que ainda ontem trucidou seus filhos? E, no entanto, isso é exatamente o que Arthur parece ter conseguido."

"O senhor acaba de tocar no ponto central da questão, sr. Wistan. Trucidar crianças, o senhor diz. No entanto, Arthur nos instruía o tempo todo a poupar os inocentes pegos no tumulto da guerra. Mais que isso, senhor, ele ordenava que nós resgatássemos e déssemos abrigo sempre que pudéssemos a todas as mulheres, crianças e velhos, fossem eles bretões ou saxões. Em ações desse tipo, elos de confiança foram construídos, mesmo enquanto batalhas eram travadas."

"O que o senhor diz faz sentido, mas, mesmo assim, isso continua me parecendo um feito espantoso", respondeu o guerreiro. "Sr. Axl, o senhor não acha uma coisa extraordinária a forma como Arthur uniu esta terra?"

"Sr. Wistan, mais uma vez, quem o senhor imagina que o meu marido possa ser?", perguntou Beatrice. "Ele não sabe nada sobre as guerras, senhor!"

De repente, no entanto, ninguém estava ouvindo mais nada, pois Edwin, que havia voltado para perto da estrada, tinha começado a gritar, e aos seus gritos somou-se o estrépito dos cascos de um cavalo que se aproximava rapidamente. Mais tarde, relembrando o que acontecera, ocorreu a Axl que Wistan devia de fato estar bastante absorto na sua curiosa especulação sobre o passado, pois o guerreiro, em geral tão vigilante, mal havia se levantado quando o cavaleiro dobrou uma curva para entrar na clareira, fazendo em seguida o cavalo diminuir o passo com admirável controle e vir trotando em direção ao grande carvalho.

Axl reconheceu imediatamente o soldado alto e grisalho que falara de modo tão amável com Beatrice na ponte. Embora ainda tivesse um leve sorriso nos lábios, o homem estava se aproximando deles com a espada na mão, ainda que apontada para baixo, o punho pousado na beira da sela. Ele fez o cavalo estacar quando faltavam apenas alguns passos do animal para que eles chegassem junto à árvore. "Bom dia, sir Gawain", disse ele, inclinando um pouco a cabeça.

O velho cavaleiro ergueu o olhar com desdém de onde estava sentado. "Quais são as suas intenções, senhor, chegando aqui com a espada desembainhada?"

"Perdoe-me, sir Gawain. Eu só quero fazer algumas perguntas a esses seus companheiros." Ele olhou para Wistan, que estava de novo com a boca aberta e rindo sozinho. Sem tirar os olhos do guerreiro, o soldado gritou: "Menino, não dê nem mais um passo com esse cavalo!". De fato, Edwin vinha se aproximando por trás dele com a égua. "Ouça bem: solte as rédeas e venha aqui para a minha frente, ao lado do seu irmão idiota. Eu estou esperando, rapaz!"

Se não entendeu exatamente as palavras ditas pelo soldado, Edwin parecia ter entendido ao menos o que ele queria, pois soltou a égua e foi para perto de Wistan. Enquanto o menino fazia isso, o soldado ajustou ligeiramente a posição do seu cavalo. Percebendo isso, Axl compreendeu de imediato que o soldado estava mantendo um ângulo e uma distância específicos entre ele e os homens sob sua vigilância — ângulo e distância estes que lhe dariam a maior vantagem possível, caso um conflito súbito eclodisse. Antes, com Wistan parado onde estava, a cabeça e o pescoço do cavalo do próprio soldado teriam obstruído momentaneamente o primeiro golpe da espada, dando a Wistan um tempo precioso para afugentar o cavalo ou para correr para o seu lado cego, onde o alcance da espada perdia amplitude e força por ser necessário levá-la até o outro lado do corpo. Agora, porém, o pequeno ajuste na posição do cavalo havia feito com que fosse praticamente um suicídio para um homem desarmado — como Wistan estava — atacar o cavaleiro. A nova posição do soldado também parecia ter levado em conta com muita perícia a égua do guerreiro, que estava solta a certa distância atrás do soldado. Para correr até a égua agora, Wistan precisaria fazer uma curva ampla para evitar passar pelo lado em que o cavaleiro segurava a espada, o que tornava quase certo que ele fosse transpassado por trás antes de chegar ao seu destino.

Axl notou tudo isso não só com um sentimento de admiração pela habilidade estratégica do soldado, mas também com desalento pelo que isso significava. Um dia, em outros tempos, Axl também havia feito seu cavalo chegar um pouco para a frente, numa manobra pequena mas de uma sutileza vital, para se alinhar a outro cavaleiro. O que ele estava fazendo naquele dia? Os dois, ele e o outro cavaleiro, estavam esperando montados em seus cavalos, contemplando uma vasta charneca cinzenta. Até aquele momento, o cavalo do seu companheiro estivera na frente, pois Axl se lembrava de ter visto a cauda do animal balançando diante dele e ter se perguntado até que ponto aquela ação se devia aos reflexos do animal e até que ponto se devia ao vento forte que varria aquela terra árida.

Axl tirou esses pensamentos intrigantes da cabeça enquanto se punha de pé, depois ajudou sua mulher a levantar. Sir Gawain permaneceu sentado, aparentemente colado ao pé do carvalho, olhando com raiva para o recém-chegado. Depois, disse baixinho para Axl: "Senhor, me ajude a levantar".

Foi preciso que tanto Axl quanto Beatrice puxassem o velho cavaleiro, cada um por um braço, para erguê-lo do chão, mas quando ele finalmente esticou o corpo dentro da armadura e botou os ombros para trás, sir Gawain revelou-se uma figura de fato impressionante. No entanto, o velho cavaleiro pareceu se contentar em ficar olhando de cara amarrada para o soldado e, passado um tempo, foi Axl quem acabou falando.

"Por que o senhor está se dirigindo a nós dessa forma, senhor, quando somos simples viajantes? O senhor não se lembra que já nos interrogou não faz nem uma hora perto da cachoeira?"

"Eu me lembro bem do senhor, tio", disse o soldado de cabelo grisalho. "No entanto, quando nos encontramos naquela hora, um estranho feitiço havia caído sobre nós que vigiávamos a ponte, de modo que esquecemos a própria razão pela qual estávamos lá. Só agora, quando eu estava voltando para o nosso acampamento depois de ter sido rendido no meu posto, foi que tudo me veio à lembrança de repente. Então eu pensei no senhor, tio, e no seu grupo passando de mansinho, e aí fiz o meu cavalo dar meia-volta e vim correndo atrás dos senhores. Menino! Não se afaste! Fique ao lado do seu irmão idiota!"

Contrariado, Edwin voltou para o lado de Wistan e lançou um olhar indagador para ele, que continuava rindo baixinho, um fio de saliva escorrendo pelo canto da boca. Os olhos do guerreiro viravam de um lado para o outro freneticamente, mas Axl supunha que, na verdade, Wistan estivesse calculando com cuidado a distância da sua égua e a proximidade do adversário e, muito provavelmente, chegando à mesma conclusão que Axl.

"Sir Gawain", sussurrou Axl. "Se houver confusão, eu te peço humildemente que me ajude a defender minha boa esposa."

"Pode contar comigo, senhor. Eu te dou minha palavra de honra."

Axl inclinou a cabeça com gratidão, mas agora o soldado de cabelo grisalho estava apeando do cavalo. Mais uma vez, Axl se pegou admirando a habilidade com que o soldado fez isso, pois quando enfim se postou diante de Wistan e do menino, ele estava de novo exatamente na distância e no ângulo corretos em relação aos dois; além disso, carregava sua espada de modo a não cansar seu braço, enquanto o seu cavalo o protegia de qualquer ataque inesperado por trás.

"Eu vou te contar o que nos fugiu da memória, tio. Nós tínhamos acabado de receber a notícia de que um guerreiro saxão havia partido de uma aldeia próxima levando consigo um menino ferido." O soldado apontou com a cabeça para Edwin. "Um menino da idade daquele ali. Pois bem, tio, eu não sei o que o senhor e aquela boa senhora têm a ver com isso. Só estou procurando esse guerreiro saxão e o companheiro dele. Se o senhor disser a verdade, nada de mal irá te acontecer."

"Não há nenhum guerreiro aqui, senhor. E eu não tenho nenhuma desavença com o senhor nem com lorde Brennus, que suponho ser o seu senhor."

"O senhor sabe do que está falando, tio? Empreste uma máscara aos nossos inimigos e terá que se haver conosco, não importa quantos anos o senhor tenha. Quem são essas pessoas com quem o senhor viaja, esse mudo e esse menino?"

"Como eu disse, senhor, eles nos foram dados por devedores, em lugar de grãos e estanho. Eles vão trabalhar para nós durante um ano para pagar a dívida de sua família."

"Tem certeza de que o senhor não está enganado, tio?"

"Eu não sei quem o senhor procura, mas com certeza não são esses pobres saxões. E enquanto o senhor gasta seu tempo conosco, seus inimigos seguem livremente para algum outro lugar."

O soldado parou para refletir sobre isso — a voz de Axl havia transmitido uma inesperada autoridade —, enquanto sinais de incerteza começavam a se manifestar na sua postura. "Sir Gawain", ele perguntou, "o que o senhor sabe sobre essas pessoas?"

"Eles nos encontraram por acaso, quando Horácio e eu estávamos descansando aqui. Acredito que sejam pessoas simples."

O soldado examinou mais uma vez as feições de Wistan. "Mudo e retardado, não é?" Ele deu dois passos à frente e ergueu a espada até que a ponta da lâmina ficasse apontada para a garganta de Wistan. "Mas com certeza ele teme a morte, como todo mundo."

Axl viu que, pela primeira vez, o soldado havia cometido um erro: tinha chegado perto demais do adversário. Embora fosse extremamente arriscado, agora era concebível que Wistan conseguisse investir de repente e segurar o braço que sustentava a espada antes que o soldado pudesse atingi-lo. Wistan, no entanto, continuou rindo, depois deu um sorriso idiota para Edwin, que permanecia ao seu lado. Essa última ação do soldado, contudo, pareceu despertar a ira de sir Gawain.

"Eles podiam ser estranhos para mim apenas uma hora atrás, senhor", Gawain bradou, "mas eu não vou permitir que eles sejam tratados com brutalidade!"

"Isso não te diz respeito, sir Gawain. Eu peço ao senhor que permaneça em silêncio."

"Como ousa falar desse jeito com um cavaleiro de Arthur, senhor?"

"Será possível que esse idiota seja um guerreiro disfarçado?", disse o soldado, ignorando por completo sir Gawain. "Sem nenhuma arma por perto, pouca diferença faz. A minha espada é afiada o bastante, seja ele o que for."

"Como ele se atreve!", sir Gawain resmungou consigo mesmo.

Talvez se dando conta subitamente do seu erro, o soldado de cabelo grisalho deu dois passos para trás, voltando para o lugar exato de antes, e abaixou a espada até a altura da cintura. "Menino, venha aqui para perto de mim", disse ele.

"Ele só fala a língua saxã, senhor, e é bastante tímido também", disse Axl.

"Ele não precisa falar, tio. Só o que ele precisa fazer é levantar a camisa para nós sabermos se ele é o menino que saiu da aldeia com o guerreiro. Menino, chegue mais perto de mim."

Quando Edwin chegou mais perto, o soldado estendeu sua mão livre na direção dele. Seguiu-se uma pequena luta enquanto Edwin tentava repelir o soldado, mas pouco depois a camisa do menino foi puxada para cima, revelando o seu tronco, e Axl viu, um pouco abaixo das costelas, um pedaço inchado de pele cercado por pontinhos de sangue seco. Ao lado do idoso, Beatrice e Gawain estavam agora se inclinando para a frente para enxergar melhor, mas o próprio soldado, relutando em tirar os olhos de Wistan, demorou um pouco para ver a ferida. Quando finalmente olhou, ele foi obrigado a fazer um giro rápido com a cabeça e, naquele exato instante, Edwin produziu um ruído agudo e penetrante — não exatamente um berro, mas algo que lembrou a Axl o aulido de uma raposa aflita. O som distraiu por um instante a atenção do soldado, e Edwin aproveitou a chance para se desvencilhar. Só então Axl percebeu que o ruído não estava vindo do menino, mas sim de Wistan; e que, em resposta, a égua do guerreiro, que até então pastava languidamente, tinha se virado de repente e estava correndo em disparada na direção deles.

O cavalo do próprio soldado havia feito um movimento apavorado atrás dele, deixando o dono ainda mais confuso; e quando o soldado enfim se recuperou, Wistan já estava fora do alcance da espada. A égua continuava avançando numa velocidade assustadora, e Wistan, fingindo ir para um lado e depois indo para o outro, produziu outro chamado estridente. A égua diminuiu o passo, seguindo a meio galope até se colocar entre Wistan e o soldado, permitindo que o guerreiro, quase sem pressa nenhuma, assumisse uma posição a alguns passos de distância do carvalho. A égua se virou de novo, seguindo prontamente atrás do dono. Axl supôs que a intenção de Wistan fosse montar na égua quando ela passasse por ele, pois o guerreiro estava agora esperando com os dois braços erguidos no ar. Axl chegou até a vê-lo estender as mãos na direção da sela, antes de o corpo da égua ocultar o guerreiro temporariamente. Mas, pouco depois, ela seguiu a meio galope e sem cavaleiro de volta para o lugar onde ainda havia pouco saboreava o capim. Wistan havia permanecido no mesmo lugar onde estava, mas agora tinha uma espada na mão.

Beatrice deixou escapar uma pequena exclamação, e Axl, botando um braço em torno dela, puxou-a mais para perto de si. Do outro lado, Gawain soltou um grunhido que parecia querer dizer que ele achara a manobra de Wistan admirável. O velho cavaleiro tinha posto um pé sobre uma das raízes altas do carvalho e assistia a tudo com grande interesse, com uma das mãos apoiada no joelho.

O soldado de cabelo grisalho estava agora de costas para eles: dessa vez, obviamente, ele não tivera muita escolha, pois precisava ficar de frente para Wistan. Axl se surpreendeu ao ver como aquele soldado, tão controlado e hábil poucos instantes antes, tinha ficado tão desorientado. Ele estava olhando na direção do seu cavalo — que havia trotado em pânico para um lugar um pouco afastado — como se quisesse se tranquilizar, depois ergueu sua espada, a ponta um pouco acima da altura dos ombros, segurando o punho com firmeza com as duas mãos. Essa postura, Axl sabia, era prematura e só iria fazer com que os músculos dos braços do soldado ficassem cansados. Wistan, ao contrário, parecia calmo, quase impassível, exatamente como na noite anterior, quando estava partindo da aldeia saxã e o casal o viu pela primeira vez. Ele andou lentamente na direção do soldado e parou a alguns passos de distância dele, segurando a espada ao lado do corpo com apenas uma das mãos.

"Sir Gawain", disse o soldado, com um tom de voz diferente, "eu estou ouvindo o senhor se mexer atrás de mim. O senhor fica ao meu lado contra esse inimigo?"

"Eu fico aqui para proteger este bom casal, senhor. Tirando isso, esse conflito não me diz respeito, como o senhor declarou há pouco. Esse guerreiro pode ser seu inimigo, mas ainda não é meu."

"Esse homem é um guerreiro saxão, sir Gawain, e está aqui para nos fazer mal. Ajude-me a enfrentá-lo, pois embora eu esteja pronto a cumprir meu dever, se esse homem é quem nós estamos procurando, ele é um adversário terrível segundo o que se diz."

"Por que eu haveria de lutar contra um homem simplesmente por ele ser um estranho? Foi o senhor que veio para este lugar tranquilo tratando a todos de modo hostil."

Durante algum tempo, todos ficaram em silêncio. Então o soldado perguntou a Wistan: "O senhor continua mudo? Ou vai se revelar agora que nós estamos frente a frente?".

"Eu sou Wistan, senhor, um guerreiro do leste em visita a

esta região. Parece que o seu senhor, lorde Brennus, quer me ferir — embora eu não saiba o motivo, já que vim para cá em paz a fim de cumprir uma missão para o meu rei. Creio que o senhor tenha a intenção de ferir também aquele menino inocente e, sabendo disso, eu sou forçado a te impedir."

"Sir Gawain", gritou o soldado, "eu te peço mais uma vez, será que o senhor poderia ajudar um companheiro bretão? Se esse homem é o guerreiro Wistan, dizem que ele sozinho foi responsável pela queda de mais de cinquenta invasores marítimos."

"Se cinquenta invasores ferozes caíram diante dele, que diferença pode fazer um cavaleiro velho e cansado para o resultado da luta agora, senhor?"

"Eu te peço, sir Gawain, não zombe. Esse homem é perigoso e vai atacar a qualquer momento. Eu vejo nos olhos dele. Ele está aqui para fazer mal a todos nós, eu te digo."

"Diga que mal eu faço", interveio Wistan, "viajando pacificamente pelas suas terras, com uma única espada na bagagem para me defender de criaturas selvagens e de bandidos. Se o senhor sabe dizer qual foi o meu crime, diga agora, pois eu gostaria de ouvir a acusação antes de atacá-lo."

"Eu ignoro a natureza do seu crime, senhor, mas tenho confiança suficiente no desejo de lorde Brennus de se ver livre do senhor."

"O senhor não tem nenhuma acusação a fazer, então. No entanto, veio às pressas até aqui para me matar."

"Sir Gawain, eu te imploro que me ajude! Embora ele seja perigoso, nós dois juntos, com uma estratégia cuidadosa, podemos vencê-lo."

"Senhor, permita-me lembrá-lo de que eu sou um cavaleiro de Arthur, não um peão de seu lorde Brennus. Não pego em armas contra estranhos por causa de rumores nem do sangue estrangeiro que eles possam ter nas veias. E me parece que o senhor não é capaz de dar uma boa razão para entrar num confronto contra ele."

"O senhor me força a falar então, sir Gawain, muito embora sejam confidências às quais um soldado de baixa patente como eu não tenha direito, mesmo tendo sido o próprio lorde Brennus que me permitiu ouvi-las. Esse homem veio para cá com a missão de matar a dragoa Querig. É para isso que ele está aqui!"

"Matar Querig?" Sir Gawain parecia genuinamente perplexo. Deu alguns passos à frente, afastando-se da árvore, e encarou Wistan como se o estivesse vendo pela primeira vez. "Isso é verdade, senhor?"

"Eu não tenho nenhuma intenção de mentir para um cavaleiro de Arthur, então me deixe esclarecer. Além da tarefa que mencionei antes, fui encarregado pelo meu rei de matar a dragoa que vaga por esta região. Mas que objeção poderia haver a essa tarefa? Uma dragoa feroz que ameaça a todos. Diga-me, soldado, por que essa missão me torna seu inimigo?"

"Matar Querig? O senhor realmente pretende matar Querig?!" Sir Gawain estava gritando agora. "Mas, senhor, essa é uma missão que foi confiada a *mim*! O senhor não sabe disso? Uma missão confiada a mim pelo próprio Arthur!"

"Essa é uma discussão para outro momento, sir Gawain. Deixe-me lidar primeiro com esse soldado que quer transformar a mim e aos meus amigos em inimigos quando nós só desejamos passar em paz."

"Sir Gawain, se o senhor não me ajudar, eu temo que o meu fim esteja próximo! Eu te imploro, senhor, lembre-se da afeição que lorde Brennus tem por Arthur e pela memória dele e me ajude a enfrentar esse saxão!"

"É *meu* dever matar Querig, sr. Wistan! Horácio e eu traçamos planos cuidadosos para atraí-la para fora da toca e não precisamos de ajuda!"

"Deponha a sua espada, senhor, e eu ainda posso poupá-lo", Wistan disse ao soldado. "Caso contrário, o senhor estará encerrando a sua vida aqui."

O soldado hesitou, mas depois disse: "Eu vejo agora como fui tolo ao me imaginar forte o suficiente para enfrentá-lo sozinho, senhor. Ainda posso ser punido pela minha vaidade, mas não vou depor a minha espada como um covarde".

"Com que direito", bradou sir Gawain, "o seu rei ordena que o senhor venha de outra terra até aqui e usurpe a missão confiada a um cavaleiro de Arthur?"

"Perdoe-me, sir Gawain, mas o senhor já teve muitos anos para matar Querig, e crianças pequenas já se tornaram homens-feitos nesse meio-tempo. Se eu posso prestar um serviço a esta terra e livrá-la desse tormento, por que a raiva?"

"Por que a raiva? O senhor não sabe onde está se metendo! Pensa que é fácil matar Querig? Pois saiba que ela não só é feroz, mas muito inteligente também! O senhor só vai conseguir enfurecê-la com sua insensatez, e depois esta região inteira irá sofrer com a cólera de Querig, quando já faz vários anos que nós mal ouvimos falar nela. É preciso agir com extrema cautela, senhor, ou uma calamidade vai se abater sobre os inocentes de toda esta região! Por que o senhor acha que Horácio e eu aguardamos há tanto tempo um momento propício? Um deslize e as consequências serão gravíssimas, senhor!"

"Então me ajude, sir Gawain!", gritou o soldado, agora sem fazer o menor esforço para esconder seu medo. "Vamos acabar com essa ameaça juntos!"

Sir Gawain olhou para o soldado com um ar intrigado, como se tivesse esquecido por um momento quem ele era. Depois, disse com uma voz mais calma: "Eu não vou ajudá-lo, senhor. Não sou amigo do seu senhor, pois temo os motivos sombrios dele. Temo também o mal que o senhor possa praticar contra essas outras pessoas aqui, que devem ser inocentes em qualquer que seja a intriga que nos envolve".

"Sir Gawain, eu estou pendurado entre a vida e a morte, como uma mosca presa numa teia. Faço ao senhor o meu último apelo e, embora não tenha pleno conhecimento dessa questão, eu te peço que se pergunte por que ele veio para a nossa terra se não para nos fazer mal!"

"Ele deu uma boa explicação da tarefa que tem a cumprir aqui, senhor, e embora os planos descuidados dele me enfureçam, isso não é razão para que eu me una ao senhor numa luta contra ele."

"Lute agora, soldado", disse Wistan, num tom de voz quase conciliador. "Lute e acabe logo com isso."

"Não seria possível, sr. Wistan", Beatrice falou de repente, "deixar que esse soldado entregue a espada e vá embora? Ele foi gentil comigo antes, lá na ponte, e talvez não seja um homem mau."

"Se eu fizer o que a senhora me pede, sra. Beatrice, ele falará de nós para os seus comandantes e sem dúvida voltará aqui pouco depois com trinta soldados ou mais. Pouca misericórdia será demonstrada então. E pode ter certeza, as intenções dele em relação ao menino não são nada boas."

"Talvez ele se disponha a fazer um juramento se comprometendo a não nos trair."

"A sua generosidade me comove, senhora", disse o soldado de cabelo grisalho, sem tirar os olhos de Wistan nem por um instante. "Mas eu não sou nenhum canalha e não vou tirar vantagem disso. O que o saxão disse é verdade: poupem-me a vida, e eu farei exatamente o que ele disse, pois o dever não me permite agir de outra forma. No entanto, agradeço suas palavras gentis e, se estes forem os meus últimos momentos, eu deixarei este mundo um pouco mais em paz por causa delas."

"Além disso, senhor", disse Beatrice, "eu não esqueci o pedido que o senhor me fez antes, a respeito do seu pai e da sua mãe. Naquela hora o senhor fez o pedido de brincadeira, eu sei, e não é provável que nós os encontremos. Mas, se algum dia os encontrarmos, eles saberão que o senhor estava ansioso para revê-los e cheio de saudades."

"Eu te agradeço mais uma vez, senhora. Mas agora não é o momento de permitir que meu coração amoleça pensando nessas coisas. A sorte ainda pode me favorecer nessa luta, apesar da reputação desse homem, e aí a senhora pode acabar se arrependendo de ter sentido compaixão por mim."

"É bem provável que sim", disse Beatrice, soltando um suspiro. "Então, sr. Wistan, o senhor terá que fazer o melhor que puder por nós. Eu vou virar de costas, pois não gosto de ver pessoas se matando. E peço que o senhor fale para o menino Edwin fazer o mesmo, pois tenho certeza de que ele só obedecerá se o senhor mandar."

"Perdoe-me, senhora", disse Wistan, "mas eu quero que o menino testemunhe tudo o que se passar, exatamente como eu com frequência era forçado a fazer na idade dele. Eu sei que ele não vai se apavorar nem se sentir mal ao testemunhar a conduta de guerreiros." Então, ele falou algumas frases em saxão, e Edwin, que estava parado sozinho a certa distância, foi andando até a árvore e se colocou ao lado de Axl e Beatrice. Vigilantes, seus olhos pareciam não piscar nunca.

Axl conseguia ouvir a respiração do soldado de cabelo grisalho, mais alta agora que o homem estava soltando um grunhido gutural a cada expiração. Quando avançou contra o adversário, ele correu segurando a espada bem acima da cabeça, no que pareceu um ataque tosco, quase suicida; mas pouco antes de alcançar Wistan, ele alterou abruptamente sua trajetória e guinou à esquerda, baixando a espada até a altura do quadril. Axl compreendeu com uma pontada de pena que o soldado de cabelo grisalho, sabendo que teria poucas chances se o combate se prolongasse, havia apostado tudo naquela única manobra desesperada. Wistan, no entanto, tinha antevisto a manobra, ou talvez seus instintos já fossem suficientes. Dando um passo para o lado, o saxão se esquivou da investida e, ao mesmo tempo, golpeou o adversário com a espada num único e simples movimento. O soldado soltou um som como o de um balde que se choca com a água ao ser atirado dentro de um poço; em seguida, tombou para a frente até desabar no chão. Sir Gawain pôs-se a sussurrar uma oração, e Beatrice perguntou: "Já acabou, Axl?".

"Acabou, princesa."

Edwin olhava fixamente para o homem caído, sua expressão quase inalterada. Seguindo o olhar do menino, Axl viu que uma cobra, que havia sido importunada pela queda do soldado na grama, estava agora rastejando para sair de debaixo do corpo. Embora escura, a criatura tinha manchas amarelas e brancas; conforme ela ia se revelando ao avançar rapidamente pelo chão, Axl sentiu o odor forte das entranhas de um homem. Instintivamente, ele deu alguns passos para o lado, puxando Beatrice consigo, caso a cobra viesse à procura de seus pés. Mesmo assim, a criatura continuou avançando na direção deles, dividindo-se em duas em torno de uma moita de cardos, como um riacho pode se dividir em torno de uma pedra, antes de se tornar uma só de novo e continuar se aproximando.

"Vamos embora, princesa", disse Axl, conduzindo-a. "Está feito e foi melhor assim. Esse homem queria nos fazer mal, embora a razão ainda não esteja clara."

"Permita-me esclarecer a questão até onde me for possível, sr. Axl", disse Wistan. Ele estivera limpando sua espada no chão, mas agora se levantou e foi até eles. "É verdade que os nossos parentes saxões vivem em harmonia com o seu povo nesta região.

No entanto, chegaram rumores lá a nossa terra de que lorde Brennus ambiciona conquistar este território e pretende declarar guerra a todos os saxões que vivem aqui."

"Eu ouvi os mesmos rumores, senhor", disse sir Gawain. "Essa foi outra razão pela qual me recusei a me aliar a esse infeliz, agora estripado como uma truta. Temo que esse tal lorde Brennus seja capaz de destruir a grande paz conquistada por Arthur."

"Lá ouvimos mais ainda, senhor", disse Wistan. "Ouvimos que Brennus abriga em seu castelo um hóspede perigoso: um nórdico que, segundo dizem, tem a habilidade de domar dragões. O temor do meu rei é que lorde Brennus pretenda capturar Querig para que ela lute ao lado do exército dele. Essa dragoa daria um soldado muito feroz, e Brennus teria um motivo legítimo para acalentar sua ambição. Foi por isso que eu fui enviado para destruir a dragoa, antes que a selvageria dela seja utilizada contra todos os que se oponham a lorde Brennus. Sir Gawain, o senhor parece espantado, mas estou sendo sincero."

"Se estou espantado, senhor, é porque suas palavras me parecem bastante plausíveis. Quando jovem, uma vez enfrentei um dragão num exército adversário, e foi uma coisa assustadora. Meus companheiros, que instantes antes estavam famintos de vitória, ficaram petrificados de medo ao ver aquela criatura, que aliás não tinha nem a metade da força e da esperteza de Querig. Se ela for transformada numa serva de lorde Brennus, isso com certeza irá estimular novas guerras. No entanto, eu tenho a esperança de que ela seja selvagem demais para ser domada por qualquer homem." Ele parou de falar, olhou na direção do soldado caído e sacudiu a cabeça.

Wistan foi andando até onde Edwin estava e, segurando o menino pelo braço, começou gentilmente a conduzi-lo na direção do corpo. Então, os dois ficaram parados lado a lado diante do soldado por algum tempo, o guerreiro falando em voz baixa, apontando de vez em quando e olhando para o rosto de Edwin para ver a reação do menino. Num dado momento, Axl viu Wistan traçar uma linha suave com o dedo no ar, talvez enquanto explicava ao rapazinho a trajetória feita pela lâmina de sua espada. Durante todo esse tempo, Edwin continuou olhando com uma expressão vazia para o homem caído.

Surgindo agora ao lado de Axl, sir Gawain disse: "É uma pena que este lugar tão tranquilo, certamente um presente de Deus a todos os viajantes cansados, agora esteja sujo de sangue. Vamos enterrar esse homem rápido, antes que mais alguém apareça por aqui. Eu vou levar o cavalo dele para o acampamento de lorde Brennus, junto com o relato de como o achei pelo caminho atacado por bandidos e a informação de onde seus parentes e amigos poderão encontrar sua sepultura. Enquanto isso, senhor", continuou, virando-se para Wistan, "recomendo que volte imediatamente para o leste. Não pense mais em Querig, pois o senhor pode ficar seguro de que Horácio e eu, depois de ouvir tudo o que ouvimos hoje, vamos redobrar nossos esforços para matá-la. Agora vamos, amigos, vamos pôr esse homem debaixo da terra para que ele possa voltar a seu criador em paz".

PARTE II

6.

Apesar de todo o cansaço, Axl estava tendo dificuldade de pegar no sono. Os monges haviam lhes oferecido um quarto no último andar e, embora fosse um alívio não ter que combater o frio que subia da terra, ele nunca tinha conseguido adormecer com facilidade acima do chão. Mesmo quando subia apenas uma escada de mão para se alojar no jirau de um celeiro ou de um estábulo, Axl com frequência passava noites agitadas, incomodado com o espaço cavernoso embaixo dele. Ou talvez sua agitação naquela noite estivesse relacionada com a presença de aves na escuridão acima deles. Os pássaros agora vinham se mantendo quietos a maior parte do tempo, mas de vez em quando Axl ouvia um leve farfalhar ou bater de asas e sentia o impulso de atirar os braços sobre o corpo adormecido de Beatrice para protegê-la das penas imundas que caíam lentamente, planando no ar.

Os pássaros já estavam lá quando eles entraram no quarto pela primeira vez, mais cedo. E não era verdade que ele havia sentido, já naquela hora, algo de malévolo no modo como aqueles corvos, melros e pombos olhavam para eles de cima dos caibros do telhado? Ou será que os acontecimentos subsequentes simplesmente haviam distorcido a lembrança que ele guardava daquele momento?

Talvez sua insônia se devesse aos ruídos que Wistan fazia cortando lenha e que ainda agora ecoavam pelo terreno do mosteiro. O barulho não havia impedido Beatrice de mergulhar com facilidade num sono profundo e, do outro lado do quarto, depois do vulto escuro que Axl sabia ser a mesa onde eles tinham comido antes, Edwin ressonava suavemente já fazia algum tempo. Mas Wistan, até onde Axl sabia, não havia dormido nada. O guerreiro ficara sentado num canto distante do quarto, esperando o último monge se retirar do pátio lá embaixo, e depois saíra noite afora. E agora lá estava ele de novo — apesar da advertência do padre Jonus — cortando mais lenha.

Os monges levaram algum tempo para se dispersar depois de saírem do prédio onde haviam se reunido. Por diversas vezes, quando estava prestes a pegar no sono, Axl tinha sido despertado por vozes vindas lá de baixo. Às vezes eram quatro ou cinco vozes, sempre baixas e com frequência cheias de raiva ou medo. Já fazia algum tempo que não se ouvia voz alguma, mas, sempre que estava começando a cochilar de novo, Axl tinha a sensação de que ainda havia monges sob a janela do quarto deles, não só alguns, mas dezenas de homens de batina, parados em silêncio à luz da lua, ouvindo as machadadas de Wistan ecoarem pelo terreno.

Mais cedo, com o sol da tarde banhando o quarto, Axl tinha olhado pela janela e visto o que parecia ser a comunidade inteira — mais de quarenta monges — esperando em pequenos grupos espalhados por todo o pátio. Havia algo de furtivo no comportamento deles, como se estivessem zelando para que suas palavras não fossem ouvidas nem mesmo pelos seus pares, e Axl percebeu algumas trocas de olhares hostis. As batinas eram todas do mesmo tecido marrom, embora às vezes faltasse o capuz ou uma manga a algumas delas. Todos pareciam ansiosos para entrar no grande edifício de pedra que ficava do lado oposto do pátio, mas ocorrera um atraso e a impaciência deles era palpável.

Axl estava observando o pátio lá embaixo já fazia algum tempo quando um barulho o fez se inclinar mais para fora da janela e olhar para um ponto diretamente abaixo de onde ele estava. Então, ele viu a parede externa do edifício, suas pedras claras revelando matizes amarelados ao sol, e a escada recortada na parede se elevando do chão em direção a ele. Subindo essa escada, a meio caminho, encontrava-se um monge — Axl conseguia ver o topo da cabeça dele — carregando uma bandeja com comida e uma jarra de leite. O homem tinha parado para reequilibrar a bandeja, e Axl assistia à manobra com apreensão, sabendo que aqueles degraus estavam gastos de maneira desigual e que, sem corrimão do lado de fora, a pessoa tinha que se manter sempre encostada à parede para não correr o risco de cair lá do alto nas pedras duras do calçamento. Ainda por cima, o monge, que agora tinha recomeçado a subir, parecia ser manco. Mas, mesmo assim, ele continuava avançando, lenta e perseverantemente.

Axl foi até a porta para pegar a bandeja das mãos do homem, mas o monge — padre Brian, como logo iriam descobrir que ele se chamava — fez questão de carregá-la até a mesa, dizendo: "Os senhores são nossos hóspedes, então deixe que eu lhes sirva como hóspedes".

Wistan e o menino já tinham saído do quarto àquela altura, e talvez o barulho que os dois faziam cortando lenha já ecoasse pelo mosteiro. Então, apenas Axl e Beatrice se sentaram, lado a lado, diante da mesa de madeira e devoraram com gratidão os pães, as frutas e o leite. Enquanto comiam, o padre Brian tagarelava alegre e, às vezes, contemplativamente sobre pessoas que tinham visitado o mosteiro no passado, sobre os peixes que podiam ser pescados em rios próximos, sobre um cachorro perdido que havia vivido com eles até morrer, no inverno anterior. Às vezes o padre, um homem idoso mas jovial, levantava-se da mesa e zanzava pelo quarto arrastando sua perna defeituosa, sem parar de falar, indo de vez em quando até a janela para conferir como estavam seus colegas lá embaixo.

Enquanto isso, acima deles, os pássaros voavam para lá e para cá sob o telhado, e de vez em quando suas penas tombavam lá do alto para macular a superfície do leite. Axl se sentira tentado a enxotar aqueles pássaros dali, mas se refreou pensando que os monges poderiam ter afeição por eles. Então, ficou surpreso quando ouviu passos rápidos subindo a escada do lado de fora, e um enorme monge de barba escura e rosto vermelho entrou impetuosamente no quarto.

"Demônios! Demônios!", bradou o monge, olhando com raiva para os caibros. "Eu ainda vou vê-los se afogar em sangue!"

O recém-chegado estava carregando uma bolsa de palha e enfiou a mão no fundo dela. Em seguida, tirou uma pedra lá de dentro e a arremessou contra os pássaros. "Demônios nojentos! Demônios, demônios, demônios!"

Enquanto a primeira pedra ricocheteava e caía no chão, ele atirou uma segunda e depois uma terceira. As pedras estavam caindo longe da mesa, mas Beatrice tinha coberto a cabeça com os dois braços. Levantando-se, Axl começou a andar na direção do monge barbudo, mas o padre Brian chegou até ele antes e, segurando-lhe os dois braços, disse:

"Irmão Irasmus, por favor! Pare com isso e se acalme!"

Àquela altura, os pássaros estavam grasnando e voando em todas as direções. O monge barbudo gritou por cima do alarido: "Eu sei quem eles são! Eu sei!".

"Acalme-se, irmão!"

"Não me segure, padre! Eles são agentes do diabo!"

"Eles ainda podem ser agentes de Deus, Irasmus. Nós não sabemos ainda."

"Eu sei que eles são do diabo! Observe os olhos deles! Como podem ser de Deus e nos olhar assim?"

"Irasmus, acalme-se. Nós temos hóspedes presentes."

Só ao ouvir essas palavras foi que o monge barbudo notou que Axl e Beatrice estavam ali. Lançou um olhar colérico para eles e, depois, disse para o padre Brian: "Por que trazer hóspedes para dentro de casa num momento como este? O que eles vieram fazer aqui?".

"Eles são apenas boas pessoas que estão aqui de passagem, irmão, e nós ficamos contentes em lhes oferecer hospitalidade, como sempre foi nosso costume."

"Padre Brian, o senhor é um tolo de falar com estranhos sobre os nossos assuntos! Olhe, eles estão nos espiando!"

"Eles não estão espiando ninguém e nem têm interesse pelas nossas questões, pois sem dúvida já têm seus próprios problemas."

De repente, o homem barbudo tirou outra pedra da bolsa e se preparou para arremessá-la, mas o padre Brian conseguiu impedi-lo. "Volte lá para baixo, Irasmus, e deixe essa bolsa de lado. Faça o seguinte: deixe-a comigo. É um absurdo você ficar carregando essa bolsa para todo lado como vem fazendo."

O homem barbudo se desvencilhou do monge mais velho e, cioso de sua bolsa, segurou-a junto ao peito. Cedendo a Irasmus essa pequena vitória, o padre Brian o conduziu até a porta e, apesar de o outro ter se virado para lançar mais um olhar colérico para o telhado, empurrou-o delicadamente em direção à escada.

"Volte para baixo, Irasmus. Eles sentem sua falta lá. Volte para baixo e tome cuidado para não cair."

Quando o homem finalmente foi embora, o padre Brian

voltou para dentro do quarto, abanando a mão para afastar as penas que flutuavam no ar.

"Eu peço desculpas aos senhores. Ele é um bom homem, mas o modo como nós vivemos aqui no mosteiro não serve mais para ele. Por favor, sentem-se de novo e terminem sua refeição em paz."

"Mesmo assim, padre", disse Beatrice, "aquele homem pode ter razão quando diz que estamos atrapalhando os senhores num momento delicado. Nós não queremos de forma alguma lhes causar ainda mais dificuldades e, se os senhores nos permitirem fazer apenas uma consulta rápida ao padre Jonus, cuja sabedoria é bem conhecida, logo seguiremos o nosso caminho. O senhor já sabe se nós poderemos vê-lo?"

O padre Brian balançou a cabeça. "É como eu te disse, senhora. Jonus não anda muito bem de saúde, e o abade deu ordens expressas para que ninguém o incomodasse, a não ser com a permissão do próprio abade. Sabendo do seu desejo de se encontrar com Jonus e do esforço que fizeram para vir até aqui, tenho tentado falar com o abade desde que os senhores apareceram. No entanto, como a senhora vê, sua chegada se deu num dia cheio, e ainda há pouco recebemos um visitante de certa importância que veio falar com o abade, atrasando ainda mais a nossa conferência. O abade voltou agora mesmo para o gabinete dele para conversar com o visitante, enquanto o restante de nós espera por ele."

Beatrice, que tinha ido para perto da janela para ver o monge barbudo descer a escada, apontou agora lá para baixo e disse: "Padre, aquele que está andando ali não é o abade?".

Quando foi para o lado dela, Axl viu um homem muito magro caminhando com autoridade rumo ao centro do pátio. Interrompendo suas conversas, os monges estavam todos indo em direção a ele.

"Ah, sim, é o abade voltando. Agora terminem sua refeição em paz. E quanto a Jonus, tenham paciência, porque acho que só vou conseguir lhes trazer a decisão do abade depois que essa conferência tiver acabado. Mas não vou esquecer, prometo, e vou me empenhar para que sua solicitação seja aceita."

Naquele momento, como agora, as machadadas do guerreiro com certeza retumbavam pelo pátio. Na verdade, Axl se lembrava claramente de ter se perguntado, enquanto observava os monges entrarem no prédio em frente, se as machadadas que estava ouvindo eram de um lenhador só ou de dois, pois o intervalo entre o som de uma e outra era tão curto que ficava difícil dizer se o segundo estampido era um ruído de verdade ou apenas um eco. Pensando sobre isso agora, deitado no escuro, Axl chegou à conclusão de que Edwin devia estar cortando lenha junto com Wistan, acompanhando o guerreiro golpe a golpe. Muito provavelmente, o menino já era um exímio lenhador. Mais cedo naquele dia, antes de eles chegarem ao mosteiro, o garoto já os tinha deixado boquiabertos com a rapidez com que conseguia cavar a terra com duas pedras chatas que encontrara por acaso lá por perto.

Axl àquela altura já havia parado de cavar, tendo sido convencido pelo guerreiro a poupar suas forças para a escalada até o mosteiro. Então, ele tinha ficado parado ao lado do corpo ensanguentado do soldado, protegendo-o dos pássaros que já começavam a se juntar nos galhos. Wistan — Axl se lembrava — estava usando a espada do homem morto para cavar o túmulo, tendo comentado que não queria embotar sua própria espada numa tarefa como aquela. Sir Gawain, no entanto, tinha dito: "Esse soldado morreu de modo honrado, não importa quais sejam as maquinações do senhor a que ele servia, e a espada de um cavaleiro estará sendo bem utilizada se servir para dar a ele uma sepultura". Os dois homens, porém, haviam parado para observar com espanto o progresso que Edwin estava fazendo com as ferramentas rudimentares que arranjara. Quando eles recomeçaram a cavar, Wistan disse:

"Eu temo, sir Gawain, que lorde Brennus não acredite na história que o senhor pretende contar."

"Ah, ele vai acreditar sim, senhor", Gawain respondera, sem parar de cavar. "Nós temos uma relação fria, mas ele me considera um tolo honesto, sem astúcia para inventar histórias capciosas. Posso até dizer a eles que o soldado falou de bandidos enquanto se esvaía em sangue nos meus braços. O senhor talvez ache que contar uma mentira dessas é um pecado grave, mas eu sei que Deus verá isso com olhos benevolentes; afinal, é para evitar que mais sangue seja derramado, não é? Eu farei Brennus acreditar em mim, senhor. Mesmo assim, o senhor continua em perigo e tem razões de sobra para voltar correndo para casa."

"Eu farei isso sem demora, sir Gawain, assim que a minha missão aqui estiver cumprida. Se a pata da minha égua não ficar boa logo, posso até trocá-la por outro cavalo, pois a viagem até a região dos pântanos é longa. No entanto, vou sentir muita pena se tiver que fazer isso, pois ela é um animal raro."

"Um animal raro de fato! O meu Horácio, infelizmente, não é mais tão ágil, embora tenha me socorrido em muitos momentos difíceis, exatamente como sua égua fez com o senhor há pouco. Um animal raro, que o senhor ficará triste de perder. Mesmo assim, a rapidez é crucial, então siga seu caminho e não se preocupe com sua missão. Horácio e eu vamos nos encarregar da dragoa, de modo que o senhor não precisa mais pensar nela. De qualquer forma, agora que tive tempo de refletir melhor sobre o assunto, cheguei à conclusão de que lorde Brennus jamais iria conseguir recrutar Querig para o exército dele. Ela é a criatura mais selvagem e indomável que existe, sendo tão capaz de cuspir fogo nos inimigos de Brennus quanto nas tropas que estiverem ao lado dela. A ideia toda é absurda, senhor. Não pense mais nisso e volte correndo para casa antes que seus inimigos o encurralem." Passado um tempo, como Wistan continuou a cavar e não disse nada, sir Gawain perguntou: "O senhor me dá sua palavra em relação a isso, sr. Wistan?".

"Em relação a quê, sir Gawain?"

"Que o senhor não pensará mais na dragoa e voltará correndo para casa."

"O senhor parece ansioso para me ouvir dizer que sim."

"Eu estou pensando não só na sua segurança, mas também na das pessoas contra as quais Querig irá se voltar se o senhor provocá-la. E quanto a esses companheiros que viajam com o senhor?"

"É verdade, a segurança desses amigos me preocupa. Eu vou seguir com eles até o mosteiro, pois não posso deixá-los sozinhos e indefesos nessas estradas perigosas. Depois disso, talvez seja melhor nos separarmos."

"Então, depois do mosteiro, o senhor tomará o rumo de casa?"

"Tomarei o rumo de casa quando estiver preparado para isso, senhor cavaleiro."

O cheiro que subia das entranhas do soldado morto forçou Axl a dar alguns passos para o lado e, ao fazer isso, ele percebeu que tinha uma visão melhor de sir Gawain dali. O cavaleiro agora estava metido até a cintura dentro do buraco na terra e sua testa estava encharcada de suor, então talvez fosse por isso que sua expressão tivesse perdido o ar bondoso costumeiro. Ele estava olhando para Wistan com intensa hostilidade, enquanto o guerreiro, distraído, continuava cavando.

Beatrice se entristecera com a morte do soldado. Quando a cova estava começando a ficar funda, ela caminhou devagar de volta até o grande carvalho e se sentou de novo à sombra dele, cabisbaixa. Axl sentira vontade de ir até lá e se sentar ao lado dela e, se não fossem os corvos que estavam começando a se juntar ali, teria feito exatamente isso. Agora, deitado na escuridão, ele também começou a sentir uma grande tristeza pelo homem morto. Lembrou-se da civilidade com que o soldado os havia tratado na ponte e da maneira gentil como ele falara com Beatrice. Recordou também o modo preciso como ele havia posicionado seu cavalo quando entrou na clareira. Algo na maneira como o soldado fizera aquilo havia estimulado a memória de Axl, e agora, na quietude da noite, ele se lembrou das subidas e descidas de uma extensa charneca, do céu soturno e do rebanho de ovelhas chegando por entre as urzes.

Ele estava montado num cavalo e na frente dele cavalgava seu colega, um homem chamado Harvey, cujo corpo volumoso exalava um cheiro ainda mais forte que o dos cavalos. Eles pararam no meio daquele terreno árido, onde ventava sem parar, porque tinham percebido movimentos à distância. Quando ficou claro que os movimentos não representavam nenhuma ameaça, Axl alongou os braços — eles estavam cavalgando havia bastante tempo — e ficou observando o cavalo de Harvey balançar o rabo de um lado para o outro, como que para impedir as moscas de pousarem em seu traseiro. Embora não estivesse vendo o rosto do colega naquele momento, a posição que as costas de Harvey assumiram e, na verdade, toda a sua postura anunciavam a hostilidade despertada pela visão do grupo que se aproximava. Olhando para além de Harvey, Axl agora conseguia discernir os pontinhos escuros que eram os rostos das ovelhas e, avançando no meio delas, quatro homens — um montado num asno e os outros a pé. Parecia não haver nenhum cachorro com eles. Os pastores, Axl supunha, já deviam tê-los avistado fazia tempo — ou melhor, avistado as silhuetas de dois homens a cavalo delineadas com clareza contra o fundo do céu — mas, se eles ficaram apreensivos, não havia nenhum sinal disso na maneira lenta e obstinada como avançavam. De qualquer forma, a charneca era cortada apenas por aquela única e longa trilha, e o único jeito de os pastores evitarem passar por eles, Axl supunha, seria voltar.

Quando o grupo chegou mais perto, Axl percebeu que os quatro homens, embora estivessem longe de ser velhos, eram magros e tinham um aspecto doentio. Essa observação lhe causou um aperto no peito, pois ele sabia que o estado dos homens só iria estimular ainda mais a selvageria do colega. Axl esperou que o grupo chegasse quase ao alcance da voz e então incitou seu cavalo a dar alguns passos à frente, posicionando-o cuidadosamente ao lado de Harvey, onde sabia que os pastores e a maior parte do rebanho teriam que passar. Fez questão de manter seu cavalo uma cabeça atrás do cavalo do colega, para dar a Harvey a ilusão de prioridade. No entanto, Axl agora estava numa posição que protegeria os pastores de qualquer golpe súbito que o companheiro pudesse desferir com seu chicote ou com o porrete preso à sua sela. O tempo inteiro, a manobra teria sugerido apenas camaradagem e, de qualquer forma, Harvey não tinha a agudeza de raciocínio necessária nem mesmo para suspeitar do real objetivo dessa atitude. De fato, Axl lembrava que o companheiro havia se limitado a balançar a cabeça, distraído, quando o viu se aproximar, virando-se para a frente em seguida para lançar um olhar carrancudo em direção ao outro lado da charneca.

Axl estava particularmente preocupado com os pastores por causa do que acontecera alguns dias antes numa aldeia saxã. Era uma manhã ensolarada e, naquela ocasião, ele havia ficado tão espantado quanto os próprios aldeões. Sem nenhum aviso, Harvey tinha picado seu cavalo e começado a distribuir golpes entre as pessoas que estavam esperando para tirar água do poço. O colega havia usado o chicote ou o porrete naquela ocasião? Axl tentava se lembrar desse detalhe naquele dia na charneca. Se Harvey decidisse atacar os pastores com o chicote, o alcance seria maior e ele não precisaria fazer tanta força com o braço; ele poderia até se arriscar a lançar o chicote por cima da cabeça do cavalo de Axl. Se, no entanto, optasse pelo porrete, com o companheiro posicionado do modo como estava agora, Harvey seria obrigado a fazer seu cavalo avançar à frente do de Axl e girar parcialmente antes de atacar. Tal manobra iria parecer premeditada demais para o seu colega: Harvey era do tipo que gostava que sua selvageria parecesse impulsiva e fácil.

Axl não conseguia se lembrar agora se as medidas cuidadosas que tomara salvaram ou não os pastores. Tinha uma vaga lembrança de ver ovelhas passando por eles inocentemente, mas sua memória dos pastores em si havia ficado associada de um modo confuso com aquele ataque aos aldeões perto do poço. O que teria levado os dois a irem à aldeia naquela manhã? Axl se lembrava dos gritos de indignação, das crianças chorando, dos olhares de ódio e da sua própria raiva, não tanto de Harvey, mas dos que tinham lhe imposto o fardo de um companheiro como aquele. A missão dos dois, caso cumprida, certamente seria uma realização única e nova, um feito tão extraordinário que até Deus consideraria esse momento um passo da humanidade para chegar mais perto dele. No entanto, como Axl poderia ter esperança de realizar o que quer que fosse amarrado a um bruto como aquele?

O soldado de cabelo grisalho voltou à sua cabeça, e Axl se lembrou do esboço de gesto que ele fizera na ponte. Enquanto seu colega atarracado bradava e puxava o cabelo de Wistan, o soldado de cabelo grisalho havia feito menção de erguer um braço, seus dedos quase em posição de apontar, uma reprimenda quase escapando de seus lábios. Mas, em seguida, ele deixou o braço cair. Axl havia entendido perfeitamente o que o soldado de cabelo grisalho tinha sentido naqueles instantes. Depois, o soldado falou com Beatrice de uma forma particularmente amável, e Axl se sentiu grato a ele por isso. Ele se lembrou da transformação pela qual a expressão de sua esposa passara quando ela estava parada diante da ponte, o ar grave e cauteloso sendo substituído por aquele sorriso suave de que ele tanto gostava. Essa imagem deixou Axl enternecido agora e, ao mesmo tempo, receoso. Um estranho — e um estranho potencialmente perigoso, ainda por cima — só precisava dizer algumas palavras gentis e lá estava ela: pronta para confiar no mundo de novo. Esse pensamento o inquietou e ele sentiu a necessidade de passar a mão de leve pelo ombro agora ao seu lado. Mas não era verdade que Beatrice sempre tinha sido assim? Isso não era uma das coisas que faziam com que ela fosse tão preciosa para ele? E não era verdade também que ela tinha sobrevivido todos aqueles anos sem que nenhum grande mal lhe acontecesse?

"Não pode ser alecrim, senhor", Beatrice tinha dito para ele muito tempo atrás, com uma voz cheia de ansiedade. Ele estava agachado, com um joelho apoiado no chão, pois era um dia de tempo bom e a terra estava seca. Beatrice devia estar em pé atrás dele, pois se lembrava de ver a sombra dela no chão da floresta à sua frente enquanto ele separava a vegetação rasteira com as mãos. "Não pode ser alecrim, senhor. Onde já se viu alecrim com essas flores amarelas?"

"Então eu devo estar confundindo o nome, senhorita", Axl dissera. "Mas tenho certeza que é uma planta comum e não vai te trazer nenhum mal."

"Mas o senhor entende mesmo de plantas? A minha mãe me ensinou tudo o que cresce nas matas desta região, mas esta planta é estranha para mim."

"Então é provável que seja uma planta de outra região que chegou aqui faz pouco tempo. Por que isso a preocupa tanto, senhorita?"

"Isso me preocupa, senhor, porque é provável que essa seja uma erva que fui ensinada a temer."

"Não há por que temer uma erva a menos que ela seja venenosa e, se ela é venenosa, é só não tocar nela. E, no entanto, a senhorita estava aí, tocando nela, e agora me fez tocar também!"

"Ah, ela não é venenosa não, senhor! Pelo menos, não da forma que o senhor está pensando. Mas a minha mãe uma vez descreveu cuidadosamente uma planta e me avisou que ver essa planta entre as urzes traz má sorte para qualquer moça."

"Que tipo de má sorte, senhorita?"

"Eu não teria coragem de te contar, senhor."

No entanto, mesmo enquanto dizia isso, a jovem mulher — pois era isso que Beatrice era na época — tinha se agachado ao lado de Axl, encostando por um breve momento o cotovelo no dele, e, olhando em seus olhos, dado um sorriso cheio de confiança.

"Se dá tanto azar ver essa planta", Axl dissera, "não teria sido uma falta de gentileza sua me chamar da estrada até aqui só para me fazer olhar para ela?"

"Ah, não, ela não traz má sorte para o *senhor*! Só para moças solteiras. A planta que traz azar para homens como o senhor é outra, completamente diferente."

"Então é melhor a senhorita me dizer como é essa outra planta, para que eu tenha pavor dela como a senhorita tem desta aqui."

"Pode se divertir zombando de mim, mas um dia o senhor ainda há de tropeçar e encontrar a erva bem perto do seu nariz. Aí o senhor vai ver se isso é coisa para se achar graça ou não."

Ele agora conseguia se lembrar da sensação de passar a mão pelas urzes, do vento batendo nos galhos lá no alto e da presença da jovem mulher ao seu lado. Será que aquela havia sido a primeira conversa que eles tiveram? Certamente eles pelo menos já se conheciam de vista; de fato, era inconcebível que até mesmo Beatrice depositasse tanta confiança num completo estranho.

Os barulhos das machadadas, que haviam parado durante algum tempo, recomeçaram agora, e Axl pensou que talvez o guerreiro passasse a noite inteira lá fora. Wistan parecia sempre calmo e pensativo, até mesmo em combate, mas era possível que as tensões do dia e da noite anterior estivessem afetando seus nervos, e ele precisasse descarregá-las trabalhando daquele jeito. Mesmo assim, o comportamento dele era estranho. O padre Jonus havia feito uma recomendação específica para que não se cortasse mais lenha e, no entanto, lá estava Wistan dando suas machadadas de novo, e isso com a noite já alta. Mais cedo, quando eles haviam acabado de chegar ao mosteiro, parecera uma simples gentileza da parte do guerreiro. Mas àquela altura, como Axl havia descoberto, Wistan tinha seus próprios motivos para querer cortar lenha.

"O abrigo de lenha é bem posicionado", o guerreiro havia explicado. "O menino e eu conseguimos vigiar bem as idas e vindas enquanto trabalhávamos. E, melhor ainda, quando levamos lenha para os lugares onde ela era necessária, pudemos perambular à vontade para examinar as cercanias, ainda que algumas portas tenham se mantido fechadas para nós."

Os dois estavam conversando no alto do mosteiro, perto do muro que dava vista para a floresta ao redor. Àquela altura, os monges já tinham ido para a reunião deles fazia tempo, e o silêncio tomara conta do terreno. Alguns momentos antes, como Beatrice estava cochilando no quarto, Axl havia saído à luz do sol do fim da tarde e subido os degraus de pedra gastos até onde Wistan estava parado, olhando para a mata densa lá embaixo.

"Mas para que esse trabalho todo, sr. Wistan?", Axl tinha perguntado. "Será possível que o senhor desconfie até desses bons monges?"

Protegendo os olhos com uma das mãos, o guerreiro respondeu: "Quando nós estávamos subindo aquela trilha íngreme até aqui, só o que eu queria era me encolher num canto, dormir e sonhar. Mas, agora que estamos aqui, não consigo me livrar da sensação de que este lugar guarda perigos para nós".

"Deve ser o cansaço que atiça as suas desconfianças, sr. Wistan. O que pode preocupar o senhor aqui?"

"Nada que eu possa apontar com convicção ainda. Mas deixe-me te contar uma coisa: quando voltei para o estábulo mais cedo para ver se estava tudo bem com minha égua, ouvi ruídos na baia de trás. Essa outra baia fica separada por uma parede, senhor, mas dava para ouvir outro cavalo atrás dela, embora não houvesse nenhum cavalo lá no momento em que chegamos e eu levei a égua para lá. Então, quando fui até o outro lado, encontrei a porta do estábulo fechada e trancada com um enorme cadeado que só poderia ser aberto com uma chave."

"Pode haver muitas explicações inocentes para isso, sr. Wistan. O cavalo podia estar no pasto e ter sido levado para o estábulo depois."

"Eu falei com um monge exatamente sobre isso e descobri que eles não mantêm cavalos aqui por não quererem reduzir demais os fardos que lhes cabem. Parece que, desde a nossa chegada, algum outro visitante esteve aqui, e era alguém preocupado em manter sua presença em segredo."

"Agora que o senhor mencionou isso, sr. Wistan, eu me lembrei que o padre Brian comentou que um visitante importante havia acabado de chegar para falar com o abade e que a grande conferência dos monges teve que ser adiada por causa da vinda dele. Nada sabemos sobre o que se passa aqui, e é muito provável que nada do que está acontecendo tenha relação conosco."

Wistan fez que sim com a cabeça, pensativo. "Talvez o senhor tenha razão, sr. Axl. Dormir um pouco talvez abrandasse minhas desconfianças. Mesmo assim, eu pedi ao menino que perambulasse um pouco pelo mosteiro, supondo que os monges perdoariam mais facilmente a curiosidade natural de um menino do que de um homem adulto. Não faz muito tempo, ele voltou aqui para me dizer que tinha ouvido gemidos vindos daqueles aposentos ali." Wistan virou-se e apontou. "Gemidos que pareciam ser de um homem com dor. Entrando de mansinho no prédio em busca desses sons, o menino viu marcas de sangue tanto velhas como novas em frente a um cômodo fechado."

"É curioso, sem dúvida. Mas não haveria nada de misterioso no fato de um monge sofrer um acidente, talvez tropeçando aqui nestes degraus mesmo."

"Eu reconheço, senhor, que não tenho nenhuma razão concreta para supor que haja algo errado aqui. Talvez seja um instinto de guerreiro que me faz desejar que a minha espada esteja no meu cinto e que eu possa parar de fingir ser um lavrador. Ou talvez os meus medos derivem simplesmente do que estas paredes me sussurram a respeito de tempos passados."

"O que o senhor quer dizer com isso?"

"Só que, não muito tempo atrás, este lugar com certeza não era um mosteiro, mas sim uma fortaleza, uma colina fortificada, e muito bem arquitetada para combater inimigos. O senhor se lembra da estrada fatigante que nós subimos? Lembra-se de que a trilha ia e voltava como se quisesse esgotar nossas forças? Olhe lá para baixo agora, senhor, veja como as ameias acompanham do alto essas idas e vindas da trilha. Era de lá que os defensores tempos atrás arremessavam saraivadas de flechas, pedras e água fervente contra os visitantes. Já seria um feito simplesmente chegar até o portão."

"Eu estou vendo. Não devia ser uma subida fácil."

"Além disso, sr. Axl, eu apostaria que este forte um dia já esteve em poder de saxões, pois vejo nele muitos sinais da presença do meu povo, talvez invisíveis para o senhor. Olhe ali", disse Wistan, apontando para baixo, na direção de um pátio pavimentado com pedras e cercado de muros. "Eu imagino que ali ficasse um segundo portão, bem mais forte que o primeiro, mas escondido de invasores que subissem a estrada. Eles só viam o primeiro portão e se esforçavam para arrombá-lo, mas aquele portão seria o que os saxões chamam de uma comporta, por analogia com aquelas barreiras que controlam o fluxo de um rio. Por essa comporta eles deixariam passar, de propósito, um número calculado de inimigos. Em seguida, a comporta se fechava para barrar a passagem dos que vinham atrás. Então, os que ficavam isolados entre os dois portões, naquele espaço ali embaixo, viam-se em minoria e, mais uma vez, atacados de cima. Esse grupo era massacrado e, em seguida, eles deixavam outro grupo entrar. O senhor já deve ter entendido como funcionava. Este lugar hoje é de paz e de oração, mas não é preciso examinar muito a fundo para encontrar sangue e terror."

"O senhor observou muito bem este lugar, sr. Wistan, e o que está me mostrando me faz estremecer."

"Eu apostaria também que havia famílias saxãs aqui, que teriam fugido das mais diversas partes e vindo buscar proteção neste forte. Mulheres, crianças, velhos, doentes, pessoas feridas. Olhe lá, o pátio onde os monges estavam antes. Todos, salvo os mais fracos, deviam sair e ir até lá, para ver melhor os invasores guincharem feito ratos pegos numa armadilha, encurralados entre os dois portões."

"Nisso eu não acredito, senhor. Eles certamente ficariam escondidos lá embaixo, rezando por salvação."

"Só os mais covardes. A maioria teria ficado ali naquele pátio, ou até subido até aqui onde nós estamos, arriscando-se de bom grado a ser atingida por uma flecha ou uma lança só para poder assistir ao sofrimento lá embaixo."

Axl sacudiu a cabeça. "Por certo, o tipo de gente de que o senhor fala não sentiria prazer algum com massacres, mesmo de inimigos."

"Pelo contrário, senhor. Eu falo de pessoas no fim de uma estrada brutal, que viram seus filhos e parentes mutilados e violentados. Elas só chegaram a este lugar, um refúgio para elas, depois de enfrentar um longo tormento, com a morte nos seus calcanhares. E agora chega um exército invasor de tamanho descomunal. O forte pode aguentar alguns dias, talvez até uma semana ou duas. Mas elas sabem que o que as espera no fim é o seu próprio massacre. Sabem que os bebês que agora carregam nos braços em breve serão brinquedos ensanguentados lançados com pontapés de um lado para o outro por essas pedras. E sabem porque já viram isso acontecer, nos lugares de onde fugiram. Viram o inimigo queimar, cortar e se revezar para estuprar jovens meninas mesmo quando elas jaziam feridas e à beira da morte. Elas sabem que é isso que vai acontecer e que, portanto, precisam aproveitar os primeiros dias do cerco, quando o inimigo paga o preço antes pelo que vai fazer depois. Em outras palavras, sr. Axl, é uma vingança saboreada *com antecedência* por aqueles que não podem saboreá-la no momento adequado. É por isso que eu digo, senhor, que os meus primos saxões teriam vindo para cá para dar vivas e aplaudir, e quanto mais cruel fosse a morte, mais contentes eles teriam ficado."

"Eu não acredito, senhor. Como é possível odiar tão profundamente alguém por atos que ainda não foram cometidos? As boas pessoas que um dia se refugiaram aqui teriam mantido suas esperanças vivas até o fim e certamente teriam assistido a todo o sofrimento, fosse de amigos ou inimigos, com pena e horror."

"O senhor tem muito mais anos de vida do que eu, sr. Axl, mas, em questões de sangue, talvez eu seja o velho e o senhor, o jovem. Eu já vi um ódio tão escuro e profundo quanto o mar nos rostos de velhas senhoras e de crianças pequenas e, em certos dias, senti eu mesmo esse ódio."

"Eu não aceito, senhor. E, além do mais, nós estamos falando de um passado bárbaro que, espero, não vai se repetir. A nossa discordância jamais precisará ser posta à prova, graças a Deus."

O guerreiro olhou para Axl de um jeito estranho. Parecia que ia dizer alguma coisa e, depois, mudou de ideia. Em seguida, ele se virou para examinar os prédios de pedra atrás deles e disse: "Perambulando por estes espaços antes, com os braços carregados de lenha, eu avistava vestígios fascinantes do passado a cada curva. O fato é, senhor, que mesmo depois de arrombado o segundo portão, este forte ainda guardaria várias outras armadilhas para o inimigo, algumas diabolicamente engenhosas. Os monges que vivem aqui não fazem ideia do que são essas coisas pelas quais eles passam todos os dias... Mas chega desse assunto! Aproveitando que estamos compartilhando este momento de tranquilidade, sr. Axl, deixe-me pedir desculpas pelo desconforto que te causei mais cedo. Estou me referindo às perguntas que fiz àquele bom cavaleiro a respeito do senhor".

"Não pense mais nisso, senhor. Eu não fiquei ofendido, embora o senhor de fato tenha me causado surpresa e à minha mulher também. O senhor me confundiu com outra pessoa. É um erro comum."

"Obrigado por sua compreensão. Pensei que o senhor fosse alguém cujo rosto jamais vou esquecer, muito embora eu fosse ainda um menino pequeno quando o vi pela última vez."

"Isso foi na região oeste, então."

"Exato, senhor, antes de eu ser levado embora. O homem de quem eu falo não era um guerreiro, embora usasse uma espada e montasse um belo garanhão. Ele vinha com frequência à nossa aldeia, e para nós, meninos, que só conhecíamos lavradores e barqueiros, era uma figura fascinante."

“Sim, eu posso imaginar.”

“Eu me lembro que nós o seguíamos pela aldeia inteira, embora sempre a certa distância, por timidez. Certos dias ele andava pela aldeia com pressa, conversando com anciãos ou convocando as pessoas para uma reunião na praça. Outros dias, ele andava com calma, conversando com um e outro, como que para passar o tempo. Ele conhecia pouco a nossa língua, mas, como nossa aldeia ficava na margem do rio e havia sempre barcos indo e vindo, muitos falavam a língua dele, de modo que nunca lhe faltavam companheiros para conversar. Ele às vezes se virava para nós com um sorriso, mas, como éramos pequenos, nós ficávamos com vergonha e fugíamos.”

“Foi nessa aldeia que o senhor aprendeu tão bem a nossa língua?”

“Não, isso foi mais tarde. Quando eu fui levado.”

“Levado, sr. Wistan?”

“Eu fui levado embora daquela aldeia por soldados e treinado desde bem pequeno para ser o guerreiro que sou hoje. Foram bretões que me levaram, então aprendi a falar e a lutar à maneira deles. Foi há muito tempo, e as coisas assumem formas estranhas na nossa cabeça. Hoje cedo, naquela aldeia, quando vi o senhor pela primeira vez, talvez por algum efeito da luz da manhã, eu tive a sensação de ser um menino de novo, espiando timidamente aquele grande homem, com seu manto tremulante, andando pela nossa aldeia como um leão entre porcos e vacas. Imagino que tenha sido uma pequena curva no canto do seu sorriso ou alguma coisa na maneira como o senhor cumprimenta um estranho, inclinando um pouco a cabeça. Mas agora eu vejo que estava enganado, já que o senhor não poderia ter sido aquele homem. Então, vamos esquecer isso. Como está a sua boa esposa, senhor? Não está exausta, espero...”

“Ela já recuperou bem o fôlego, obrigado por perguntar, embora eu tenha acabado de lhe recomendar que descanse mais um pouco. Nós temos que esperar, de qualquer forma, que os monges terminem a reunião e o abade nos dê permissão para visitar o padre Jonus, que é um sábio médico."

"Ela é uma senhora muito determinada, senhor. Eu fiquei admirado de vê-la subir aquela trilha toda até aqui sem se queixar. Ah, ali vem o menino de novo."

"Veja como ele mantém a mão sobre o ferimento, sr. Wistan. Nós precisamos levá-lo ao padre Jonus também."

Wistan deu a impressão de não ter ouvido esse comentário. Afastando-se do muro, ele desceu a escadinha para ir ao encontro de Edwin e, durante algum tempo, os dois ficaram conversando em voz baixa, as cabeças próximas uma da outra. O menino parecia animado, e o guerreiro o escutava de cenho franzido, balançando às vezes a cabeça. Quando Axl desceu os degraus até o andar onde eles estavam, Wistan disse num tom contido:

"Edwin acaba de relatar uma descoberta curiosa, que talvez fosse bom vermos com nossos próprios olhos. Vamos atrás dele, mas procure andar como se nós não tivéssemos nenhum propósito claro, para o caso de aquele velho monge ter sido deixado ali de propósito para nos espiar."

De fato, um monge solitário estava varrendo o pátio e, quando eles se aproximaram, Axl percebeu que ele murmurava consigo mesmo palavras inaudíveis, perdido em seu próprio mundo. Tanto que mal chegou a olhar na direção deles quando Edwin os conduziu até o outro lado do pátio e, em seguida, os fez entrar numa passagem estreita entre dois prédios. Eles emergiram num terreno inclinado e irregular coberto de grama rala, onde uma fileira de árvores secas, mais ou menos da altura de um homem, marcava uma trilha que conduzia a algum lugar afastado do mosteiro. Enquanto eles seguiam Edwin sob o céu do anoitecer, Wistan disse em voz baixa:

"Eu estou muito impressionado com esse menino. Sr. Axl,

talvez nós possamos ainda rever nosso plano de deixá-lo na aldeia do seu filho. Seria bastante conveniente para mim ficar com ele mais algum tempo."

"O que o senhor diz me preocupa, senhor."

"Por quê? Ele dificilmente anseia passar a vida alimentando porcos e cavando a terra fria."

"Mas o que será dele ao seu lado?"

"Quando minha missão estiver concluída, vou levá-lo comigo de volta para a região dos pântanos."

"E o que ele iria fazer lá, senhor? Passar a vida combatendo nórdicos?"

"A ideia o desagrada, senhor, mas o menino tem um temperamento incomum. Ele daria um excelente guerreiro. Mas façamos silêncio agora. Vamos ver o que ele tem para nos mostrar."

Eles tinham chegado a um lugar onde havia três choupanas ao lado da trilha, todas tão desmanteladas que pareciam precisar se apoiar umas nas outras para se manter em pé. O chão molhado tinha marcas de rodas, e Edwin parou para chamar atenção para isso. Depois, levou-os até a última das três choupanas.

Não havia porta, e um bom pedaço do telhado estava aberto para o céu. Quando eles entraram, vários pássaros saíram voando em furiosa agitação, e Axl viu, no soturno espaço agora vago, uma carroça de construção tosca — talvez feita pelos próprios monges — com as duas rodas afundadas na lama. O que mais chamava atenção era uma grande jaula montada na parte traseira da carroça. Chegando mais perto, Axl percebeu que, embora a jaula em si fosse de ferro, ela tinha em seu centro um grosso mastro de madeira que a fixava com firmeza às tábuas debaixo dela. Penduradas a esse mastro viam-se correntes e algemas e, na altura da cabeça, o que parecia ser uma máscara de ferro escura, embora não tivesse buracos para os olhos, com apenas uma pequena abertura para a boca. A carroça e toda a área em torno dela estavam cobertas de penas e fezes. Edwin abriu a porta da jaula e começou a movimentá-la para a frente e para trás em torno da dobradiça rangente. Ele estava falando de maneira agitada de novo, e Wistan respondia ao que ele dizia balançando de vez em quando a cabeça, enquanto examinava a choupana ao redor.

"É curioso que os monges precisem de uma coisa dessas", disse Axl. "Deve ser para ajudá-los a realizar algum ritual religioso."

O guerreiro começou a andar em volta da carroça, pisando com cuidado para evitar as poças de água estagnada. "Eu já vi uma coisa assim uma vez", disse ele. "Seria possível supor que o propósito desse artefato seja expor o homem dentro dele à crueldade dos elementos. Mas, olhe, veja como os espaços entre as barras da jaula são grandes o bastante para permitir que o meu ombro passe no meio delas. E aqui, olhe como essas penas estão grudadas no ferro com sangue seco. Um homem aprisionado aí dentro, portanto, é oferecido aos pássaros da montanha. Com os pulsos presos nessas algemas, ele não tem como enxotar os bicos famintos. Essa máscara de ferro, embora assustadora, é na verdade uma proteção misericordiosa, pois com ela pelo menos os olhos ficam a salvo de ser devorados."

"Ainda pode ser que exista um propósito mais nobre", disse Axl, mas Edwin havia começado a falar de novo, e Wistan se virou para olhar para o lado de fora.

"O menino contou que seguiu esse rastro e descobriu que ele ia dar num lugar perto da beira do penhasco", disse o guerreiro, passado um tempo. "Contou também que o chão lá tem muitas marcas de roda, indicando o lugar onde esta carroça costuma ficar. Em outras palavras, todos os sinais confirmam a minha hipótese. E dá para perceber também que a carroça foi levada até lá não faz muito tempo."

"Eu não sei o que isso significa, sr. Wistan, mas admito que estou começando a ficar tão apreensivo quanto o senhor. Esse artefato me causa arrepios e me faz querer voltar para perto da minha mulher."

"É melhor mesmo nós voltarmos, senhor. Vamos embora daqui."

No entanto, assim que eles saíram da choupana, Edwin, que estava de novo na dianteira do grupo, estacou de repente. Olhando para o espaço à frente dele, na penumbra do início da noite, Axl viu uma figura de batina no meio do capim alto, a uma pequena distância deles.

"Suponho que seja o monge que estava varrendo o pátio há pouco", o guerreiro disse para Axl.

"Ele está nos vendo?"

"Eu diria que sim e que ele sabe que nós o estamos vendo. No entanto, continua ali parado, imóvel feito uma árvore. Bem, vamos até ele, então."

O monge estava parado ao lado da trilha por onde eles estavam passando, mas a certa distância dela e com capim até os joelhos. Embora eles estivessem se aproximando do lugar onde ele se encontrava, o homem permanecia absolutamente imóvel, ainda que o vento agitasse sua batina e seu longo cabelo branco. Ele era muito magro, quase cadavérico, e seus olhos esbugalhados fitavam-nos sem expressão.

"O senhor está nos observando", disse Wistan, parando. "E sabe o que nós acabamos de descobrir. Então, talvez possa nos dizer com que propósito os senhores, monges, usam aquele artefato."

Sem dizer nada, o monge apontou para o mosteiro.

"Pode ser que ele tenha feito voto de silêncio", disse Axl. "Ou que seja mudo como o senhor fingiu ser recentemente, sr. Wistan."

O monge saiu do meio do capim e foi até a trilha. Seus

olhos estranhos se fixaram em um deles de cada vez. Depois, apontou de novo para o mosteiro e foi em frente. Eles o seguiram, a apenas alguns passos de distância, mas o monge volta e meia olhava para trás com o canto do olho.

Os prédios do monastério agora eram vultos escuros, com o céu do anoitecer ao fundo. Quando eles estavam se aproximando dos prédios, o monge parou, pôs o dedo indicador sobre os lábios e depois seguiu em frente andando com mais cautela. Parecia preocupado em zelar para que ninguém os visse e determinado a não cruzar o pátio central. Conduziu-os por passagens estreitas atrás dos prédios, onde o terreno era esburacado e, às vezes, íngreme. Num determinado momento, quando estavam passando de cabeça baixa ao longo de uma parede, eles ouviram sons da reunião dos monges vindos das janelas bem acima deles. Uma voz estava gritando mais alto que o vozerio geral e, então, uma segunda voz — talvez a do abade — pediu ordem. Mas eles não tinham tempo a perder e logo todos se reuniram diante de uma arcada através da qual era possível avistar o pátio principal. O monge agora indicou com sinais apressados que eles deveriam seguir adiante da forma mais rápida e silenciosa possível.

Na verdade, eles não precisaram atravessar o pátio, onde agora havia tochas acesas, mas apenas contornar um canto dele sob as sombras de uma colunata. Quando o monge parou de novo, Axl sussurrou para ele:

“Senhor, como sua intenção parece ser nos levar para algum lugar, eu gostaria de te pedir que me permitisse buscar minha esposa, pois não gosto da ideia de deixá-la sozinha.”

O monge, que tinha se virado imediatamente para cravar os olhos em Axl, balançou a cabeça e apontou para a penumbra. Só então Axl viu Beatrice parada no vão de uma porta um pouco mais adiante. Aliviado, ele acenou para a esposa. Enquanto o grupo seguia em direção a ela, um escarcéu de vozes exaltadas veio de trás deles, do lugar onde estava sendo realizada a reunião dos monges.

"Como você está, princesa?", ele perguntou, esticando os braços para pegar as mãos estendidas de Beatrice.

"Eu estava descansando tranquilamente, Axl, quando esse monge silencioso apareceu na minha frente de um jeito tão repentino que eu até pensei que fosse um fantasma. Mas ele está determinado a nos levar para algum lugar, e acho melhor irmos com ele."

O monge repetiu seu gesto pedindo silêncio; em seguida, fazendo sinal para que eles o acompanhassem, entrou pelo vão da porta em que Beatrice estivera esperando.

Os corredores agora pareciam túneis, como os do abrigo que era o lar de Axl e Beatrice, e as lâmpadas que bruxuleavam nas pequenas alcovas mal chegavam a dispersar a escuridão. Axl mantinha uma das mãos estendida diante de si, enquanto Beatrice seguia atrás dele segurando seu braço. Por um momento, eles se viram ao ar livre de novo, atravessando um pátio lamacento entre canteiros arados, depois entraram em outro prédio baixo de pedra. Ali, o corredor era mais largo e iluminado por chamas maiores, e o monge pareceu finalmente relaxar. Recuperando o fôlego, ele olhou para cada um deles de novo e, depois, fazendo sinal para que esperassem ali, entrou por um arco e sumiu. Passado algum tempo, o monge apareceu de novo e fez sinal para que eles seguissem em frente. Enquanto fazia isso, uma voz frágil vinda lá de dentro disse: "Entrem, meus caros convidados. Este é um quarto pobre para recebê-los, mas os senhores são bem-vindos".

Enquanto esperava o sono chegar, Axl lembrou-se mais uma vez de como eles quatro, junto com o monge silencioso, tinham se espremido para entrar no quarto minúsculo. Havia uma vela acesa ao lado da cama, e ele sentiu sua esposa recuar um pouco ao ver a figura deitada. Depois, Beatrice respirou fundo e seguiu quarto adentro. O espaço era pouco para todos eles, mas não demorou muito para que conseguissem se posicionar ao redor da cama, com o guerreiro e o menino no canto mais afastado. As costas de Axl estavam imprensadas contra a parede de pedra fria, mas Beatrice — logo à frente e encostada nele como que em busca de apoio — estava quase colada à cama do doente. Havia um leve cheiro de vômito e urina no ar. Enquanto isso, o monge silencioso se ocupava do homem na cama, ajudando-o a erguer o tronco e se acomodar sentado.

O anfitrião tinha cabelo branco e idade avançada. Seu corpo era grande e, até pouco tempo atrás, devia ter sido bastante forte, mas agora o simples ato de se sentar na cama parecia lhe causar inúmeras agonias. Uma coberta grosseira havia caído de seus ombros quando ele ergueu o tronco, revelando uma camisola cheia de manchas de sangue. Mas o que havia feito Beatrice recuar fora o pescoço e o rosto do homem, iluminados de modo implacável pela vela ao lado da cama. Um enorme inchaço embaixo e ao lado do queixo, de um tom escuro de roxo desbotando para o amarelo, obrigava o homem a manter a cabeça um pouco inclinada. O topo do inchaço estava rachado e sujo de pus e sangue velho. No rosto em si, uma fenda se abria logo abaixo da maçã do rosto até a mandíbula, expondo uma parte do interior da boca e da gengiva do homem. Sorrir devia lhe custar muito, mas, depois de se acomodar na sua nova posição, foi exatamente isso que o velho monge fez.

"Bem-vindos, bem-vindos. Eu sou Jonus, e sei que vocês vieram de longe para me ver. Mas não olhem para mim com tanta pena, meus caros convidados. Estas feridas já não são novas e não causam mais a dor que um dia causaram."

"Nós agora entendemos, padre Jonus, por que o seu bom

abade reluta tanto em deixar que estranhos o importunem", disse Beatrice. "Teríamos esperado a permissão dele, mas este bondoso monge nos trouxe até o senhor."

"O Ninian é o meu amigo mais leal e, embora ele tenha feito voto de silêncio, nós dois nos entendemos perfeitamente. Ele tem observado cada um dos senhores desde sua chegada e me trazido notícias frequentes. Eu achei que já estava na hora de nos encontrarmos, embora o abade nada saiba sobre isso."

"Mas o que pode ter lhe causado ferimentos como esses, padre?", Beatrice perguntou. "Logo o senhor, um homem conhecido pela generosidade e sabedoria."

"É melhor deixarmos esse assunto de lado, senhora, pois minha fraqueza física não nos permitirá conversar por muito tempo. Eu sei que dois dos senhores, a senhora e este valente menino, buscam meus conselhos. Deixe-me examinar primeiro o menino, que, pelo que entendi, está machucado. Chegue mais perto da luz, caro rapaz."

A voz do monge, embora suave, tinha uma autoridade natural, e Edwin começou a se mover em direção a ele. Na mesma hora, porém, Wistan inclinou-se para a frente e segurou o menino pelo braço. Talvez fosse um efeito da chama da vela, ou da sombra trêmula do guerreiro na parede atrás dele, mas Axl por um instante teve a impressão de que os olhos de Wistan se cravaram no monge ferido com uma intensidade estranha, talvez até com ódio. O guerreiro puxou Edwin de volta para a parede, depois deu um passo à frente ele próprio, como que para proteger o menino.

"O que foi, pastor?", perguntou o padre Jonus. "Por acaso o senhor teme que o veneno das minhas feridas passe para o seu irmão? Então minha mão não precisa tocar nele. Deixe que ele chegue mais perto que só os meus olhos irão examinar o ferimento."

"O ferimento do menino está limpo", disse Wistan. "É só essa boa senhora que quer sua ajuda agora."

"Sr. Wistan", disse Beatrice, "como o senhor pode dizer uma coisa dessas? O senhor deve saber muito bem que uma ferida que parece limpa num momento pode inflamar no momento seguinte. O menino precisa da orientação deste sábio monge."

Wistan pareceu não ouvir Beatrice e continuou a olhar fixamente para o monge. O padre Jonus, por sua vez, fitava o guerreiro como se ele lhe causasse um enorme fascínio. Depois de alguns instantes, o padre disse:

"O senhor tem uma postura surpreendentemente destemida para um humilde pastor."

"Deve ser um hábito adquirido no meu ofício. Um pastor tem que passar longas horas em postura vigilante, atento a lobos que possam se aproximar no escuro da noite."

"Sem dúvida. Imagino também que um pastor precise decidir rapidamente, ao ouvir um ruído na escuridão, se esse ruído anuncia uma ameaça ou a aproximação de um amigo. Muita coisa deve depender da habilidade de tomar tais decisões de modo rápido e correto."

"Só um pastor tolo ouve um galho quebrar ou entrevê um vulto na escuridão e conclui que seja um companheiro que chega para rendê-lo. Nós somos uma classe cautelosa. Além disso, senhor, acabei de ver com meus próprios olhos o artefato que os senhores guardam no seu celeiro."

"Ah, eu achei mesmo que o senhor fosse encontrá-lo mais cedo ou mais tarde. E o que pensa da sua descoberta, pastor?"

"Ela me enraivece."

"Enraivece?" Embora rouco, o padre Jonus disse isso com certa veemência, como se ele próprio tivesse ficado com raiva de repente. "Por que ela o enraivece?"

"Corrija-me se eu estiver errado, senhor. A minha suposição é que os monges deste mosteiro têm o costume de se revezar naquela jaula para expor seus corpos aos pássaros selvagens, na esperança de, assim, expiar crimes um dia cometidos nesta região e há muito impunes. Até mesmo essas feridas horrendas que vejo aqui diante de mim foram obtidas dessa forma e, ao que me parece, um sentimento de devoção abranda seus sofrimentos. Tenho que te dizer, no entanto, senhor, que não sinto nenhuma pena vendo esses seus cortes. Como o senhor pode chamar de penitência uma tentativa de estender um véu encobridor sobre os atos mais abomináveis de que se tem notícia? Será que seu Deus cristão se deixa subornar tão fácil com dores autoinfligidas e algumas orações? Será que ele se importa tão pouco com o fato de a justiça ter ficado por ser feita?"

"O nosso Deus é um deus misericordioso, pastor, que o senhor, um pagão, pode ter dificuldade de compreender. Não é tolice buscar o perdão de um deus assim, por maior que tenha sido o crime. A misericórdia do nosso Deus é infinita."

"De que vale um deus com misericórdia infinita, senhor? O senhor desdenha de mim por ser pagão, mas os deuses dos meus ancestrais proclamam suas leis com clareza e nos punem severamente quando nós as transgredimos. O seu Deus cristão misericordioso dá liberdade aos homens para agir com ganância, para satisfazer sua sede de terras e de sangue, pois eles sabem que algumas orações e um pouco de penitência bastarão para que sejam perdoados e abençoados."

"É verdade, pastor, que aqui neste mosteiro há alguns que ainda acreditam nessas coisas. Mas eu te asseguro que Ninian e eu já abandonamos essas ilusões há muito tempo e que nós não somos os únicos. Sabemos que não se pode abusar da misericórdia do nosso Deus, mas muitos dos meus irmãos monges, incluindo o abade, não aceitam isso. Eles ainda acreditam que aquela jaula e nossas constantes orações serão suficientes. No entanto, esses corvos e gralhas-pretas são um sinal da raiva de Deus. Antes eles nunca vinham aqui. Mesmo no inverno passado, embora o vento estivesse fazendo até os mais fortes de nós chorar, os pássaros não pareciam mais que crianças travessas, causando apenas pequenos sofrimentos com seus bicos. Uma sacudida nas correntes ou um grito eram suficientes para mantê-los à distância. Mas agora uma nova casta tem vindo aqui nos visitar, maior, mais audaciosa e com fúria nos olhos. Eles nos bicam com uma raiva calma, não importa o quanto lutemos ou gritemos. Perdemos três amigos queridos nesses últimos meses e vários de nós estamos com feridas profundas. Essas coisas certamente são sinais."

A postura de Wistan vinha se suavizando, mas ele continuava firmemente posicionado na frente do menino. "O senhor está dizendo que tenho amigos aqui neste mosteiro?", perguntou.

"Sim, neste quarto, pastor. Em outros lugares nós continuamos divididos. Agora mesmo eles estão discutindo intensamente como iremos proceder daqui por diante. O abade vai insistir para que continuemos a agir como sempre. Outros, que compartilham da nossa opinião, vão dizer que está na hora de parar, que nenhum perdão nos aguarda no fim deste caminho, que temos que revelar o que foi escondido e encarar o passado. Mas essas vozes, receio, continuam sendo poucas e não vencerão o debate. Pastor, agora o senhor confia em mim o suficiente para permitir que eu veja a ferida do menino?"

Por um momento, Wistan permaneceu parado. Depois, deu um passo ao lado, fazendo sinal para que Edwin chegasse à frente. Na mesma hora, o monge silencioso ajudou o padre Jonus a assumir uma posição mais ereta — os dois monges haviam ficado bastante animados de repente — e, em seguida, pegando o castiçal de cima da mesa ao lado da cama, puxou Edwin mais para perto, levantando impacientemente a camisa do menino para o padre Jonus ver. Depois, pelo que pareceu um longo tempo, os dois monges ficaram examinando a ferida — Ninian movendo a luz para um lado e depois para o outro — como se ela fosse um lago dentro do qual existisse um mundo em miniatura. Passado um tempo, os monges trocaram o que, para Axl, pareceram ser olhares de triunfo, mas no mesmo instante o padre Jonus desabou de volta em seus travesseiros, tremendo, com uma expressão mais próxima da resignação ou tristeza. Quando Ninian pousou a vela às pressas para auxiliá-lo, Edwin recuou de volta para as sombras, posicionando-se ao lado de Wistan.

"Padre Jonus", disse Beatrice, "agora que o senhor viu a ferida do menino, diga-nos se ela está limpa e se vai cicatrizar por conta própria."

Os olhos do padre Jonus estavam fechados e ele ainda respirava com esforço, mas disse com bastante calma: "Eu acredito que ela vai cicatrizar se ele cuidar bem dela. O padre Ninian vai preparar um unguento para o menino, antes que ele vá embora".

"Padre", tornou Beatrice, "a conversa que o senhor acaba de ter com o sr. Wistan não está de todo ao alcance da minha compreensão, mas me interessa imensamente."

"É mesmo, senhora?" Ainda recuperando o fôlego, o padre Jonus abriu os olhos e fitou Beatrice.

"Ontem à noite, numa vila lá embaixo", disse Beatrice, "eu conversei com uma mulher que entende de remédios. Ela tinha muito a dizer sobre minha doença, mas quando eu lhe perguntei sobre essa névoa, a que nos faz esquecer o que aconteceu há uma hora com tanta facilidade quanto esquecemos o que se passou muitos anos atrás, ela confessou que não tinha ideia do que ou de quem é responsável por ela. No entanto, a mulher disse que se havia alguém sábio o bastante para saber, seria o senhor, padre Jonus, aqui em cima neste mosteiro. Então, meu marido e eu resolvemos pegar a estrada que passa por aqui, apesar de ser um caminho mais difícil para a aldeia do nosso filho, onde somos ansiosamente aguardados. Minha esperança era que o senhor nos dissesse alguma coisa a respeito dessa névoa e de como Axl e eu podemos nos livrar dela. Pode ser que eu seja uma idiota, mas me pareceu ainda há pouco que, apesar de toda aquela conversa sobre pastores, o senhor e o sr. Wistan estavam falando dessa mesma névoa e do quanto estão descontentes com o que se perdeu do nosso passado. Então me deixe fazer uma pergunta ao senhor e ao sr. Wistan também: os senhores sabem o que causa essa névoa que nos envolve?"

O padre Jonus e Wistan trocaram olhares. Então o guerreiro disse num tom contido:

"É a dragoa Querig, sra. Beatrice, que vaga por estas montanhas. Ela é a causa da névoa de que a senhora fala. No entanto, os monges deste mosteiro a protegem e vêm fazendo isso há anos. E eu aposto que, se estão a par da minha identidade, eles até já mandaram chamar homens para me destruir."

"Padre Jonus, isso é verdade?", Beatrice perguntou. "A névoa é obra dessa dragoa?"

O monge, que por um momento parecera muito distante, virou-se para Beatrice. "O que o pastor disse é verdade, senhora. É o bafo de Querig que enche esta terra de névoa e rouba nossas memórias."

"Axl, você ouviu isso? A dragoa é a causa da névoa! Se o sr. Wistan ou qualquer outra pessoa, até aquele velho cavaleiro que nós encontramos na estrada, conseguir matar a criatura, nós vamos recuperar nossas lembranças! Axl, por que você está tão quieto?"

De fato, Axl estava absorto em seus pensamentos já fazia algum tempo e, embora tivesse ouvido as palavras da mulher e notado o entusiasmo dela, só o que conseguiu fazer foi estender a mão para ela. Antes que ele encontrasse alguma coisa para dizer, o padre Jonus disse para Wistan:

"Pastor, se o senhor sabe o perigo que está correndo, por que se demora aqui? Por que o senhor não pega o menino e segue seu caminho?"

"O menino precisa descansar e eu também."

"Mas o senhor não descansa, pastor. O senhor corta lenha e perambula feito um lobo faminto."

"Quando nós chegamos, sua pilha de lenha estava baixa. E as noites são frias nestas montanhas."

"Uma coisa me intriga, pastor. Por que lorde Brennus o persegue tanto? Faz dias que os soldados dele vasculham a região atrás do senhor. Até no ano passado, quando outro homem veio do leste para caçar Querig, Brennus achou que poderia ser o senhor e mandou homens à sua procura. Eles vieram aqui perguntando pelo senhor. Pastor, o que o senhor representa para Brennus?"

"Nós nos conhecemos quando éramos jovens, mais novos até do que este menino aqui."

"O senhor veio a esta terra para cumprir uma missão, pastor. Por que pô-la em risco para acertar velhas contas? Ouça o que eu digo: pegue o menino e siga o seu caminho, antes mesmo que os monges saiam da reunião."

"Se lorde Brennus me fizer a cortesia de vir aqui esta noite à minha procura, eu serei obrigado a ficar e enfrentá-lo."

"Sr. Wistan", disse Beatrice, "eu não sei o que há entre o senhor e lorde Brennus. Mas se a sua missão é matar a grande dragoa Querig, eu te peço, não a deixe de lado. Haverá tempo para acertar velhas contas mais tarde."

"Essa senhora tem razão, pastor. E eu acho que sei também por que o senhor cortou tanta lenha. Ouça o que estamos te dizendo. Esse menino te dá uma oportunidade única, dificilmente o senhor encontrará outra chance como essa pela frente. Pegue o menino e siga seu caminho."

Wistan ficou olhando pensativo para o padre Jonus, depois curvou a cabeça educadamente. "Eu estou contente de ter te conhecido, padre. E peço desculpas se antes me dirigi ao senhor de maneira indelicada. Mas agora eu e o menino vamos nos despedir. Sei que a sra. Beatrice ainda deseja se aconselhar com o senhor, e ela é uma mulher boa e corajosa. Eu te peço que poupe suas forças para atendê-la. Então, agradeço seus conselhos e me despeço."

Deitado no escuro, ainda com esperança de que o sono o dominasse, Axl tentou se lembrar por que havia se mantido tão estranhamente calado durante boa parte do tempo em que permanecera na cela do padre Jonus. Existia uma razão para isso, e mesmo quando Beatrice — exultante por ter descoberto a origem da névoa — virou-se para ele e expressou entusiasmo, Axl só foi capaz de estender a mão para ela, ainda sem dizer nada. Ele estava lutando com uma estranha e poderosa emoção, uma emoção que lhe dava a nítida sensação de estar sonhando, embora todas as palavras que eram ditas ao seu redor ainda chegassem a seus ouvidos com absoluta clareza. Tinha se sentido como alguém que está andando de barco num rio, no inverno, e tentando enxergar em meio a um denso nevoeiro, sabendo que a qualquer momento esse nevoeiro vai se dissipar, deixando ver imagens vívidas da terra adiante. E ele fora tomado por uma espécie de terror, mas ao mesmo tempo sentira uma curiosidade — ou algo mais forte e mais sombrio — e dissera a si mesmo com firmeza: "Seja o que for que esteja lá, deixe-me ver, deixe-me ver".

Será que ele tinha dito essas palavras em voz alta? Talvez sim, e justo naquele instante Beatrice tivesse se virado para ele entusiasmada e exclamado: "Axl, você ouviu isso? A dragoa é a causa da névoa!".

Ele não conseguia lembrar com clareza o que havia acontecido depois que Wistan e o menino saíram do quarto do padre Jonus. Ninian, o monge silencioso, deve ter saído junto com eles, provavelmente para providenciar o unguento para a ferida do menino, ou talvez só para lhes mostrar o caminho por onde poderiam voltar sem ser vistos. De qualquer forma, ele e Beatrice tinham ficado sozinhos com o padre Jonus, que, apesar dos ferimentos e do cansaço, examinou Beatrice de maneira meticulosa. O monge não havia pedido a ela para remover nenhuma peça de roupa, o que deixara Axl aliviado. Embora sua lembrança desse momento também fosse nebulosa, Axl havia gravado uma imagem de Jonus com o ouvido encostado na lateral do corpo de Beatrice e os olhos fechados em concentração, como se alguma tênue mensagem pudesse ser ouvida vinda lá de dentro. Axl lembrava também de ver o monge piscando muito os olhos enquanto fazia uma série de perguntas a Beatrice. Ela se sentia enjoada depois de beber água? Costumava sentir dores na nuca? O monge fizera várias outras perguntas de que Axl agora não conseguia mais se lembrar, mas Beatrice havia respondido negativamente a uma atrás da outra, e quanto mais ela dizia que não, mais Axl ficava satisfeito. Só uma vez, quando Jonus perguntou se ela havia notado sangue na sua urina, e ela respondera que sim, que tinha notado algumas vezes, Axl ficara preocupado. Mas, ao ouvir a resposta, o monge limitou-se a balançar cabeça, como se aquilo fosse normal e esperado, e passou direto para a pergunta seguinte. Como então aquele exame havia terminado? Puxando pela memória, Axl lembrou-se de que o padre Jonus havia sorrido e dito: "Então, a senhora pode ir ao encontro do seu filho sem nenhum receio". E que ele próprio dissera: "Está vendo, princesa? Eu sempre soube que não era nada". Em seguida, o monge havia se recostado cuidadosamente na cama de novo e ali ficado, recuperando o fôlego. Na ausência de Ninian, Axl se apressou para encher o copo do monge com água da jarra e, ao levar o copo à boca do homem doente, viu pequenas gotas de sangue escorrerem do lábio inferior e se misturarem à água. Depois, o padre Jonus olhou para Beatrice e disse:

"A senhora parece feliz por saber a verdade a respeito disso que chama de névoa."

"E eu estou feliz de fato, padre, pois agora existe uma saída para nós."

"Tome cuidado, pois isso é um segredo guardado com muito zelo por alguns, embora talvez seja melhor que deixe de ser segredo."

"A mim não importa se é segredo ou não, padre, mas estou contente que Axl e eu tenhamos tomado conhecimento disso e agora possamos fazer alguma coisa a esse respeito."

"Mas a senhora tem mesmo certeza de que deseja ficar livre dessa névoa, boa senhora? Será que não é melhor que algumas coisas permaneçam encobertas?"

"Pode ser que para algumas pessoas sim, padre, mas não para nós. Axl e eu queremos recuperar os momentos felizes que passamos juntos. Não lembrar deles é como se fôssemos roubados, é como se um ladrão tivesse entrado no nosso quarto à noite e levado o que nos é mais precioso."

"No entanto, a névoa encobre todas as lembranças: tanto as boas, quanto as más. Não é verdade, senhora?"

"Nós aceitaremos as más lembranças de volta também, mesmo que elas nos façam chorar ou tremer de raiva. Afinal, elas não são a vida que compartilhamos?"

"A senhora não teme, então, as más lembranças?"

"O que há a temer, padre? O que Axl e eu sentimos hoje um pelo outro no nosso coração nos diz que o caminho que tomamos até aqui não pode guardar nenhum perigo para nós, não importa que a névoa o esteja escondendo agora. É como uma história com final feliz, quando até uma criança sabe que não precisa temer as voltas e reviravoltas que acontecem antes. Axl e eu gostaríamos de nos lembrar da nossa vida juntos, qualquer que seja sua forma, pois ela tem sido valiosa para nós."

Um pássaro deve ter passado voando pelo teto acima dele. O barulho o havia sobressaltado; então Axl se deu conta de que, pelo menos por alguns instantes, ele tinha adormecido. Percebeu também que não havia mais ruídos de lenha sendo cortada e que o mosteiro estava em silêncio. Será que o guerreiro tinha voltado para o quarto deles? Axl não tinha ouvido nada, e não havia nenhum sinal de que houvesse mais alguém além de Edwin dormindo do outro lado do quarto e do vulto escuro da mesa. O que o padre Jonus havia dito depois de examinar Beatrice e concluir sua série de perguntas? Sim, ela dissera, ela havia notado sangue em sua urina, mas o padre tinha sorrido e perguntado outra coisa. *Está vendo, princesa,* Axl dissera, *eu sempre falei que não era nada*. E o padre Jonus havia sorrido, apesar das suas feridas e do seu cansaço, e dito: *A senhora pode ir ao encontro do seu filho sem nenhum receio*. Mas aquelas não eram as perguntas que a mulher temia. Beatrice — ele sabia — temia as perguntas do barqueiro, mais difíceis de responder do que as do padre Jonus, e era por isso que ela tinha ficado tão contente em saber a causa da névoa. *Axl, você ouviu isso?* Ela estava exultante. *Axl, você ouviu isso?*, a esposa perguntara, com uma expressão radiante.

7.

A mão de alguém o estava sacudindo, mas até que Axl conseguisse erguer o tronco e se sentar, a pessoa já estava do outro lado do quarto, inclinando-se sobre Edwin e sussurrando: "Rápido, menino, rápido! E não faça barulho!". Beatrice estava acordada ao lado dele, e Axl se pôs de pé instavelmente, sentindo o ar frio arrepiá-lo, depois se inclinou para puxar as mãos estendidas da mulher.

Ainda era noite cerrada, mas ouviam-se vozes lá fora e com certeza tochas tinham sido acesas no pátio lá embaixo, pois agora havia pedaços iluminados no muro em frente à janela. O monge que os havia acordado estava arrastando o menino, ainda atordoado de sono, até o lado deles, e Axl reconheceu o andar coxo do padre Brian antes que seu rosto emergisse da escuridão.

"Eu vou tentar salvá-los, amigos", disse o padre, ainda sussurrando, "mas os senhores precisam ser rápidos e fazer o que eu mandar. Chegaram soldados, uns vinte ou trinta deles, determinados a caçá-los e capturá-los. Eles já encurralaram o irmão saxão mais velho, porém ele é ágil e está mantendo os soldados ocupados, dando aos senhores uma chance de escapar. Quieto, menino, fique perto de mim!" Edwin estava indo para a janela, mas o padre Brian havia esticado a mão e segurado o braço dele. "Eu pretendo levá-los para um lugar seguro, mas primeiro precisamos sair deste quarto sem que nos vejam. Soldados volta e meia atravessam o pátio lá embaixo, porém com os olhos voltados para a torre onde o saxão ainda resiste. Com a ajuda de Deus, eles não vão nos ver descendo a escada aqui fora, e aí o pior já vai ter ficado para trás. Mas não façam barulho, para não chamar a atenção deles, e tomem muito cuidado para não tropeçar nos degraus. Vou descer primeiro e, quando o momento certo chegar, eu farei um sinal para que os senhores me sigam. Não, minha senhora, a senhora vai ter que deixar a sua trouxa aqui. Os senhores terão que se contentar em conservar suas vidas!"

Eles se agacharam perto da porta e ficaram ouvindo o padre descer a escada com uma lentidão angustiante. Algum tempo depois, espiando com cautela pelo vão da porta, Axl viu tochas se deslocando do lado oposto do pátio, mas antes que ele pudesse discernir com clareza o que estava acontecendo, sua atenção foi atraída pelo padre Brian, que estava parado bem abaixo deles e gesticulava freneticamente.

A escada, que descia rente à parede em diagonal, estava quase toda na sombra — exceto um trecho, já bem perto do chão, bastante iluminado pela lua quase cheia.

"Venha logo atrás de mim, princesa", disse Axl. "Não olhe para o pátio, mas sim para o degrau onde o seu pé vai se apoiar, ou a queda vai ser feia e sem ninguém para nos socorrer a não ser inimigos. Fale para o menino o que eu acabei de dizer, e vamos deixar isso para trás de uma vez."

A despeito de suas próprias instruções, Axl não conseguiu deixar de olhar para o pátio enquanto descia. Do lado oposto, vários soldados estavam aglomerados em torno de uma torre de pedra cilíndrica que se elevava acima do prédio onde os monges haviam realizado sua reunião. Tochas acesas eram sacudidas, e a tropa parecia estar em desordem. Quando Axl estava a meio caminho do fim da escada, dois soldados se separaram do grupo e saíram correndo pela praça, o que fez com que Axl tivesse a certeza de que eles seriam avistados. No entanto, os dois homens entraram por uma porta e sumiram, e pouco tempo depois Axl já estava conduzindo, aliviado, Beatrice e Edwin rumo às sombras do claustro, onde o padre Brian os aguardava.

Eles seguiram o monge ao longo de corredores estreitos, alguns dos quais talvez fossem os mesmos que haviam atravessado com o silencioso padre Ninian. Com frequência avançavam na mais completa escuridão, acompanhando o chiado rítmico que o guia deles produzia ao arrastar o pé. Então chegaram a um aposento cujo teto havia desabado parcialmente. A luz da lua inundava o cômodo, revelando pilhas de caixas de madeira e móveis quebrados. Axl sentia cheiro de mofo e de água estagnada.

"Coragem, amigos!", disse o padre Brian, não mais sussurrando. Ele tinha ido para um canto do aposento e estava tirando objetos do caminho. "Vocês estão quase a salvo."

"Padre", disse Axl, "nós estamos muito gratos ao senhor pelo seu empenho em nos salvar, mas, por favor, diga-nos o que aconteceu."

O padre Brian continuou trabalhando para esvaziar o canto do quarto e não levantou o olhar quando disse: "É um mistério para nós, senhor. Eles chegaram esta noite sem ter sido convidados, avançando pelos portões e pela nossa casa adentro como se fosse a casa deles. Exigiram que nós lhes entregássemos os dois jovens saxões recém-chegados e, embora não tenham mencionado o senhor nem sua esposa, eu duvido que pretendam tratá-los com benevolência. Este menino aqui, eles claramente queriam assassinar, como estão agora mesmo tentando fazer com o irmão dele. Os senhores agora precisam se salvar. Haverá tempo mais tarde para refletir sobre as ações dos soldados".

"O sr. Wistan era um estranho para nós ainda esta manhã", disse Beatrice, "mas nós nos sentimos mal fugindo quando a vida dele está sob essa terrível ameaça."

"Os soldados ainda podem vir no nosso encalço, senhora, pois nós não deixamos nenhuma porta trancada atrás de nós. E se aquele rapaz está lhes oferecendo bravamente uma chance de fuga, mesmo à custa de sua própria vida, os senhores devem aceitá-la com gratidão. Debaixo deste alçapão há um túnel subterrâneo, que foi escavado em tempos remotos. Ele irá levá-los para dentro da floresta, onde os senhores emergirão longe dos seus perseguidores. Agora me ajude a levantá-lo, senhor, pois ele é pesado demais para eu puxar sozinho."

Mesmo com os dois puxando juntos, foi preciso certo esforço para levantar o alçapão até que ele ficasse perpendicular ao chão, revelando um quadrado ainda mais negro do que a escuridão que os cercava.

"Deixe o menino ir primeiro", disse o monge. "Faz anos que nenhum de nós usa essa passagem e ninguém sabe se os degraus ainda não desmoronaram. O menino é leve e ágil, então aguentaria melhor um tombo."

Edwin, porém, estava dizendo alguma coisa para Beatrice, que falou: "O menino quer voltar para ajudar o sr. Wistan".

"Diga a ele, princesa, que nós ainda poderemos ajudar Wistan se fugirmos por este túnel. Diga o que for preciso, mas convença o menino a vir rápido."

Enquanto Beatrice falava com ele, uma mudança pareceu se dar no menino, que olhava fixamente para o buraco no chão; seus olhos, iluminados pelo luar, pareceram a Axl ter algo de estranho naquele momento, como se Edwin estivesse sendo enfeitiçado. Então, apesar de Beatrice ainda continuar falando, o garoto foi andando em direção ao alçapão e, sem olhar para os outros, entrou no buraco escuro e desapareceu. Quando o ruído dos seus passos começou a ficar mais distante, Axl pegou a mão de Beatrice e disse:

"Vamos também, princesa. Fique perto de mim."

Os degraus que levavam ao túnel subterrâneo eram baixos — pedras planas afundadas na terra — e pareciam razoavelmente firmes. Eles conseguiam ver alguma coisa do caminho adiante graças à luz que entrava pelo alçapão aberto acima deles; mas, assim que Axl se virou para falar com o padre Brian, o alçapão se fechou com um estrondo que mais parecia um trovão.

Os três estacaram e, durante alguns instantes, permaneceram absolutamente imóveis. O ar dentro do túnel não era tão rançoso quanto Axl tinha imaginado que seria: na verdade, ele tinha até a impressão de estar sentindo uma leve brisa. Em algum lugar à frente deles, Edwin começou a falar, e Beatrice respondeu a ele sussurrando. Depois, ela disse baixinho:

"O menino perguntou por que o padre Brian fechou o alçapão tão de repente. Eu disse a ele que o padre provavelmente estava aflito para esconder o túnel dos soldados, que podem estar agora mesmo entrando naquele quarto. Mesmo assim, Axl, eu também achei um pouco esquisito. E não é ele que está fazendo esses ruídos agora, arrastando objetos para cima do alçapão? Se o caminho à nossa frente estiver obstruído por terra ou água, já que o próprio padre disse que ninguém entra aqui faz anos, como é que nós vamos conseguir voltar e abrir aquele alçapão, do jeito que ele é pesado e ainda por cima coberto de objetos?"

"É bem esquisito mesmo. Mas não há dúvida de que há soldados no mosteiro, pois nós mesmos não vimos vários agora há pouco? Eu não sei que outra escolha nós temos a não ser seguir adiante e rezar para que este túnel nos leve até a floresta sãos e salvos. Diga para o menino seguir em frente, mas devagar e mantendo sempre a mão apoiada nessa parede musgosa, porque eu acho que esse túnel só vai ficar mais escuro."

No entanto, à medida que avançavam, eles descobriram que havia uma luz muito suave, de modo que às vezes eles conseguiam até enxergar as silhuetas uns dos outros. Em alguns momentos, poças súbitas surpreendiam seus pés; mais de uma vez, durante essa etapa da travessia, Axl pensou ter ouvido um ruído mais adiante, mas como nem Edwin nem Beatrice esboçaram reação alguma, ele concluiu que devia ser fruto da sua imaginação inquieta. Porém, pouco depois, Edwin estacou de repente, quase fazendo com que Axl se chocasse contra ele. Então, o idoso sentiu Beatrice apertar sua mão atrás dele e, por um momento, os três ficaram parados no meio da escuridão, bem quietos. Depois, Beatrice chegou ainda mais perto dele, e Axl sentiu o hálito morno da esposa no seu pescoço quando ela disse num sussurro quase inaudível: "Você está ouvindo, Axl?".

"Ouvindo o quê, princesa?"

Edwin encostou a mão nele em sinal de advertência, e eles ficaram em silêncio de novo. Passado um tempo, Beatrice disse no ouvido do marido: "Tem alguma coisa aqui com a gente, Axl".

"Talvez um morcego, princesa. Ou um rato."

"Não, Axl. Eu estou ouvindo melhor agora. É uma pessoa respirando."

Axl escutou de novo. Então eles ouviram um ruído forte, como uma pancada, que se repetiu uma, duas, três vezes, um pouco adiante do lugar onde estavam. Surgiram fagulhas luminosas, depois uma pequena chama, que cresceu por um momento, revelando a silhueta de um homem sentado, e então tudo ficou escuro de novo.

"Não tenham medo, amigos", disse uma voz. "Sou só eu, Gawain, o cavaleiro de Arthur. E, assim que eu conseguir atear fogo nessa acendalha, nós vamos nos ver melhor."

Ouviram-se outras pancadas na pedra e, passado um tempo, uma vela se acendeu e começou a arder intensamente.

Sir Gawain estava sentado num monte escuro, que evidentemente não constituía um assento ideal, pois o velho cavaleiro estava posicionado num ângulo estranho, como um boneco gigante prestes a tombar. A vela na sua mão iluminava seu rosto e seu peito, produzindo sombras trêmulas, e sua respiração estava ofegante. Como antes, ele estava de túnica e armadura; sua espada, desembainhada, tinha sido enfiada obliquamente na terra perto da base do monte. Ele os fitou com ar sombrio, movendo a vela de um rosto para o outro.

"Então os senhores estão todos aqui", ele disse por fim. "Eu fico aliviado."

"O senhor nos assustou, sir Gawain", disse Axl. "O que o senhor pretende se escondendo aqui?"

"Eu já estou aqui faz algum tempo e estava andando na frente dos senhores, amigos. No entanto, com essa espada e com essa armadura, e ainda a minha grande altura, que me faz tropeçar e me força a andar de cabeça baixa, eu não consigo andar rápido e então os senhores me descobriram."

"Não está dando para entender, senhor. Por que estava andando na nossa frente?"

"Para defendê-los, senhor! A triste verdade é que os monges os enganaram. Há uma fera que habita este túnel e a intenção deles é que ela os mate. Felizmente, nem todos os monges pensam igual. Ninian, o monge silencioso, me trouxe até aqui sem que eu fosse visto, e vou conduzi-los a um lugar seguro."

"Todas essas más notícias nos atordoam, sir Gawain", disse Axl. "Mas fale-nos primeiro dessa fera que o senhor mencionou. De que natureza ela é? E ela nos ameaça mesmo enquanto estamos parados aqui?"

"Parta do princípio que sim, senhor. Os monges não os teriam mandado aqui para baixo se não quisessem que os senhores se deparassem com a fera. É sempre essa a tática deles. Como homens de Cristo, eles não seriam capazes de usar uma espada nem mesmo veneno. Então, mandam aqui para baixo os que eles desejam mortos, e depois de um ou dois dias já terão esquecido que fizeram isso. Ah, sim, essa é a tática deles, principalmente do abade. Até domingo é capaz inclusive que ele já tenha se convencido de que salvou os senhores daqueles soldados. E a obra do que quer que ronde este túnel, se chegar a passar pela cabeça dele, será renegada, ou talvez até chamada de 'vontade de Deus'. Bem, vamos ver qual vai ser a vontade de Deus agora que um cavaleiro de Arthur está andando na frente dos senhores!"

"O senhor está dizendo, sir Gawain, que os monges nos querem mortos?", perguntou Beatrice.

"Eles certamente querem este menino morto, senhora. Eu tentei fazê-los ver que não era necessário, fiz até uma promessa solene de que o levaria para bem longe desta região, mas não: eles não quiseram me ouvir! Não querem se arriscar a deixar o menino solto, mesmo com o sr. Wistan preso ou morto, pois quem pode afirmar que não vai aparecer algum outro homem um dia para achar esse menino? Eu disse que o levaria para bem longe, mas eles temem o que pode acontecer e o querem morto. A senhora e o seu marido eles poderiam poupar, não fosse pelo fato de que os senhores inevitavelmente seriam testemunhas dos atos deles. Se tivesse previsto tudo isso antes, eu teria vindo até este mosteiro? Quem sabe? Parecia ser o meu dever na ocasião, não parecia? Mas os planos deles para o menino e para um inocente casal cristão eu não posso aceitar! Por sorte, nem todos os monges pensam igual, sabe... E Ninian, o monge silencioso, me guiou até aqui embaixo sem ser visto. Minha intenção era caminhar na frente dos senhores até bem mais adiante, mas esta armadura e esta minha altura anormal, que só me faz tropeçar...

Quantas vezes ao longo dos anos eu já não praguejei contra esta minha altura! Que vantagem ser tão alto traz a um homem? Para cada pera pendurada num galho alto que eu alcancei houve uma flecha que me ameaçou e que teria passado por cima de um homem menor!"

"Sir Gawain", disse Axl, "que tipo de fera é essa que o senhor disse que habita este túnel?"

"Nunca a vi, senhor. Só sei que aqueles que os monges mandam para cá morrem por obra dela."

"É uma fera que pode ser morta por uma espada comum, empunhada por um homem mortal?"

"O que o senhor quer dizer? Eu sou um homem mortal, não nego, mas sou um cavaleiro bem treinado e educado durante longos anos da minha juventude pelo grande Arthur, que me ensinou a enfrentar todos os tipos de desafio com satisfação, mesmo quando o medo se infiltra na medula, pois, se nós somos mortais, que pelo menos brilhemos intensamente aos olhos de Deus enquanto vivemos nesta terra! Como todos os que estiveram ao lado de Arthur, senhor, eu enfrentei belzebus e monstros, bem como as intenções mais sombrias dos homens, e sempre segui o exemplo do meu grande rei mesmo no meio de ferozes conflitos. O que está sugerindo, senhor? Como ousa? Por acaso o senhor estava lá? *Eu* estava lá e vi tudo com estes mesmos olhos que fitam o senhor agora! Mas o que é que tem isso, o que é que tem isso, amigos? Esta é uma discussão para outro momento. Perdoem-me, nós temos outros assuntos a tratar, claro que temos. O que foi que o senhor perguntou? Ah, sim, a fera! Sim, pelo que sei, ela é tão feroz quanto um monstro, mas não é um demônio nem um espírito, e esta espada é boa o bastante para matá-la."

"Mas, sir Gawain", disse Beatrice, "o senhor está realmente propondo que nós continuemos a andar por este túnel mesmo sabendo o que sabemos agora?"

"Que escolha nós temos, senhora? Se eu não estou enganado, o caminho de volta para o mosteiro está trancado para nós. E, no entanto, aquele mesmo alçapão pode abrir a qualquer momento para despejar soldados neste túnel. Não há nada a fazer a não ser seguir em frente e, salvo por essa fera no nosso caminho, em breve podemos nos encontrar na floresta e longe dos nossos perseguidores, pois Ninian me garantiu que isto é um túnel de verdade e bem conservado. Então, vamos seguir nosso caminho antes que esta vela se acabe, pois eu não tenho outra."

"Será que nós devemos confiar nele, Axl?", perguntou Beatrice, sem fazer nenhum esforço para evitar que sir Gawain ouvisse. "Eu estou com a cabeça zonza e detestaria acreditar que o gentil padre Brian nos traiu. Por outro lado, o que o cavaleiro diz parece sincero."

"Vamos com ele, princesa. Sir Gawain, nós agradecemos sua ajuda. Por favor, conduza-nos agora a um lugar seguro, e vamos rezar para que a tal fera esteja cochilando ou tenha saído para perambular pela noite."

"Seria muita sorte nossa. Mas venham, amigos, nós iremos com coragem." O velho cavaleiro se pôs de pé lentamente, depois estendeu a mão com que segurava a vela. "Sr. Axl, talvez o senhor possa carregar para nós esta vela, pois eu vou precisar das minhas duas mãos para manter a espada de prontidão."

Eles seguiram adiante pelo túnel, sir Gawain na frente, Axl atrás com a vela, Beatrice segurando o braço do marido por trás e Edwin agora na retaguarda. Eles não tinham outra opção a não ser andar em fila, um atrás do outro, pois a passagem continuava estreita. Além disso, o teto cheio de musgo pendurado e de raízes nodosas foi ficando cada vez mais baixo, a ponto de até Beatrice ter de andar curvada. Axl tentava segurar a vela bem alto, mas a brisa que soprava dentro do túnel tinha aumentado agora, e ele com frequência era forçado a abaixá-la e proteger a chama com a outra mão. Sir Gawain, no entanto, não se queixava — e sua silhueta avançando na frente deles, com a espada erguida sobre o ombro, parecia nunca se alterar. Então Beatrice soltou uma exclamação e puxou o braço de Axl.

"O que foi, princesa?"

"Ah, Axl, pare! O meu pé tocou em alguma coisa naquela hora, mas a sua vela seguiu adiante rápido demais."

"E daí, princesa? Nós temos que ir em frente."

"Axl, eu tive a impressão de que era uma criança! O meu pé tocou nela e eu a vi antes que a sua luz avançasse. Ah, acho que era uma criancinha morta!"

"Calma, princesa, não fique nervosa. Onde foi que você a viu?"

"Venham, amigos, venham!", sir Gawain chamou do meio da escuridão. "Há muitas coisas neste lugar que é melhor não ver."

Beatrice pareceu não ter ouvido o cavaleiro. "Estava ali, Axl. Traga a vela para cá. Ali embaixo, Axl, ilumine ali... Embora a ideia de ver o rostinho dela de novo me apavore!"

Apesar do conselho que dera, sir Gawain voltou para perto deles, e Edwin também estava ao lado de Beatrice agora. Axl inclinou-se para a frente e movimentou a vela de um lado para o outro, revelando montinhos de terra úmida, raízes de árvore e pedras. Então a chama iluminou um enorme morcego deitado de barriga para cima, como se estivesse dormindo tranquilamente, de asas abertas. Seu pelo parecia molhado e pegajoso. Sua cara, que lembrava a de um porco, não tinha pelos; e pequenas poças haviam se formado nas cavidades das asas abertas. A criatura poderia de fato estar dormindo, não fosse pelo que havia no meio do seu tronco: quando Axl trouxe a chama para mais perto, todos eles ficaram olhando fixamente para o buraco circular que se estendia de um ponto logo abaixo do peito do morcego até a barriga, alcançando partes das costelas dos dois lados. A ferida era estranhamente limpa, como se tivessem dado uma mordida numa maçã crocante.

"O que poderia ter feito uma ferida dessas?", perguntou Axl.

Ele deve ter movimentado a vela rápido demais, pois naquele momento a chama bruxuleou e se apagou.

"Não se preocupem, amigos", disse sir Gawain. "Eu vou encontrar a minha acendalha de novo."

"Eu não falei, Axl?" Beatrice parecia à beira das lágrimas. "Desde que encostei o pé nele, eu sabia que era um bebê."

"Como assim, princesa? Não é um bebê. O que você está dizendo?"

"O que será que aconteceu com a pobre criança? E com os pais dela?"

"Princesa, é apenas um morcego, daqueles que vivem em lugares escuros."

"Não, Axl, era um bebê, eu tenho certeza!"

"Eu lamento que a vela tenha apagado, princesa, ou eu te mostraria de novo. É só um morcego, mais nada, mas eu gostaria de ver outra vez no que ele está deitado. Sir Gawain, o senhor notou a cama da criatura?"

"Eu não sei o que o senhor quer dizer..."

"Tive a impressão de que a criatura estava deitada numa cama de ossos, pois acho que vi uma ou duas caveiras que só poderiam ser de homens."

"O que o senhor está querendo insinuar?", perguntou sir Gawain, elevando a voz a uma altura imprudente. "Que caveira? Eu não vi caveira nenhuma, senhor! Só um morcego desafortunado!"

Beatrice estava chorando baixinho agora, e Axl se ergueu para abraçá-la.

"Não era uma criança, princesa", ele disse num tom mais suave. "Não fique aflita."

"Uma morte tão solitária. Onde estavam os pais dele, Axl?"

"O que está sugerindo, senhor? Caveiras? Eu não vi caveira nenhuma! E o que é que tem se houver alguns ossos velhos por aqui? O que é que tem? Isso por acaso é algo de extraordinário? Nós não estamos debaixo da terra, afinal? Mas eu não vi nenhuma cama de ossos e não sei o que está insinuando, sr. Axl. O senhor por acaso estava lá? O senhor esteve ao lado do grande Arthur? Eu me orgulho de dizer que estive, senhor, e ele era um comandante tão compassivo quanto valente. Sim, de fato, eu fui até o abade para avisá-lo da identidade e das intenções do sr. Wistan. Que escolha eu tinha? Como é que eu poderia adivinhar que o coração de homens santos poderia se tornar tão sombrio? As suas insinuações são injustificadas, senhor! São um insulto para todos aqueles que um dia lutaram ao lado do grande Arthur! Não há nenhuma cama de ossos aqui! E eu não estou aqui agora para salvá-los?"

"Sir Gawain, a sua voz ribomba demais. E quem sabe onde os soldados estão neste momento?"

"O que eu poderia fazer, senhor, sabendo o que eu sabia? Sim, fui até lá e falei com o abade, mas como eu iria saber da escuridão que se instalou no coração daquele homem? E os melhores homens — pobre Jonus, com o fígado todo bicado e poucos dias de vida pela frente —, enquanto aquele abade continua vivendo praticamente sem um único arranhão daqueles pássaros..."

Sir Gawain calou-se, interrompido por um barulho que veio de algum ponto mais adiante no túnel. Era difícil dizer se o som tinha vindo de perto ou de longe, mas era inequivocamente o grito de uma fera; lembrava o uivo de um lobo, embora também tivesse algo do rugido mais gutural de um urso. Não tinha sido um grito longo, mas fizera Axl puxar Beatrice para perto dele e sir Gawain arrancar sua espada do chão. Durante alguns instantes, eles permaneceram em silêncio, esperando o som se repetir.

Mas não ouviram mais nada e, de repente, o cavaleiro começou a rir, um riso baixo e ofegante. Enquanto ele ria, Beatrice disse no ouvido de Axl: "Vamos embora daqui, marido. Eu não quero mais nenhuma lembrança deste túmulo solitário".

Sir Gawain parou de rir e disse: "Talvez tenhamos ouvido a fera, mas não há outra escolha a não ser seguir em frente. Então, amigos, é melhor encerrar a nossa discussão. Daqui a pouco, podemos acender a vela de novo, mas vamos andar um pouco sem ela agora, para não correr o risco de que atraia a fera para nós. Vejam, aqui há uma luz suave, suficiente para nos permitir andar. Venham, amigos, chega de discussão! A minha espada está pronta, vamos continuar".

O túnel se tornou mais tortuoso, e eles passaram a andar com mais cautela, temendo o que cada curva iria revelar. Mas não encontraram nada nem voltaram a ouvir o grito. Então o túnel seguiu por uma descida íngreme ao longo de uma boa distância, até desembocar numa enorme câmara subterrânea.

Todos pararam para recuperar o fôlego e examinar o novo ambiente que os cercava. Depois de fazer aquela longa caminhada com a cabeça roçando no teto de terra, era um alívio ver que o teto ali não só ficava muito acima deles, como era feito de materiais mais sólidos. Quando sir Gawain acendeu a vela de novo, Axl percebeu que eles estavam numa espécie de mausoléu, cercados de paredes onde se viam vestígios de murais e letras romanas. À frente deles, um par de colunas grossas formava um pórtico que dava passagem para outra câmara de dimensões semelhantes, e um intenso raio de luar incidia sobre essa passagem. A origem do raio não estava evidente: talvez em algum lugar atrás do arco alto que ligava as duas colunas houvesse uma abertura que naquele momento, por puro acaso, estivesse alinhada com a lua. O luar iluminava boa parte do musgo e dos fungos nas colunas, assim como uma parte da câmara adjacente, cujo chão parecia estar coberto de entulho. Não demorou muito, Axl percebeu que esse entulho era composto de uma grossa camada de ossos. Só então ele se deu conta de que debaixo de seus pés também havia esqueletos quebrados e que aquele estranho chão se estendia por toda a área das duas câmaras.

"Isso deve ser um cemitério antigo", ele disse em voz alta. "Mas há tanta gente enterrada aqui."

"Um cemitério", sir Gawain murmurou. "Sim, um cemitério." Ele estivera andando lentamente pela câmara, com a espada numa das mãos e a vela na outra. Agora, seguiu em direção ao arco, mas parou no limiar da segunda câmara, como que subitamente intimidado pelo luar brilhante. Então, cravou a espada no chão. Observando-o, Axl viu sua silhueta se debruçar sobre a arma, enquanto ele movia a vela para cima e para baixo com um ar cansado.

"Nós não precisamos discutir, sr. Axl. Aquilo são caveiras de homens, eu não vou negar. Ali está um braço, lá uma perna, mas são só ossos agora. Um velho cemitério. Pode ser, de fato. Ouso até dizer, senhor, que toda a nossa terra está desse jeito. Um belo vale verde. Um bosque agradável na primavera. Cave o solo e, não muito abaixo das margaridas e dos botões-de-ouro, vêm os mortos. E não me refiro, senhor, apenas aos que receberam um enterro cristão. Abaixo do nosso solo jazem os restos de velhos massacres. Horácio e eu, nós estamos cansados disso. Cansados. E nós não somos mais jovens."

"Sir Gawain", disse Axl, "nós só temos uma espada para nos defender. Eu te peço que não fique melancólico nem se esqueça de que a fera está próxima."

"Eu não esqueci a fera, senhor. Só estou examinando este pórtico diante de nós. Olhe lá para cima. O senhor está vendo?" Sir Gawain estava levantando a vela para revelar, ao longo da borda mais baixa do arco, o que parecia ser uma fileira de pontas de lança apontadas para baixo, na direção do chão.

"Um portão levadiço", disse Axl.

"Exato, senhor. Este portão não é tão antigo. É mais novo do que nós dois, aposto. Alguém o levantou para nós, desejando que nós passemos para o outro lado. Olhe ali, as cordas que o seguram. E ali, as roldanas. Alguém vem aqui com frequência para fazer este portão subir e descer, e talvez para alimentar a fera também." Sir Gawain deu alguns passos em direção a uma das colunas, seus pés esmigalhando ossos. "Se eu cortar esta corda, o portão com certeza vai cair, barrando a nossa saída. Mas se a fera estiver ali adiante, nós ficaremos protegidos dela. Isso que eu estou ouvindo é o menino saxão ou alguma fada sorrateira que entrou aqui?"

De fato, no escuro atrás deles, Edwin havia começado a cantar. Começara bem baixinho a princípio, tanto que Axl pensou que ele estivesse cantando simplesmente para tentar se acalmar, mas depois sua voz foi ficando cada vez mais audível. Sua música parecia ser uma suave cantiga de ninar, e ele a cantava com o rosto encostado na parede e balançando o corpo de leve.

"O menino está agindo como se estivesse enfeitiçado", disse sir Gawain. "Não importa, nós precisamos decidir agora, sr. Axl. Nós seguimos em frente? Ou cortamos a corda para nos dar pelo menos um momento de descanso, protegidos do que quer que se encontre além deste portão?"

"Eu recomendo que nós cortemos a corda, senhor. Por certo podemos levantar o portão de novo quando quisermos. Vamos primeiro tentar descobrir o que nos espera enquanto o portão está fechado."

"Sábio conselho, senhor. Eu farei o que o senhor disse."

Entregando a vela a Axl, sir Gawain deu mais um passo à frente, ergueu a espada e desferiu um golpe contra a coluna. Ouviu-se um som de metal batendo contra pedra, e a parte de baixo do portão balançou, mas continuou suspensa. Sir Gawain suspirou, um pouco envergonhado. Em seguida se reposicionou, ergueu a espada de novo e desferiu outro golpe.

Dessa vez ouviu-se um estalo, e o portão veio abaixo, levantando uma grande nuvem de poeira sob o luar. O estrondo foi imenso — Edwin parou subitamente de cantar — e Axl ficou olhando com atenção pela grade de ferro agora fincada diante deles para ver o que aquele barulho atrairia. Mas não se viu nenhum sinal da fera e, depois de alguns instantes, todos voltaram a respirar.

Embora estivessem agora de fato presos numa armadilha, o fechamento do portão levadiço trouxe uma sensação de alívio, e os quatro começaram a perambular pelo mausoléu. Sir Gawain, que tinha embainhado sua espada, foi até as barras do portão e as tateou com cuidado.

"Ferro de boa qualidade", disse ele. "Vai cumprir sua função."

Quieta já fazia algum tempo, Beatrice foi para perto do marido e encostou a cabeça no peito dele. Quando pôs o braço em volta dela, Axl percebeu que o rosto da esposa estava molhado de lágrimas.

"Coragem, princesa", disse ele. "Em breve nós voltaremos para o ar fresco da noite."

"Todas essas caveiras, Axl. São tantas! Será que essa fera pode ter mesmo matado tanta gente?"

Ela havia falado baixinho, mas sir Gawain se virou para eles. "A senhora está sugerindo o quê? Que *eu* cometi esse massacre?" Ele disse isso de um jeito cansado, sem nenhum sinal da raiva que demonstrara antes no túnel, mas havia uma intensidade estranha na sua voz. "Tantas caveiras, a senhora diz. Mas nós não estamos debaixo da terra? O que a senhora está sugerindo? Será que um único cavaleiro de Arthur poderia ter matado tanta gente?" Ele se virou para o portão de novo e passou o dedo ao longo de uma das barras. "Uma vez, anos atrás, num sonho, eu me vi matando inimigos. Foi num sonho e muito tempo atrás. Eram centenas de inimigos, talvez tantos quantos os que se encontram aqui. Eu lutava sem parar. Foi só um sonho tolo, mas ainda me lembro dele." Sir Gawain suspirou, depois olhou para Beatrice. "Eu não sei como responder à senhora. Agi pensando que fosse agradar a Deus. Como eu poderia adivinhar o quanto o coração desses monges havia se tornado sombrio? Horácio e eu viemos para este mosteiro antes do pôr do sol, não muito depois que os senhores chegaram, pois achei que precisava falar urgentemente com o abade. Então, descobri o que ele tramava contra os senhores e fingi estar de acordo. Depois me despedi, e todos acreditaram que eu tivesse ido embora, mas deixei Horácio na floresta e voltei para cá a pé, escondido no escuro da noite. Nem todos os monges pensam igual, graças a Deus. Eu sabia que o bom Jonus me receberia. E, tomando conhecimento através dele dos planos do abade, pedi a Ninian que me trouxesse às escondidas até este lugar e fiquei à espera dos senhores. Raios, lá vem o menino de novo!"

De fato, Edwin estava cantando novamente, não tão alto quanto antes, mas numa postura curiosa. Ele havia se inclinado para a frente, com um punho apoiado em cada têmpora, e estava se movimentando devagar nas sombras, como quem representa o papel de um animal numa dança.

"Os acontecimentos recentes com certeza o abalaram", disse Axl. "É espantoso que ele tenha mostrado tanta força, e nós precisaremos cuidar bem dele quando conseguirmos sair daqui. Mas, sir Gawain, conte-nos agora: por que os monges querem matar esse menino inocente?"

"Por mais que eu argumentasse, senhor, o abade estava determinado a aniquilar o menino. Então eu deixei o Horácio na floresta e voltei..."

"Sir Gawain, por favor, explique. Isso está relacionado com o ferimento do menino, com aquela mordida de ogro? Mas eles são homens de formação cristã."

"Aquilo não é uma mordida de ogro. Foi um dragão que o feriu. Eu percebi assim que aquele soldado levantou a camisa do menino ontem. Não faço ideia de como ele encontrou um dragão, mas aquilo é uma mordida de dragão. E agora vai crescer no sangue dele o desejo de se unir a uma dragoa. E qualquer dragoa que esteja perto o bastante para farejá-lo, por sua vez, virá à procura dele. É por isso que o sr. Wistan gosta tanto do protegido dele, senhor: ele acredita que o menino Edwin irá levá-lo até Querig. E é por essa mesma razão que os monges e soldados o querem morto. Olhe, o menino está ficando cada vez mais agitado!"

"O que significam essas caveiras todas, senhor?", Beatrice perguntou de repente ao cavaleiro. "Por que tantas? Será possível que todas sejam de bebês? Algumas com certeza são pequenas o bastante para caber na palma da sua mão."

"Princesa, não se angustie. Isto aqui é um cemitério, mais nada."

"O que a senhora está insinuando? Caveiras de bebês? Eu lutei com homens, belzebus, dragões. Mas um massacre de bebês? Como a senhora ousa fazer uma insinuação dessas?"

De repente, Edwin, ainda cantando, passou correndo por eles e, indo até o portão, encostou-se nas barras de ferro.

"Para trás, menino", disse sir Gawain, segurando o ombro de Edwin. "É perigoso ficar aqui. E chega dessas suas músicas!"

Edwin se agarrava às barras com as duas mãos e, por um momento, ele e o velho cavaleiro mediram forças. De repente, ambos pararam de lutar e se afastaram do portão. Encostada ao peito de Axl, Beatrice arfou de susto, mas naquele instante a visão de Axl estava bloqueada por Edwin e sir Gawain. Então a fera veio até a parte iluminada pela luz da lua, e ele a viu com mais clareza.

"Deus nos proteja", disse Beatrice. "Essa criatura parece ter saído da própria Grande Planície, e o ar está ficando mais frio."

"Não se preocupe, princesa. Ela não vai conseguir quebrar essas barras."

Sir Gawain, que havia puxado imediatamente a espada de novo, começou a rir baixinho. "Não é nem de longe tão terrível quanto eu temia", disse, rindo mais um pouco.

"Com certeza é terrível o bastante, senhor", disse Axl. "Parece perfeitamente capaz de devorar a todos nós, um atrás do outro."

Eles pareciam estar contemplando um grande animal esfolado: uma membrana opaca, como a mucosa do estômago de uma ovelha, se esticava com firmeza sobre tendões e juntas. Banhada em luar como estava agora, a fera parecia ser aproximadamente do tamanho e do formato de um touro, mas sua cabeça lembrava claramente a de um lobo e era de um tom mais escuro — embora até mesmo ali a impressão fosse de um tecido enegrecido por chamas, em vez de uma pele ou pelo naturalmente escuro. Os maxilares eram imensos; os olhos, reptilianos.

Sir Gawain continuava rindo sozinho. "Descendo aquele túnel soturno, os voos desvairados da minha imaginação tinham me preparado para coisa pior. Uma vez, senhor, nos pântanos de Dumum, eu enfrentei lobos com horrendas cabeças de bruxa! E, no monte Culwich, ogros de duas cabeças que cuspiam sangue na nossa cara até enquanto davam seus urros de guerra! Essa fera aí é pouco mais do que um cachorro bravo."

"No entanto, ela está bloqueando nosso caminho para a liberdade, sir Gawain."

"Sim, ela está, sem dúvida. Então nós podemos ficar uma hora aqui olhando para ela até que os soldados desçam o túnel atrás de nós, ou podemos levantar esse portão e lutar com ela."

"Eu estou inclinado a achar que ela é uma inimiga mais perigosa do que um cão feroz, sir Gawain. E te peço que não se deixe levar pela presunção."

"Eu sou velho, senhor, e já se passaram muitos anos desde que empunhei esta espada com fúria pela última vez. No entanto, eu ainda sou um cavaleiro bem treinado; se essa fera for deste mundo, eu vou vencê-la."

"Axl, veja como os olhos dela acompanham o menino", disse Beatrice.

Edwin, agora calmo de um jeito estranho, andava meio que experimentalmente, primeiro à esquerda, depois à direita, sempre olhando para a fera cujo olhar nunca o deixou.

"O cão anseia pelo menino", disse sir Gawain, pensativo. "Pode ser que haja alguma coisa de dragão nesse monstro."

"Qualquer que seja a natureza desse monstro", disse Axl, "ele está esperando com estranha paciência o nosso próximo passo."

"Então, permitam-me propor o seguinte, amigos", disse sir Gawain. "Não gosto da ideia de usar esse menino saxão como um cabrito amarrado para atrair um lobo para uma armadilha. No entanto, ele parece bastante valente, e não está correndo menos perigo zanzando por aqui desarmado. Proponho que ele pegue a vela, vá para o fundo da câmara e fique lá. Aí, se o senhor puder de alguma forma levantar este portão de novo, sr. Axl, quem sabe até com a ajuda da sua boa esposa, a fera ficará livre para passar. A minha intuição me diz que a fera vai avançar direto para o menino. Sabendo a direção em que ela vai atacar, eu posso me posicionar aqui e golpeá-la com a espada quando ela estiver passando. O senhor aprova o meu plano?"

"É um plano desesperado. No entanto, também temo que os soldados não demorem a descobrir este túnel. Então, vamos tentar, senhor, e mesmo que eu e minha mulher tenhamos que nos pendurar juntos nessa corda, nós faremos o melhor que pudermos para levantar o portão. Princesa, explique o nosso plano ao menino Edwin e vamos ver se ele concorda."

Edwin, porém, parecia ter entendido a estratégia de sir Gawain sem que ninguém precisasse lhe dizer uma palavra. Pegando a vela das mãos do cavaleiro, o menino deu dez passadas largas sobre os ossos até voltar para as sombras. Quando se virou de novo, a vela embaixo do seu rosto mal bruxuleava, revelando olhos cintilantes fixos na criatura atrás das grades.

"Rápido então, princesa", disse Axl. "Suba nas minhas costas e tente alcançar a ponta da corda. Veja a ponta pendurada ali."

A princípio, eles quase caíram no chão. Depois, usaram a própria coluna como apoio e, passado mais algum tempo tateando, Axl ouviu Beatrice dizer: "Eu peguei. Agora me solte, que a corda com certeza vai descer junto comigo. Só me segure para eu não cair de repente".

"Sir Gawain", Axl chamou em voz baixa. "O senhor está pronto?"

"Nós estamos prontos."

"Se a fera passar pelo senhor, com certeza será o fim daquele menino valente."

"Eu sei, senhor. E ela não vai passar."

"Vá me soltando devagar, Axl. Se eu continuar no ar segurando a corda, estique os braços e me puxe para baixo."

Axl soltou Beatrice e, por um instante, ela ficou pendurada na corda e suspensa no ar — o peso do seu corpo era insuficiente para erguer o portão. Então, Axl conseguiu segurar outra parte da corda perto das mãos de Beatrice, e os dois puxaram juntos. No início nada aconteceu, mas depois alguma coisa cedeu, e o portão vibrou e subiu. Axl continuou puxando e, sem conseguir ver o efeito, perguntou: "Já está no alto, senhor?".

Passaram-se alguns instantes até que a voz de sir Gawain voltasse. "O cão está olhando na nossa direção e não há nada agora entre ele e nós."

Torcendo o corpo, Axl olhou além da coluna a tempo de ver a fera dar um salto para a frente. Iluminado pelo luar, o rosto do velho cavaleiro tinha uma expressão de horror quando ele girou a espada, mas era tarde demais: a criatura já tinha passado por sir Gawain e estava avançando inequivocamente na direção de Edwin.

Os olhos do menino se arregalaram, mas ele não deixou a vela cair. Em vez disso, chegou-se para o lado, quase que por educação, para deixar a fera passar. E, para o espanto de Axl, a criatura fez exatamente isso, correndo rumo à escuridão do túnel de onde todos eles haviam emergido não fazia muito tempo.

"Eu seguro o portão", Axl gritou. "Passem para o outro lado e se salvem!"

Mas nem Beatrice, que estava ao lado dele, nem sir Gawain, que havia abaixado a espada, demonstraram ouvir. Até Edwin parecia ter perdido o interesse na terrível criatura que tinha acabado de passar correndo por ele e com certeza iria voltar a qualquer momento. Segurando a vela diante de si, o menino foi até onde o velho cavaleiro estava e, juntos, os dois ficaram olhando fixamente para o chão.

"Solte o portão, sr. Axl", disse sir Gawain, sem levantar os olhos. "Daqui a pouco nós o levantamos de novo."

O velho cavaleiro e o menino — Axl percebeu — estavam olhando com fascínio para algo que se mexia no chão diante deles. O homem soltou o portão e, em seguida, Beatrice disse:

"Deve ser uma coisa pavorosa, Axl, e eu não tenho necessidade de ver isso. Mas vá lá, por favor, e me diga o que você viu."

"Mas a fera não correu para o túnel, princesa?"

"Parte dela sim, e eu ouvi os passos dela cessarem. Agora vá ver a parte que está caída perto dos pés do cavaleiro, Axl."

Quando se aproximou deles, tanto sir Gawain quanto Edwin tiveram um sobressalto, como se estivessem acordando de um transe. Então os dois chegaram para o lado, e Axl viu a cabeça da fera ao luar.

"A boca não para de se mexer", sir Gawain disse num tom aflito. "Minha vontade é pegar a espada e cortar essa cabeça outra vez, mas temo que essa profanação possa nos trazer mais consequências malignas. No entanto, eu realmente gostaria que ela parasse de se mexer."

De fato, era difícil acreditar que a cabeça decepada não fosse uma coisa viva. Ela estava caída de lado, o único olho visível cintilando como o de uma criatura marinha. Os maxilares se movimentavam ritmicamente e com uma estranha energia, de modo que a língua, balançando entre os dentes, parecia estar cheia de vida.

"Nós estamos muito gratos ao senhor, sir Gawain", disse Axl.

"Um simples cão, senhor. Eu enfrentaria de bom grado feras piores. No entanto, esse menino saxão demonstra uma coragem rara, e eu fico feliz de ter sido útil. Mas agora nós precisamos seguir em frente rápido e com cautela também, pois quem sabe o que está se passando acima de nós, ou até mesmo se além daquela câmara há alguma outra criatura à nossa espera."

Eles encontraram uma manivela atrás de uma das colunas e, amarrando a corda nela, ergueram o portão sem dificuldade. Deixando a cabeça da fera onde ela havia caído, eles passaram por baixo do portão movediço: sir Gawain mais uma vez na dianteira, de espada em punho, e Edwin na retaguarda.

A segunda câmara do mausoléu apresentava sinais claros de ter servido como a toca da fera: no meio dos ossos antigos, havia carcaças frescas de ovelhas e cervos, além de outras formas escuras e malcheirosas que eles não conseguiram identificar. Então se viram mais uma vez caminhando curvados e ofegantes ao longo de uma passagem sinuosa. Não encontraram mais nenhuma outra fera e, decorrido um tempo, começaram a ouvir passarinhos cantando. Uma área iluminada surgiu à distância e, assim, eles saíram para a floresta, deparando-se com o início do amanhecer.

Um pouco atordoado, Axl avistou uma concentração de raízes protuberantes entre duas enormes árvores e, pegando a mão de Beatrice, ajudou-a a sentar ali. A princípio, a mulher estava esbaforida demais para falar, mas depois de alguns instantes ela levantou a cabeça e disse:

"Tem lugar aqui do meu lado, marido. Se estamos seguros por ora, vamos descansar aqui juntos e ver as estrelas desaparecerem. É uma bênção nós dois estarmos bem e aquele túnel nefasto ter ficado para trás." Em seguida, acrescentou: "Onde está o menino Edwin, Axl? Eu não o estou vendo".

Olhando ao redor na penumbra, Axl viu a silhueta escura de sir Gawain ali perto, em contraste com a claridade do amanhecer. De cabeça baixa, ele apoiava uma das mãos num tronco de árvore para se equilibrar enquanto recuperava o fôlego. Mas não havia sinal do menino.

"Ele estava atrás de nós agora mesmo", disse Axl. "Eu até o ouvi soltar uma exclamação quando nós estávamos saindo para o ar fresco."

"Eu vi o menino seguir adiante às pressas, senhor", disse sir Gawain, sem se virar, ainda ofegante. "Não sendo velho como nós, ele não precisa se apoiar em árvores para descansar e recuperar o fôlego. Imagino que esteja correndo de volta para o mosteiro para tentar salvar o sr. Wistan."

"O senhor não pensou em detê-lo, sir Gawain? Ele certamente está correndo um enorme risco voltando para o mosteiro, e o sr. Wistan já deve estar preso ou morto a essa altura."

"O que queria que eu fizesse, senhor? Fiz tudo o que pude. Fiquei escondido naquele lugar abafado. Venci uma fera que já havia devorado muitos homens valentes antes de nós. E aí, depois de tudo isso, o menino sai correndo de volta para o mosteiro! Por acaso eu deveria ter corrido atrás dele com esta armadura pesada e esta espada? Eu estou completamente exausto, senhor. Exausto! Qual é o meu dever agora? Eu preciso parar e pensar com cuidado. O que Arthur iria querer que eu fizesse?"

"Nós devemos entender, sir Gawain, que foi o senhor quem primeiro procurou o abade para revelar a verdadeira identidade do sr. Wistan como um guerreiro saxão do leste?", perguntou Beatrice.

"Para que voltar a esse assunto, senhora? Eu não os trouxe para um lugar seguro? Nós passamos por cima de tantas caveiras antes de chegar a esta doce aurora! Tantas! Nem era preciso olhar para baixo, porque nós ouvíamos os cacarejos delas a cada passo. Quantos mortos, senhor? Cem? Mil? O senhor contou, sr. Axl? Ou o senhor não estava lá?" Sir Gawain ainda era uma silhueta ao lado de uma árvore, suas palavras às vezes difíceis de entender agora que os pássaros haviam iniciado seu coro matinal.

"Qualquer que tenha sido a história desta noite", disse Axl, "nós temos uma grande dívida de gratidão com o senhor, sir Gawain. Claramente, sua coragem e habilidade não diminuíram em nada com o passar do tempo. No entanto, eu também tenho uma pergunta a fazer ao senhor."

"Poupe-me, senhor. Já chega. Como eu poderia correr atrás de um menino tão ágil por essa floresta íngreme acima? Estou esgotado, senhor, e talvez não tenha sido só meu fôlego que se esgotou."

"Sir Gawain, nós já não fomos colegas, muito tempo atrás?"

"Poupe-me, senhor. Eu cumpri o meu dever esta noite. Já não é o bastante? Agora preciso ir ao encontro do meu pobre Horácio, que está amarrado a um galho para não se perder por aí. Mas e se um lobo ou um urso toparem com ele?"

"Uma névoa densa encobre o meu passado", disse Axl. "No

entanto, ultimamente tem me vindo à memória uma missão, uma missão de enorme importância, de que eu fui incumbido um dia. Teria sido uma lei, uma grande lei para trazer todos os homens para mais perto de Deus? A sua presença e as coisas que o senhor diz sobre Arthur reavivam lembranças que estão apagadas há muito tempo, sir Gawain."

"Se o senhor soubesse como o meu pobre Horácio detesta a floresta à noite, senhor. O pio de uma coruja ou o guincho de uma raposa já são suficientes para deixá-lo apavorado, muito embora ele seja capaz de enfrentar uma saraivada de flechas sem titubear. Eu vou para perto dele agora, mas, antes, gostaria de recomendar aos senhores, meus bons amigos, que não fiquem descansando aqui até muito tarde. Esqueçam os jovens saxões, esqueçam os dois. Pensem agora no seu próprio filho, tão querido, esperando pelos senhores na aldeia dele. É melhor que sigam seu caminho o mais rápido possível, agora que estão sem suas cobertas e provisões. O rio está próximo e, nele, uma correnteza veloz flui para o leste. Uma conversa amigável com um barqueiro pode convencê-lo a levá-los até a foz. Mas não se demorem aqui, pois quem sabe quando os soldados poderão vir para esses lados? Deus os proteja, amigos!"

Com um farfalhar e alguns estalidos, o vulto de sir Gawain desapareceu em meio à folhagem escura. Depois de alguns instantes, Beatrice disse:

"Nós não te demos adeus, Axl, e eu me sinto mal por isso. Mas essa partida dele foi muito estranha e repentina."

"Eu também achei, princesa. Mas talvez ele tenha nos dado um sábio conselho. É melhor mesmo nós irmos ao encontro do nosso filho o mais depressa possível e esquecermos os nossos recentes companheiros. Eu me preocupo com o pobre menino Edwin, mas se ele quis voltar correndo para o mosteiro, o que podemos fazer?"

"Vamos descansar só mais um pouquinho, Axl. Já, já nós seguimos caminho, só nós dois, e não é má ideia procurarmos uma barca para apressar a viagem. Nosso filho deve estar se perguntando por que nós estamos demorando tanto."

8.

O jovem monge era um picto magro e de aparência doentia que falava bem a língua de Edwin. Sem dúvida, tinha ficado muito feliz de ter a companhia de alguém mais próximo de sua própria idade e, durante a primeira parte da caminhada colina abaixo, em meio à névoa do amanhecer, ele havia falado com prazer. Mas, desde que tinham se embrenhado por entre as árvores, o jovem monge vinha se mantendo em silêncio, e Edwin agora se perguntava se teria ofendido o seu guia de alguma forma. O mais provável era que o monge simplesmente estivesse preocupado em não atrair a atenção do que quer que se atocaiasse naquele bosque; em meio ao agradável canto dos pássaros, ouviam-se alguns estranhos silvos e murmúrios. Quando Edwin perguntara novamente, mais por um desejo de quebrar o silêncio do que por necessidade de ser tranquilizado: "Então os ferimentos do meu irmão não pareciam fatais?", a resposta havia sido breve e quase ríspida:

"O padre Jonus diz que não. Não há ninguém mais sábio."

Wistan, portanto, não poderia estar tão machucado assim.

De fato, ele devia ter conseguido fazer aquela mesma caminhada colina abaixo não fazia muito tempo e quando ainda estava escuro. Será que ele tinha precisado se apoiar com muita força no braço do guia? Ou será que havia conseguido ir montado na sua égua, talvez com um monge segurando a brida com firmeza?

"Leve esse menino até a cabana do tanoeiro. E tome cuidado para que ninguém os veja sair do mosteiro." Essas, segundo o jovem monge, haviam sido as instruções que ele recebera do padre Jonus. Então Edwin logo estaria novamente junto do guerreiro, mas que tipo de acolhida ele poderia esperar? Ele havia desapontado Wistan logo no primeiro desafio. Em vez de correr para o lado dele ao primeiro sinal de que haveria uma batalha, Edwin tinha fugido para dentro daquele longo túnel. Mas a mãe dele não estava lá embaixo, e só quando o fim do túnel finalmente apareceu, distante e brilhante como uma lua em meio à escuridão, foi que ele sentiu as nuvens espessas do sonho se dissiparem e se deu conta, com horror, do que havia acontecido.

Pelo menos ele havia feito o melhor que podia desde que saíra para o ar frio da manhã. Tinha corrido ao longo de quase todo o caminho de volta para o mosteiro, diminuindo o passo apenas ao subir as encostas mais íngremes. Às vezes, passando por partes mais densas do bosque, ele tinha a sensação de estar perdido, mas depois as árvores escasseavam e o mosteiro surgia lá no alto, em contraste com o céu pálido. Então, ele continuara subindo até chegar ao grande portão, ofegante e com as pernas doendo.

A pequena porta ao lado do portão principal estava destrancada, e Edwin tinha conseguido recuperar autocontrole suficiente para entrar no terreno cautelosa e sorrateiramente. Vinha sentindo cheiro de fumaça desde que iniciara o trecho final da sua escalada, mas agora isso estava lhe causando uma irritação na garganta que tornava difícil não tossir alto. Teve a certeza então de que já era tarde demais para empurrar a carroça de feno e sentiu um enorme vazio se abrindo dentro dele. Mas procurou deixar essa sensação de lado por mais algum tempo e continuou avançando terreno adentro.

A princípio, não cruzou com nenhum monge nem soldado. Mas enquanto passava ao longo do muro alto, abaixando a cabeça para não ser avistado de alguma janela distante, tinha visto lá embaixo os cavalos dos soldados aglomerados no pequeno pátio interno localizado logo em frente ao portão principal. Cercados de todos os lados por muros altos, os animais, ainda selados, circulavam nervosamente pelo pátio, apesar de mal disporem de espaço para fazer isso sem colidirem uns com os outros. Depois, quando estava se aproximando dos aposentos dos monges, onde qualquer menino da sua idade provavelmente teria corrido rumo ao pátio central, Edwin teve a presença de espírito de tentar se lembrar da geografia do mosteiro e seguir por uma rota indireta, utilizando as passagens de que se lembrava nos fundos. Mesmo ao chegar ao destino, ele havia se posicionado atrás de uma coluna de pedra e espiado em volta com cautela.

O pátio central estava quase irreconhecível. Aparentando cansaço, três figuras de batina varriam o chão e, enquanto Edwin observava, uma quarta figura chegou trazendo um balde e jogou água no piso de pedra, fazendo com que vários corvos que estavam de tocaia por ali alçassem voo. Algumas partes do chão estavam cobertas de palha e de areia, e os olhos de Edwin foram atraídos para vários volumes cobertos com sacos de aniagem, que ele supôs serem cadáveres. A velha torre de pedra, onde ele sabia que Wistan havia se refugiado, pairava sobre o pátio, mas ela também havia mudado: estava chamuscada e enegrecida em várias partes, principalmente em torno do arco da entrada e de cada uma de suas janelas estreitas. Aos olhos de Edwin, a torre como um todo parecia ter encolhido. Ele estava esticando o pescoço atrás da coluna para verificar se as poças em volta dos volumes cobertos com sacos de aniagem eram de sangue ou de água, quando mãos ossudas seguraram seus ombros por trás.

Quando se virou, Edwin deparou com o padre Ninian, o monge silencioso, olhando bem dentro de seus olhos. Edwin não gritou; em vez disso, perguntou em voz baixa, apontando na direção dos corpos: "O sr. Wistan, meu irmão saxão. Ele está caído ali?".

O monge silencioso pareceu entender e balançou a cabeça enfaticamente, fazendo que não. Mas, mesmo enquanto levava o dedo indicador aos lábios como tinha o costume de fazer, o monge continuou com o olhar fixo no rosto de Edwin, como que o advertindo. Depois, olhando ao redor furtivamente, Ninian arrastou o menino para longe do pátio.

"Como nós podemos saber se os soldados realmente virão, guerreiro?", ele perguntara a Wistan no dia anterior. "Quem vai contar para eles que nós estamos aqui? Os monges com certeza acreditam que somos simples pastores."

"Quem sabe, menino? Talvez nós sejamos deixados em paz. Mas há alguém que eu desconfio que possa trair a nossa presença aqui, e lorde Brennus pode estar agora mesmo emitindo ordens nesse sentido. Teste bem, jovem companheiro. Bretões têm o costume de dividir fardos de feno por dentro com ripas de madeira. Nós precisamos de feno puro até embaixo."

Edwin e Wistan estavam no celeiro atrás da velha torre. Tendo decidido parar de cortar lenha, o guerreiro havia sido tomado por um impulso de encher a instável carroça até o alto com o feno armazenado na parte de trás do celeiro. Enquanto eles tratavam dessa tarefa, Edwin recebeu a incumbência de trepar em cima dos fardos de feno e espetá-los com um cajado. Observando atentamente do chão, o guerreiro às vezes fazia o menino testar de novo uma parte do feno, ou enfiar uma perna o mais fundo possível num determinado ponto.

"Esses homens santos são bem o tipo que se distrai fácil", Wistan dissera à guisa de explicação. "Eles podem ter esquecido uma pá ou um forcado no meio do feno. Se fizeram isso, seria um favor recuperá-los para eles, já que ferramentas são tão escassas aqui."

Embora até aquele momento o guerreiro não dera nenhuma indicação a respeito do objetivo do feno, Edwin havia deduzido imediatamente que tinha algo a ver com o confronto iminente, e fora por isso que, à medida que a pilha de feno crescia, ele havia feito aquelas perguntas sobre os soldados.

"Quem iria nos trair, guerreiro? Os monges não desconfiam de nós. Estão tão preocupados com as discussões santas deles, que mal olham para nós."

"Talvez, menino. Mas teste ali também. Bem ali."

"Será que o casal de velhos nos trairia, guerreiro? Eles com certeza parecem honestos e tolos demais para isso."

"Eu não creio que nos traiam, apesar de serem bretões. Mas você está enganado de achar que eles são tolos, menino. O sr. Axl, aliás, é um homem muito inteligente."

"Guerreiro, por que nós estamos viajando com eles? Os dois nos atrasam o tempo todo."

"Eles nos atrasam, sem dúvida, e nós vamos nos separar deles em breve. Mas hoje de manhã, quando partimos, eu estava ansioso pela companhia do sr. Axl. E é possível que eu ainda queira a companhia dele por mais um tempo. Como eu disse, ele é um homem muito inteligente. Eu e ele talvez ainda tenhamos alguns assuntos a discutir. Mas agora vamos nos concentrar no que temos pela frente. Nós devemos encher essa carroça com atenção e cuidado. Precisamos de feno puro. Nada de madeira nem ferro. Está vendo como eu confio em você, menino?"

Mas Edwin tinha deixado o guerreiro na mão. Como podia ter dormido tanto? Tinha sido um erro se deitar. Ele devia ter simplesmente se sentado num canto e tirado alguns cochilos, como vira Wistan fazer, pronto para se levantar mais que depressa assim que ouvisse algum ruído. Em vez disso, o menino havia aceitado a caneca de leite que a velha lhe oferecera e pegado num sono profundo no seu lado do quarto.

Será que sua mãe de verdade o havia chamado em seus sonhos? Talvez tivesse sido por isso que ele havia dormido tanto. E por que, quando fora sacudido pelo monge coxo, em vez de correr para perto do guerreiro, ele tinha seguido atrás dos outros por aquele longo e estranho túnel, como se ainda estivesse, sob todos os aspectos, dormindo profundamente?

Tinha sido a voz da sua mãe, sem dúvida, a mesma voz que o havia chamado no celeiro. "Encontre forças por mim, Edwin. Encontre forças e venha me salvar. Venha me salvar. Venha me salvar." Havia uma urgência na voz dela que o menino não percebera na manhã anterior. E não apenas isso: quando ficara parado diante daquele alçapão aberto, olhando lá para baixo, para os degraus que desciam escuridão adentro, ele tinha sentido alguma coisa puxá-lo com tanta força que o deixara até zonzo, quase enjoado.

O jovem monge estava afastando os galhos de uma ameixeira-brava com um cajado, esperando que Edwin passasse na sua frente. Então ele falou finalmente, embora em voz bem baixa:

"Um atalho. Nós logo vamos ver o telhado da cabana do tanoeiro."

Quando saíram do bosque no ponto em que o terreno mergulhava em direção a um resto de névoa, Edwin ainda continuou ouvindo movimentos e silvos entre as samambaias ali perto. E se lembrou do fim de tarde ensolarado, perto do final do verão, em que conversara com a menina.

Naquele dia, Edwin a princípio não tinha visto o lago, que era pequeno e estava bem escondido por juncos. Uma nuvem de insetos coloridos havia alçado voo na frente dele, um acontecimento que normalmente atrairia sua atenção, mas naquele momento o menino estava intrigado demais com o barulho que vinha da beira da água. Seria um animal preso numa armadilha? Lá vinha ele de novo, por trás do canto dos pássaros e do assobio do vento. O barulho seguia um padrão: uma sucessão intensa de farfalhadas, como numa luta, depois silêncio. Em seguida, mais farfalhadas. Aproximando-se com cautela, Edwin ouvira uma respiração ofegante. Enfim, a menina surgiu diante dele.

Estava deitada de costas no capim áspero, o tronco torcido para um lado. Era alguns anos mais velha do que ele — devia ter quinze ou dezesseis anos — e o encarava com um olhar destemido. Ele levou um tempo para perceber que a postura estranha da menina se devia ao fato de as suas mãos estarem amarradas debaixo de seu corpo. O capim amassado em volta dela marcava a área onde, ao espernear, ela vinha deslizando de um lado para o outro em sua luta. Seu avental de tecido, amarrado na cintura, estava manchado — talvez encharcado — de um lado inteiro, e suas duas pernas, cuja pele era anormalmente escura, estavam cheias de arranhões recentes causados pelos cardos.

Edwin pensou que ela poderia ser uma fada ou uma assombração; mas, quando a menina falou, a voz dela não fez eco.

"O que você quer? Por que veio aqui?"

Recuperando-se, o menino respondeu: "Se você quiser, eu posso te ajudar".

"Esses nós não são difíceis. Eles só me amarraram com mais força do que costumam."

Só então ele reparou que o rosto e o pescoço dela estavam cobertos de suor. Mesmo enquanto a menina falava, suas mãos, debaixo de suas costas, continuavam lutando para se livrar das cordas.

"Você está machucada?", ele perguntou.

"Machucada não, mas um besouro pousou no meu joelho agora há pouco e me picou. Vai ficar inchado. Dá para ver que você ainda é muito criança para me ajudar. Não tem importância, eu me arranjo sozinha."

Ela continuava olhando fixamente para ele, mesmo enquanto franzia o rosto, se contorcia e levantava um pouco o tronco do chão. O menino ficou observando, fascinado, esperando ver as mãos saírem de debaixo dela a qualquer momento. Mas a garota desabou, derrotada, e se estirou no capim, respirando ruidosamente e olhando para Edwin com raiva.

"Eu posso ajudar", disse ele. "Sou bom com nós."

"Você é uma criança."

"Não sou, não. Eu tenho quase doze anos."

"Eles vão voltar, não demora muito. Se descobrirem que você me desamarrou, vão te dar uma surra."

"Eles são adultos?"

"Acham que são, mas não passam de meninos. Porém são mais velhos que você e são três. Eles iam adorar dar uma surra em você. Iam enfiar a sua cabeça naquela poça de lama ali e ficar segurando até você desmaiar. Eu já vi os três fazerem isso."

"Eles são da aldeia?"

"Da aldeia?" Ela olhou para Edwin com desdém. "Da *sua* aldeia? Nós passamos por uma aldeia atrás da outra todos os dias. O que nos importa a sua aldeia? Eles podem voltar daqui a pouco, e aí sua situação vai ficar feia."

"Eu não tenho medo. E posso te soltar se você quiser."

"Eu sempre me solto sozinha." Ela se contorceu de novo.

"Por que eles amarraram você?"

"Por quê? Imagino que para ficar vendo. Vendo eu tentar me soltar. Mas eles não estão aqui agora. Foram roubar comida." Passados alguns instantes, ela disse: "Eu pensava que vocês, aldeões, trabalhassem o dia inteiro. A sua mãe deixa você sair?".

"Eu pude sair porque hoje já terminei três cantos sozinho." Depois acrescentou: "A minha mãe de verdade não está mais na aldeia".

"Para onde ela foi?"

"Não sei. Ela foi levada. Eu moro com a minha tia."

"Quando eu era criança que nem você", disse ela, "eu morava numa aldeia. Agora eu viajo."

"Com quem você viaja?"

"Ah... com eles. Nós passamos com frequência por aqui. Eu lembro que eles já me amarraram e me deixaram aqui, exatamente neste lugar, na primavera passada."

"Eu vou soltar você", Edwin disse de repente. "E, se voltarem, não vou ficar com medo deles."

No entanto, alguma coisa ainda o detinha. O menino havia imaginado que ela fosse mover os olhos ou o corpo, pelo menos para acomodar a perspectiva da aproximação dele. Mas continuava a olhar fixamente para ele, enquanto debaixo de suas costas arqueadas as mãos dela permaneciam lutando. Só quando a menina soltou um longo suspiro Edwin se deu conta de que antes ela estava prendendo a respiração.

"Geralmente eu consigo. Se você não estivesse aqui, eu já teria conseguido a essa altura."

"Eles amarram você para não deixar que tente fugir?"

"Fugir? Para onde eu iria fugir? Eu viajo com eles." Depois ela acrescentou: "Por que você veio até mim? Por que não vai ajudar a sua mãe?".

"A minha mãe?" Ele estava genuinamente surpreso. "Por que a minha mãe iria querer a minha ajuda?"

"Você disse que ela foi levada, não disse?"

"Sim, mas isso foi há muito tempo. Ela está feliz agora."

"Como é que ela pode estar feliz? Você não disse que ela estava viajando? Você não acha que a sua mãe quer que alguém vá atrás dela e a ajude?"

"Ela só está viajando. Ela não iria querer que eu..."

"Ela não queria que você fosse atrás dela antes porque você era criança, mas agora você já é quase um homem." Ela se calou, arqueando as costas enquanto fazia outro esforço coordenado. Depois, desabou no chão de novo. "Às vezes, quando eles voltam e eu ainda não me soltei, eles não me desamarram. Ficam olhando e não dizem uma palavra até eu conseguir me arranjar sozinha e soltar as minhas mãos. Até lá, eles ficam ali sentados, olhando e olhando, com aqueles chifres do diabo crescendo entre suas pernas. Eu me importaria menos se eles falassem, mas só ficam olhando, olhando e não dizem nada." Passado um tempo, ela continuou: "Quando vi você, achei que ia fazer a mesma coisa. Pensei que você ia se sentar e ficar me olhando sem dizer nada".

"Quer que eu desamarre você? Eu não tenho medo deles e sou bom com nós."

"Você não passa de uma criança." De repente, lágrimas apareceram. Aconteceu tão depressa e, como o rosto dela não exibia nenhum outro sinal de emoção, Edwin pensou a princípio que fossem gotas de suor. Mas depois ele percebeu que a menina estava chorando — e como o rosto dela estava meio de lado, as lágrimas escorriam de um jeito estranho, passando pelo dorso do nariz e deslizando pela outra bochecha. E o tempo inteiro ela continuava com os olhos fixos nele. As lágrimas deixaram o menino confuso, fazendo-o estacar subitamente.

"Venha, então", disse ela e, pela primeira vez, virou-se de lado, deixando seu olhar pousar nos juncos do lago.

Edwin avançou correndo — como um ladrão que vislumbra uma oportunidade — e, ajoelhando-se no capim, começou a tentar desatar os nós. O cordão era fino e áspero e cortava cruelmente a pele dos pulsos dela; as palmas das mãos, em contraste, abertas e encostadas uma na outra, eram pequenas e macias. A princípio os nós não queriam ceder, mas ele se forçou a ficar calmo e estudou cuidadosamente as voltas que o cordão fazia. Então tentou de novo, e o primeiro nó cedeu ao seu toque. Agora ele continuou o trabalho com mais confiança, olhando de vez em quando para as palmas macias, esperando como um par de criaturas dóceis.

Depois que ele tirou o cordão dos pulsos dela, a menina virou-se e sentou de frente para ele a uma distância que pareceu, de repente, desconfortavelmente pequena. Ele percebeu que ela não cheirava a excremento azedo como a maioria das pessoas: o cheiro dela era como o de uma fogueira feita com lenha úmida.

"Se eles chegarem", ela disse em voz baixa, "vão arrastar você pelos juncos e depois segurar a sua cara dentro da água até você quase morrer afogado. É melhor ir embora. Volte para a sua aldeia." Ela estendeu a mão de um jeito hesitante, como se ainda não tivesse certeza se a mão já estava sob o seu controle, e empurrou o peito de Edwin. "Vai, rápido!"

"Eu não tenho medo deles."

"Você não tem medo, mas eles vão fazer todas essas coisas mesmo assim. Você me ajudou, mas agora tem que ir embora. Vai, rápido!"

Quando ele voltou para aquele lugar um pouco antes de o sol se pôr, o capim ainda continuava achatado onde a menina estivera deitada, mas não havia nenhum outro sinal dela por ali. Mesmo assim, aquele lugar parecia transmitir uma tranquilidade quase sobrenatural, e Edwin ficou sentado no capim durante algum tempo, vendo os juncos balançarem ao vento.

Ele nunca falou disso para ninguém — nem para a tia, que teria concluído rapidamente que a menina era um demônio, nem para nenhum dos outros meninos. Mas, nas semanas que se seguiram, uma imagem vívida dela havia voltado com frequência a sua mente sem que ele fizesse nenhum esforço para isso: às vezes à noite, nos sonhos dele; muitas vezes em plena luz do dia, quando estava cavando a terra ou ajudando alguém a consertar um telhado, e então o chifre do diabo crescia entre suas pernas. Passado um tempo, o chifre ia embora, deixando em Edwin um sentimento de vergonha, e então ele se lembrava das palavras da menina: *Por que você veio até mim? Por que você não vai ajudar a sua mãe?*

Mas como ele poderia ir atrás da mãe? A própria menina tinha dito que ele não passava de uma criança. Por outro lado, como ela também dissera, ele em breve seria um homem. Sempre que se lembrava dessas palavras, Edwin se enchia de vergonha de novo, mas ainda não tinha conseguido encontrar um caminho.

No entanto, tudo isso havia mudado no momento em que Wistan abrira a porta do celeiro, deixando entrar aquela luz ofuscante, e declarara que ele, Edwin, tinha sido escolhido para cumprir a missão. E agora ali estavam eles, o menino e o guerreiro, cruzando o território, e com certeza não demorariam a encontrá-la. Então, os homens que viajavam com ela iriam tremer.

Mas teria sido mesmo a voz dela que o fizera ir embora? Será que não fora puro pavor dos soldados? Essas e outras perguntas passavam por sua cabeça enquanto ele descia atrás do jovem monge uma trilha recôndita ao lado de um riacho. Ele estava mesmo convicto de que não havia simplesmente entrado em pânico quando foi acordado e viu pela janela os soldados correndo em volta da velha torre? Agora, porém, pensando com cuidado sobre tudo aquilo, ele tinha certeza de que não sentira medo. E antes, durante o dia, quando o guerreiro o levara até aquela mesma torre e eles ficaram conversando, Edwin sentira apenas uma grande impaciência por estar parado ao lado de Wistan quando o inimigo estava se aproximando.

O guerreiro ficara interessado por aquela torre desde o primeiro instante em que chegaram ao mosteiro. Edwin se lembrava de vê-lo levantar a cabeça constantemente para observar a torre quando eles estavam cortando lenha no abrigo. E quando saíram empurrando o carrinho de mão pelo mosteiro para levar lenha para os diversos aposentos, eles por duas vezes fizeram desvios só para passar por ela. Então, não havia sido nenhuma surpresa, depois que os monges foram para a reunião deles e o pátio ficou vazio, que o guerreiro tivesse apoiado o machado na pilha de lenha e dito: "Venha comigo um instante, jovem companheiro, e vamos examinar mais de perto aquele nosso amigo tão velho e alto que não tira os olhos de nós lá de cima. Tenho a impressão de que ele nos vigia onde quer que vamos e está ofendido por ainda não lhe termos feito uma visita".

Quando eles entraram pelo arco baixo em direção à penumbra gelada do interior da torre, o guerreiro lhe dissera: "Tome cuidado. Você acha que está do lado de dentro, mas olhe para os seus pés".

Olhando para baixo, Edwin viu diante de si uma espécie de fosso, que acompanhava a parede circular inteira, formando uma circunferência. O fosso era largo demais para ser saltado por um homem, e uma ponte simples, feita de duas tábuas, era a única forma de chegar à área central, de terra batida. Quando estava atravessando a ponte de tábuas, olhando para a escuridão lá embaixo, Edwin ouviu o guerreiro dizer atrás dele:

"Observe que não há água ali, jovem companheiro. E mesmo se caísse lá dentro, tenho a impressão de que você descobriria que esse fosso não é mais fundo do que a sua própria altura. Curioso, não acha? Por que um fosso do lado de *dentro*? Para que fazer um fosso numa torre tão pequena como essa? Que utilidade poderia ter?" Wistan atravessou a ponte também e testou o chão da área central com o calcanhar. "Talvez os antigos tenham construído esta torre para o abate de animais", continuou. "Talvez um dia isto aqui tenha sido o matadouro deles. As partes que não queriam dos animais, eles simplesmente empurravam para o lado até cair no fosso. O que você acha, menino?"

"É possível, guerreiro", disse Edwin. "Mas não teria sido fácil fazer um animal grande atravessar tábuas estreitas como estas."

"Talvez antigamente houvesse uma ponte melhor", disse Wistan. "Resistente o bastante para aguentar um boi ou um touro. Depois que o animal era conduzido até aqui e desconfiava do destino que o aguardava, ou quando o primeiro golpe não era forte o bastante para fazer o animal cair de joelhos, o fosso dificultava a fuga dele. Imagine o bicho rodando, tentando sair correndo, mas se deparando com o fosso para onde quer que se virasse. E, no frenesi, seria muito difícil para ele localizar aquela única pontezinha. Não é uma ideia absurda essa de que isto aqui possa ter sido um matadouro um dia. Diga-me, menino, o que você vê quando olha para cima?"

Vendo o círculo de céu lá no alto, Edwin disse: "A torre é aberta no topo, guerreiro. Como uma chaminé".

"Você disse uma coisa interessante aí. Fale de novo."

"É como uma chaminé, guerreiro."

"E que importância você acha que isso tem?"

"Se os antigos usavam este lugar como um matadouro, guerreiro, eles podiam fazer uma fogueira bem aqui onde nós estamos agora. Podiam esquartejar os animais e assar a carne, aí a fumaça sairia lá por cima."

"É bem provável, menino. Será que esses monges cristãos têm alguma ideia do que se passava aqui antigamente? Esses cavalheiros, imagino, vêm para esta torre em busca de silêncio e isolamento. Veja como esta parede redonda é grossa. Quase nenhum ruído consegue atravessá-la, embora os corvos estivessem grasnando quando nós entramos aqui. E repare no modo como a luz entra lá do alto. Isso deve fazê-los lembrar da graça do Deus deles. O que você acha, menino?"

"Os monges podem vir para cá para rezar, sem dúvida, guerreiro. Embora este chão esteja sujo demais para que eles se ajoelhem aqui."

"Talvez eles rezem em pé, sem saber que um dia este lugar foi usado para matar e queimar. O que mais você vê olhando para cima, menino?"

"Nada, senhor."

"Nada?"

"Só os degraus, guerreiro."

"Ah, os degraus. Fale sobre eles."

"Eles fazem voltas e mais voltas, acompanhando o formato redondo da parede. E sobem até alcançar o topo, lá no alto."

"Você observou bem. Agora ouça com atenção." Wistan chegou mais perto de Edwin e diminuiu a voz. "Este lugar, não só esta velha torre, mas este lugar inteiro, tudo isso que hoje as pessoas consideram que faz parte deste mosteiro, eu aposto que um dia foi um forte, construído pelos nossos antepassados saxões em tempos de guerra. Então, ele contém muitas armadilhas engenhosas para receber invasores bretões." O guerreiro se afastou e começou a caminhar lentamente pelo perímetro da área central, olhando para o fosso lá embaixo. Passado um tempo, levantou a cabeça de novo e disse: "Imagine que este lugar é um forte, menino. Depois de muitos dias de cerco, hordas de inimigos conseguem penetrar no forte. Homens lutam por todos os cantos, em todos os muros. Agora imagine o seguinte: no pátio lá fora, dois dos nossos primos saxões combatem uma grande tropa de bretões. Eles lutam bravamente, mas o inimigo é numeroso demais e os nossos heróis precisam recuar. Suponhamos que eles recuem para cá, exatamente para dentro desta torre. Eles atravessam a pontezinha correndo e se viram para enfrentar seus inimigos aqui, neste exato lugar. A confiança dos bretões aumenta. Eles conseguiram encurralar os nossos primos.

Entram brandindo suas espadas e machados, correm pela ponte em direção aos dois heróis. Os nossos bravos parentes derrotam os primeiros deles, mas logo são forçados a recuar mais. Olhe ali, menino. Eles recuam subindo por aquela escada sinuosa ao longo da parede. Mais e mais bretões atravessam o fosso, até que este espaço onde nós estamos fica cheio. No entanto, eles ainda não conseguiram tirar vantagem do fato de serem mais numerosos, pois os nossos bravos primos lutam lado a lado nos degraus, e os invasores só podem enfrentá-los dois contra dois. Os nossos heróis são habilidosos e, embora recuem subindo cada vez mais, os invasores não têm como atacá-los em bando e massacrá-los. A cada bretão que cai, outro avança para tomar o lugar do que caiu e, passado um tempo, acaba caindo também. Mas é claro que os nossos primos vão ficando cansados. Recuam e sobem cada vez mais, com os invasores perseguindo-os degrau a degrau. Mas o que é isso? O que é isso, Edwin? Será que os nossos parentes enfim perderam a coragem? Eles se viram e saem correndo pelos círculos de escada restantes, só de vez em quando desferindo um golpe atrás de si. Isso com certeza é o fim. Os bretões venceram. Os que estão vendo isso lá de baixo sorriem como homens famintos diante de um banquete. Mas olhe com cuidado, menino. O que você vê? O que você vê quando os nossos primos saxões se aproximam daquele halo de céu lá no alto?". Segurando os ombros de Edwin, Wistan o reposicionou, apontando para a abertura. "Fale, menino. O que você vê?"

"Nossos primos prepararam uma armadilha, senhor. Eles recuam até lá em cima só para atrair os bretões como formigas para um pote de mel."

"Muito bem, rapaz! E como a armadilha funciona?"

Edwin refletiu por um momento, depois disse: "Logo antes de a escada chegar ao ponto mais alto, guerreiro, eu estou vendo uma coisa que daqui parece ser um vão. Ou será uma entrada?".

"Ótimo. E o que você acha que ficava escondido ali?"

"Talvez uma dúzia dos nossos melhores guerreiros? Aí, junto com os nossos dois primos, eles poderiam descer lutando e derrubando os inimigos até atingirem as fileiras de bretões aqui embaixo."

"Pense mais um pouco, menino."

"Um urso feroz, então, guerreiro. Ou um leão."

"Quando foi que você viu um leão pela última vez, menino?"

"Fogo, guerreiro. Tinha fogo atrás daquele vão."

"Muito bem, menino. Nós não temos como saber com certeza o que aconteceu há tanto tempo, mas eu apostaria que era isso mesmo que havia lá. Naquele pequeno vão, praticamente invisível daqui de baixo, havia uma tocha, ou talvez duas ou três, ardendo atrás daquela parede. Diga-me o que acontecia depois, menino."

"Os nossos primos jogavam as tochas aqui para baixo."

"Onde, na cabeça dos inimigos?"

"Não, guerreiro. Dentro do fosso."

"Do fosso? Cheio de água?"

"Não, guerreiro. Do fosso cheio de lenha. Exatamente como a lenha que nós suamos para cortar."

"Certo, menino. E ainda vamos cortar mais antes que a lua esteja alta. E vamos juntar bastante feno seco também. Uma chaminé, você disse. E tem razão: nós estamos dentro de uma chaminé. Os nossos antepassados a construíram exatamente com esse propósito. Por que mais construir uma torre aqui, se um homem que olha do topo dela não tem uma vista melhor do que um que olhe do muro lá fora? Mas imagine, menino, uma tocha caindo dentro desse suposto fosso. Depois outra. Quando nós demos a volta ao redor desta torre antes, eu vi na parte de trás dela, perto do chão, algumas aberturas na pedra. Isso significa que um vento forte vindo do leste, como o desta noite, sopraria o fogo e faria as chamas ficarem cada vez mais altas. E como os bretões escapariam deste inferno? Uma parede sólida em torno deles, uma única ponte estreita para a liberdade e o fosso inteiro em chamas. Mas vamos sair daqui, menino. Pode ser que esta velha torre fique zangada por estarmos descobrindo tantos segredos dela."

Wistan se virou na direção da ponte de tábuas, mas Edwin ainda estava olhando para o topo da torre.

"Mas, guerreiro", disse ele, "e os nossos dois bravos primos? Eles morreriam queimados junto com os inimigos?"

"Se morressem, não seria um preço glorioso a pagar? Mas talvez não fosse preciso chegar a esse ponto. Talvez os nossos dois primos, à medida que o calor escaldante aumentasse, corressem para a borda da abertura e pulassem lá do alto. Eles fariam isso, menino? Mesmo não tendo asas?"

"Eles não têm asas", disse Edwin, "mas os companheiros deles podem ter trazido uma carroça para detrás da torre. Uma carroça bem cheia de feno."

"É possível, menino. Quem sabe o que se passava aqui antigamente? Agora vamos parar de sonhar e cortar um pouco mais de lenha, pois certamente esses bons monges ainda enfrentarão muitas noites geladas antes de o verão chegar."

Numa batalha, não havia tempo para trocas complexas de informação. Um olhar rápido, um aceno de mão, uma palavra bradada acima dos ruídos: isso era tudo de que guerreiros de verdade precisavam para transmitir seus desejos uns aos outros. Tinha sido nesse espírito que Wistan deixara suas ideias claras naquela tarde na torre, e Edwin o tinha desapontado inteiramente.

Mas será que o guerreiro não estava esperando demais? Até mesmo o velho Steffa só costumava falar da grande *promessa* que Edwin representava, do que ele se tornaria *depois que tivesse aprendido as habilidades dos guerreiros*. Wistan ainda tinha que terminar de treiná-lo, então como o menino poderia reagir com esse tipo de entendimento? E agora, ao que parecia, o guerreiro estava ferido, mas com certeza isso não podia ser culpa apenas de Edwin.

O jovem monge havia parado perto da beira do riacho para desamarrar os sapatos. "É aqui que nós atravessamos o rio", disse ele. "A ponte fica bem mais adiante e a terra lá é descampada demais. Nós poderíamos ser vistos até do alto da outra colina." Depois, apontando para os sapatos de Edwin, disse: "Esses sapatos parecem muito bem-feitos. Foi você mesmo quem os fez?".

"Não, foi o sr. Baldwin que fez para mim. Ele é o melhor sapateiro da aldeia, embora tenha ataques toda lua cheia."

"É melhor tirar os sapatos. Eles com certeza vão ficar arruinados se você os encharcar. Consegue ver as pedras onde temos que pisar? Abaixe mais a cabeça e tente olhar abaixo da superfície da água. Ali, está vendo? Essa é a nossa trilha. É só manter os olhos nas pedras que você não vai cair."

Mais uma vez, o tom de voz do jovem monge pareceu um pouco ríspido. Será que desde que eles haviam partido o monge tivera tempo de juntar mentalmente as informações de que dispunha e descobrir o papel de Edwin no que havia acontecido? No início da caminhada dos dois, o jovem monge não só tinha agido de um jeito mais amável, como mal conseguia parar de falar.

Eles haviam se conhecido no corredor gelado em frente ao quarto do padre Jonus, onde Edwin estava esperando, enquanto várias vozes — baixas, mas enérgicas — discutiam lá dentro. O medo da resposta que receberia havia crescido, e Edwin se sentira aliviado quando, em vez de ser chamado para entrar no quarto, ele vira o jovem monge sair do aposento, com um sorriso alegre no rosto.

"Eu fui escolhido para ser o seu guia", o monge dissera em

tom de triunfo, na língua de Edwin. "O padre Jonus disse para irmos imediatamente e tentarmos sair sem que ninguém nos veja. Coragem, jovem primo! Não demora muito, você estará ao lado do seu irmão."

O jovem monge tinha um jeito estranho de andar, encolhendo-se muito como se sentisse muito frio, os dois braços escondidos dentro da batina, de modo que Edwin ficara se perguntando, enquanto descia a trilha da montanha atrás dele, se seu guia teria nascido sem braços. Mas, assim que o mosteiro ficou para trás, o monge diminuiu o passo para se alinhar com Edwin e, erguendo um braço comprido e fino, pousou-o em torno dos ombros do menino como que para encorajá-lo.

"Foi uma grande tolice sua voltar para o mosteiro, depois de já ter conseguido escapar. O padre Jonus ficou furioso quando soube. Mas aqui está você, fora de lá e a salvo de novo. Com sorte, ninguém mais ficou sabendo da sua volta... Mas que coisa tudo isso que aconteceu! O seu irmão é sempre tão briguento? Ou será que um dos soldados lançou algum insulto terrível ao passar por ele? Talvez quando estiver ao lado dele, jovem primo, você possa lhe perguntar como foi que tudo começou, pois nenhum de nós conseguiu entender nada. Se foi ele que ofendeu os soldados, então deve ter sido uma ofensa muito grave mesmo, pois todos eles esqueceram por completo o motivo que os levou a procurar o abade e, transformando-se em homens selvagens, trataram de tentar fazê-lo pagar pela ousadia. Eu mesmo acordei com os sons dos gritos, e olhe que o meu quarto fica longe do pátio. Assustado, fui correndo até lá, só para ficar parado, impotente, ao lado dos meus colegas monges, assistindo horrorizado a tudo o que estava acontecendo. O seu irmão, segundo logo me contaram, tinha corrido para dentro da velha torre para fugir da ira dos inimigos e, apesar de os soldados terem corrido atrás dele determinados a cortá-lo em pedacinhos, parece que seu irmão começou a lutar da melhor forma que podia. E parece também que ele impôs uma resistência surpreendente, muito embora os soldados fossem trinta ou mais e ele apenas um pastor saxão. Nós observávamos, esperando ver a qualquer momento os restos ensanguentados dele serem trazidos lá de dentro, e em vez disso víamos soldado atrás de soldado saindo correndo e em pânico daquela torre, ou cambaleando até o lado de fora e carregando companheiros feridos. Mal conseguíamos acreditar no que os nossos próprios olhos viam! Rezávamos para que a briga acabasse logo, pois qualquer que tivesse sido o insulto que a provocou, tamanha violência certamente não se justificava. No entanto, a disputa prosseguia sem parar, jovem primo, até que um terrível acidente aconteceu. Quem sabe se não foi Deus mesmo que, desgostoso de ver uma luta tão medonha dentro dos seus santos edifícios, apontou um dedo e os atingiu com fogo? Mas o mais provável é que um dos soldados que estavam correndo com tochas de um lado para o outro tenha tropeçado e cometido assim o seu grande erro. Que horror que foi aquilo! De repente, a torre estava em chamas! Quem imaginaria que uma torre velha e úmida teria tanto material para queimar? No entanto, ela pegou fogo de verdade, com os homens do lorde Brennus e o seu irmão presos lá dentro. Teria sido muito melhor se eles tivessem esquecido a desavença de imediato e saído correndo o mais rápido possível de lá, mas imagino que eles pensaram em combater o fogo e só perceberam tarde demais que as chamas os estavam cercando. Foi um acidente realmente atroz, e os poucos que saíram da torre só o fizeram para morrer se contorcendo terrivelmente no chão. Mas, milagre dos milagres, jovem primo, o seu irmão conseguiu escapar afinal! O padre Ninian o encontrou vagando pelo terreno no escuro, atordoado e ferido, porém ainda vivo, enquanto o resto de nós ainda olhava para a torre em chamas e rezava pelos homens presos lá dentro. O seu irmão está vivo, mas o padre Jonus, que tratou ele próprio dos ferimentos do pastor, recomendou aos poucos de nós que sabem disso que mantenham essa informação em segredo absoluto, até do próprio abade, pois ele teme que, se a notícia se espalhar, lorde Brennus envie mais soldados em busca de vingança, sem se importar com o fato de que a maioria morreu por acidente, e não por obra do seu irmão. Seria bom que você não dissesse nenhuma palavra sobre isso a ninguém, pelo menos até que os dois estejam bem longe daqui. O padre Jonus ficou furioso quando soube que você tinha se arriscado voltando para o mosteiro, mas está contente por poder unir com mais facilidade você e o seu irmão de novo. 'Eles precisam ir embora desta região juntos', ele disse. Não há melhor homem no mundo do que o padre Jonus, e ele continua sendo o mais sábio de nós, mesmo depois do que os pássaros fizeram com ele. Para mim, o seu irmão deve a vida dele ao padre Jonus e ao padre Ninian."

Mas isso tinha sido antes. Agora o jovem monge havia ficado distante, e os seus braços estavam novamente enfiados dentro da batina. Enquanto Edwin seguia atrás dele pelo riacho, tentando da melhor forma que podia enxergar as pedras sob a água que corria tão rapidamente, ocorreu-lhe que deveria pôr tudo em pratos limpos com o guerreiro, contar a ele de sua mãe e de como ela o tinha chamado. Se o menino explicasse tudo desde o início, de forma honesta e franca, era possível que Wistan entendesse e lhe desse outra chance.

Com um sapato em cada mão, Edwin pulou com leveza em direção à pedra seguinte, um pouco mais animado com essa possibilidade.

PARTE III

O primeiro devaneio de Gawain

Aquelas viúvas soturnas. Com que propósito Deus as pôs nesta trilha de montanha à frente? Será que ele quer testar a minha humildade? Não foi suficiente ele me ver salvar aquele casal gentil e também o menino ferido, matar um cão demoníaco, dormir menos de uma hora numa cama de folhas encharcadas de orvalho antes de acordar e descobrir que as minhas tarefas ainda estão longe de serem concluídas, que Horácio e eu temos que partir de novo, não montanha abaixo rumo a uma aldeia acolhedora, mas por mais uma trilha íngreme acima sob um céu cinzento? No entanto, ele pôs aquelas viúvas no meu caminho, não há dúvida, e eu fiz bem em me dirigir a elas educadamente. Mesmo quando começaram a lançar insultos idiotas e a jogar punhados de terra no traseiro de Horácio — como se ele pudesse entrar em pânico e fugir em vergonhosa disparada! —, eu não lhes lancei nem sequer um olhar de viés, falando em vez disso no ouvido de Horácio, lembrando-lhe de que nós tínhamos que enfrentar com galhardia todas essas dificuldades, pois uma provação muito maior nos aguardava no alto daqueles picos distantes, onde nuvens de tempestade se acumulavam. Além disso, aquelas mulheres maduras, com seus andrajos esvoaçantes, um dia já foram inocentes donzelas, algumas tendo possuído graça e beleza, ou pelo menos o frescor que com frequência agrada da mesma forma os olhos de um homem. Ela própria por acaso não era assim, aquela de quem eu às vezes me lembro quando vejo se estender diante de mim, vazia e solitária, uma terra tão extensa quanto a distância que me é possível cavalgar no decorrer de um dia sombrio de outono? Embora não fosse nenhuma beldade, ela era encantadora o bastante para mim. Só a vi uma vez, quando eu era jovem, e nem mesmo sei se cheguei a falar com ela. No entanto, sua imagem às vezes me volta à cabeça, e acredito que ela tenha me visitado em meus sonhos, pois muitas vezes acordo sentindo um misterioso contentamento, mesmo enquanto meus sonhos me somem da lembrança.

Eu estava sentindo as alegrias remanescentes de uma sensação como essa quando Horácio me acordou esta manhã, batendo as patas no chão macio da floresta, onde eu havia me deitado depois dos esforços da noite. Ele sabe muito bem que eu não tenho mais o mesmo vigor de antes, que depois de uma noite como aquela não é fácil para mim dormir apenas uma breve hora antes de partir de novo. No entanto, vendo o sol já alto, brilhando sobre o frondoso dossel da floresta, ele não me deixou continuar a dormir. Ficou batendo e batendo as patas no chão, até que eu me levantei, a cota de malha rangendo. A cada dia que passa, mais amaldiçoo esta armadura. Será que ela realmente me salvou de muita coisa? Um ou outro pequeno ferimento, no máximo. É a essa espada, não à armadura, que devo a minha saúde duradoura. Eu me levantei e observei as folhas à minha volta. Por que tantas caídas, se o verão ainda está longe do fim? Estariam essas árvores doentes, apesar de ainda nos oferecerem abrigo? Um raio de sol que tinha conseguido atravessar a copa das árvores batia no focinho de Horácio, e eu vi que ele balançava a cabeça de um lado para o outro, como se aquele raio fosse uma mosca enviada para atormentá-lo. Ele também não havia passado uma noite agradável, ouvindo os barulhos da floresta em volta dele, perguntando-se em que perigos o seu cavaleiro teria se metido. Embora zangado por meu companheiro ter me acordado tão cedo, quando fui para perto dele apenas lhe envolvi o pescoço carinhosamente com os meus dois braços e, por um breve momento, pousei minha cabeça em sua crina. Horácio tem um dono severo, eu sei. Eu o forço a seguir adiante mesmo sabendo que ele está cansado, ainda o xingo quando não fez nada de errado. E esse metal todo é um fardo tanto para mim quanto para ele. Quantas distâncias mais nós ainda vamos cavalgar juntos? Eu fiz carinho nele e disse: "Logo, logo vamos encontrar uma aldeia simpática, e então você vai fazer refeições bem melhores ao acordar do que essa que acabou de fazer".

Eu disse isso achando que o problema do sr. Wistan estava resolvido. Mas nós mal tínhamos começado a descer a trilha, nem sequer tínhamos saído da floresta ainda, quando nos deparamos com o monge coxo, com os sapatos quebrados, andando às pressas na nossa frente rumo ao acampamento de lorde Brennus. E o que ele nos conta senão que o sr. Wistan havia escapado do mosteiro, deixando mortos os que o perseguiram durante a noite, muitos deles não mais que ossos queimados. Que guerreiro! Estranho como meu coração se encheu de alegria ao ouvir a notícia, muito embora ela trouxesse de volta uma árdua tarefa que eu pensava já ter ficado para trás. Então Horácio e eu deixamos de lado nossos sonhos de forragem, carne assada e boa companhia, e seguimos mais uma vez colina acima. Mas, pelo menos, temos o consolo de estarmos nos distanciando cada vez mais daquele maldito mosteiro. No meu coração, é verdade, eu sinto alívio pelo fato de o sr. Wistan não ter perecido nas mãos daqueles monges e do desgraçado do Brennus. Mas que guerreiro! O sangue que ele derrama num único dia faria o Severn transbordar! Ele estava ferido, o monge coxo achava, mas quem pode se dar ao luxo de acreditar que alguém como o sr. Wistan vá se deitar e morrer facilmente? Como eu fui idiota de deixar o jovem Edwin fugir daquele jeito. Agora é óbvio que os dois vão acabar se encontrando. Foi muita idiotice a minha, mas, também, eu estava muito cansado naquela hora e, além do mais, não me passava pela cabeça que o sr. Wistan pudesse escapar. Que guerreiro! Se fosse um homem do nosso tempo, ainda que saxão, ele teria conquistado a admiração de Arthur. Até mesmo o melhor de nós temeria tê-lo como adversário. Ontem, porém, quando o vi enfrentando o soldado de Brennus em combate, eu tive a impressão de notar uma pequena fraqueza no seu lado esquerdo, ou será que isso era só mais um dos seus estratagemas engenhosos? Se o observar lutando mais uma vez, vou saber com certeza. Mas ele é um guerreiro habilidoso ainda assim, e só mesmo um cavaleiro de Arthur iria perceber uma coisa dessas, mas eu tive essa impressão quando estava assistindo à luta. Eu disse comigo mesmo: olhe ali, uma pequena falha do lado esquerdo. Uma falha da qual um adversário astuto poderia muito bem tirar vantagem. Apesar disso, qual de nós não teria respeito por ele?

Mas essas viúvas soturnas, por que elas cruzam nosso caminho? Será que o dia já não está cheio o bastante? Será que ainda não abusaram o suficiente da nossa paciência? Nós vamos parar no próximo cume, eu estava dizendo ao Horácio enquanto subíamos a encosta. Vamos parar e descansar, embora nuvens negras estejam se juntando e seja bem provável que nós enfrentemos uma tempestade. E se não houver árvores lá, vou me sentar no meio das urzes mirradas e vamos descansar do mesmo modo. No entanto, quando a estrada finalmente se aplanou, qual não foi a nossa surpresa assim que vimos grandes pássaros empoleirados em pedras, e todos eles se elevaram como se fossem um só, para voar não rumo ao céu escuro, mas em direção a nós. Então, eu vi que não eram pássaros, mas sim velhas com mantos esvoaçantes, reunindo-se na trilha diante de nós.

Por que escolher um lugar tão árido para se reunir? Sem um único marco nem poço seco que o distinga. Sem uma única árvore magra nem arbusto para proteger um viajante do sol ou da chuva. Só aquelas pedras esbranquiçadas, enterradas no chão dos dois lados da estrada, de onde elas se levantaram. Vamos conferir, eu disse para Horácio, vamos conferir se meus velhos olhos não estão me enganando e se essas viúvas não são na verdade bandidos que vieram nos atacar. Mas não havia necessidade de puxar a espada — cuja lâmina ainda fedia à gosma daquele cão demoníaco, apesar de eu a ter enfiado até o fundo na terra antes de dormir —, pois eram velhas de fato, embora nós pudéssemos ter feito bom uso de um ou dois escudos contra elas. Senhoras, vamos nos lembrar delas como senhoras, Horácio, agora que finalmente as deixamos para trás, pois não é verdade que elas são dignas de pena? Não vamos chamá-las de bruxas, mesmo que os modos delas nos tentem a fazer isso. Vamos procurar lembrar que, um dia, pelo menos algumas delas já tiveram graça e beleza.

"Lá vem ele", uma delas bradou, "o cavaleiro impostor!" Outras repetiram o brado conforme eu me aproximava, e nós poderíamos ter passado trotando entre elas, mas eu não sou do tipo que foge da adversidade. Então, fiz Horácio parar bem no meio delas, embora olhando em direção ao próximo pico como se estivesse examinando as nuvens que se acumulavam. Só quando seus andrajos começaram a se agitar à minha volta e eu senti o estridor dos gritos delas foi que abaixei a cabeça e olhei para elas. Quantas eram, quinze? Vinte? Mãos se esticavam para tocar os flancos de Horácio, e eu sussurrei algumas palavras para acalmá-lo. Depois me ergui e disse: "Senhoras, se nós vamos conversar, as senhoras precisam parar com esse barulho!". Ao que elas se aquietaram, embora seus olhares continuassem zangados. Então lhes perguntei: "O que as senhoras querem de mim? Por que avançaram para cima de mim dessa forma?". Ao que uma das mulheres respondeu: "Nós sabemos que o senhor é o cavaleiro tolo que é medroso demais para cumprir a tarefa que lhe foi confiada". E outra acrescentou: "Se o senhor tivesse feito anos atrás o que Deus te pediu, por acaso nós estaríamos vagando por aí, aflitas desse jeito?". E outra ainda: "Ele tem pavor do dever que tem que cumprir! Vejam no rosto dele. Ele tem pavor!".

Eu contive a raiva e lhes pedi que se explicassem. Então, uma que era um pouco mais educada que o resto deu um passo à frente. "Perdoe-nos, cavaleiro. Há muitos e longos dias nós vagamos sob esses céus e, vendo o senhor aparecer em pessoa cavalgando com audácia na nossa direção, nós não conseguimos nos conter e tivemos que fazê-lo ouvir nossos lamentos."

"Senhora", eu lhe disse, "posso parecer estar vergado sob o peso da idade, mas continuo sendo um cavaleiro do grande Arthur. Se as senhoras me disserem o que as aflige, terei prazer em ajudá-las da melhor forma que puder."

Para meu desgosto, todas as mulheres — incluindo a mais educada — deram uma gargalhada sarcástica. Então, uma voz disse: "Se o senhor tivesse cumprido o seu dever anos atrás e matado a dragoa, nós não estaríamos vagando aflitas desse jeito".

Isso me abalou, e eu bradei: "O que as senhoras sabem sobre isso? O que as senhoras sabem sobre Querig?". Mas percebi a tempo que precisava me conter. Então, falei com calma: "Expliquem, senhoras, o que as impele a andar pelas estradas desse jeito". Ao que uma voz rouca atrás de mim disse: "Se o senhor quer saber por que eu vago, cavaleiro, eu te digo com prazer. Quando o barqueiro me fez as perguntas dele, com o meu amado já dentro do barco e estendendo a mão para me ajudar a embarcar, descobri que as minhas memórias mais preciosas tinham sido roubadas de mim. Eu não sabia na época, mas sei agora que o hálito de Querig foi o ladrão que me roubou, justamente a criatura que o senhor devia ter matado anos atrás."

"Como a senhora pode saber disso?", perguntei, sem conseguir mais esconder a minha consternação, pois como era possível que aquelas andarilhas soubessem um segredo tão bem guardado? Então, a mais educada deu um sorriso estranho e disse: "Nós somos viúvas, cavaleiro. Existe pouca coisa que possa ser ocultada de nós agora".

Só então senti Horácio estremecer e, em seguida, me ouvi perguntar: "O que as senhoras são, afinal? As senhoras estão vivas ou mortas?". Ao que as mulheres se puseram a gargalhar de novo, num tom de escárnio que fez Horácio bater um casco no chão, inquieto. Eu faço carinho nele enquanto digo: "Por que riem, senhoras? Foi uma pergunta tão tola assim?". E a voz rouca atrás de mim diz: "Estão vendo como ele é medroso? Agora o cavaleiro sente tanto medo de nós quanto da dragoa!".

"Que disparate é esse, senhora?", eu brado com mais veemência, enquanto Horácio dá um passo para trás contra a minha vontade, e tenho que puxar as rédeas com firmeza para controlá-lo. "Eu não tenho medo de dragão nenhum, e por mais feroz que Querig seja, já enfrentei demônios muito piores no meu tempo. Se estou demorando para matá-la, é apenas porque ela se esconde com muita astúcia naqueles penhascos altos. A senhora me censura, mas o que nós temos ouvido de Querig ultimamente? Houve um tempo em que ela não hesitava em atacar uma aldeia ou mais todos os meses e, no entanto, meninos já viraram homens desde que nós ouvimos pela última vez uma notícia como essa. Ela sabe que eu estou próximo, então não se atreve a se mostrar além dessas colinas."

Antes mesmo de eu terminar de falar, uma mulher abriu seu manto roto e um punhado de lama atingiu o pescoço de Horácio. Intolerável, eu disse para ele. Nós precisamos seguir em frente. O que essas velhas podem saber da nossa missão? Eu o cutuquei para que fosse adiante, mas meu companheiro estava estranhamente paralisado, e eu tive que cravar a espora para fazê-lo avançar. Felizmente, as figuras escuras se separaram diante de nós, e mais uma vez eu estava contemplando os picos distantes. Senti um peso no coração em pensar naquelas terras altas e desoladas. Até a companhia dessas bruxas medonhas, pensei, poderia ser melhor do que aqueles ventos gélidos. Mas, como que para desfazer meu engano, as mulheres começaram a entoar uma cantilena atrás de mim, e senti mais punhados de lama serem lançados na nossa direção. Mas o que elas estavam entoando? Elas se atrevem a gritar "covarde"? Eu tive vontade de me virar e mostrar minha ira, mas me contive a tempo. Covarde, covarde. O que elas sabem? Elas estavam lá por acaso? Estavam lá naquele dia, anos atrás, em que partimos para enfrentar Querig? Elas teriam me chamado de covarde então, ou a qualquer um de nós cinco? E mesmo depois daquela grande missão — da qual só três voltaram — eu por acaso não fui às pressas, senhoras, mal tendo descansado ainda, até a beira do vale para cumprir a promessa que havia feito à jovem donzela?

Edra era o seu nome, como ela me disse mais tarde. Não era nenhuma beldade e se vestia de modo muito simples, mas, como aquela outra com a qual eu às vezes sonho, tinha um viço que tocava meu coração. Eu a vi na beira da estrada, carregando uma enxada com os dois braços. Tendo acabado de se tornar mulher, ela era pequena e frágil, e ver tamanha inocência vagando desprotegida, tão perto dos horrores que eu acabara de deixar para trás, fez com que fosse impossível para mim simplesmente passar e ir embora, mesmo estando a caminho de uma missão como a que me aguardava.

"Dê meia-volta, donzela!", gritei de cima do cavalo, tendo isso acontecido antes do tempo de Horácio, quando até eu era jovem. "Que grande insensatez a faz seguir naquela direção? A senhorita não sabe que está havendo uma batalha no vale lá embaixo?"

"Eu sei bem, senhor", ela respondeu, olhando nos meus olhos sem sombra de medo. "Fiz uma longa viagem para chegar até aqui e logo estarei no vale lá embaixo para tomar parte na batalha."

"Algum espírito a enfeitiçou, donzela? Acabo de vir do fundo do vale, onde vi guerreiros experientes vomitando de pavor. Eu não gostaria que a senhorita ouvisse nem um eco distante daquilo. E para que precisa dessa enxada tão grande?"

"Há um lorde saxão que eu sei que está lá naquele vale agora, e estou rezando com toda a força do meu coração para que ele ainda não tenha caído e para que Deus o proteja muito bem, porque eu só quero que ele morra pelas minhas mãos, depois do que ele fez com a minha mãe querida e com as minhas irmãs. E é com esta enxada que farei o serviço. Se ela é capaz de quebrar o chão congelado de uma manhã de inverno, há de quebrar também os ossos desse saxão."

Fui obrigado, então, a apear e segurá-la pelo braço, enquanto ela tentava se afastar. Se ainda estiver viva hoje, Edra — como ela mais tarde me disse que era seu nome — deve ter mais ou menos a idade das senhoras. Talvez até estivesse entre as senhoras ainda há pouco, como eu posso saber? Ela não era nenhuma beldade, mas, como aconteceu com aquela outra, sua inocência me comoveu. "Solte-me, senhor!", a moça gritou. E eu disse: "A senhorita não vai para aquele vale. Só a visão da beira do vale já vai fazê-la desmaiar". "Eu não sou nenhuma fracalhona, senhor", ela bradou. "Solte-me!" E lá ficamos nós, na beira da estrada, brigando feito duas crianças, e eu só consegui acalmá-la quando disse:

"Donzela, vejo que nada irá dissuadi-la. Mas pense em como são remotas as chances de a senhorita conseguir efetuar, sozinha, a vingança que almeja. No entanto, com a minha ajuda, suas chances se multiplicam. Então, seja paciente, sente-se em algum lugar fora desse sol e me espere. Olhe, sente-se debaixo daquele sabugueiro ali. Estou indo me juntar a quatro companheiros para cumprir uma missão que, embora perigosa, não vai me tomar muito tempo. Se eu perecer, a senhorita me verá passar de novo por este caminho amarrado à sela deste mesmo cavalo e saberá que não posso mais cumprir minha promessa. Caso contrário, juro que voltarei e que desceremos juntos até o vale para realizar seu sonho de vingança. Tenha paciência, donzela, e se sua causa for justa, como acredito que seja, Deus irá zelar para que esse lorde não caia antes que nós o encontremos."

Por acaso essas são as palavras de um covarde, senhoras, pronunciadas naquele mesmo dia, enquanto eu estava a caminho de enfrentar Querig? E depois que terminamos nossa tarefa e eu vi que havia sido poupado — embora dois de nós cinco não tivessem sido —, corri de volta, exausto como estava, para a beira daquele vale e para o sabugueiro onde a donzela ainda esperava, com a enxada nos braços. Ela se levantou de salto, e revê-la me fez sentir de novo um aperto no coração. No entanto, quando eu mais uma vez tentei fazê-la desistir do seu intento, pois a ideia de vê-la entrar naquele vale me apavorava, ela disse com raiva: "O senhor é falso, cavaleiro? O senhor vai quebrar a promessa que me fez?". Então eu a pus em cima da sela — ela segurava as rédeas ao mesmo tempo em que apertava a enxada contra o peito — e conduzi a pé o cavalo e a donzela pela encosta abaixo rumo ao vale. Por acaso ela empalideceu quando nós ouvimos a gritaria pela primeira vez? Ou quando, no entorno da batalha, encontramos saxões desesperados, com perseguidores nos seus calcanhares? Por acaso ela fraquejou quando guerreiros exaustos cruzaram nosso caminho rastejando, arrastando suas feridas pelo chão? Pequenas lágrimas apareceram e eu vi sua enxada tremer, mas ela não desviou o rosto, pois seus olhos tinham uma tarefa a cumprir, vasculhando aquele campo sangrento de um lado e de outro, perto e longe. Então, montei no cavalo e, carregando-a na minha frente como se ela fosse um manso cordeirinho, nós cavalgamos juntos para o meio da batalha. Eu parecia medroso então, distribuindo golpes com minha espada, protegendo-a com meu escudo, virando o cavalo para um lado e para o outro, até que a batalha acabou por nos atirar na lama? Mas ela se levantou rapidamente e, recuperando sua enxada, começou a abrir uma trilha por entre as pilhas de corpos esmagados e esquartejados. Nossos ouvidos se encheram de estranhos gritos, porém ela parecia não ouvir, do mesmo modo como uma boa donzela cristã se recusa a ouvir os gritos lascivos dos homens grosseiros pelos quais passa. Eu era jovem e ágil na época, então me pus a correr em volta dela com minha espada, derrubando qualquer um que pudesse lhe fazer mal, protegendo-a com o escudo das flechas lançadas a toda hora na nossa direção. Então ela avistou finalmente aquele que procurava; no entanto, era como se estivéssemos à deriva num mar encapelado, onde, embora uma ilha pareça estar próxima, as correntezas de alguma forma a mantêm fora de alcance. Assim foi conosco naquele dia. Eu lutava, desferia um golpe atrás do outro e a mantinha a salvo, mas pareceu levar uma eternidade para chegarmos até ele e, quando enfim chegamos, vimos que havia três homens ali especialmente para protegê-lo. Eu entreguei o meu escudo à donzela, dizendo: "Proteja-se bem, pois o seu prêmio está quase ao seu alcance". Embora lutasse contra três, e os três fossem guerreiros habilidosos, eu derrotei todos, um a um, e então fiquei frente a frente com o lorde saxão que ela tanto odiava. Os joelhos dele estavam cobertos de uma grossa camada de sangue coagulado do mar de corpos que ele havia atravessado, mas eu vi que esse homem não era um guerreiro e o golpeei até que caísse no chão, arquejando, suas pernas sem mais nenhuma utilidade para ele, olhando com ódio para o céu. Então ela veio e se plantou ao lado dele, olhando-o de cima, o escudo atirado para o lado. A expressão dos olhos dela, mais do que qualquer outra coisa naquele campo de horrores, fez o meu sangue gelar. Em seguida, a moça o acertou com a enxada, não com um golpe violento, mas com uma leve batida e depois outra e mais outra, como se estivesse procurando a colheita na terra, até que me senti impelido a gritar: "Acabe com isso, senhorita, ou eu mesmo acabo!". Ao que ela respondeu: "Pode ir agora, senhor. Agradeço seus préstimos, mas agora o senhor já cumpriu a sua tarefa". "Não, eu só cumpri metade dela, senhorita!", bradei. "A minha tarefa só estará concluída depois que eu tiver levado a senhorita embora deste vale sã e salva." Porém ela já não estava mais ouvindo e prosseguia no seu trabalho torpe. Eu teria continuado a discutir, mas foi então que ele apareceu do meio da multidão. Refiro-me ao sr. Axl, como eu agora o conheço, na época obviamente um homem mais jovem, mas que já tinha então um semblante sábio. E quando o vi, foi como se os ruídos da batalha se reduzissem até dar lugar a um grande silêncio ao nosso redor.

"Por que ficar tão exposto, senhor?", eu lhe perguntei. "E a sua espada ainda na bainha? Pelo menos pegue um escudo do chão e se proteja."

Mas ele manteve um olhar distante, como se estivesse no meio de um prado cheio de margaridas numa manhã perfumada. "Se Deus decidir dirigir uma flecha para cá, eu não vou impedir", disse ele. "Sir Gawain, fico feliz em vê-lo bem. O senhor chegou há pouco ou já estava aqui desde o início?"

Ele diz isso como se nós tivéssemos nos encontrado numa feira, e eu sou obrigado a gritar de novo: "Proteja-se, senhor! O campo continua cheio de inimigos". Como ele continuou a examinar o cenário, eu disse, lembrando da pergunta que ele havia me feito: "Eu estava aqui no início da batalha, mas Arthur me escolheu como um dos cinco cavaleiros que ele enviou numa missão de grande importância. Eu só voltei agora há pouco".

Finalmente, consegui atrair a atenção dele. "Uma missão de grande importância? E correu bem?"

"Infelizmente, nós perdemos dois companheiros, mas realizamos a missão a contento do mestre Merlin."

"Mestre Merlin", disse ele. "Aquele velho pode ser um sábio, mas ele me dá arrepios." Então, ele olhou ao redor de novo e disse: "Lamento saber da perda dos seus companheiros. Nós sentiremos a falta de muitos mais antes que o dia termine".

"Mas a vitória certamente será nossa", eu disse. "Esses malditos saxões! Para que continuar lutando desse jeito se a única recompensa que eles terão por isso é a morte?"

"Eu acredito que lutem por pura raiva e ódio de nós", respondeu. "Pois a esta altura certamente já chegou aos ouvidos deles a notícia do que foi feito com os inocentes que eles deixaram em casa, em suas aldeias. Eu mesmo acabo de vir delas, então por que a notícia também não teria chegado ao exército saxão?"

"A que notícia o senhor se refere, sr. Axl?"

"A notícia de que suas mulheres, suas crianças e seus idosos, deixados desprotegidos depois do nosso acordo solene de não atacá-los, foram todos eles, incluindo os bebês recém-nascidos, chacinados por nós. Se tivessem feito isso conosco há pouco, o senhor acha que nosso ódio se esgotaria? O senhor não acha que nós também lutaríamos até o fim, como eles estão fazendo, como se cada novo ferimento que conseguíssemos provocar fosse um bálsamo?"

"Para que remoer esse assunto, sr. Axl? A nossa vitória hoje é certa e vai se tornar famosa."

“Para que remoer esse assunto? Senhor, essas são as mesmas aldeias com as quais eu fiz amizade em nome de Arthur. Numa delas me chamavam de Cavaleiro da Paz, e hoje eu vi não mais que uma dúzia de homens nossos atravessá-la a galope, aniquilando quem quer que lhes aparecesse pela frente sem nenhum sinal de compaixão, tendo a combatê-los apenas meninos que ainda não chegaram à altura dos nossos ombros.”

“Essa notícia muito me entristece. Mas eu te peço mais uma vez, senhor: pegue ao menos um escudo.”

“Fui de aldeia em aldeia e em todas elas encontrei a mesma coisa, enquanto nossos homens se vangloriavam do que tinham feito.”

“Não se culpe, senhor, nem culpe o meu tio. A grande lei que os senhores um dia negociaram foi uma coisa realmente maravilhosa enquanto durou. Quantos inocentes, bretões e saxões, não foram poupados ao longo dos anos por causa dela? O fato de ela não ter durado para sempre não é culpa sua.”

“No entanto, eles acreditaram no nosso pacto até hoje. Fui eu que conquistei a confiança deles onde antes só havia medo e ódio. Hoje nossos feitos fazem de mim um mentiroso e carniceiro, e não sinto nenhuma alegria com a vitória de Arthur.”

“O que o senhor pretende com palavras tão duras? Se é traição que o senhor cogita, vamos nos enfrentar logo de uma vez!”

“Seu tio nada tem a temer de minha parte, senhor. Mas como consegue se alegrar, sir Gawain, com uma vitória conquistada a esse preço?”

“Sr. Axl, o que foi feito nessas aldeias saxãs hoje o meu tio só teria ordenado com grande tristeza, não tendo encontrado outro caminho para a paz prevalecer. Pense, senhor. Aqueles menininhos saxões que o senhor lamenta em breve teriam se tornado guerreiros ávidos por vingar a derrota sofrida hoje pelos pais. As menininhas logo estariam gestando mais guerreiros, e esse círculo de matanças nunca teria fim. Veja como é profundo o desejo de vingança! Agora mesmo, aquela doce donzela que eu próprio escoltei até aqui, veja como ela continua lá, entregue a sua desforra! No entanto, com a grande vitória de hoje, surge uma chance rara. Nós podemos romper esse círculo vicioso de uma vez por todas, e um grande rei precisa agir com ousadia para que isso aconteça. Este pode se tornar um dia famoso, sr. Axl, a partir do qual a nossa terra poderá ter paz ao longo de muitos anos."

"O que o senhor está dizendo escapa à minha compreensão, sir Gawain. Embora hoje tenhamos matado um mar de saxões, fossem eles guerreiros ou bebês, ainda há muitos outros espalhados por estas terras. Eles chegam do leste, desembarcam nas nossas costas, constroem novas aldeias a cada dia. Esse círculo de ódio não foi rompido de forma alguma, senhor, mas sim forjado em ferro pelo que foi feito hoje. Vou agora falar com seu tio e relatar o que vi. Pelo semblante dele, eu saberei se ele acredita que Deus verá com bons olhos os feitos de hoje."

Assassinos de bebês. Foi isso que nós fomos naquele dia? E quanto à donzela que eu escoltei, o que foi feito dela? Por acaso ela estava entre as senhoras ainda há pouco? Por que se aglomerar a minha volta desse jeito, se estou indo cumprir o meu dever? Deixem este velho passar em paz. Um assassino de bebês. No entanto, eu não estava lá e, mesmo que estivesse, de que adiantaria eu discutir com um grande rei, sendo ele ainda por cima meu tio? Eu era apenas um jovem cavaleiro na época e, além do mais, cada ano que passa não prova que Arthur estava certo? As senhoras todas não envelheceram em tempos de paz? Então nos deixem seguir nosso caminho, sem lançar insultos pelas nossas costas. A Lei dos Inocentes, uma lei magnífica de fato, que faria os homens chegarem mais perto de Deus — assim dizia o próprio Arthur, ou teria sido o sr. Axl que a definiu assim? Nós o chamávamos de Axelum ou Axelus então, mas agora ele é conhecido como Axl e tem uma boa esposa. Por que me provocar, senhoras? É por minha culpa que as senhoras sofrem? A minha hora vai chegar não falta muito, e eu não vou voltar para vagar por estas terras como as senhoras. Vou saudar o barqueiro com satisfação, entrar no seu barco balançante, as águas ondeando à nossa volta, e talvez eu durma um pouco, embalado pelo som do remo dele. Vou despertar só um pouco do meu sono para ver o sol descendo, quase mergulhando na água, e a costa ficando cada vez mais para trás, depois fechar os olhos de novo e voltar para os meus sonhos, até que a voz do barqueiro torne a me acordar, suavemente. E se ele fizer perguntas, como alguns dizem que faz, vou responder honestamente, pois nada mais tenho a esconder. Não tive esposa, embora às vezes ansiasse por ter. No entanto, fui um bom cavaleiro, que cumpriu seus deveres até o fim. É isso que vou lhe dizer, e ele vai ver que não estarei mentindo. Não vou me preocupar com ele. O pôr do sol suave, a sombra do barqueiro passando por mim quando ele for de um lado do barco para o outro. Mas isso ainda vai ter que esperar. Hoje, Horácio e eu temos que subir esta encosta árida sob este céu cinzento até chegar ao próximo pico, pois ainda não terminamos nosso trabalho e Querig nos espera.

10.

Ele não intencionara enganar o guerreiro. Era como se o próprio engodo tivesse avançado silenciosamente pelos campos, envolvendo os dois.

A cabana do tanoeiro parecia ter sido construída dentro de uma vala funda: o telhado de colmo ficava tão perto da terra que Edwin, ao abaixar a cabeça para passar debaixo dele, teve a sensação de estar entrando numa toca. O menino estava preparado para a escuridão, mas o calor sufocante e a espessa fumaça de madeira queimada o pegaram de surpresa, e ele anunciou sua chegada com um acesso de tosse.

"Fico feliz de vê-lo a salvo, jovem companheiro."

A voz de Wistan tinha vindo do meio da escuridão, de trás da fogueira fumarenta. Então Edwin divisou a silhueta do guerreiro numa cama de capim.

"O senhor está muito ferido, guerreiro?"

Quando Wistan se sentou, aproximando-se lentamente da claridade do fogo, Edwin viu que seu rosto, pescoço e ombros estavam cobertos de suor. No entanto, suas mãos estendidas na direção da fogueira tremiam como se ele estivesse com muito frio.

"Os ferimentos são leves, mas me trouxeram esta febre. Estava pior antes; eu quase não me lembro de como vim parar aqui. Os bons monges disseram que me amarraram ao lombo da égua, e imagino que eu tenha resmungado o caminho inteiro, como quando estava me fingindo de idiota na floresta. E você, companheiro? Não tem outros ferimentos, espero, além daquele que já tinha?"

"Eu estou bem, guerreiro, mas me posto aqui diante do senhor cheio de vergonha. Fui um péssimo companheiro, dormindo enquanto o senhor lutava. Pode me amaldiçoar e me botar para fora daqui, pois será uma punição merecida."

"Você não vai escapar assim tão fácil, jovem Edwin. Se me deixou na mão ontem à noite, logo te direi como você pode saldar sua dívida comigo."

O guerreiro apoiou os dois pés com cuidado no chão de terra, esticou o braço para alcançar um pedaço de lenha e o atirou na fogueira. Edwin viu então que o braço esquerdo de Wistan estava firmemente atado com aniagem e que num lado do rosto dele havia um inchaço roxo, que lhe fechava parcialmente o olho.

"É verdade que, quando olhei do alto daquela torre em chamas lá para baixo e vi que a carroça que nós tínhamos preparado com tanto cuidado não estava lá, fiquei com vontade de amaldiçoá-lo", disse Wistan. "Uma longa queda num chão de pedra e a fumaça quente já a minha volta. Ouvindo os gritos de agonia dos meus inimigos abaixo de mim, eu me perguntei: será que devo me juntar a eles para virarmos cinzas juntos? Ou será melhor me estatelar sozinho sob o céu da noite? No entanto, antes que eu encontrasse uma resposta, a carroça chegou afinal, puxada pela minha própria égua, enquanto um monge segurava as rédeas.

Sem sequer perguntar se o monge era amigo ou inimigo, saltei daquela boca de chaminé, e posso te dizer que o nosso trabalho de antes foi bem-feito, companheiro, pois embora tenha afundado no feno como se ele fosse água, não encontrei nada que me furasse. Acordei em cima de uma mesa, com monges leais ao padre Jonus debruçados sobre mim de todos os lados, como se eu fosse o jantar deles. A febre já devia ter começado àquela altura, ou por causa desses ferimentos ou por causa do enorme calor do fogo, pois eles disseram que tiveram que abafar meus delírios até me trazerem para cá, longe do perigo. Mas, se os deuses nos favorecerem, a febre logo vai passar e nós partiremos para concluir nossa missão."

"Guerreiro, eu continuo cheio de vergonha. Mesmo depois que acordei e vi os soldados em volta da torre, deixei que algum espírito me possuísse e fugi do mosteiro atrás daqueles velhinhos bretões. Eu te imploraria que me amaldiçoasse ou me batesse, mas ouvi o senhor dizer que existe algum modo de eu compensar meu comportamento vergonhoso de ontem à noite. Por favor, me diga que modo seria esse, guerreiro, e eu cumprirei o mais rápido possível a tarefa que o senhor me der, seja ela qual for."

Enquanto ele dizia isso, a voz de sua mãe o havia chamado, ressoando com tanta força na pequena cabana que Edwin ficou na dúvida se tinha mesmo dito essas palavras em voz alta. Mas ele devia ter falado, pois ouviu Wistan dizer:

"Você acha que eu o escolhi só pela sua coragem, jovem companheiro? Você tem uma fibra admirável sem dúvida, e se sobrevivermos a esta missão, vou providenciar que aprenda as habilidades necessárias para fazer de você um verdadeiro guerreiro. Mas no momento ainda está verde, ainda não é um espadachim. Escolhi você, jovem Edwin, porque vi seu dom de caçador para acompanhar sua fibra de guerreiro. Ter os dois é uma coisa muita rara."

"Como isso é possível, guerreiro? Eu não entendo nada de caça."

"Um filhote de lobo que ainda mama já é capaz de farejar uma presa na floresta. Eu acredito que isso seja um dom da natureza. Quando esta minha febre passar, nós vamos subir essas colinas e eu aposto que você vai descobrir que o próprio céu estará te sussurrando que caminho seguir até que cheguemos diante da toca da dragoa."

"Guerreiro, tenho medo de que o senhor esteja depositando sua fé onde ela não vai encontrar abrigo. Nenhum parente meu jamais se gabou de ter habilidades assim, e ninguém nunca desconfiou que eu as tivesse. Nem mesmo Steffa, que viu a minha alma de guerreiro, mencionou habilidades desse tipo."

"Então deixe que eu acredite nelas sozinho, jovem companheiro. Eu nunca direi que você se gabou de uma coisa dessas. Assim que essa febre passar, nós partiremos rumo àquelas colinas do leste, onde todos dizem que fica a toca de Querig, e eu seguirei seus passos a cada bifurcação do caminho."

Foi então que o engodo começou. Edwin não o tinha planejado nem o acolhido quando, como um duende saído de um canto escuro, ele se infiltrou no meio deles. Sua mãe continuava a chamar. "Encontre forças por mim, Edwin. Você já está quase crescido. Encontre forças e venha me salvar." E tanto o desejo de contentar a mãe quanto sua própria ansiedade de se redimir aos olhos do guerreiro fizeram o menino dizer:

"É curioso, guerreiro. Agora que o senhor falou nisso, eu já estou sentindo a atração dessa dragoa. É mais um gosto no vento do que um cheiro. Seria melhor nós irmos logo, pois quem sabe por quanto tempo eu vou continuar sentindo isso?"

Enquanto dizia, as cenas já estavam passando rapidamente pela sua cabeça: ele iria entrar no acampamento deles, sobressaltando-os enquanto, sentados em silêncio num semicírculo, eles observavam sua mãe tentando se libertar. Já deviam ser homens adultos agora; muito provavelmente barbudos e barrigudos, não mais os jovens ágeis que haviam entrado cheios de empáfia em sua aldeia naquele dia. Homens corpulentos e brutos; e, quando se esticassem para pegar seus machados, eles veriam o guerreiro vindo atrás de Edwin e seus olhos se encheriam de medo.

Mas como ele podia enganar o guerreiro — seu professor e o homem que ele mais admirava no mundo? E ali estava Wistan, balançando a cabeça com satisfação e dizendo: "Eu sabia. Percebi assim que olhei para você, jovem Edwin. Naquele momento mesmo em que estava libertando você daqueles ogros na margem do rio". Ele ia entrar no acampamento deles. Ia libertar a mãe. Os homens corpulentos seriam mortos, ou talvez eles os deixassem fugir para a montanha e sumir na neblina. E depois? Edwin teria que explicar por que havia decidido enganar o guerreiro, quando eles estavam correndo para concluir uma missão urgente.

Em parte para tirar esses pensamentos da cabeça, pois ele sentia que já era tarde demais para recuar, Edwin disse: "Guerreiro, eu gostaria de te fazer uma pergunta, embora talvez o senhor a ache impertinente".

Wistan estava recuando para a escuridão, recostando-se de novo em sua cama. Agora tudo que Edwin conseguia ver dele era um joelho nu, movendo-se lentamente de um lado para o outro.

"Diga, jovem companheiro."

"Eu fiquei me perguntando, guerreiro, se existiria alguma rixa entre o senhor e lorde Brennus para que o senhor tenha decidido ficar e lutar contra os soldados dele, quando nós poderíamos fugir do mosteiro e estar meio dia de viagem mais próximos de Querig agora. Deve ter sido alguma razão muito forte para o senhor deixar de lado até mesmo a sua missão."

O silêncio que se seguiu foi tão longo que Edwin achou que

o guerreiro tinha desmaiado naquela cabana sufocante. Por outro lado, seu joelho continuava a balançar lentamente, e quando a voz por fim brotou da escuridão, o leve tremor da febre parecia ter evaporado.

"Eu não tenho nenhuma desculpa para dar, jovem companheiro. Só me resta confessar a minha insensatez, e isso depois da recomendação do bom padre para que eu não esquecesse o meu dever! Veja como é fraca a força de vontade do seu mestre. No entanto, eu sou acima de tudo um guerreiro, e não é fácil para mim fugir de uma batalha que sei que posso vencer. Você tem razão, nós poderíamos estar agora mesmo diante do esconderijo da dragoa, chamando-a para vir nos saudar. Mas eu sabia que aqueles soldados eram de Brennus, tinha até a esperança de que ele viesse em pessoa, e não consegui resistir à tentação de ficar para recebê-los."

"Então eu estou certo, guerreiro. Existe uma rixa entre o senhor e lorde Brennus."

"Nada que faça jus ao nome de rixa. Nós nos conhecemos quando éramos meninos, tão jovens quanto você é agora. Isso foi numa terra a oeste daqui, num forte muito bem vigiado onde nós, cerca de vinte meninos, éramos treinados dia e noite para nos tornarmos guerreiros do exército bretão. Eu me afeiçoei muito aos meus companheiros daquela época, pois eles eram rapazes maravilhosos e nós vivíamos como irmãos. Quer dizer, todos menos Brennus, que, por ser filho do lorde, detestava se misturar com os demais. No entanto, ele treinava conosco com frequência e, embora suas habilidades fossem parcas, sempre que um de nós o enfrentava com uma espada de madeira ou na arena de luta, nós tínhamos que deixá-lo ganhar. Qualquer coisa diferente de uma vitória gloriosa para o filho do lorde resultava em punições para todos nós. Você consegue imaginar uma coisa dessas, jovem companheiro? Meninos novos e orgulhosos, como nós éramos, sendo forçados a deixar que um oponente inferior parecesse nos derrotar dia após dia? E pior: Brennus adorava humilhar seus oponentes, mesmo enquanto estávamos fingindo ter sido derrotados. Ele sentia um prazer enorme em ficar de pé em cima do nosso pescoço ou nos dar pontapés quando nos estendíamos no chão para ele. Imagine como nos sentíamos com isso, companheiro!"

"Eu imagino muito bem, guerreiro."

"Hoje, no entanto, tenho razões para me sentir grato a lorde Brennus, pois ele me salvou de um destino lastimável. Como disse, eu tinha começado a amar os meus companheiros naquele forte como se fossem meus próprios irmãos — apesar de eles serem bretões e eu, saxão."

"Mas isso é tão vergonhoso assim, guerreiro, se o senhor foi criado ao lado deles, enfrentando tarefas difíceis junto com eles?"

"Claro que é vergonhoso, menino. Eu sinto vergonha até hoje quando me lembro da afeição que eu tinha por eles. Mas foi Brennus que me mostrou o meu erro. Talvez porque as minhas habilidades se sobressaíssem já naquela época, ele adorava me escolher como seu adversário nos treinos e reservava as piores humilhações para mim. Não demorou a perceber que eu era saxão e, em pouco tempo, virou todos os meus companheiros contra mim por causa disso. Até meus companheiros acabaram se unindo aos outros contra mim, cuspindo na minha comida ou escondendo as minhas roupas justo quando tínhamos que nos arrumar às pressas para ir para o treino nas manhãs geladas de inverno, com medo da ira dos nossos professores. Foi uma grande lição essa que Brennus me ensinou naquela época, e quando entendi como estava envergonhando a mim mesmo amando bretões como se eles fossem meus irmãos, decidi ir embora daquele forte, apesar de não ter nenhum amigo nem parente além daqueles muros."

Wistan se calou por um momento, sua respiração ruidosa se fazendo ouvir de trás do fogo.

"Mas o senhor se vingou de lorde Brennus antes de ir embora daquele lugar, guerreiro?"

"Julgue por mim se eu me vinguei ou não, companheiro, pois eu mesmo estou indeciso quanto a isso. Era costume naquele forte permitirem que nós, aprendizes, ao terminarmos o nosso treino do dia, tivéssemos uma hora de tempo livre depois do jantar. Nós fazíamos uma fogueira no quintal e ficávamos sentados em volta dela, conversando e caçoando uns dos outros como meninos costumam fazer. Brennus nunca se juntava a nós, obviamente, pois tinha seus aposentos privilegiados; mas naquela noite, não sei por quê, ele resolveu passar pelo quintal e eu o vi. Então me afastei do grupo, sem que os meus companheiros suspeitassem de nada. Ora, aquele forte, como qualquer outro, tinha muitas passagens secretas, e eu conhecia muito bem todas elas, de modo que pouco depois eu já estava num canto pouco vigiado, onde as ameias produziam sombras escuras no chão. Brennus veio andando na minha direção, sozinho, e quando eu saí da sombra, ele parou e olhou para mim com pavor. Percebeu de imediato que aquele encontro não podia ter acontecido por acaso e, também, que os poderes de que ele normalmente dispunha estavam suspensos. Foi muito interessante, jovem companheiro, ver aquele lorde cheio de empáfia se transformar tão rapidamente numa criancinha pronta a se mijar de medo na minha frente. Fiquei muito tentado a dizer para ele: 'Meu bom senhor, vejo que traz a sua espada à cinta. Sabendo como a maneja com muito mais habilidade, o senhor por certo não terá medo de erguê-la contra a minha'. No entanto, eu não disse isso, pois se tivesse ferido Brennus naquele canto escuro, o que seriam dos meus sonhos de uma vida além daqueles muros? Não falei nada, apenas permaneci em silêncio diante dele, deixando que aquele instante se prolongasse entre nós, pois queria que fosse um momento para jamais ser esquecido. E embora ele tenha se encolhido de medo e dado mostras de que teria gritado por socorro se algum resto de orgulho não tivesse lhe dito que fazer isso garantiria a sua perpétua humilhação, nenhum de nós dois disse nada um para o outro. Algum tempo depois, eu o deixei lá sozinho. Então, jovem Edwin, você vê que nada e ao mesmo tempo tudo se passou entre nós. Eu concluí assim que o melhor a fazer era ir embora naquela noite mesmo e, como não estávamos mais em tempos de guerra, a vigilância não era rigorosa. Passei sorrateiramente pelos guardas, sem me despedir de ninguém, e logo era só um menino sob o luar, tendo deixado para trás meus queridos companheiros, os parentes já mortos fazia tempo, sem nada a não ser a minha coragem e as habilidades que adquirira recentemente para levar na minha viagem."

"Guerreiro, será que Brennus o caça até hoje temendo que o senhor se vingue pelo que ele fez naquela época?"

"Quem sabe o que os demônios sussurram no ouvido daquele imbecil? Ele é um grande lorde agora, neste território e no vizinho, mas vive em pânico de qualquer viajante saxão vindo do leste que passe pelas suas terras. Será que ele alimentou tanto o medo que sentiu naquela noite que isso acabou por se transformar num gigantesco verme instalado na sua barriga? Ou será que o bafo da dragoa fez com que ele se esquecesse do motivo que um dia o fez ter medo de mim, mas o pavor se tornou ainda mais monstruoso por ser indefinido? No ano passado mesmo, um guerreiro saxão vindo da região dos pântanos — um guerreiro que eu conhecia bem — foi assassinado quando estava viajando em paz justo por este território. No entanto, continuo em dívida com lorde Brennus pela lição que ele me deu, pois sem ela eu poderia estar acreditando até agora que bretões são meus irmãos guerreiros. O que o está afligindo, jovem companheiro?

Você está mudando o peso do corpo de um pé para o outro como se a minha febre também o tivesse contagiado."

Então o menino não tinha conseguido esconder a sua impaciência, mas não era possível que Wistan desconfiasse que estava sendo enganando. Seria possível que o guerreiro também pudesse ouvir a voz da sua mãe? Ela o tinha chamado sem parar enquanto o homem estava falando. "Você não vai encontrar forças por mim, Edwin? Você ainda é pequeno demais afinal? Você não vem me buscar, filho? Você não me prometeu naquele dia que vinha?"

"Desculpe, guerreiro. É o meu instinto de caçador que está me deixando impaciente, pois tenho medo de perder o cheiro, e o sol da manhã já está nascendo lá fora."

"Nós vamos partir assim que eu conseguir montar no lombo daquela égua. Mas me deixe descansar mais um pouco, companheiro, pois como vamos enfrentar um oponente como aquela dragoa se eu estiver febril demais para levantar uma espada?"

11.

Ele ansiava por um raio de sol para aquecer Beatrice, mas, embora a margem oposta estivesse quase toda banhada de luz da manhã, o lado do rio em que eles se encontravam permanecia sombrio e frio. Axl sentia a esposa se apoiando nele enquanto andavam e sabia que os tremores dela vinham ficando cada vez mais fortes. Estava prestes a sugerir que parassem de novo para descansar quando finalmente avistou o telhado acima dos salgueiros, projetando-se na direção da água.

Levou algum tempo para eles conseguirem descer a ladeira lamacenta até o abrigo de barcos e, quando passaram pelo arco baixo do abrigo, a penumbra e a proximidade da água ondulante pareceram fazer Beatrice tremer ainda mais. Eles avançaram mais para dentro do abrigo, pisando em tábuas úmidas, e viram à frente da beira do telhado uma extensão de capim alto, juncos e um trecho do rio. Então o vulto de um homem se levantou das sombras à esquerda deles, dizendo: "O que desejam, amigos?".

"Deus esteja contigo, senhor", disse Axl. "Pedimos desculpas se o despertamos do seu sono. Somos apenas dois viajantes cansados e desejamos descer o rio até a aldeia do nosso filho."

Um homem largo e barbudo de meia-idade, coberto com camadas de peles de animais, veio até a luz e os examinou. Passado um tempo, ele perguntou, num tom quase amável:

"Essa senhora não está bem?"

"Ela só está cansada, senhor, mas não tem condição de andar o resto do caminho. Nós estávamos com esperança de que o senhor pudesse nos ceder uma balsa ou um pequeno barco para nos levar. Estamos dependendo da sua generosidade, pois um contratempo que enfrentamos há pouco nos tirou as trouxas que carregávamos e, com elas, o estanho para recompensá-lo. Estou vendo que o senhor só tem um barco agora na água. Se nos permitir usá-lo, posso pelo menos prometer que transportarei em segurança qualquer carga que o senhor me confiar."

O guardador de barcos olhou para a embarcação que balançava suavemente sob o telhado, depois se virou de novo para Axl. "Ainda vai demorar algum tempo para esse barco descer o rio, amigo, pois estou esperando que o meu colega volte com uma carga de cevada para enchê-lo. Mas estou vendo que os senhores estão ambos cansados e enfrentaram algum revés recentemente. Então me deixe lhes fazer uma sugestão. Olhem para lá, amigos. Estão vendo aquelas cestas?"

"Cestas, senhor?"

"Elas podem parecer frágeis, mas boiam bem e vão aguentar o seu peso, embora os senhores tenham que ir cada um numa cesta. Nós estamos acostumados a enchê-las com sacos de grãos, às vezes até com um porco abatido. Amarradas atrás de um barco, elas viajam no rio sem perigo mesmo quando ele está agitado. E hoje, como podem ver, a água está tranquila, então os senhores vão viajar sem preocupação."

"Eu agradeço a sua generosidade, senhor. Mas o senhor não teria uma cesta grande o bastante para transportar nós dois?"

"Os senhores têm que ir um em cada cesta, amigos, ou correrão o risco de se afogar. Mas eu posso atar uma cesta na outra, de modo que será quase como se os dois estivessem indo numa só. Quando avistarem o próximo abrigo de barcos deste mesmo lado do rio, a sua viagem estará terminada, e eu lhes peço que deixem as cestas bem amarradas lá."

"Axl", Beatrice sussurrou, "não vamos nos separar. Vamos a pé juntos, ainda que devagar."

"Andar agora está além das nossas forças, princesa. Nós dois estamos precisando nos aquecer e nos alimentar, e este rio vai nos levar rapidamente até a aldeia do nosso filho."

"Por favor, Axl. Eu não quero que nós nos separemos."

"Mas esse bom homem disse que vai amarrar as nossas cestas uma na outra, e vai ser como se estivéssemos de braços dados." Depois, virando-se para o guardador de barcos, Axl disse: "Eu te agradeço, senhor. Nós vamos seguir a sua sugestão. Por favor, amarre as cestas com firmeza, para que não haja chance de uma correnteza mais rápida nos separar".

"O perigo não é a rapidez do rio, amigo, mas a lentidão dele. É fácil ficar preso nas plantas perto da margem e não conseguir mais avançar. Vou lhe emprestar um cajado forte para que o senhor possa empurrar, e assim não haverá mais muito motivo para receio."

Quando o guardador de barcos foi até a beira do cais e começou a remexer numa corda, Beatrice sussurrou:

"Axl, por favor, não vamos nos separar."

"Nós não vamos nos separar, princesa. Veja só como ele está amarrando a corda para nos manter juntos."

"A correnteza pode nos separar, Axl, não importa o que esse homem diga."

"Vai correr tudo bem, princesa, e logo estaremos na aldeia do nosso filho."

Então o guardador de barcos os chamou, e eles desceram

com cuidado pelas pequenas pedras até onde ele estava esperando, firmando com uma vara comprida duas cestas que boiavam na água. "Elas estão bem forradas com peles", disse ele. "Os senhores mal vão sentir o frio do rio."

Embora agachar-se fosse doloroso para ele, Axl segurou Beatrice com as duas mãos até que ela tivesse entrado e se acomodado com segurança dentro da primeira cesta.

"Não tente se levantar, princesa, ou a cesta pode virar."

"Você não vai entrar também, Axl?"

"Eu estou entrando aqui do seu lado. Olhe, esse bom homem nos amarrou bem perto um do outro."

"Não me deixe aqui sozinha, Axl."

Mesmo ao dizer isso, no entanto, Beatrice parecia estar se sentindo mais tranquila e recostou-se na cesta como uma criança se ajeitando para dormir.

"Bom senhor", chamou Axl. "A minha esposa está tremendo de frio. Será que o senhor poderia nos emprestar algo que possa cobri-la?"

O guardador de barcos também estava olhando para Beatrice, que tinha se virado de lado, enroscando seu corpo, e fechado os olhos. De repente, ele tirou das costas uma das peles que estava usando e, inclinando-se para a frente, estendeu-a sobre Beatrice. Ela pareceu não notar — seus olhos continuaram fechados —, então foi Axl quem agradeceu ao homem.

"De nada, amigo. Deixe tudo no abrigo de barcos mais adiante para mim." Então o homem empurrou-os com sua vara em direção à correnteza. "Sente-se no fundo da cesta e mantenha o cajado à mão para afastar as plantas."

Estava um frio de rachar no rio. Lâminas de gelo flutuavam aqui e ali, mas as cestas passavam por elas com facilidade, às vezes batendo suavemente uma contra a outra. As cestas eram de um formato parecido com o de um barco, com proa e popa, mas tinham uma tendência a girar, de forma que às vezes Axl se via de frente para o abrigo de barcos de onde eles haviam partido, ainda visível na margem.

O sol nascente se derramava por entre o capim ondulante ao lado deles e, como o guardador de barcos havia prometido, o rio fluía num ritmo suave. Mesmo assim, Axl olhava a todo o instante para a cesta de Beatrice, que parecia estar inteiramente coberta pela pele de animal, com apenas uma pequena parte do seu cabelo para fora, traindo a sua presença. Certa hora, Axl gritou: "Nós vamos chegar lá logo, logo, princesa". Como não houve resposta, ele estendeu a mão para puxar a cesta dela mais para perto.

"Princesa, você está dormindo?"

"Axl, você ainda está aí?"

"Claro que eu ainda estou aqui."

"Axl, pensei que você tivesse me deixado de novo."

"Por que eu deixaria você, princesa? E o homem amarrou as nossas cestas uma na outra com tanto cuidado."

"Não sei se foi um sonho ou uma coisa de que me lembrei, mas eu me vi agora há pouco parada no nosso quarto no meio da noite. Foi há muito tempo e eu estava enrolada naquele manto de pele de texugo que você fez com tanto carinho para me dar de presente. Eu estava parada desse jeito, e era no nosso antigo quarto, não o que nós temos agora, porque galhos de faia cruzavam a parede de um lado para o outro, e eu estava observando uma lagarta rastejar lentamente pela parede e me perguntando por que ela estaria acordada tão tarde da noite."

"Que importância tem a lagarta? O que *você* estava fazendo acordada, olhando para a parede no meio da noite?"

"Acho que eu estava daquele jeito porque você tinha ido embora e me deixado, Axl. Talvez esta pele que o homem botou em cima de mim me faça lembrar daquela antiga, porque eu estava abraçada a ela enquanto observava a lagarta, abraçada à que você fez para mim com peles de texugo, que nós depois perdemos naquele incêndio. Eu estava observando a lagarta e perguntando por que ela não dormia e se uma criatura como aquela sabia distinguir o dia da noite. Mas acho que eu estava acordada porque você tinha ido embora, Axl."

"Foi só um sonho maluco, princesa, e é possível também que você esteja começando a ficar com febre. Mas logo, logo nós vamos estar ao pé de uma fogueira, bem quentinhos."

"Você ainda está aí, Axl?"

"Claro que eu estou aqui, princesa, e o abrigo de barcos já sumiu de vista faz um bom tempo."

"Você tinha me deixado naquela noite, Axl. E o nosso filho tão amado também. Ele fora embora um ou dois dias antes, dizendo que não queria estar em casa quando você voltasse. Então eu estava sozinha lá, no nosso antigo quarto, no meio da noite. Mas nós tínhamos uma vela naquela época, então eu consegui ver aquela lagarta."

"Sonho estranho esse seu, princesa, sem dúvida provocado por sua febre e esse frio. Eu queria que o sol raiasse com menos calma."

"Tem razão, Axl. Está frio aqui, mesmo debaixo dessa coberta."

"Eu esquentaria você nos meus braços se pudesse, mas o rio não deixa."

"Axl, será que o nosso filho nos deixou num momento de raiva e nós fechamos a nossa porta para ele, dizendo que nunca mais voltasse?"

"Princesa, eu estou vendo alguma coisa na nossa frente, na água. Talvez um barco preso nos juncos."

"Você está se afastando, Axl. Mal consigo ouvir o que você diz."

"Eu estou aqui do seu lado, princesa."

Ele estava sentado no fundo da cesta, com as pernas esticadas para a frente, mas agora, com muito cuidado, se pôs de cócoras, segurando a borda da cesta dos dois lados.

"Eu estou vendo melhor agora. É um pequeno barco a remo, preso nos juncos da margem, numa curva ali adiante. Está bem no nosso caminho. Temos que tomar cuidado, ou vamos ficar presos do mesmo jeito."

"Axl, não se afaste de mim."

"Eu estou aqui do seu lado, princesa. Vou só pegar esse cajado para nos manter longe dos juncos."

As cestas estavam se movendo cada vez mais devagar agora, sendo arrastadas na direção da água de aspecto lamacento onde a margem fazia uma curva. Enfiando o cajado dentro da água, Axl descobriu que conseguia tocar no fundo com facilidade, mas quando tentou empurrar as cestas de volta para o meio da correnteza, o cajado ficou agarrado no fundo do rio, impedindo que o homem desse impulso. Ele descobriu também, à luz da manhã que raiava sobre os campos cobertos de capim alto, que um grosso emaranhado de plantas havia se enovelado ao redor das duas cestas, como que para prendê-las ainda mais àquele trecho estagnado. O barco estava quase à frente e, enquanto deslizavam letargicamente em direção a ele, Axl levantou o cajado, apoiou-o na proa da embarcação e fez as cestas pararem de avançar.

"Nós já chegamos ao outro abrigo de barcos, marido?"

"Ainda não", respondeu Axl, olhando para a parte do rio que ainda fluía com a correnteza. "Sinto muito, princesa. Estamos presos nos juncos. Mas há um barco a remo na nossa frente e, se ele estiver em bom estado, podemos fazer o resto da viagem nele." Enfiando o cajado dentro da água de novo, Axl manobrou as cestas devagar até posicioná-las ao lado da embarcação.

Do ponto de vista dos dois, quase afundados na água, o barco parecia bastante alto, e Axl conseguia ver em detalhes a madeira desgastada e a parte de baixo da amurada, onde pequenos pingentes de gelo pendiam como cera de vela derretida. Firmando o cajado no fundo do rio, Axl se pôs de pé dentro de sua cesta e espiou o interior do barco.

A proa estava banhada numa luz laranja e ele levou algum tempo para perceber que a pilha de trapos pousada nas tábuas era, na verdade, uma velha. A roupa incomum que ela vestia — uma colcha de retalhos feita de inúmeros pequenos trapos escuros — e a sujeira agarrada à pele de seu rosto haviam confundido Axl por um momento. Além disso, ela estava sentada numa postura estranha, a cabeça muito inclinada para um lado, a ponto de quase encostar no fundo do barco. A roupa da velha fazia Axl se lembrar de alguma coisa, mas logo em seguida ela abriu os olhos e se pôs a encará-lo.

"Ajude-me, estranho", ela disse baixinho, sem alterar sua postura.

"A senhora está passando mal?"

"O meu braço não está me obedecendo, senão eu já teria me levantado e pegado no remo. Ajude-me, estranho."

"Com quem você está falando, Axl?" A voz de Beatrice veio de trás dele. "Veja lá se não é algum demônio."

"É só uma pobre senhora da nossa idade ou ainda mais velha, que está machucada dentro do barco."

"Não se esqueça de mim, Axl."

"Esquecer de você? Por que eu iria me esquecer de você, princesa?"

"A névoa nos faz esquecer tanta coisa. Por que não nos faria esquecer um do outro?"

"Isso nunca vai acontecer, princesa. Agora eu preciso ajudar essa pobre mulher e, com alguma sorte, talvez nós três possamos usar o barco dela para seguir viagem rio abaixo."

"Estranho, eu ouvi o que o senhor disse. Os senhores são muito bem-vindos ao meu barco, mas me ajude agora, pois eu caí e me machuquei."

"Axl, não me deixe aqui. Não se esqueça de mim."

"Eu só estou passando para esse barco aqui ao lado, princesa. Preciso ajudar essa pobre senhora."

O frio havia enrijecido as pernas de Axl e ele quase caiu enquanto subia no barco, mas acabou conseguindo se equilibrar. Depois, olhou ao redor.

O barco parecia simples e resistente, e não havia nenhum sinal óbvio de que estivesse vazando água. Uma carga estava empilhada perto da popa, mas Axl não deu muita atenção a isso, pois a velhinha estava de novo dizendo alguma coisa. O sol da manhã continuava batendo em cheio na mulher, e Axl viu que ela estava olhando para os pés dele com extrema atenção — tanta que não resistiu a olhar também para os próprios pés. Não vendo nada de extraordinário, ele continuou andando em direção a ela, pisando com cuidado nas tábuas do barco.

"Estranho, vejo que o senhor não é jovem, mas alguma força ainda te resta. Faça uma cara brava para elas. Uma cara tão brava que as faça fugir."

"Venha, senhora. A senhora consegue levantar o tronco?" Ele tinha dito isso porque estava aflito com a estranha postura da velha — seu cabelo grisalho pendia solto, encostando nas tábuas úmidas. "Deixe-me ajudá-la. Tente esticar as costas."

Quando ele se inclinou e tocou nela, a faca enferrujada que ela estava segurando escapuliu da mão da velha e caiu nas tábuas. No mesmo instante, uma pequena criatura saiu correndo do meio dos trapos dela e foi se esconder nas sombras.

"As ratazanas estão incomodando a senhora?"

"Elas estão lá, estranho. Faça uma cara brava para elas!"

Axl percebeu que não era para os pés dele que a velha estivera olhando, mas sim para alguma coisa atrás dele, algo que estava na popa do barco. Ele se virou, mas o sol baixo o ofuscou e ele não conseguiu enxergar direito o que se movia ali.

"Aquilo são ratazanas, senhora?"

"Elas estão com medo do senhor, estranho. Também ficaram com medo de mim no início, mas depois foram me sugando pouco a pouco, como costumam fazer. Se o senhor não tivesse aparecido, eu estaria coberta por elas agora."

"Espere um instante, senhora."

Axl foi andando na direção da popa, tapando o sol baixo com uma das mãos, e olhou para os objetos empilhados na sombra. Viu redes emaranhadas, uma coberta encharcada largada nas tábuas, com uma ferramenta de cabo comprido, como uma enxada, pousada em cima dela. E havia também uma caixa de madeira, sem tampa — do tipo que os pescadores usam para manter frescos os peixes que já pescaram. No entanto, quando olhou dentro da caixa, Axl não encontrou peixes, mas sim coelhos esfolados — uma quantidade considerável deles, tão apertados uns contra os outros que seus pequenos membros pareciam entrelaçados. Então, enquanto ele observava, toda aquela massa de tendões, cotovelos e tornozelos começou a se mexer. Axl deu um passo para trás assim que viu um olho se abrir e depois outro. Um barulho fez com que se virasse, e ele viu na outra ponta do barco, ainda banhada em luz laranja, a velha curvada sobre a proa, com fadas — um enxame delas — zanzando em cima da mulher. À primeira vista, a velha parecia contente, como se estivesse sendo coberta de afeição, enquanto as criaturinhas magricelas corriam por entre seus trapos, ombros e rosto. E agora um número cada vez maior delas estava saindo do rio, trepando na borda do barco.

Axl se abaixou para pegar a ferramenta de cabo comprido que estava na sua frente, mas também ele tinha sido envolvido por uma sensação de tranquilidade e se viu retirando o cabo do meio das redes emaranhadas com uma estranha falta de pressa. Sabia que cada vez mais criaturas estavam saindo da água — quantas já deviam ter entrado no barco àquela altura? Trinta? Sessenta? — e suas vozes reunidas faziam-no lembrar do som de crianças brincando ao longe. Ele teve a presença de espírito de erguer a ferramenta de cabo comprido — uma enxada, com certeza, pois aquilo que estava na ponta, elevando-se em direção ao céu, não era uma lâmina enferrujada? Ou seria mais uma daquelas criaturas se agarrando ao cabo? — e cravá-la com toda a força nas mãos e joelhos minúsculos que subiam na lateral do barco. Em seguida, desferiu outro golpe, dessa vez contra a caixa com os coelhos esfolados, de onde mais fadas estavam saindo. No entanto, ele nunca havia sido muito bom espadachim, tendo aptidão de fato para a diplomacia e, quando necessário, para a intriga, muito embora não acreditasse que alguém pudesse acusá-lo de alguma vez ter traído a confiança que a sua aptidão conquistara. Pelo contrário, ele é que havia sido traído. Mesmo assim, era capaz de manejar uma arma com alguma habilidade e agora distribuía golpes a torto e a direito, pois, afinal, tinha que defender Beatrice daquele enxame fervilhante de criaturas, não tinha? Mas lá vinham elas, em número cada vez maior — ainda estavam saindo daquela caixa, ou será que vinham das águas rasas? Será que estavam agora mesmo se aglomerando em volta de Beatrice, adormecida dentro da cesta? O último golpe da enxada havia surtido algum efeito, pois várias criaturas tinham caído de volta na água. Depois, outro golpe fez duas, talvez até três delas saírem voando pelo ar; e a velha era uma estranha, que obrigação ele tinha de botá-la à frente da sua própria esposa? Mas lá estava ela, a estranha, quase invisível agora debaixo das criaturas, que não paravam de se contorcer, e Axl atravessou o barco, de enxada erguida, e fez outro arco no ar, tentando acertar o máximo de criaturas possível sem atingir a estranha. Mas como elas eram persistentes! E agora tinham o atrevimento de falar com ele — ou seria a própria velha, abaixo delas?

"Deixe-a, estranho. Deixe-a para nós. Deixe-a, estranho."

Axl desceu a enxada de novo, que se moveu como se o ar fosse uma água espessa, mas acertou o alvo, atirando longe diversas criaturas ao mesmo tempo em que outras chegavam.

"Deixe-a para nós, estranho", a velha disse de novo, e só então ocorreu a Axl, com uma pontada de medo que lhe doeu fundo, que quem disse isso não estava se referindo à estranha moribunda diante dele, mas sim à Beatrice. Virando-se para a cesta da esposa, encalhada no meio dos juncos, ele viu que as águas ao redor dela estavam apinhadas de braços, pernas e ombros. A cesta em que ele próprio havia viajado estava quase virando com o peso das criaturas que tentavam trepar nela, e só não emborcava por causa do lastro oferecido pelas criaturas que já estavam lá dentro. Mas elas só estavam subindo na cesta dele para obter acesso à cesta vizinha. Axl viu um enxame de criaturas se amontoando em cima da pele de animal que cobria Beatrice e, dando um grito, subiu na lateral do barco e se atirou na água. Aquele trecho do rio era mais fundo do que Axl tinha imaginado, e ele se viu com água acima da cintura. No entanto, o choque que a água gelada provocou só o deixou sem ar por um instante, pois logo em seguida ele soltou um berro de guerreiro que lhe veio como que de uma memória distante e avançou na direção das cestas, segurando a enxada bem alto. Sentia suas roupas sendo puxadas, e a água tinha a consistência do mel, mas ao golpear sua própria cesta com a enxada, apesar de sua arma se deslocar pelo ar com uma lentidão frustrante, quando ela enfim atingiu o alvo, um número muito maior de criaturas do que ele esperava caiu dentro da água. A pancada seguinte causou um estrago maior ainda — talvez agora ele tivesse descido a enxada com a lâmina virada para fora, pois não era carne ensanguentada aquilo que ele viu voando pelo ar à luz do sol? No entanto, uma eternidade o separava de Beatrice, que boiava tranquilamente enquanto as criaturas subiam em volta dela, e agora vinham da terra também, brotando do meio da grama na beira do rio. Havia criaturas agarradas até na enxada de Axl, e ele a deixou cair dentro da água, de repente desejando apenas ir para perto de Beatrice.

Avançava por entre o capim, os juncos partidos, a lama agarrada aos seus pés, mas Beatrice continuava mais longe do que nunca. Então Axl ouviu de novo a voz da estranha e, embora agora dentro da água ele não conseguisse mais vê-la, via a imagem dela com espantosa clareza dentro de sua cabeça, caída no fundo do barco ao sol da manhã, as fadas movendo-se livremente em cima dela, enquanto a velha pronunciava as palavras que ele estava ouvindo:

"Deixe-a, estranho. Deixe-a para nós."

"Malditas!", Axl murmurou baixinho, enquanto se esforçava para avançar. "Eu nunca vou abrir mão dela."

"Um homem inteligente como o senhor, estranho. O senhor já sabe há muito tempo que não há cura para ela. Como vai conseguir suportar o que ela vai enfrentar daqui para a frente? Por acaso o senhor anseia pelo dia em que verá a sua amada se contorcer de agonia, sem ter nada para oferecer a ela além de palavras doces? Dê-nos a sua mulher que nós aplacaremos o sofrimento dela, como fizemos com todas as outras antes dela."

"Malditas! Eu não vou lhes dar a minha mulher!"

"Dê-nos a sua mulher que nós vamos cuidar para que ela não sofra. Vamos lavá-la nas águas do rio e livrá-la do peso dos anos, e ela vai se sentir como se estivesse num sonho. Para que ficar com ela? O que o senhor pode dar a ela além da agonia de um animal no matadouro?"

"Eu vou me livrar de vocês. Vão embora. Saiam de cima dela."

Entrelaçando uma mão na outra para fazer uma clava, ele as

sacudiu de um lado para o outro, abrindo uma trilha na água à medida que avançava, até enfim alcançar Beatrice, que continuava dormindo profundamente dentro da cesta. A pele de animal que a cobria estava apinhada de fadas, e ele começou a tirá-las de lá uma a uma, arremessando-as longe.

"Por que não quer dá-la para nós? O senhor não está sendo bondoso com ela assim."

Ele foi empurrando a cesta pela água em direção à margem, até que o chão ficou mais alto e a cesta se apoiou na lama molhada, no meio do capim e dos juncos. Inclinando-se, ele pegou a esposa no colo, tirando-a de dentro da cesta. Felizmente, Beatrice despertou o suficiente para se segurar ao pescoço dele, e os dois foram cambaleando juntos primeiro até a margem e depois até os campos. Só quando sentiu a terra firme e seca debaixo dos pés foi que Axl pousou Beatrice no chão, então os dois ficaram sentados juntos na grama, ele recuperando o fôlego e ela despertando gradualmente.

"Axl, que lugar é este onde nós viemos parar?"

"Princesa, como você está se sentindo agora? Precisamos ir embora daqui. Eu vou carregá-la nas minhas costas."

"Axl, você está todo molhado! Você caiu no rio?"

"Este lugar é maligno, princesa, e nós precisamos sair rápido daqui. Eu vou carregá-la com prazer nas minhas costas, como eu fazia quando éramos jovens e tolos e aproveitávamos uma tarde quente de primavera."

"Nós precisamos mesmo deixar o rio para trás? Sir Gawain com certeza tinha razão quando disse que o rio nos levaria mais rápido para onde vamos. Este lugar aqui parece estar mais próximo do cume das montanhas do que qualquer outro onde nós estivemos antes."

"Nós não temos escolha, princesa. Precisamos ir para bem longe daqui. Venha, eu vou carregá-la nas costas. Venha, princesa, segure-se nos meus ombros."

12.

Ele ouvia a voz do guerreiro lá embaixo, fazendo um apelo para que subisse mais devagar, mas Edwin ignorou-a. Wistan estava andando vagarosamente e a maior parte do tempo parecia não perceber a urgência da situação deles. Quando ainda não haviam chegado à metade do penhasco, ele perguntou a Edwin: "Será que aquilo que acabou de passar voando por nós era um falcão, jovem companheiro?". Que importância tinha o que era aquilo? A febre deixara o guerreiro lerdo, tanto física quanto mentalmente.

Faltava subir só mais um pouco para que ele chegasse pelo menos até o topo e pisasse em terra firme. Então, ele poderia correr — como ele queria correr! — mas para onde? Naquele momento, o destino deles lhe havia fugido da lembrança. Além disso, ele tinha alguma coisa importante para contar ao guerreiro: vinha enganando Wistan a respeito de alguma coisa e agora estava quase na hora de confessar. Quando começaram a subir, deixando a égua exausta amarrada a um arbusto ao lado da trilha da montanha, Edwin decidira que botaria tudo em pratos limpos quando eles chegassem ao topo. No entanto, agora que estavam quase lá, só o que restava em sua mente eram vestígios confusos de memória.

Ele escalou as últimas pedras e, içando-se, subiu no topo do precipício. O terreno a sua frente era árido e cheio de marcas deixadas pelo vento, elevando-se gradualmente em direção aos picos pálidos no horizonte. Ali perto havia moitas de urzes e de capim, mas nada que passasse da altura da canela de um homem. Estranhamente, porém, a certa distância dali, havia o que parecia ser um bosque, suas árvores viçosas resistindo com tranquilidade contra o vento belicoso. Será que algum deus, por capricho, tinha pegado com os dedos um pedaço de uma floresta exuberante e o posto ali, no meio daquele terreno inóspito?

Embora sem fôlego por causa da escalada, Edwin se forçou a correr, pois aquele bosque com certeza era o lugar para onde ele tinha que ir e, uma vez lá, ele se lembraria de tudo. Wistan estava gritando de novo de algum lugar atrás dele — o guerreiro devia ter enfim chegado ao topo —, mas Edwin, sem olhar para trás, se pôs a correr mais rápido ainda. Deixaria para fazer sua confissão quando chegasse ao bosque. Protegido pelas árvores, ele conseguiria se lembrar das coisas com mais clareza, e os dois poderiam conversar sem o uivo do vento.

De repente, porém, o chão veio ao seu encontro, e o impacto o deixou sem ar. Aconteceu de forma tão inesperada que Edwin foi obrigado a ficar deitado por um momento, bastante zonzo. Quando tentou se pôr de pé de novo, algo macio e vigoroso manteve o menino ali deitado. Então, ele percebeu que o joelho de Wistan estava apoiado em suas costas e que suas mãos estavam sendo amarradas atrás dele.

"Você me perguntou antes para que nós tínhamos que trazer uma corda", disse Wistan. "Agora está vendo como ela pode ser útil."

Edwin começou a se lembrar da conversa que os dois haviam tido na trilha lá embaixo. Ansioso para começar a escalada, ele ficara irritado com o modo como o guerreiro estava transferindo itens cuidadosamente da sela da égua para dois sacos que eles iriam carregar.

"Nós temos que correr, guerreiro! Para que precisamos de todas essas coisas?"

"Tome, leve isto, companheiro. A dragoa já é uma adversária forte o bastante sem que nós fiquemos fracos de frio e de fome para ajudá-la."

"Mas eu vou perder o cheiro dela! E que necessidade temos de levar uma corda?"

"Podemos precisar dela, jovem companheiro, e não vamos encontrar cordas crescendo em árvores lá em cima."

Agora a corda tinha sido passada não só em volta dos seus pulsos, mas também da sua cintura, de modo que, quando finalmente se levantou, Edwin descobriu que só conseguia seguir adiante até onde sua coleira permitia.

"Guerreiro, o senhor não é mais meu amigo e professor?"

"Eu ainda sou não só isso, como seu protetor também. Daqui em diante, você tem que ir com menos pressa."

Ele descobriu que não se importava com a corda. O ritmo que ela o obrigava a adotar era como o de um asno, e Edwin se lembrou de um dia, não fazia muito tempo, em que ele tivera que personificar justo esse animal, dando voltas e mais voltas em torno de uma carroça. Será que ele era o mesmo asno agora, avançando teimosamente colina acima, enquanto a corda o puxava para trás?

Ele subia e subia, às vezes conseguindo dar vários passos seguidos antes que a corda o puxasse e o fizesse estacar. Uma voz nos seus ouvidos — uma voz familiar — ora cantava, ora entoava uma rima infantil, que ele conhecia bem desde pequeno.

Ouvir aquilo era reconfortante e perturbador em igual medida, e Edwin descobriu que, se entoasse a rima junto com a voz enquanto puxava a corda, a voz ficava um pouco menos inquietante. Então, ele se pôs a entoar para o vento, a princípio muito baixinho, depois com menos inibição: "Quem derrubou a caneca no chão? Quem cortou o rabo do dragão? Quem botou a cobra no porão? Foi aquele seu primo-irmão". Ele não se lembrava dos versos que vinham depois, mas ficou surpreso quando descobriu que bastava entoar junto com a voz para que as palavras saíssem corretamente.

As árvores estavam próximas agora, e o guerreiro puxou Edwin para trás de novo.

"Devagar, jovem companheiro. Nós precisamos de mais do que coragem para entrar nesse estranho bosque. Olhe lá. Encontrar pinheiros nesta altura não é nenhum espanto, mas aquelas árvores ao lado deles não são carvalhos e olmos?"

"Não importa que árvores crescem aqui, guerreiro, nem que pássaros voam por esses céus! Nós temos pouco tempo e precisamos correr!"

Eles entraram no bosque e o chão debaixo de seus pés mudou: havia musgo macio, urtigas, até samambaias. As folhas acima deles eram densas o bastante para formar uma copa, de modo que durante algum tempo eles caminharam numa penumbra cinzenta. No entanto, aquilo não era uma floresta, pois logo os dois avistaram uma clareira diante deles, com um círculo de céu aberto no alto. Ocorreu a Edwin que, se aquilo fosse de fato a obra de um deus, a intenção devia ter sido esconder o que havia mais à frente. Ele puxou a corda com raiva, dizendo:

"Para que perder tanto tempo, guerreiro? Será que o senhor está com medo?"

"Olhe para este lugar, jovem companheiro. Os seus instintos de caçador nos serviram bem. Isto que está a nossa frente só pode ser a toca da dragoa."

“Eu sou o caçador entre nós dois, guerreiro, e eu te digo que não há dragão nenhum nessa clareira. Precisamos passar rápido por ela e seguir adiante, pois ainda temos um bom caminho pela frente!”

“A sua ferida, jovem companheiro. Deixe-me ver se ela continua limpa.”

“Esqueça a minha ferida! Estou dizendo que vou perder o cheiro dela! Solte a corda, guerreiro. Eu vou continuar correndo mesmo sem o senhor!”

Dessa vez Wistan o soltou, e Edwin saiu correndo, passando por entre cardos e raízes emaranhadas. Perdeu o equilíbrio várias vezes, pois, amarrado como estava, não tinha como estender a mão quando precisava se estabilizar. Mas chegou à clareira sem se machucar e parou na beira dela para examinar a paisagem à sua frente.

No centro da clareira havia um lago. Estava todo congelado, de modo que um homem — fosse ele corajoso ou insensato o bastante para isso — poderia atravessá-lo com cerca de vinte passos. A superfície lisa do gelo só era interrompida perto do lado oposto, onde era transpassada pelo tronco oco de uma árvore morta. Mais adiante ao longo da margem, não muito longe da árvore arruinada, um enorme ogro estava ajoelhado à beira da água, com os cotovelos apoiados no chão e a cabeça completamente submersa. Talvez a criatura estivesse bebendo — ou procurando alguma coisa abaixo da superfície — e fora pega de surpresa pelo congelamento súbito. Para um observador descuidado, o ogro poderia ter parecido um cadáver sem cabeça, decapitado quando se abaixou para matar a sede.

O pedaço de céu acima do lago lançava uma luz estranha sobre o ogro, e Edwin ficou olhando para o monstro durante algum tempo, quase esperando que ele ressuscitasse, levantando uma medonha cara vermelha. Então, com um sobressalto, o menino percebeu que havia uma segunda criatura numa posição idêntica do lado direito da margem oposta do lago. E ali! Uma terceira, não muito longe dele, na margem mais próxima, parcialmente escondida pelas samambaias.

Normalmente, ogros só despertavam asco em Edwin, mas aquelas criaturas e a melancolia perturbadora de suas posições fizeram-no sentir uma pontada de pena. O que as teria levado a um fim como aquele? Ele começou a andar na direção delas, mas a corda se retesou de novo, e ele ouviu Wistan dizer logo atrás dele:

"Você ainda nega que isso seja uma toca de dragão, companheiro?"

"Não é aqui, guerreiro. Nós ainda temos que andar mais um pouco."

"Mas este lugar me transmite alguma coisa. Mesmo que não seja a toca dela, não é aqui que ela vem beber água e tomar banho?"

"Para mim, este lugar é amaldiçoado, guerreiro, e não é de jeito nenhum um bom lugar para a enfrentarmos. Nós só vamos nos dar mal aqui. Veja aqueles pobres ogros. E eles são quase tão grandes quanto os demônios que o senhor matou na outra noite."

"Do que você está falando, menino?"

"O senhor não está vendo? Olhe ali! E lá!"

"Jovem companheiro, você está exausto, como eu temia que ficasse. Vamos descansar um pouco. Apesar de soturno, este lugar pelo menos nos dá um alívio do vento."

"Como é que o senhor pode falar em descansar, guerreiro? E não foi assim que aquelas pobres criaturas acabaram morrendo, demorando demais neste lugar enfeitiçado? Preste atenção ao aviso delas, guerreiro!"

"O único aviso a que posso dar atenção neste momento é o

que me diz que você precisa descansar antes que acabe fazendo o seu próprio coração estourar."

Edwin se sentiu puxado de novo, e suas costas bateram de encontro ao tronco de uma árvore. Em seguida, o guerreiro começou a andar em volta dele, passando a corda em torno de seu peito e seus ombros até que ele mal conseguisse se mexer.

"Esta boa árvore não quer te fazer mal, jovem companheiro", disse o guerreiro, pousando a mão amavelmente no ombro de Edwin. "Para que desperdiçar a sua força desse jeito, tentando arrancá-la? Acalme-se e descanse, enquanto eu examino este lugar mais de perto."

Edwin viu Wistan caminhar com cuidado entre as urtigas, seguindo em direção ao lago. Ao chegar à beira da água, o guerreiro passou vários instantes andando devagar de um lado para o outro, olhando atentamente para o chão, às vezes se agachando para examinar algo que tinha atraído seu olhar. Depois se ergueu e, durante um bom tempo, pareceu ficar mergulhado numa espécie de devaneio, contemplando as árvores do outro lado do lago. Para Edwin, o guerreiro agora era praticamente uma silhueta escura em contraste com a água congelada. Por que será que ele nem sequer dirigia os olhos para os ogros?

Wistan fez um movimento e, de repente, a espada estava na sua mão, o braço suspenso e parado no ar. Depois, enfiou a arma de volta na bainha e, dando as costas para o lago, veio andando na direção de Edwin.

"Nós estamos longe de ser os primeiros a visitar este lugar", disse ele. "Há menos de uma hora algum visitante passou por aqui, e não foi nenhuma dragoa. Fico contente de ver que você está mais calmo, jovem companheiro."

"Guerreiro, tenho uma confissão a fazer. Uma confissão que talvez faça o senhor aproveitar que estou amarrado a esta árvore para me matar."

"Fale, menino, e não tenha medo de mim."

"Guerreiro, o senhor falou que eu tenho o dom do caçador e, no mesmo instante em que disse isso, senti uma atração forte e, então, deixei que o senhor acreditasse que eu estava farejando o cheiro de Querig. Mas eu estava enganando o senhor o tempo inteiro."

Wistan se aproximou e parou bem na frente dele.

"Continue, companheiro."

"Eu não consigo continuar, guerreiro."

"Você tem mais a temer com o seu silêncio do que a minha raiva. Fale."

"Eu não consigo, guerreiro. Quando nós começamos a subir a montanha, eu sabia exatamente o que dizer, mas agora... Não consigo me lembrar o que é que eu estava escondendo do senhor."

"É o hálito da dragoa, só isso. Antes, ele não tinha afetado você demais, mas agora está começando a dominá-lo. Isso é um sinal certo de que nós estamos perto dela."

"Eu acho que é esse lago amaldiçoado que está me enfeitiçando, guerreiro, e talvez esteja enfeitiçando o senhor também, fazendo com que se contente em ficar aqui perdendo tempo e nem olhe para aqueles ogros afogados. Mesmo assim, eu sei que tenho uma confissão a fazer e só queria me lembrar qual é."

"Mostre-me o caminho para a toca da dragoa, e eu perdoarei qualquer mentirinha que você tenha me contado."

"Mas o problema é justamente esse, guerreiro. Nós fizemos a égua cavalgar até o coração dela quase estourar, depois subimos esta encosta íngreme, mas a verdade é que não estou levando o senhor até a dragoa."

Wistan tinha chegado tão perto, que o menino estava sentindo o hálito dele.

"Para onde então você está me levando, jovem Edwin?"

"É a minha mãe, guerreiro. Estou me lembrando agora: minha tia não é minha mãe. A minha mãe de verdade foi levada embora e, apesar de ser pequeno na época, eu estava vendo e prometi a ela que um dia iria trazê-la de volta. Agora que eu estou quase grande e tenho o senhor ao meu lado, até mesmo aqueles homens iriam ficar com medo de nos enfrentar. Eu enganei o senhor, guerreiro, mas tente entender o que sinto e me ajude agora que estamos tão perto dela."

"A sua mãe. Você acha que ela está perto de nós?"

"Ela está, guerreiro. Mas não aqui. Não neste lugar amaldiçoado."

"O que você se lembra dos homens que a levaram?"

"Eles pareciam ferozes, guerreiro, e muito acostumados a matar. Nenhum homem da aldeia teve coragem de sair de casa para enfrentá-los naquele dia."

"Eram saxões ou bretões?"

"Bretões, guerreiro. Eram três homens, e Steffa disse que eles deviam ter sido soldados, porque reconheceu neles o comportamento de soldados. Eu ainda não tinha cinco anos, ou teria lutado por ela."

"A minha mãe também foi levada, jovem companheiro, então entendo bem como você se sente. E eu também era pequeno e fraco quando ela foi levada. Eram tempos de guerra e, na minha ingenuidade, vendo como os homens massacravam e enforcavam tanta gente, fiquei feliz quando vi o modo como eles sorriam para ela, acreditando que isso significasse que iriam tratá-la com gentileza e boa vontade. Talvez tenha sido assim com você também, jovem Edwin, quando era menor e ainda não conhecia a maneira como os homens agem."

"A minha mãe foi levada em tempos de paz, guerreiro, então não sofreu nenhum grande mal. Ela tem viajado de um lado para o outro, e talvez não seja uma vida tão ruim. Mesmo assim, ela anseia por voltar para perto de mim e, é verdade, os homens que viajam com ela às vezes são cruéis. Guerreiro, aceite a minha confissão e me castigue depois, mas me ajude agora a enfrentar os captores dela, pois faz muitos anos que ela me espera."

Wistan ficou olhando para ele de um jeito estranho. Parecia estar prestes a dizer alguma coisa, mas depois balançou a cabeça e se afastou alguns passos da árvore, quase como se estivesse envergonhado. Edwin nunca tinha visto o guerreiro com aquela cara e ficou observando-o com espanto.

"Eu estou disposto a perdoar esse seu embuste, jovem Edwin", Wistan disse por fim, virando-se de frente para ele. "E qualquer outra mentirinha que você possa ter me contado. Também estou disposto a soltá-lo dessa árvore e a enfrentar ao seu lado qualquer que seja o inimigo ao qual você nos conduza. Mas, em troca, eu te peço que me faça uma promessa."

"Que promessa, guerreiro?"

"Se eu cair e você sobreviver, me prometa que vai carregar no coração um ódio infinito aos bretões."

"Como assim, guerreiro? A que bretões?"

"A todos os bretões, jovem companheiro. Até mesmo aos que forem gentis com você."

"Não estou entendendo, guerreiro. Eu devo odiar até mesmo um bretão que divida o pão dele comigo? Ou que me salve de um inimigo, como fez há pouco o bom sir Gawain?"

"Há bretões que atraem o nosso respeito e até mesmo o nosso amor, eu sei disso muito bem. Mas há coisas maiores pesando sobre nós agora do que o que cada um pode sentir um pelo outro. Foram bretões sob o comando de Arthur que chacinaram o nosso povo. Foram bretões que levaram a sua mãe e a minha. Nós temos o dever de odiar cada homem, mulher e criança que carregue o sangue deles. Então me prometa isso: se eu cair antes de transmitir a você as minhas habilidades, prometa que vai alimentar bem esse ódio no seu coração. E se algum dia ele bruxulear ou ameaçar morrer, proteja-o com cuidado até que a chama volte a arder com intensidade de novo. Você me promete isso, jovem Edwin?"

"Está bem, guerreiro, eu prometo. Mas agora estou ouvindo a minha mãe me chamar, e nós com certeza já passamos muito tempo neste lugar soturno."

"Vamos até ela, então. Mas prepare-se para a possibilidade de chegarmos tarde demais para salvá-la."

"Como assim, guerreiro? Como isso seria possível, se eu estou ouvindo agora mesmo o chamado dela?"

"Então vamos correndo atender ao chamado dela. Saiba apenas uma coisa, jovem companheiro: quando já não há mais tempo para salvar, ainda há bastante tempo para se vingar. Então me deixe ouvir a sua promessa de novo. Prometa para mim que vai odiar os bretões até o dia em que você cair ferido ou sob o peso dos anos."

"Eu prometo de novo de bom grado, guerreiro. Mas me desamarre desta árvore, porque estou sentindo com clareza agora para que lado temos que ir."

13.

O bode, Axl percebia, estava muito à vontade naquele terreno montanhoso. Comia, satisfeito, o capim baixo e as urzes, sem se importar com o vento nem com o fato de suas patas esquerdas estarem apoiadas num nível bem mais baixo do que as patas direitas. O animal puxava a corda com muita força — como Axl bem havia sentido durante a subida — e não tinha sido fácil encontrar um jeito seguro de amarrá-lo para que ele e Beatrice pudessem descansar. Mas Axl acabara encontrando uma raiz de árvore morta se projetando da encosta e amarrara a corda nela com bastante cuidado.

O bode estava totalmente visível do lugar onde eles se encontravam agora. As duas enormes pedras, encostadas uma na outra como um casal de velhinhos, haviam estado visíveis de um ponto mais baixo do caminho, mas Axl tinha esperança de encontrar algum abrigo contra o vento bem antes de chegarem até elas. No entanto, a encosta árida não oferecera nada, e eles foram forçados a continuar subindo pela pequena trilha, enquanto o bode os puxava tão impulsivamente quanto as violentas rajadas de vento. Contudo, quando finalmente chegaram às pedras gêmeas, foi como se Deus tivesse erguido um santuário para eles ali, pois, embora ainda ouvissem as rajadas ao redor, sentiam apenas leves movimentos no ar. Mesmo assim, eles se sentaram encostados um ao outro, como que imitando as duas pedras acima deles.

"Ainda tem tanto chão abaixo de nós, Axl. Parece que aquele rio não nos fez descer praticamente nada."

"A nossa viagem pelo rio foi interrompida antes que pudéssemos ir muito longe, princesa."

"E agora aqui estamos nós, subindo a encosta outra vez."

"Pois é, princesa. Estou desconfiado que aquela menina escondeu de nós o quanto a tarefa seria difícil."

"Sem dúvida nenhuma, Axl. Ela deu a entender que seria uma caminhadinha à toa. Mas, por outro lado, coitada, uma criança ainda e tendo que assumir tantas responsabilidades que não são para a idade dela. Axl, olhe lá para baixo. No fundo daquele vale, você está vendo?"

Protegendo os olhos da luz ofuscante com uma das mãos, Axl tentou enxergar o que a esposa estava mostrando, mas, depois de algum tempo, fez que não com a cabeça. "Os meus olhos não são tão bons quanto os seus, princesa. Vejo vários vales entre as montanhas, mas nada de extraordinário em nenhum deles."

"Lá, Axl, acompanhe o meu dedo. Não são soldados andando em fila?"

"Ah, eu consigo ver agora. Mas eles não parecem estar andando."

"Eles estão andando sim, Axl, e me parece que são soldados, pelo modo como avançam numa longa fila."

"Para os meus olhos fracos, princesa, eles não parecem estar se mexendo de forma alguma. E, mesmo que sejam soldados, estão longe demais para nos incomodar. O que me preocupa muito mais são aquelas nuvens de tempestade a oeste, pois elas podem nos causar problemas muito mais rápido do que qualquer fileira de soldados à distância."

"Tem razão, marido. Quanto será que ainda temos que andar? Aquela menina não estava sendo honesta quando insistiu que era só uma caminhada curta. Mas, coitada, quem poderia condená-la? Com os pais ausentes e tendo que cuidar dos irmãos mais novos. Ela devia estar desesperada para que aceitássemos fazer o que ela estava pedindo."

"Eu estou vendo aquelas figuras melhor, princesa, agora que o sol apontou atrás das nuvens. Não são soldados nem sequer homens, mas sim pássaros pousados um ao lado do outro."

"Que tolice, Axl. Se fossem pássaros, como é que iríamos conseguir enxergá-los daqui?"

"Eles estão mais perto do que você imagina, princesa. São pássaros pretos pousados em fila, como eles costumam fazer nas montanhas."

"Então por que nenhum levantou voo enquanto estamos aqui olhando para eles?"

"Eles ainda podem levantar voo, princesa. E eu, de minha parte, não vou condenar aquela mocinha, coitada, naquela situação horrível. E o que teria sido de nós sem a ajuda dela, encharcados e tremendo de frio como estávamos quando a encontramos? Além do mais, princesa, se eu me lembro bem, não era só a menina que estava ansiosa para que esse bode fosse levado até o túmulo do gigante. Acho que não faz nem uma hora que você estava tão ansiosa quanto ela."

"E eu ainda estou ansiosa, Axl. Afinal, não seria maravilhoso se Querig fosse morta e essa névoa desaparecesse? É só que, quando vejo aquele bode mastigando a terra daquele jeito, acho difícil acreditar que uma criatura boba como aquela possa acabar com uma enorme dragoa."

O bode estava comendo com igual apetite mais cedo naquela manhã, quando eles avistaram a pequena cabana de pedra. Não tinha sido muito fácil avistar aquela cabana, escondida numa área de sombra ao pé de um enorme penhasco, e mesmo quando Beatrice a mostrou para ele, Axl tinha tido a impressão de que se tratava da entrada de um abrigo parecido com o deles, escavado na encosta da montanha. Só quando os dois chegaram mais perto foi que Axl percebeu que era uma estrutura independente, com paredes e telhado construídos com pedaços de rocha cinza-escuro. Um fio de água caía lá do alto logo em frente à lateral do penhasco, formando uma poça não muito longe da cabana e depois escorrendo até desaparecer no precipício. Um pouco antes da cabana, que agora começava a ficar iluminada pelo sol brilhante da manhã, havia um pequeno pasto cercado, cujo único ocupante era o bode. Como de costume, o animal estava ocupado comendo, mas interrompeu sua refeição para dirigir um olhar de espanto para Axl e Beatrice.

As crianças, porém, não tinham notado a aproximação dos dois. A menina e os dois irmãos mais novos estavam parados na beira de uma vala, de costas para os visitantes, olhando para alguma coisa que estava abaixo deles. Num momento, um dos menininhos se agachou para jogar alguma coisa dentro da vala, o que fez com que a menina o puxasse para trás pelo braço.

"O que será que eles estão fazendo, Axl?", Beatrice perguntou. "Alguma travessura, pelo visto, e o mais novo ainda é pequeno o bastante para cair lá dentro sem querer."

Depois que os dois passaram pelo bode e as crianças continuaram alheias à presença deles, Axl gritou para elas do modo mais gentil que pôde: "Deus esteja convosco", o que fez com que as três girassem imediatamente de frente para eles, assustadas.

O ar de culpa no rosto das três crianças corroborava a impressão de Beatrice de que elas estavam aprontando alguma coisa, mas a menina — uma cabeça mais alta que os dois meninos — recuperou-se rápido e sorriu.

"Anciãos! Sejam bem-vindos! Ontem à noite mesmo nós rezamos a Deus, pedindo que nos enviasse os senhores, e agora os senhores aqui estão! Bem-vindos, bem-vindos!"

Ela veio andando em direção a eles, espalhando a cada passo a água do capim encharcado, seguida de perto pelos dois irmãos.

"Você está enganada, criança", disse Axl. "Somos apenas dois viajantes perdidos, exaustos e cheios de frio. Nossas roupas estão todas molhadas do rio, onde ainda há pouco fomos atacados por fadas más. Você poderia chamar a sua mãe ou o seu pai e perguntar se poderíamos entrar para nos aquecermos e nos secarmos ao pé do fogo?"

"Nós não estamos enganados, senhor! Rezamos para o Deus Jesus ontem à noite e agora os senhores vieram! Por favor, anciãos, sintam-se à vontade para entrar na nossa casa, onde o fogo ainda está aceso."

"Mas onde estão os seus pais, criança?", perguntou Beatrice. "Mesmo cansados como estamos, não poderíamos entrar sem a permissão do dono ou da dona da casa, então vamos ficar esperando que um deles nos chame da porta."

"Somos só nós três agora, senhora, então pode me considerar a dona da casa! Por favor, entrem e se aqueçam. Os senhores encontrarão comida no saco que está pendurado na viga e lenha ao lado da lareira, para pôr no fogo. Entrem, anciãos, que nós não vamos atrapalhar o seu descanso por um bom tempo, pois temos que cuidar do bode."

"Nós aceitamos a sua generosidade com gratidão, criança", disse Axl. "Mas nos diga uma coisa: a aldeia mais próxima fica muito longe daqui?"

Uma sombra passou pelo rosto da menina, que trocou olhares com os irmãos, agora parados ao lado dela. Depois, ela sorriu de novo e disse: "Nós estamos num ponto muito alto das montanhas, senhor, e bem longe de qualquer aldeia. Então, pedimos que os senhores fiquem aqui conosco e tirem proveito do calor do fogo e da comida que oferecemos. Os senhores devem estar muito cansados, e eu estou vendo como o vento está fazendo os senhores tremerem. Então, por favor, chega de falar em ir embora. Entrem e descansem, anciãos, pois nós esperamos tanto pelos senhores!".

"O que tem dentro daquela vala que estava deixando vocês tão interessados?", Beatrice perguntou de repente.

"Ah, não é nada não, senhora! Nada mesmo! Mas por que os senhores continuam parados aqui neste vento com as roupas molhadas? Os senhores não vão aceitar a nossa hospitalidade e descansar junto ao nosso fogo? Vejam como ainda está saindo fumaça pelo telhado!"

"Olhe lá!" Axl se desencostou da pedra e apontou. "Um pássaro acabou de levantar voo. Eu não falei, princesa, que eram pássaros pousados em fila? Você está vendo ele subindo lá no céu?"

Beatrice, que havia se posto de pé alguns instantes antes, agora deu um passo à frente, saindo do santuário formado pelas duas pedras, e Axl viu como o vento imediatamente começou a agitar as roupas dela.

"É um pássaro, sem dúvida", disse ela. "Mas ele não saiu do meio daquelas figuras lá longe. Talvez você ainda não tenha visto o que estou tentando mostrar, Axl. Estou falando daqueles vultos escuros lá do outro lado do vale, quase no horizonte."

"Eu estou vendo sim, princesa. Mas volte para cá, não fique aí nesse vento."

"Soldados ou não, eles continuam avançando lentamente. O pássaro não era um deles."

"Saia desse vento, princesa, e sente-se aqui. Temos que tentar reunir o máximo de forças que pudermos. Quem sabe por quanto tempo ainda vamos ter que puxar esse bode?"

Beatrice voltou para o abrigo, segurando bem junto de si o manto que as crianças tinham lhe emprestado. "Axl", disse, sentando-se de novo ao lado dele, "você acredita mesmo naquela história? Que, em vez de grandes cavaleiros ou guerreiros, é um casal de velhinhos cansados feito nós — que fomos proibidos até de usar uma vela na nossa própria aldeia — que pode acabar matando a dragoa? E com a ajuda desse bode mal-humorado?"

"Quem sabe se é isso que vai acontecer, princesa? Talvez tudo isso seja só o desejo de uma mocinha e mais nada. Mas, em gratidão pela hospitalidade dela, acho que temos que fazer o que nos foi pedido. E quem sabe se ela não está certa, e Querig vai mesmo morrer dessa forma?"

"Axl, me diga uma coisa, se a dragoa morrer mesmo e a névoa começar a se dissipar... Axl, você alguma vez já teve medo do que nós vamos descobrir quando isso acontecer?"

"Mas você mesma não disse, princesa, que a nossa vida juntos é como uma história com final feliz, não importa que curvas ela tenha feito no caminho?"

"Eu disse isso antes, Axl. Mas agora que é possível que nós mesmos matemos Querig, um lado meu está com medo de que a névoa desapareça. Você está sentindo isso também, Axl?"

"Talvez, princesa. Talvez eu sempre tenha sentido isso. Mas eu tenho mais medo daquilo que você disse antes, quando nós estávamos descansando perto do fogo."

"O que foi que eu disse antes?"

"Você não se lembra, princesa?"

"Nós tivemos alguma briga boba? Não estou conseguindo me lembrar de nada, a não ser que eu estava quase enlouquecendo de tanto frio e cansaço."

"Se você não se lembra, princesa, então vamos deixar que fique esquecido."

"Mas eu estou sentindo alguma coisa, Axl, desde que nós saímos da casa daquelas crianças. No caminho até aqui, era como se você estivesse querendo se manter distante de mim, e não era só por causa dos puxões do bode. Foi porque nós brigamos antes, Axl, embora eu não tenha nenhuma lembrança disso?"

"Eu não tinha nenhuma intenção de me manter distante de você, princesa. Desculpe. Se não foi porque o bode ficou me puxando de um lado para o outro, então deve ter sido por eu ainda estar pensando em alguma tolice que nós dissemos um para o outro. Mas, pode acreditar, é melhor esquecer esse assunto."

Axl tinha avivado novamente o fogo no meio do cômodo, e tudo o mais que estava dentro da pequena cabana havia mergulhado nas sombras. Depois, pusera-se a secar suas roupas, segurando uma peça de cada vez perto das chamas, enquanto Beatrice dormia tranquilamente ali perto, aninhada no meio de alguns tapetes amontoados. De repente, porém, ela havia se sentado e olhado em volta.

"O fogo está deixando a cabana quente demais para você, princesa?"

Por um momento, ela continuou a olhar ao redor, confusa, depois desabou exausta nos tapetes de novo. Seus olhos, no entanto, continuaram abertos, e Axl estava prestes a repetir a pergunta quando Beatrice disse baixinho:

"Eu estava pensando numa noite muito tempo atrás, marido. Quando você foi embora e me deixou numa cama solitária, perguntando a mim mesma se algum dia você iria voltar para mim."

"Princesa, apesar de termos conseguido escapar daquelas

fadas no rio, eu acho que o feitiço delas ainda deve estar agindo sobre você, já que está tendo esses sonhos esquisitos."

"Não é sonho, marido, são só algumas lembranças que estão me voltando à cabeça. Era uma noite escura, e lá estava eu, sozinha na nossa cama, sabendo o tempo inteiro que você tinha ido embora para ficar com outra mulher mais jovem e mais bonita."

"Você não acredita em mim, princesa? Isso é efeito do feitiço daquelas fadas, ainda semeando a discórdia entre nós."

"Talvez você tenha razão, Axl. E, se são lembranças verdadeiras, elas são de muito tempo atrás. Mesmo assim..." Como Beatrice ficou em silêncio, Axl achou que ela tivesse adormecido de novo. No entanto, passado um tempo, a mulher disse: "Mesmo assim, marido, são lembranças que me fazem querer ficar longe de você. Depois que tivermos descansado aqui e formos recomeçar a nossa viagem, eu quero que me deixe andar alguns passos na sua frente. Vamos seguir o nosso caminho assim, marido, eu na frente e você atrás, pois não vou aceitar bem a sua presença ao meu lado agora".

A princípio, Axl não disse nada. Depois, abaixando a peça de roupa que estava segurando e tirando-a de perto do fogo, ele se virou para olhar para Beatrice. Os olhos dela estavam fechados de novo, mas ele tinha certeza de que ela ainda não havia pegado no sono. Quando finalmente conseguiu falar, Axl disse com um fiapo de voz:

"Seria a coisa mais triste para mim, princesa, andar longe de você, quando o terreno nos permitisse andar um perto do outro, como sempre fizemos."

Beatrice não deu nenhum sinal de ter ouvido e, pouco depois, sua respiração se tornou lenta e regular. Então Axl vestiu as roupas que havia acabado de secar e se deitou em cima de uma coberta, não muito longe da esposa, mas sem tocá-la. Um cansaço avassalador tomou conta dele, mas mesmo assim o idoso viu de novo o enxame de fadas se agitando na água a sua frente e a enxada que ele havia erguido no ar se cravando com violência no meio delas, e se lembrou do barulho parecido com o de crianças brincando ao longe e de que forma ele havia lutado, quase como um guerreiro, com fúria na voz. E agora ela dizia uma coisa como aquela. Uma imagem veio à cabeça de Axl, clara e vívida, de Beatrice e ele caminhando numa trilha de montanha, sob um enorme céu cinzento, ela alguns passos à sua frente, e uma imensa melancolia o invadiu. Lá estavam os dois, um casal de velhinhos cabisbaixos, separados um do outro por cinco ou seis passos.

Quando acordou, Axl encontrou o fogo quase apagando e Beatrice de pé, olhando lá para fora por uma das pequenas fendas na pedra que constituíam as janelas da cabana. Ele voltou a pensar na última conversa que os dois haviam tido, mas logo Beatrice se virou, suas feições iluminadas por um triângulo de luz do sol, e disse com voz alegre:

"Pensei em acordá-lo antes, Axl, quando vi a manhã avançando lá fora. Mas aí me lembrei de como você tinha ficado encharcado no rio e achei que você devia estar precisando de mais do que uma rápida soneca."

Como ele não disse nada, ela perguntou: "O que foi, Axl? Por que você está me olhando assim?".

"Eu só estou olhando para você com alívio e alegria, princesa."

"Estou me sentindo muito melhor, Axl. Só o que eu precisava era descansar."

"É, eu estou vendo. Então vamos nos preparar logo para partir, pois, como você disse, a manhã avançou enquanto dormíamos."

"Eu estive observando as crianças, Axl. Elas estão até agora paradas perto daquela vala, como estavam quando chegamos aqui. Tem alguma coisa lá dentro que as atrai, e eu aposto que não é coisa boa, porque toda hora elas olham para trás, como se tivessem medo de algum adulto descobrir e lhes dar uma bronca. Onde será que está a família delas, Axl?"

"Isso não é da nossa conta. E, além do mais, elas parecem razoavelmente bem alimentadas e bem vestidas. Vamos nos despedir e seguir nosso caminho."

"Axl, por acaso você e eu andamos brigando? Estou com a sensação de que alguma coisa se passou entre nós."

"Nada que não seja possível deixar de lado, princesa, embora talvez nós possamos falar sobre isso antes que o dia termine, quem sabe? Mas vamos nos pôr a caminho antes que a fome e o frio tomem conta de nós outra vez."

Quando eles saíram para o sol fraco, Axl viu lascas de gelo na grama, um céu imenso e montanhas sumindo na distância. O bode estava comendo dentro do cercado e, perto de suas patas, havia um balde enlameado virado de borco.

As três crianças continuavam olhando para dentro da vala, de costas para a cabana, e pareciam estar discutindo. A menina foi a primeira a perceber que Axl e Beatrice estavam se aproximando e, mesmo enquanto ela ainda estava se virando, seu rosto se abriu num enorme sorriso.

"Anciãos queridos!" Ela começou a andar em direção a eles rapidamente, afastando-se da vala e puxando os irmãos junto consigo. "Espero que os senhores tenham achado a nossa casa confortável, apesar de humilde!"

"Achamos sim e estamos muito gratos a vocês, crianças. Agora estamos bem descansados e prontos para seguir o nosso caminho. Mas o que houve com a sua família, para deixar vocês aqui sozinhos?"

A menina trocou olhares com os irmãos, que tinham se posicionado um de cada lado dela. Então, um pouco hesitante, ela disse: "Nós nos arranjamos sozinhos, senhor", e pôs um braço em torno de cada um dos meninos.

"E o que tem naquela vala que tanto atrai a atenção de vocês?", perguntou Beatrice.

"É só o nosso bode, senhora. Ele era o nosso melhor bode, mas morreu."

"Como foi que ele morreu, criança?", Axl perguntou amavelmente. "Aquele que está ali parece muito bem de saúde."

As crianças tornaram a trocar olhares e pareceram chegar a uma decisão.

"Vá até lá ver, se o senhor quiser", disse a menina e, tirando os braços dos ombros dos irmãos, chegou para o lado para abrir passagem.

Axl foi andando em direção à vala, e Beatrice o acompanhou. Antes que chegassem à metade do caminho, porém, ele parou e sussurrou: "Deixe que eu vá sozinho primeiro, princesa".

"Você acha que eu nunca vi um bode morto, Axl?"

"Mesmo assim, princesa. Espere aqui um instante."

A vala tinha uma profundidade equivalente à altura de um homem. O sol — que agora batia quase em cheio no fundo da vala — deveria facilitar a visão de Axl, mas em vez disso criava sombras que o confundiam, além de uma miríade de superfícies ofuscantes onde havia poças e gelo. O bode parecia ter sido um animal de dimensões monstruosas e agora jazia desmembrado em vários pedaços. Ali, uma perna traseira; lá, o pescoço e a cabeça — esta, com uma expressão serena no rosto. Axl levou um pouco mais de tempo para identificar a barriga macia do animal, pois, junto a ela, havia uma mão gigantesca, emergindo da lama escura. Só então Axl percebeu que vários dos pedaços que ele inicialmente pensara serem do bode morto na verdade pertenciam a uma segunda criatura, que estava embolada com ele. Aquele monte ali era um ombro; aquele outro lá, um joelho enrijecido. Pouco depois, Axl viu movimentos e se deu conta de que a criatura dentro da vala ainda estava viva.

"O que você está vendo, Axl?"

"Não chegue perto, princesa. Não é uma visão que vá levantar o seu ânimo. Suponho que seja um ogro, morrendo uma morte lenta, coitado. Talvez as crianças tenham cometido a tolice de atirar um bode para ele, achando que ele poderia se recuperar se comesse."

Enquanto ele falava, uma enorme cabeça careca se revolveu lentamente no lodo, um olho arregalado se movendo junto com ela. Então a lama a sugou com sofreguidão e a cabeça desapareceu.

"Nós não atiramos o bode para o ogro, senhor", a menina disse atrás dele. "Nós sabemos que não devemos dar de comer a ogro nenhum, mas sim nos trancar dentro de casa se um deles aparecer por aqui. E foi o que fizemos quando esse apareceu, senhor. Ficamos espiando pela janela e vimos o ogro derrubar a cerca e pegar o nosso melhor bode. Depois, ele se sentou bem aí onde o senhor está agora, com as pernas penduradas dentro da vala como se fosse uma criança, e começou a comer todo contente o bode cru, como os ogros costumam fazer. Nós sabíamos que não podíamos destrancar a nossa porta de jeito nenhum, ainda mais com o sol começando a se pôr, e o ogro continuava comendo o nosso bode, mas percebemos que ele estava ficando mais fraco, senhor. Por fim, ele se levantou, segurando o que ainda restava do bode, e em seguida caiu, primeiro de joelhos, depois de lado. No instante seguinte, o ogro rolou para dentro da vala, com bode e tudo, e já faz dois dias que ele está lá e ainda não morreu."

"Vamos sair de perto daqui, menina", disse Axl. "Isso não é coisa para você e os seus irmãos ficarem vendo. Mas o que pode ter feito o ogro passar tão mal? Será que o seu bode estava doente?"

“Doente não, senhor, envenenado! Nós vínhamos alimentando o bode havia mais de uma semana exatamente como a Bronwen nos ensinou. Seis vezes por dia, com as folhas.”

“Por que vocês fizeram uma coisa dessas, menina?”

“Ora, senhor, para fazer o bode ficar venenoso para a dragoa. O coitado do ogro não tinha como saber disso e, então, acabou se envenenando. Mas não foi culpa nossa, senhor, porque ele não tinha nada que ter comido o nosso bode sem permissão!”

“Só um instante, menina”, disse Axl. “Você está me dizendo que vocês alimentaram o bode de propósito para enchê-lo de veneno?”

“Veneno para a dragoa, senhor, mas a Bronwen disse que não ia fazer mal a nenhum de nós. Então, como é que poderíamos saber que o veneno causaria dano a um ogro? Nós não tivemos culpa, senhor, e não pretendíamos praticar nenhuma maldade!”

“Ninguém vai culpar vocês, menina. Mas, me diga uma coisa: por que vocês estavam querendo preparar veneno para Querig? Pois imagino que seja ela a dragoa a que você se refere…”

“Ah, senhor! Nós rezávamos de manhã e de noite, muitas vezes durante o dia também. E quando os senhores chegaram esta manhã, concluímos que só podiam ter sido enviados por Deus. Então, por favor, digam que vão nos ajudar, pois somos apenas pobres crianças esquecidas pelos nossos pais! Será que os senhores poderiam levar aquele bode ali, o único que nos resta agora, e subir com ele a trilha que vai até o túmulo do gigante? É uma caminhada fácil, senhor, leva menos que metade de um dia para ir e voltar. Eu mesma faria isso, mas não posso deixar os meus irmãos pequenos sozinhos. Nós alimentamos esse bode exatamente do mesmo jeito que aquele que o ogro devorou, e esse ainda passou mais três dias comendo as folhas. Só precisamos que os senhores levem o bode até o túmulo do gigante e o deixem amarrado lá para a dragoa, senhor, e é uma caminhada tranquila e tudo. Por favor, anciãos, atendam o nosso pedido, pois estamos com medo de que nada mais possa trazer os nossos queridos pais de volta."

"Até que enfim você fala neles", disse Beatrice. "O que é preciso fazer para trazer os seus pais de volta?"

"Eu não acabei de lhes dizer, senhora? É só os senhores levarem o bode até o túmulo do gigante, onde todo mundo sabe que se costuma deixar alimentos para a dragoa. Aí, quem sabe, ela morre da mesma forma que aquele pobre ogro morreu — ele aparentava ser bem forte antes de comer o bode! Nós sempre tivemos medo da Bronwen por causa das bruxarias que ela faz, mas, quando viu que estávamos aqui sozinhos, esquecidos pelos nossos pais, ela ficou com pena de nós. Então, por favor, anciãos, ajudem-nos, pois quem sabe quanto tempo vai levar para que outra pessoa passe por estes lados? Nós temos medo de que os soldados ou algum estranho que passe por aqui nos veja, mas os senhores são exatamente como nós pedimos nas nossas preces ao Deus Jesus."

"Mas o que crianças novinhas como vocês podem saber deste mundo para acreditar que um bode envenenado irá trazer os seus pais de volta?", perguntou Axl.

"Foi a Bronwen que nos disse, senhor — embora seja uma velha terrível, ela nunca mente. Ela disse que foi a dragoa que mora no alto destas montanhas que fez os nossos pais esquecerem de nós. E, apesar de muitas vezes deixarmos a nossa mãe zangada com as nossas travessuras, a Bronwen disse que, no dia em que a nossa mãe se lembrar de nós, ela vai vir correndo de volta para casa e abraçar cada um dos filhos assim." De repente, a menina apertou uma criança invisível junto ao peito, fechando os olhos, e ficou balançando suavemente o tronco por alguns instantes. Depois, abrindo os olhos de novo, ela continuou: "Mas, por enquanto, a dragoa está lançando algum feitiço nos nossos pais para fazer com que eles se esqueçam de nós, e é por isso que eles não voltam para casa. A Bronwen disse que a dragoa é uma maldição não só para nós, mas para todo mundo, e que quanto mais cedo ela morrer, melhor. Então nós trabalhamos muito, senhor, alimentando os bodes exatamente como a Bronwen nos disse para fazer, seis vezes por dia. Por favor, façam o que estamos pedindo, ou nunca mais vamos ver a nossa mãe e o nosso pai de novo. Só o que pedimos é que os senhores deixem o bode amarrado no túmulo do gigante, depois os senhores podem seguir o seu caminho".

Beatrice fez menção de falar, mas Axl disse mais que depressa antes dela: "Sinto muito, menina. Gostaríamos muito de poder ajudar, mas subir mais ainda estas montanhas está além das nossas forças. Nós já somos velhos e, como você pode ver, estamos muito cansados depois de dias de viagem árdua. Não temos outra escolha senão seguir o nosso caminho o mais rápido possível, antes que alguma outra desgraça nos aconteça".

"Mas, senhor, foi o próprio Deus que enviou os senhores até nós! É só uma caminhada curta e não é nem uma trilha íngreme daqui até lá."

"Minha querida", disse Axl, "sentimos muitíssimo pela situação de vocês e vamos procurar pessoas dispostas a ajudá-los na próxima aldeia que passarmos. Mas estamos fracos demais para fazer o que vocês nos pedem. Com certeza, outras pessoas passarão por aqui em breve e levarão de bom grado o bode para vocês. Velhos e exaustos como estamos, subir até lá agora está além das nossas forças, mas vamos rezar para que os seus pais voltem e para que Deus mantenha vocês em segurança sempre."

"Não vão embora, anciãos! Nós não temos culpa se o ogro se envenenou."

Pegando o braço da esposa, Axl saiu andando, levando-a para longe das crianças. Só olhou para trás depois que eles já haviam passado pelo cercado do bode, quando então viu as três crianças ainda paradas no mesmo lugar, uma ao lado da outra, observando-os em silêncio, com os enormes penhascos ao fundo. Acenou para elas de um jeito encorajador, mas uma ponta de vergonha — e talvez também o vestígio de alguma lembrança distante, a de outra despedida semelhante — fez com que ele acelerasse o passo.

No entanto, antes que eles tivessem ido muito longe — o terreno pantanoso havia começado a descer e os vales a se abrir diante deles —, Beatrice puxou o braço do marido e o fez diminuir o ritmo.

"Eu não quis discutir com você na frente daquelas crianças, marido", disse ela, "mas será que está mesmo além das nossas forças fazer o que elas nos pediram?"

"Elas não estão correndo nenhum perigo imediato, princesa, e nós temos os nossos problemas. Como está a sua dor agora?"

"Está na mesma. Axl, olhe para aquelas crianças, veja como elas continuam paradas exatamente como estavam quando saímos de lá, olhando para nós dois e nos vendo ficar cada vez menores com a distância. Será que não podemos pelo menos parar ao lado dessa pedra e conversar um pouco mais sobre isso? Não vamos sair daqui às pressas, sem pensar direito."

"Não olhe para elas, princesa, porque você só vai lhes dar falsas esperanças. Nós não vamos voltar nem levar o bode delas. Vamos continuar descendo o vale, procurando outros estranhos gentis pelo caminho que possam nos oferecer o calor de uma fogueira e algo para comer."

"Mas pense no que elas nos pediram, Axl", disse Beatrice, fazendo com que eles parassem de andar. "Você acha que uma chance como essa vai aparecer no nosso caminho de novo algum dia? Pense! Nós viemos parar neste lugar bem perto da toca de Querig, e essas crianças nos oferecem um bode envenenado com o qual até nós dois, mesmo velhos e fracos como estamos, podemos matar a dragoa! Pense, Axl! Se Querig cair, a névoa logo, logo vai começar a se dissipar. Quem sabe se aquelas crianças não estão certas e não foi mesmo Deus que nos trouxe até aqui?"

Axl ficou em silêncio por um momento, lutando contra o impulso de olhar para trás, na direção da cabana de pedra. "Não há como saber se aquele bode vai causar algum mal a Querig", ele disse por fim. "Uma coisa é um ogro de má sorte, mas aquela dragoa é uma criatura capaz de desbaratar um exército. E você acha prudente dois velhos tolos como nós chegarmos tão perto da toca dela?"

"Nós não vamos enfrentar a dragoa, Axl, só deixar o bode amarrado lá e fugir. Pode levar dias para que Querig apareça naquele lugar, e até lá já vamos estar sãos e salvos na aldeia do nosso filho. Axl, não queremos recuperar as lembranças da longa vida que passamos juntos? Ou vamos ficar como dois estranhos que se conheceram uma noite num abrigo? Ande, marido, diga que vamos voltar e fazer o que aquelas crianças nos pediram."

Então lá estavam eles, subindo mais ainda, enquanto os ventos ficavam cada vez mais fortes. Por enquanto, as pedras gêmeas lhes ofereciam um bom abrigo, mas eles não podiam ficar ali para sempre. Axl mais uma vez ficou se perguntando se tinha feito uma grande tolice ao ceder.

"Princesa", ele disse por fim, "suponhamos que realmente consigamos fazer isso. Suponhamos que Deus permita que tenhamos êxito e matemos a dragoa. Se isso acontecer, eu gostaria então que você me prometesse uma coisa."

Ela estava sentada bem perto dele agora, embora seus olhos continuassem contemplando a distância e a fileira de pequenas figuras escuras.

"O quê, Axl?"

"É uma coisa simples, princesa. Se Querig realmente morrer e a névoa começar a se dissipar... Se as nossas lembranças voltarem e, entre elas, a de momentos em que te desapontei, ou de atos condenáveis que eu um dia possa ter cometido e que a façam olhar para mim e não enxergar mais o homem que você está vendo agora, me prometa uma coisa pelo menos: prometa, princesa, que não vai esquecer o que sente por mim no fundo do seu coração neste momento. Pois de que adianta uma lembrança voltar da névoa se for apenas para apagar outra? Você me promete isso, princesa? Promete que vai guardar para sempre no seu coração o que está sentindo por mim agora, não importa o que você veja quando a névoa passar?"

"Prometo, Axl, e não vai me custar nada fazer isso."

"Você não imagina o quanto me conforta ouvi-la dizer isso, princesa."

"Como você está esquisito, Axl. Mas quem sabe o quanto ainda vamos ter que andar para chegar ao túmulo do gigante? Então, não vamos gastar nem mais um instante sentados aqui no meio destas pedras. Aquelas crianças estavam muito ansiosas quando partimos e devem estar esperando a nossa volta."

O segundo devaneio de Gawain

Maldito vento. Será um sinal de que há uma tempestade a caminho? Horácio não vai se importar nem com o vento nem com a chuva, só com o fato de uma estranha estar montada nele agora, em vez do seu velho dono. "É só uma mulher cansada, que está precisando mais do seu lombo do que eu. Então, carregue-a com boa vontade", eu disse a ele. Por outro lado, o que é que ela está fazendo aqui? Será que o sr. Axl não vê como ela está ficando frágil? Será que ele perdeu o juízo, para tê-la trazido para uma altura inclemente dessas? Mas ela segue adiante com tanta determinação quanto ele, e nada do que digo os faz desistir. Então, aqui estou eu, me arrastando a pé, com uma mão na brida de Horácio, carregando esta armadura enferrujada. "Nós não tivemos sempre o hábito de servir às senhoras com gentileza?", sussurro para Horácio. "O que poderíamos fazer? Continuar cavalgando e deixar esse bom casal para trás, puxando o bode deles?"

Eu os vi primeiro como pequenas figuras lá embaixo e imaginei que eles fossem os outros dois. "Está vendo lá embaixo,

Horácio?", eu disse então. "Eles já conseguiram se reencontrar e já estão vindo aí, como se aquele sujeito não tivesse sofrido ferimento algum dos homens de Brennus." Horácio olhou para mim pensativo, como quem pergunta: "Então, Gawain, esta vai ser a última vez que vamos subir esta montanha sombria juntos?". A única resposta que lhe dei foi passar a mão com carinho pelo seu pescoço, embora tenha pensado comigo: "Aquele guerreiro é jovem e é um adversário terrível, mas talvez eu tenha descoberto uma maneira de derrotá-lo, quem sabe? Quando ele estava destroçando o soldado de Brennus, eu vi uma coisa. Outra pessoa não veria, mas eu vi. Uma pequena abertura na esquerda para um adversário astuto".

Mas o que Arthur iria querer que eu fizesse agora? A sombra dele ainda paira sobre a nossa terra e me engolfa. Será que ele iria querer que eu me atocaiasse como uma fera à espera da presa? No entanto, onde se esconder nessas colinas nuas? Será que o vento sozinho poderia esconder um homem? Ou será que eu devo subir em algum precipício e atirar um pedregulho em cima deles? Não seria um comportamento digno de um cavaleiro de Arthur. Prefiro me mostrar abertamente, cumprimentá-lo, tentar mais uma vez um pouco de diplomacia. "Dê meia-volta, senhor. O senhor vai pôr em perigo não só a si mesmo e ao seu companheiro inocente, mas a todo o bom povo desta terra. Deixe Querig para quem já a conhece bem. Como o senhor vê, eu estou agora mesmo a caminho de lá para matá-la." Mas esses apelos foram ignorados antes. Por que ele iria me ouvir agora que já chegou tão perto, e com o menino mordido para guiá-lo até a toca dela? Será que eu cometi uma tolice quando salvei aquele menino? Por outro lado, o abade me causa tamanho horror, e eu sei que Deus vai me agradecer pelo que fiz.

"Eles estão vindo com tanta segurança, que é como se tivessem um mapa", eu disse para Horácio. "Então, onde vamos esperar? Onde vamos enfrentá-los?"

O bosque. Eu me lembrei dele então. Estranho como as árvores crescem com tanto viço lá, quando o vento deixa tudo em volta tão árido. O bosque vai oferecer cobertura para um cavaleiro e seu cavalo. Eu não vou atacá-los de emboscada como se fosse um bandido, mas por que deixar que eles me avistem quase uma hora antes do nosso confronto?

Então, piquei Horácio com a espora, apesar de ela pouco afetá-lo hoje em dia, e nós atravessamos a beira alta da terra, sem subir nem descer, fustigados o tempo inteiro pelo vento. Ambos ficamos aliviados ao chegar àquelas árvores, embora elas cresçam de um modo tão estranho que não há como não se perguntar se o próprio Merlin não lançou um feitiço ali. Que sujeito era o mestre Merlin! Houve um tempo em que pensei que ele tivesse enfeitiçado a própria morte, mas agora até mesmo Merlin já foi ao encontro dela. Onde será que ele reside agora, no céu ou no inferno? O sr. Axl pode acreditar que Merlin era um servo do diabo, mas os poderes dele muitas vezes foram usados de maneiras que fariam Deus sorrir. E que ninguém diga que lhe faltava coragem. Não foram poucas as vezes em que ele se expôs a saraivadas de flechas e machados furiosos ao nosso lado. Este bem pode ser o bosque de Merlin, criado por ele com um único propósito: para que um dia eu pudesse me abrigar aqui para esperar aquele que pretende desfazer a nossa grande obra daquele dia. Dois de nós cinco caíram diante da dragoa, mas o mestre Merlin ficou ao nosso lado, movimentando-se com calma mesmo estando ao alcance da cauda de Querig, pois de que outra forma ele poderia realizar o seu trabalho?

O bosque estava silencioso e tranquilo quando Horácio e eu chegamos. Havia até um ou dois passarinhos cantando nas árvores e, se os galhos se agitavam freneticamente lá em cima, cá embaixo era um dia calmo de primavera, onde finalmente os pensamentos de um velho podiam vagar de uma orelha para a outra sem serem sacudidos por uma tempestade! Devia fazer alguns anos que Horácio e eu não íamos àquele bosque. As plantas lá cresceram de maneira monstruosa: uma urtiga normalmente do tamanho da palma da mão de uma criança pequena estava grande o bastante para dar duas voltas em torno de um homem. Eu deixei Horácio num recanto tranquilo, para que ele comesse o que pudesse, e caminhei um pouco sob o abrigo das folhas. Por que não descansar aqui, encostado neste bom carvalho? E quando eles enfim chegarem a este lugar, como certamente chegarão, ele e eu nos enfrentaremos como dois guerreiros.

Fui abrindo caminho por entre as gigantescas urtigas — é para isso que eu visto este metal rangente? Para proteger as minhas canelas dessas leves espetadas? — até chegar à clareira e ao lago, o céu cinzento surgindo lá em cima. Na borda do lago, três árvores enormes, mas todas elas rachadas ao meio e caídas para a frente, para dentro da água. Elas com certeza se erguiam bem alto na última vez em que nós estivemos ali. Teriam sido atingidas por um raio? Ou será que agora, velhas e cansadas, ansiavam pelo alívio do lago, sempre tão próximo do lugar onde elas cresceram e, no entanto, sempre fora do alcance? Elas podem beber o quanto quiserem agora, e os pássaros da montanha fazem ninhos em seus troncos quebrados. Será este o lugar em que enfrentarei o saxão? Se ele me derrotar, talvez me sobrem forças para que eu me arraste até a água. Eu não me jogaria dentro do lago, mesmo se o gelo deixasse, pois não seria nada agradável inchar dentro desta armadura, e qual seria a probabilidade de Horácio, sentindo a falta do dono, vir andando na ponta das patas por entre as raízes retorcidas e puxar de lá de dentro meus restos mortais? Em batalhas, no entanto, já vi companheiros estirados no chão com seus ferimentos ansiarem desesperadamente por água, e testemunhei outros tantos se arrastarem até a beira de um rio ou de um lago, apesar de o esforço necessário para isso duplicar seus sofrimentos. Será que existe algum grande segredo do qual só quem está à beira da morte toma conhecimento? O sr. Buel, meu velho companheiro, ansiou por água naquele dia, estirado no barro vermelho daquela montanha. "Ainda tenho um resto de água aqui na minha cabaça", eu disse para ele, mas, não: ele queria um rio ou um lago. Mas nós estamos muito longe de qualquer coisa desse tipo, eu falei. "Raios, Gawain!", ele bradou. "É o meu último desejo, e você não vai atendê-lo, depois de lutarmos lado a lado em tantas batalhas cruentas?" "Mas a dragoa praticamente partiu você em dois", eu disse a ele. "Se tiver que carregá-lo até a água, vou ter que botar uma parte sua debaixo de cada braço e andar sei lá quanto tempo sob este sol de verão para chegar lá." Mas ele me respondeu: "O meu coração só vai acolher a morte quando você me estender ao lado de um rio ou de um lago, Gawain, onde eu possa ouvir a água gorgolejar suavemente enquanto os meus olhos se fecham". Ele exige isso e nem se importa em saber se a nossa missão foi bem-sucedida ou se o sacrifício dele valeu a pena. Só quando me abaixo para pegá-lo é que ele pergunta: "Quem mais sobreviveu?". E eu lhe respondo que o sr. Millus havia caído, mas que três de nós continuavam vivos e o mestre Merlin também. De novo, em vez de perguntar se a missão foi concluída a contento, ele fica falando de lagos, rios e agora até do mar; eu me esforço para me lembrar de que aquele é meu velho companheiro, muito valente, escolhido por Arthur, como eu, para cuidar daquela importante tarefa, apesar de uma dura batalha estar sendo travada no vale. Teria ele esquecido seu dever? Eu o levanto, e ele grita para os céus, só então entendendo qual seria o custo até mesmo de alguns poucos e pequenos passos. E lá estamos nós, no alto de uma montanha vermelha no calor do verão, a pelo menos uma hora de viagem mesmo no lombo de um cavalo até o rio mais próximo. Quando eu o pouso no chão, ele só fala do mar. Com os olhos cegos agora, quando molho seu rosto com a água da minha cabaça, ele me agradece de um jeito que me faz pensar que, aos olhos da sua imaginação, ele está diante de uma praia. "Foi uma espada ou um machado que acabou comigo?", ele pergunta. E eu digo: "Do que você está falando, companheiro? Foi o rabo da dragoa que o acertou, mas a nossa tarefa foi cumprida e você parte com orgulho e honra". "A dragoa", ele diz. "O que foi feito da dragoa?" "Todas as lanças estão enterradas no flanco dela, menos uma, e ela agora dorme", respondo. No entanto, ele de novo se esquece da missão e volta a falar do mar e de um barco em que ele andou quando era pequeno, numa noite amena em que o pai o levou para longe da costa.

Quando a minha hora chegar, será que eu também vou ansiar pelo mar? Acho que não, acho que vou me contentar com a terra. E não vou exigir um lugar específico, mas gostaria que fosse dentro deste território que Horácio e eu percorremos contentes durante tantos anos. Aquelas viúvas soturnas iriam gargalhar se me ouvissem e logo tratar de me lembrar com quem eu poderia ter que dividir o meu pedaço de terra. "Cavaleiro idiota! O senhor mais do que ninguém precisa escolher com muito cuidado o seu local de descanso, ou pode acabar se tornando vizinho daqueles que o senhor mesmo chacinou!" Elas não fizeram alguma zombaria desse tipo enquanto jogavam lama no traseiro de Horácio? Como se atrevem? Elas estavam lá por acaso? Será que essa mulher que agora cavalga na minha sela diria esse tipo de coisa se pudesse ouvir meus pensamentos? Ela falou de bebês chacinados dentro daquele túnel malcheiroso, mesmo enquanto eu a salvava dos planos macabros dos monges. Como ela se atreve? E agora ela está lá, sentada na minha sela, montada no meu querido cavalo de batalha, e quem sabe quantas viagens Horácio e eu ainda teremos oportunidade de fazer?

Durante um período, nós achamos que esta poderia ser a

nossa última viagem, mas eu tinha confundido este bom casal com aqueles outros dois, então por mais algum tempo ainda viajaremos em paz. No entanto, mesmo enquanto puxo Horácio pela brida, tenho às vezes que olhar para trás, pois eles com certeza estão chegando, ainda que nós estejamos bem à frente. O sr. Axl caminha ao meu lado, apesar de o bode o impedir de andar num ritmo regular. Será que ele desconfia do motivo que me faz olhar tanto para trás? "Sir Gawain, nós já não fomos companheiros um dia?" Eu o ouvi perguntar hoje cedo, quando estávamos saindo do túnel, e eu lhe disse para procurar um barco para descer o rio. No entanto, aqui está ele, ainda nas montanhas, com a sua boa esposa ao seu lado. Não vou olhar nos olhos dele. A velhice encobre nós dois, como a grama e o mato encobrem os campos onde um dia lutamos e matamos. O que o senhor procura? Para que esse bode que o senhor traz?

"Deem meia-volta, amigos", eu disse quando eles me encontraram no bosque. "Essa não é uma caminhada para viajantes idosos como os senhores. Veja como a boa senhora está com a mão pousada na lateral do corpo. Daqui até o túmulo do gigante ainda falta pelo menos uma milha, e os únicos abrigos são pequenas pedras atrás das quais é preciso se encolher de cabeça baixa. Voltem enquanto os senhores ainda têm forças e deixem que eu levo o bode até o túmulo e o amarro bem." Mas os dois ficaram olhando para mim com desconfiança, e o sr. Axl não quis me entregar o bode. Os galhos das árvores farfalhavam acima de nós; a mulher dele se sentou nas raízes de um carvalho e ficou contemplando o lago e as árvores quebradas debruçadas sobre a água. Então, eu disse com voz suave: "A sua boa esposa não tem condições de fazer uma caminhada dessas, senhor. Por que os senhores não seguiram o meu conselho e desceram dessas colinas pelo rio?". "Nós temos que levar esse bode como prometemos", disse o sr. Axl. "Foi uma promessa feita a uma criança." Será que ele olhou para mim de um jeito estranho enquanto dizia isso ou fui eu que sonhei? "Horácio e eu levamos o bode", respondi. "O senhor não confia que cumpriremos a tarefa? Eu não acredito muito que esse bode possa fazer mal a Querig, nem mesmo se ela o devorar inteiro, mas pode ser que ela fique um pouco mais lenta e isso me traga uma vantagem. Então me dê o animal e comece a descer a montanha antes que um dos senhores tropece no próprio pé."

Então, eles se enfiaram no meio das árvores para conversar longe de mim. Eu ouvia suas vozes baixas, mas não o que eles estavam dizendo. Pouco depois, o sr. Axl veio até mim e disse: "A minha mulher precisa de mais alguns instantes para descansar e então nós vamos seguir adiante, senhor, até o túmulo do gigante". Eu vejo que é inútil argumentar mais, e também estou ansioso para seguir em frente, pois quem sabe a que distância de nós estão o sr. Wistan e o menino mordido?

PARTE IV

15.

Alguns de vocês têm belos monumentos por meio dos quais os vivos podem se lembrar do mal que lhes foi feito. Outros têm apenas toscas cruzes de madeira ou pedras pintadas. E também há aqueles que têm que permanecer escondidos nas sombras da história. De qualquer modo, vocês fazem parte de uma procissão muito antiga e, sendo assim, sempre é possível que o túmulo do gigante tenha sido erigido para marcar o lugar onde muito tempo atrás se deu uma tragédia desse tipo, em que jovens inocentes foram chacinados na guerra. Não é fácil pensar em alguma razão, tirando essa, para que ele esteja lá. Pode-se entender por que nossos ancestrais poderiam ter desejado erigir um monumento para comemorar uma vitória ou celebrar um rei num terreno mais baixo. Mas por que empilhar pedras pesadas até uma altura superior à de um homem num lugar tão alto e remoto como aquele?

Essa é uma pergunta que, tenho certeza, também havia intrigado Axl enquanto ele subia, exausto, a encosta da montanha. Quando a menina mencionou pela primeira vez o túmulo do gigante, Axl tinha imaginado algo no alto de um grande monte. No entanto, o túmulo feito de pedras empilhadas havia simplesmente aparecido diante deles no aclive, sem nada em volta que explicasse sua presença. O bode, porém, pareceu sentir de imediato o significado daquilo, pois começou a se debater freneticamente assim que o túmulo surgiu à distância como um dedo escuro em contraste com o céu. "Ele sabe o fim que o aguarda", sir Gawain havia comentado, guiando seu cavalo encosta acima com Beatrice montada na sela.

Agora, porém, o bode parecia ter esquecido o pavor que sentira antes e estava mastigando tranquilamente o capim da montanha.

"Será que a névoa de Querig afeta os bodes da mesma maneira que afeta as pessoas?"

Foi Beatrice quem fez essa pergunta, enquanto segurava a corda do animal com as duas mãos. Axl lhe havia entregado o bode por um momento, enquanto dava golpes com uma pedra na estaca de madeira, em volta da qual a ponta da corda estava amarrada, com o intuito de fincar a estaca no chão.

"Quem sabe, princesa? Mas, se Deus gosta de bodes, ele não vai demorar muito para fazer a dragoa vir até aqui, ou vai ser uma espera solitária para esse pobre animal."

"Se o bode morrer antes, Axl, você acha que a dragoa vai comê-lo assim mesmo, apesar de a carne dele não estar viva nem fresca?"

"Quem sabe como uma dragoa prefere a carne dela? Mas há capim aqui para alimentar esse bode durante algum tempo, princesa, ainda que não seja um capim muito bom."

"Olhe lá, Axl. Pensei que o cavaleiro fosse nos ajudar, cansados como nós dois estamos, mas parece que ele esqueceu as habituais boas maneiras."

De fato, sir Gawain vinha se comportando de um modo estranhamente distante desde que eles chegaram ao túmulo. "Este é o lugar que os senhores procuram", ele dissera num tom de voz quase mal-humorado, antes de se afastar. E agora ele estava de costas para eles, contemplando as nuvens.

"Sir Gawain", Axl chamou, interrompendo sua tarefa. "Será que o senhor não poderia nos ajudar a segurar esse bode? A minha mulher está ficando cansada, coitada."

O velho cavaleiro não esboçou nenhuma reação, e Axl — supondo que ele não tinha ouvido — estava prestes a repetir o pedido, quando Gawain se virou de repente, com um ar tão solene que os dois ficaram olhando espantados para ele.

"Eu os vi lá embaixo", disse o velho cavaleiro. "E agora não há nada para desviá-los."

"Quem o senhor viu?", perguntou Axl. Como o cavaleiro continuou calado, Axl insistiu: "São soldados? Nós ficamos observando antes uma longa fileira no horizonte, mas achamos que eles estavam se afastando de nós".

"Eu estou falando dos seus companheiros recentes, senhor. Os mesmos com quem os senhores estavam viajando ontem, quando nos conhecemos. Eles acabam de sair daquele bosque lá embaixo, e quem irá detê-los agora? Por um momento, alimentei a esperança de estar vendo apenas duas viúvas de preto, desgarradas daquela procissão infernal, mas era só o céu nublado me pregando peças. São eles, não há dúvida."

"Então o sr. Wistan conseguiu escapar do mosteiro, afinal", disse Axl.

"Conseguiu, senhor. E agora lá vem ele, trazendo em sua corda não um bode, mas o menino saxão para guiá-lo."

Por fim, sir Gawain notou que Beatrice estava penando com o bode e veio às pressas da beira do penhasco para segurar a corda. A mulher, porém, não soltou a corda e, por um momento, foi como se ela e o cavaleiro estivessem disputando o controle do bode. Passado um tempo, eles pararam, ambos segurando a corda, o velho cavaleiro um ou dois passos à frente de Beatrice.

"E os nossos amigos também nos viram aqui, sir Gawain?", perguntou Axl, retomando sua tarefa.

"Eu apostaria que aquele guerreiro tem olhos aguçados e nos vê agora mesmo, com o céu ao fundo, vultos numa disputa de cabo de guerra, tendo o bode como nosso oponente!" Ele riu sozinho, mas havia um quê de melancolia na sua voz. "Sim", ele disse por fim. "Eu imagino que ele esteja nos vendo muito bem."

"Então ele vai se unir a nós para derrotar a dragoa", disse Beatrice.

Sir Gawain ficou olhando para um e para outro, apreensivo, e depois disse: "Sr. Axl, o senhor ainda insiste em acreditar nisso?".

"Acreditar no quê, sir Gawain?"

"Que nos reunimos aqui, neste lugar abandonado, como companheiros?"

"Seja mais claro, senhor cavaleiro."

Gawain conduziu o bode até onde Axl estava ajoelhado, sem perceber que Beatrice seguia atrás dele, ainda segurando a sua ponta da corda.

"Sr. Axl, os nossos caminhos não tomaram rumos opostos anos atrás? O meu permaneceu com Arthur, enquanto o seu..." Ele pareceu se dar conta de que Beatrice estava atrás dele e, virando-se, curvou-se educadamente. "Cara senhora, eu te peço que solte esta corda e vá descansar. Não vou deixar o bode fugir. Sente-se ali ao lado do túmulo. Ele vai proteger pelo menos uma parte sua deste vento."

"Obrigada, sir Gawain", disse Beatrice. "Então vou confiar este animal ao senhor, um animal precioso para nós."

Quando ela começou a andar em direção ao túmulo, algo na maneira como ela andava, com os ombros encurvados para se proteger do vento, fez com que um fragmento de memória se revolvesse nos recantos da mente de Axl. A emoção que isso provocou, antes que ele pudesse contê-la, causou-lhe surpresa e até uma espécie de choque, pois misturadas ao enorme desejo de ir imediatamente até Beatrice para protegê-la havia sombras inequívocas de raiva e ressentimento. Ela tinha falado de uma longa noite que passara sozinha, angustiada com a ausência dele, mas será que ele também não havia vivido uma noite de angústia semelhante, ou até várias? Depois, quando Beatrice parou diante do túmulo e curvou a cabeça para as pedras como que se desculpando, ele sentiu tanto a lembrança quanto a raiva ficarem mais fortes, e um medo o fez desviar o rosto. Só então notou que sir Gawain também estava olhando para Beatrice, com uma expressão de ternura nos olhos, aparentemente perdido em seus pensamentos. Em seguida, o cavaleiro se recompôs e, chegando mais perto de Axl, se inclinou bastante, como se quisesse eliminar todas as chances que Beatrice pudesse ter de ouvi-lo.

"Quem sabe se o seu caminho não foi o mais correto?", disse ele. "Deixar para trás todas as grandes discussões sobre guerra e paz. Deixar para trás aquela bela lei destinada a aproximar os homens de Deus. Deixar Arthur para trás de uma vez por todas e se dedicar a..." Ele olhou de novo na direção de Beatrice, que havia permanecido de pé, com a testa quase encostada na pilha de pedras no seu esforço de se proteger do vento. "... A uma boa esposa, senhor. Eu tenho observado como ela anda ao seu lado como uma sombra gentil. Será que eu deveria ter feito o mesmo? No entanto, Deus nos apontou caminhos diferentes. Eu tinha um dever a cumprir. Rá! E por acaso eu sinto medo dele agora? Nunca, senhor, nunca. Não estou acusando o senhor de nada. Aquela grande lei que o senhor negociou foi destruída com sangue! No entanto, ela funcionou bem por algum tempo. Destruída com sangue! Quem nos condena por isso agora?

Por acaso eu temo a juventude? Será que só a juventude pode derrotar um oponente? Deixe que ele venha, deixe que ele venha. Lembre-se, senhor! Eu o vi naquele mesmo dia, e o senhor falou de gritos de crianças e bebês nos seus ouvidos. Eu ouvi os mesmos gritos, senhor, mas por acaso eles não eram iguais aos que saem da tenda do cirurgião quando a vida de um homem é preservada, já que a cura também causa sofrimento? No entanto, eu admito: há dias em que anseio por uma sombra gentil a me seguir. Até hoje eu às vezes viro para trás com a esperança de encontrar uma. Não é verdade que todo animal, todo pássaro no céu deseja uma companheira afetuosa? Houve uma ou duas às quais eu teria dedicado os meus anos de bom grado. Por que eu haveria de sentir medo dele agora? Lutei contra nórdicos que tinham dentes de lobo e focinho de rena, e não eram máscaras! Tome aqui, senhor, amarre o seu bode de uma vez. A que profundidade o senhor pretende enfiar essa estaca? O senhor vai amarrar um bode ou um leão?"

Depois de entregar a corda a Axl, Gawain saiu andando e só parou quando chegou ao lugar em que a beira da terra parecia encontrar o céu. Com um joelho apoiado na grama, Axl amarrou a corda com firmeza em torno do entalhe da madeira, depois olhou mais uma vez para a esposa. Ela estava parada diante da pilha de pedras como antes e, embora algo na sua postura tenha novamente instigado a memória de Axl, ele ficou aliviado ao descobrir que não havia mais nenhum vestígio do ressentimento de antes dentro dele. Em vez disso, ele se sentiu tomado por um impulso quase irresistível de protegê-la, não só do vento cortante, mas de algo enorme e escuro que estava se concentrando em volta deles naquele momento mesmo. Ele se levantou e foi correndo até ela.

"O bode está bem amarrado, princesa", disse ele. "Assim que você estiver preparada, vamos tratar de descer esta colina. Pois não concluímos a tarefa que prometemos àquelas crianças e a nós mesmos que cumpriríamos?"

"Ah, Axl, eu não quero voltar para aquele bosque."

"O que você está dizendo, princesa?"

"Você não foi até a beira do lago, Axl, porque estava ocupado conversando com esse cavaleiro. Você não olhou para dentro daquela água gelada."

"Esse vento deixou você exausta, princesa."

"Eu vi os rostos deles virados para cima, como se estivessem descansando nas suas camas."

"Os rostos de quem, princesa?"

"Dos bebês. E eles estavam só um pouco abaixo da superfície da água. Primeiro eu pensei que eles estivessem sorrindo e alguns até acenando, mas quando cheguei mais perto vi que eles estavam imóveis."

"Foi só um sonho que você teve enquanto descansava encostada naquela árvore. Lembro que vi você dormindo lá e que isso me reconfortou, enquanto eu estava conversando com o velho cavaleiro."

"Não foi sonho, Axl, eu vi de verdade. No meio das plantas. Por favor, não vamos voltar para aquele bosque. Tenho certeza de que algum mal se esconde lá."

Enquanto observava a vista lá embaixo, sir Gawain tinha levantado um braço para o alto e agora, sem se virar, gritou mais alto que o uivo do vento: "Eles vão chegar logo, logo! Estão subindo a colina cheios de pressa".

"Vamos até ele, princesa, mas se cubra bem com o manto. Foi uma insensatez trazer você até aqui em cima, mas logo encontraremos abrigo de novo. Antes, porém, vamos ver o que está afligindo o bom cavaleiro."

O bode estava puxando a corda quando eles passaram, mas a estaca não dava nenhum sinal de que fosse ceder. Axl queria ver qual era a distância das figuras que se aproximavam, mas o velho cavaleiro veio andando na direção deles, e os três pararam não muito longe de onde o animal estava amarrado.

"Sir Gawain", disse Axl, "a minha mulher está ficando fraca e precisa voltar para um abrigo e se alimentar. Nós poderíamos levá-la lá para baixo no lombo do seu cavalo como fizemos para trazê-la até aqui em cima?"

"O que o senhor está me pedindo agora? É demais, senhor! Eu não lhes disse quando nos encontramos no bosque de Merlin que era melhor não subirem mais? Foram os senhores que insistiram em vir até aqui."

"Talvez tenhamos sido insensatos, mas tínhamos um objetivo. E se tivermos que voltar sem o senhor, o senhor terá que nos prometer que não vai soltar esse bode que nos custou tanto trazer até aqui."

"Soltar o bode? O que me importa o seu bode, senhor? O guerreiro saxão logo, logo vai chegar aqui, e que guerreiro ele é! Vá até lá e veja, se o senhor duvida! O que me importa o seu bode? Sr. Axl, vê-lo diante de mim agora me faz lembrar daquela noite. Soprava um vento tão furioso quanto este agora, e o senhor xingava Arthur na cara dele, enquanto o resto de nós ouvia de cabeça baixa! Pois quem iria querer ser incumbido da tarefa de liquidar o senhor? Todos estávamos nos escondendo dos olhos do rei, com medo de que, com um olhar, ele ordenasse a um de nós que o transpassasse com a espada, embora o senhor estivesse desarmado. Mas, sabe, senhor, Arthur era um grande rei, e esta é mais uma prova disso: o senhor o xingou na frente dos melhores cavaleiros dele e, no entanto, ele te respondeu gentilmente. O senhor se lembra disso?"

"Não me lembro de nada disso, sir Gawain. O hálito da sua dragoa mantém tudo isso fora do meu alcance."

"Eu fiquei olhando para baixo como o resto, imaginando

que a sua cabeça iria passar rolando pelos meus pés enquanto eu olhava para eles. No entanto, Arthur falou com o senhor de maneira gentil! O senhor não se lembra de nada, nada mesmo? O vento naquela noite estava quase tão forte quanto o de hoje, e a nossa tenda parecia estar prestes a sair voando rumo ao céu escuro. Mas Arthur respondeu aos xingamentos com palavras gentis. Ele agradeceu ao senhor pelos seus serviços. Pela sua amizade. E ordenou a nós todos que pensássemos no senhor com honra. Eu mesmo lhe desejei boa sorte, quando saiu com a sua fúria tempestade afora. O senhor não me ouviu, porque eu falei bem baixinho, mas o desejo era sincero mesmo assim, e não era só meu. Todos compartilhávamos em parte a sua raiva, apesar de o senhor ter agido mal ao xingar Arthur, ainda mais no dia da grande vitória dele! O senhor diz que o hálito de Querig mantém isso fora do seu alcance, mas será que não são apenas os anos que fazem isso, ou mesmo este vento capaz de transformar até o monge mais sábio num tonto?"

"Nenhuma dessas lembranças me interessa, sir Gawain. O que eu procuro hoje são as lembranças de outra noite de tempestade de que a minha mulher falou."

"Foi um voto sincero de boa sorte que eu te fiz, senhor, e tenho que confessar que, quando o senhor xingou Arthur, uma pequena parte de mim falou através do senhor. Pois aquele pacto que o senhor firmou era de fato maravilhoso e foi fielmente mantido durante anos. Não é verdade que todos os homens, fossem cristãos ou pagãos, dormiam com mais tranquilidade graças a ele, mesmo na véspera de uma batalha? Lutar sabendo que os nossos inocentes estavam seguros nas nossas aldeias? E no entanto, senhor, as guerras não terminaram. Se antes lutávamos por terras e por Deus, agora lutávamos para vingar os companheiros caídos, eles próprios mortos por vingança. Onde isso iria terminar? Bebês crescendo até virar homens e conhecendo apenas dias de guerra. E a sua grande lei já sofrendo violações..."

"A lei foi fielmente cumprida dos dois lados até aquele dia, sir Gawain", disse Axl. "Desrespeitá-la foi um sacrilégio."

"Ah, agora o senhor se lembra!"

"A memória que eu tenho é de que o próprio Deus foi traído, senhor. E eu não me importo se a névoa continuar escondendo essa lembrança de mim."

"Durante algum tempo, desejei que a névoa fizesse o mesmo por mim, sr. Axl. No entanto, logo compreendi o gesto de um rei de fato extraordinário. Pois as guerras finalmente terminaram, não foi, senhor? Não é verdade que a paz tem sido nossa companheira desde aquele dia?"

"Não me faça lembrar de mais nada, sir Gawain. Não sou grato a você por isso. Em vez disso, me deixe ver a vida que levei com a minha querida esposa, que está tremendo aqui ao meu lado. O senhor não vai nos emprestar o seu cavalo? Pelo menos para descermos até o bosque onde encontramos o senhor? Nós deixaremos o seu cavalo em segurança lá, à sua espera."

"Ah, Axl, eu não vou voltar para aquele bosque! Por que você insiste tanto em sair daqui agora e voltar para lá? Será que ainda teme que a névoa desapareça, marido, apesar da promessa que eu te fiz?"

"O meu cavalo? O senhor está insinuando que eu não vou mais precisar do meu Horácio? O senhor está indo longe demais! Eu não tenho medo dele, não importa se ele tem a juventude ao seu lado!"

"Não estou insinuando nada, sir Gawain, só estou pedindo o auxílio do seu excelente cavalo para levar a minha esposa até um abrigo..."

"O meu cavalo, senhor? Por acaso o senhor crê que deva vendar-lhe os olhos para que ele não veja a queda do seu dono? Ele é um cavalo de batalha, senhor! Não um pônei que passa os dias a cabriolar entre flores do campo! Um cavalo de batalha, senhor, e bem preparado para me ver cair ou triunfar, conforme a vontade de Deus!"

"Se a minha esposa tiver que descer montada no meu próprio lombo, senhor cavaleiro, então que seja. No entanto, eu achei que o senhor pudesse nos ceder o seu cavalo pelo menos para descermos até o bosque..."

"Eu vou ficar aqui, Axl, mesmo com este vento cruel. E se o sr. Wistan está quase chegando, nós vamos ficar e ver se é ele ou a dragoa que vai sobreviver ao dia de hoje. Ou será que você prefere não ver a névoa finalmente se dissipar, marido?"

"Eu já vi isso acontecer muitas vezes, senhor! Um jovem afoito ser derrotado por um velho experiente. Muitas vezes!"

"Senhor, eu mais uma vez te imploro que se lembre dos seus modos cavalheirescos. Este vento está esgotando as forças da minha esposa."

"Não foi suficiente, marido, eu te fazer um juramento, esta manhã mesmo, de que não vou esquecer o que sinto no fundo do meu coração por você hoje, não importa o que o desaparecimento da névoa revele?"

"O senhor não vai procurar entender os atos de um grande rei? Nós só podemos observar e admirar. Um grande rei, como o próprio Deus, é forçado a realizar ações das quais os mortais se esquivam. O senhor acha que nunca houve ninguém que atraísse os meus olhos? Que nunca encontrei pelo caminho uma ou outra flor delicada que eu ansiasse apertar junto ao meu peito? Será que essa armadura de metal vai ser a única companheira com quem hei de dividir o meu leito? Quem me chama de covarde, senhor? Ou de assassino de bebês? Onde o senhor estava naquele dia? Por acaso o senhor estava conosco? O meu capacete! Eu o deixei naquele bosque! Mas para que eu preciso dele agora? Eu também tiraria esta armadura, se não temesse que todos rissem da raposa esfolada que há debaixo dela!"

Por um momento, os três ficaram gritando uns para os outros, o uivo do vento uma quarta voz contra as deles, mas depois Axl se deu conta de que tanto Gawain quanto Beatrice tinham se calado e estavam olhando por cima do seu ombro para algum ponto atrás dele. Virando-se, ele viu o guerreiro e o menino saxão na beira do penhasco, quase no mesmo lugar em que, antes, sir Gawain estivera observando a vista com preocupação. O céu havia se anuviado, de modo que, para Axl, foi como se os recém-chegados tivessem sido carregados até ali pelas nuvens. Agora os dois, quase em silhueta, pareciam estranhamente paralisados: o guerreiro segurando com firmeza a sua rédea com as duas mãos, como um cocheiro; o menino inclinado para a frente, com os dois braços estendidos como que para se equilibrar. Havia um novo som no vento, e então Axl ouviu sir Gawain dizer: "Ah! O menino está cantando de novo! Será que não pode fazê-lo parar, senhor?".

Wistan riu, então as duas figuras perderam a rigidez e vieram andando em direção a eles, o menino puxando a corda na frente.

"Peço desculpas", disse o guerreiro. "Mas foi a única coisa que pude fazer para impedir que ele fosse saltando de pedra em pedra até se arrebentar."

"O que será que o menino tem, Axl?", Beatrice perguntou perto do ouvido do marido, e Axl ficou aliviado ao perceber que o tom suave de intimidade havia voltado à voz dela. "Ele estava exatamente assim antes de aquele cão aparecer."

"Ele tem mesmo que cantar tão desafinado?", disse sir Gawain, dirigindo-se novamente a Wistan. "Eu esmurraria os ouvidos dele, se achasse que ele não ia nem sentir!"

Ainda se aproximando, o guerreiro riu de novo, depois olhou alegremente para Axl e Beatrice. "Meus amigos, que surpresa encontrá-los aqui. Eu imaginei que os senhores já estariam na aldeia do seu filho a essa altura. O que os traz a este lugar tão solitário?"

"O mesmo que traz o senhor, sr. Wistan. Nós ansiamos pelo fim dessa dragoa que nos rouba lembranças preciosas. Sabe, senhor, nós trouxemos um bode envenenado para cuidar da tarefa."

Wistan olhou para o bode e balançou a cabeça. "A criatura que vamos enfrentar é sem dúvida poderosa e inteligente, amigos. Eu receio que o seu bode não vá lhe causar nada além de um ou dois arrotos."

"Trazer o bode até aqui nos custou muito, sr. Wistan", disse Beatrice, "apesar de termos tido a ajuda deste bom cavaleiro, que reencontramos no caminho para cá. Mas ver o senhor aqui me deixa mais animada, pois as nossas esperanças não repousam mais apenas no nosso animal."

Agora, porém, a cantoria de Edwin estava fazendo com que eles tivessem dificuldade de ouvir uns aos outros, e o menino puxava a corda com mais força do que nunca. Era evidente que o objeto da sua atenção se encontrava no cume da colina seguinte. Wistan deu um puxão forte na corda e depois disse:

"O jovem Edwin parece ansioso para chegar àqueles rochedos lá em cima. Sir Gawain, o que há neles? Eu vejo pedras empilhadas umas sobre as outras, como que para esconder um fosso ou uma toca."

"Por que o senhor pergunta para mim?", disse sir Gawain. "Pergunte ao seu jovem companheiro, quem sabe ele até pare de cantar!"

"Eu o tenho numa coleira, senhor, mas não o controlo mais do que controlaria um duende desvairado."

"Sr. Wistan, nós compartilhamos a responsabilidade de manter esse menino fora de perigo", disse Axl. "Precisamos vigiá-lo com cuidado neste lugar alto."

"Tem toda razão, senhor. Se o senhor me permitir, vou atá-lo junto com o seu bode."

O guerreiro levou Edwin até onde Axl havia fincado a estaca e, agachando-se, pôs-se a amarrar cuidadosamente a corda do menino a ela. De fato, Axl teve a impressão de que Wistan estava dedicando um cuidado incomum a essa tarefa, testando repetidas vezes cada nó que fazia, bem como a solidez do trabalho de Axl. Enquanto isso, o menino permanecia alheio. Acalmou-se um pouco, mas manteve o olhar fixo nas pedras do topo da colina e continuou a puxar a corda com silenciosa insistência. Seu canto, embora bem menos estridente, havia adquirido uma tenacidade que lembrou a Axl o modo como soldados exaustos cantam para conseguir continuar marchando. O bode, por sua vez, tinha se afastado o máximo que sua própria corda permitia, mas mesmo assim acompanhava com um olhar fascinado aquela agitação.

Quanto a sir Gawain, ele vinha observando atentamente cada movimento de Wistan, e Axl teve a impressão de que um ar dissimulado de astúcia havia surgido em seus olhos. Enquanto o guerreiro saxão estava absorto em sua tarefa, o cavaleiro se aproximou sorrateiramente, desembainhou a espada e, fincando-a na terra, apoiou seu peso sobre ela, com os braços pousados no punho largo da arma. Nessa posição, Gawain agora observava Wistan, e Axl imaginou que ele poderia estar tentando gravar na memória detalhes acerca do corpo do guerreiro: sua altura, a extensão de seus braços, a força das panturrilhas, o braço esquerdo enfaixado.

Tendo concluído sua tarefa a contento, Wistan se levantou e se virou de frente para sir Gawain. Por um breve instante, uma estranha inquietação transpareceu nos olhares que eles trocaram. Depois, Wistan abriu um sorriso afável.

“Aí está um costume que diferencia os bretões dos saxões”, disse ele, apontando. “Veja só, senhor: a sua espada está desembainhada e o senhor a usa para apoiar o peso do corpo, como se ela fosse prima de uma cadeira ou de um banco. Para qualquer guerreiro saxão, mesmo um treinado por bretões como eu, isso parece um hábito muito estranho."

"Chegue à minha idade decrépita e o senhor verá se esse hábito te parece tão estranho! Em tempos de paz como estes, eu imagino que uma boa espada fique bem contente com qualquer trabalho, mesmo que seja apenas para dar um descanso aos ossos do seu dono. O que há de estranho nisso, senhor?"

"Mas observe, sir Gawain, como ela penetra na terra. Para nós, saxões, o gume de uma espada é objeto de constante preocupação. Nós não gostamos de expor uma lâmina nem ao ar, com receio de que ela perca um pouco do gume."

"É mesmo? O gume de uma espada é importante, sr. Wistan, isso eu não discuto. Mas será que não está dando valor demais a isso? Pés ágeis, uma estratégia sólida, uma coragem calma e aquele quê de selvageria que torna um guerreiro difícil de prever. Isso, sim, é que determina uma luta, senhor. E a certeza de que Deus quer a sua vitória. Então, deixe um velho descansar os ombros. Além disso, não há vezes em que uma espada na bainha é puxada tarde demais? Eu fiquei assim em muitos campos de batalha para recuperar o fôlego, reconfortado em saber que a minha espada já estava desembainhada e pronta para entrar em ação, e não ficaria esfregando os olhos nem perguntando se era manhã ou tarde enquanto eu estivesse tentando botá-la em uso."

"Então é provável que nós, saxões, tratemos as nossas espadas de forma mais impiedosa, pois exigimos que elas não durmam nunca, nem mesmo enquanto repousam no escuro de suas bainhas. Veja a minha, por exemplo, senhor. Ela conhece bem o meu jeito e não espera vir ao ar sem logo tocar carne e osso."

"São costumes diferentes, então, senhor. Isso me faz lembrar de um saxão que eu conheci, um bom sujeito, e de uma noite fria em que eu e ele fomos colher gravetos para acender uma fogueira. Eu estava usando a minha espada para cortar galhos de uma árvore morta, mas, quando olhei para o lado, vi que ele usava as mãos nuas e, às vezes, uma pedra rombuda. 'O senhor esqueceu da sua espada, amigo?', perguntei a ele. 'Por que fazer isso feito um urso de garras afiadas?' Mas ele não me deu ouvidos. Na época, achei que ele era maluco, mas agora o senhor esclareceu tudo. Mesmo com a minha idade, ainda há lições a aprender!"

Os dois riram um pouco, então Wistan disse:

"Pode ser que não seja só o costume que me faça pensar assim, sir Gawain. Sempre me ensinaram que, mesmo enquanto a minha lâmina está atravessando o corpo de um oponente, eu devo me preparar em pensamento para o corte seguinte. Ora, se a minha lâmina não estiver afiada, e a travessia dela for retardada ainda que por um breve instante, bloqueada por um osso ou detida nos emaranhados das entranhas de um homem, certamente vou chegar atrasado para o próximo corte, e um atraso desses pode determinar a vitória ou a derrota."

"Tem razão, senhor. Deve ser a velhice e também este longo período de paz que estão me tornando descuidado. Vou seguir o seu exemplo daqui por diante, mas, no momento, os meus joelhos estão vergando por causa do esforço da escalada, e eu te peço que me permita este pequeno alívio."

"Claro, senhor, procure o seu conforto. Foi só um pensamento que me veio à cabeça vendo o senhor descansar desse jeito."

De repente, Edwin parou de cantar e começou a gritar. Ele estava repetindo a mesma frase sem parar, e Axl, virando-se para Beatrice, perguntou baixinho: "O que ele está dizendo, princesa?".

"Ele está falando que tem um acampamento de bandidos lá em cima e pedindo a todos nós que o acompanhemos até lá."

Wistan e Gawain observavam o menino com um ar que parecia de constrangimento. Edwin continuou gritando e puxando a corda por mais alguns instantes, depois se calou e se atirou no chão, parecendo estar à beira das lágrimas. Ninguém falou nada durante o que pareceu um bom tempo, enquanto o vento uivava ao redor deles.

Por fim, Axl disse: "Sir Gawain, chegou a hora. Chega de fingimentos entre nós. O senhor é o protetor da dragoa, não é?".

"Sim, eu sou, senhor." Gawain olhou com ar desafiador para cada um deles, incluindo Edwin. "O protetor e, ultimamente, o único amigo que ela tem. Os monges a alimentaram durante anos, deixando animais amarrados aqui, como os senhores fizeram. Mas agora eles estão brigando entre si, e Querig sente a traição deles. No entanto, ela sabe que eu continuo leal a ela."

"Então, sir Gawain, o senhor se importaria de nos dizer se nós estamos perto da dragoa agora?", perguntou Wistan.

"Ela está perto, senhor. Foi uma façanha e tanto o senhor conseguir chegar até aqui, ainda que tenha tido a sorte de encontrar aquele menino como guia."

Novamente de pé, Edwin começou mais uma vez a cantar, embora em voz baixa e de um jeito suave, como se entoasse um cântico.

"É possível que o jovem Edwin represente uma sorte maior ainda", disse o guerreiro, "pois eu tenho o pressentimento de que ele é um aluno que vai superar rapidamente o seu pobre mestre e, um dia, realizar grandes feitos para o nosso povo. Talvez até como o seu estimado Arthur realizou para o seu, sir Gawain."

"O quê, senhor? Esse menino que está cantando e puxando a corda feito um imbecil?"

"Sir Gawain, por favor, queira explicar uma coisa a uma pobre velha cansada", interveio Beatrice. "Como é que um cavaleiro admirável como o senhor, um sobrinho do grande Arthur, foi se transformar no protetor dessa dragoa?"

"Talvez o sr. Wistan esteja ansioso para explicar como isso aconteceu, senhora."

"Pelo contrário, eu estou tão ansioso quanto a sra. Beatrice para ouvir o seu relato, sir Gawain. Mas tudo no seu devido tempo. Primeiro, nós temos que resolver uma questão. Devo soltar o jovem Edwin para ver para onde ele vai correr? Ou o senhor, sir Gawain, vai nos mostrar o caminho até a toca de Querig?"

O cavaleiro ficou olhando com uma expressão vazia para o menino agitado, depois soltou um suspiro. "Deixe o menino onde ele está", respondeu de um jeito grave. "Eu mostro o caminho." Então, endireitou o corpo, arrancou a espada da terra e a guardou de volta na bainha cuidadosamente.

"Obrigado, senhor", disse Wistan. "Fico contente por podermos poupar o menino do perigo. No entanto, acho que agora já sei encontrar o caminho sem precisar de guia. Temos que ir até aqueles rochedos no alto da próxima colina, não é verdade?"

Sir Gawain soltou outro suspiro, olhou para Axl como que pedindo ajuda e depois, com tristeza, fez que sim com a cabeça. "É verdade, senhor. Aqueles rochedos cercam um fosso, e não é pequeno. É um fosso tão fundo quanto uma pedreira, e o senhor encontrará Querig dormindo lá dentro. Se realmente pretende enfrentá-la, sr. Wistan, terá que descer até o fundo do fosso. Agora eu te pergunto: o senhor realmente pretende fazer uma loucura dessas?"

"Eu fiz essa longa viagem até aqui para isso, senhor."

"Sr. Wistan, perdoe a intromissão de uma velha", disse Beatrice. "O senhor agora há pouco riu do nosso bode, mas a batalha que o senhor tem pela frente será dura. Se esse cavaleiro não vai ajudá-lo, pelo menos permita que levemos o nosso bode até o alto dessa última colina e o façamos descer até o fundo do fosso. Se o senhor tem que lutar sozinho contra uma dragoa, que pelo menos seja uma dragoa enfraquecida com veneno."

"Obrigada, senhora, a sua preocupação me comove. No entanto, embora possa tirar proveito da sonolência da dragoa, veneno é uma arma que eu não gosto de empregar. Além disso, não tenho mais paciência no momento para ficar esperando mais meio dia ou um dia inteiro para descobrir se a dragoa vai ou não passar mal com a refeição que fez."

"Então vamos acabar logo com isso", disse sir Gawain. "Venha, senhor, eu vou mostrar o caminho." Em seguida, acrescentou, dirigindo-se a Axl e Beatrice: "Esperem aqui, amigos, e se protejam do vento ao lado da pilha de pedras. Não vai ser preciso esperar muito".

"Mas, sir Gawain", disse Beatrice, "o meu marido e eu nos esforçamos muito para conseguir chegar até aqui. Nós gostaríamos de trilhar com os senhores essa última colina, se houver um jeito de fazer isso sem perigo."

Sir Gawain mais uma vez balançou a cabeça, impotente. "Então vamos todos juntos, amigos. Não creio que nenhum mal vá lhes acontecer, e vou ficar mais tranquilo com a presença dos senhores. Venham, amigos, vamos até a toca de Querig, e procurem falar baixo para não acordá-la."

À medida que eles subiam a trilha da colina seguinte, o vento ia perdendo um pouco a força, muito embora eles tivessem mais do que nunca a sensação de estar prestes a alcançar o céu. O cavaleiro e o guerreiro caminhavam na frente com passadas largas e regulares, como se fossem dois velhos companheiros que saíram para dar uma volta juntos, e em pouco tempo uma distância se abriu entre eles e o casal de velhos.

"Isso é uma grande tolice, princesa", disse Axl enquanto eles andavam. "Que motivo temos para ir atrás desses cavalheiros? E quem sabe que perigos nós encontraremos pela frente? Vamos voltar e esperar junto com o menino."

Mas Beatrice continuou andando com determinação. "Quero seguir em frente", disse ela. "Aqui, Axl, segure a minha mão e me ajude a ter coragem, porque agora estou achando que sou eu que mais temo o desaparecimento da névoa, não você. Eu fiquei ao lado daquela pilha de pedras agora há pouco e me veio à cabeça que já fiz coisas horríveis com você um dia, marido. Sinta como a minha mão treme dentro da sua quando penso que essas lembranças podem nos ser devolvidas! O que você vai me dizer então? Será que vai me dar as costas e me deixar nesta colina erma? Há uma parte de mim que deseja ver esse valente guerreiro cair agora mesmo, enquanto ele está andando na nossa frente, mas não vou admitir que nós nos escondamos. Não vou mesmo, Axl, e você também pensa assim, não pensa? Vamos ver livremente o caminho que trilhamos juntos, seja ele escuro ou ensolarado. E se esse guerreiro tem mesmo que enfrentar a dragoa em sua própria toca, vamos fazer o que pudermos para lhe dar ânimo. Pode ser que um grito de advertência no momento certo ou um berro que o desperte do estupor causado por um golpe violento faça a diferença."

Axl deixou que ela falasse, ouvindo apenas com metade da sua atenção enquanto andava, porque tinha percebido mais uma vez algo guardado bem lá no fundo da sua memória: uma noite de tempestade, uma mágoa dolorosa, uma solidão se abrindo diante dele como águas de profundidade desconhecida. Seria possível que tivesse sido ele, e não Beatrice, quem se viu sozinho no quarto deles, sem conseguir dormir, com uma pequena vela diante de si?

"O que aconteceu com o nosso filho, princesa?", ele perguntou de repente e sentiu a mão dela apertar a sua com mais força. "Será que ele está mesmo à nossa espera na aldeia dele? Ou será que vamos passar um ano procurando esse lugar e nem assim vamos encontrar o nosso filho?"

"Isso também me passou pela cabeça, mas fiquei com medo de pensar sobre isso em voz alta. Mas vamos fazer silêncio agora, Axl, ou eles podem nos ouvir."

De fato, sir Gawain e Wistan haviam parado mais adiante na trilha para esperar por eles e pareciam estar conversando animadamente. Quando chegou perto deles, Axl ouviu sir Gawain dizer, dando uma risadinha:

"Eu confesso, sr. Wistan, que até agora alimento a esperança de que o hálito de Querig o faça esquecer por que o senhor está andando aqui ao meu lado. Espero ansiosamente pelo momento em que vai me perguntar para onde o estou levando! No entanto, vejo tanto nos seus olhos como nos seus passos que o senhor não esquece de quase nada."

Wistan sorriu. "Acredito, senhor, que tenha sido justamente esse dom de resistir a feitiços estranhos que fez com que o meu rei me escolhesse para esta missão. Embora na região dos pântanos nunca tenhamos encontrado uma criatura como essa Querig, já encontramos outras com poderes maravilhosos, e as pessoas notaram que eu quase não era afetado por eles, mesmo quando os meus companheiros desmaiavam e vagavam em sonhos. Imagino que essa tenha sido a única razão que levou o meu rei a escolher a mim, pois quase todos os meus companheiros lá da minha terra são melhores guerreiros do que este que agora anda ao seu lado."

"Não dá para acreditar nisso, sr. Wistan! Tanto os relatos que ouvi quanto a minha própria observação atestam as suas extraordinárias qualidades."

"O senhor me superestima, sir Gawain. Ontem, quando precisei enfrentar aquele soldado na sua frente, eu estava muito consciente de como um homem da sua destreza veria as minhas parcas habilidades. Elas podem ter sido suficientes para derrotar um guarda assustado, mas estão muito longe de merecer a sua aprovação."

"Que disparate, sr. Wistan! O senhor é um guerreiro esplêndido, e não se fala mais nisso! Agora, amigos", disse Gawain, virando-se para incluir Axl e Beatrice na conversa, "já não está mais tão longe. Vamos nos pôr a caminho enquanto ela ainda dorme."

Eles seguiram adiante em silêncio. Dessa vez, Axl e Beatrice não ficaram para trás, pois um senso de solenidade parecia ter se apossado de Gawain e Wistan, fazendo-os caminhar na frente do grupo num ritmo quase cerimonial. De qualquer modo, o terreno havia se tornado menos acidentado, transformando-se numa espécie de platô. Os rochedos que eles haviam avistado lá de baixo agora assomavam diante deles, e Axl percebeu, conforme eles se aproximavam, que os rochedos estavam dispostos num semicírculo irregular em volta do cume de um monte situado ao lado da trilha pela qual avançavam. Percebeu também que uma fileira de pedras menores formava uma espécie de escada ao lado do monte, subindo até a beira do que só podia ser um fosso de profundidade significativa. Em toda a extensão da área onde eles agora haviam chegado, o capim parecia ter sido tisnado ou queimado, o que dava ao lugar — que já não tinha árvores nem arbustos — uma atmosfera de decadência. Fazendo o grupo parar perto de onde a tosca escada começava, Gawain se virou de frente para Wistan com um ar circunspecto.

"O senhor tem mesmo certeza de que quer levar adiante esse plano perigoso? Por que não voltar agora para perto do menino órfão, amarrado àquela estaca? Até agora ainda se ouve a voz dele no vento."

O guerreiro se virou na direção de onde eles tinham vindo, depois olhou de novo para sir Gawain. "O senhor sabe que eu não posso voltar. Vamos, senhor, me mostre a dragoa."

O velho cavaleiro balançou a cabeça, pensativo, como se Wistan tivesse acabado de fazer uma observação corriqueira, mas fascinante.

"Muito bem, amigos", disse ele. "Então, procurem falar baixo, pois para que iríamos querer acordá-la?"

Tomando a dianteira, sir Gawain subiu a escada ao lado do monte e, ao chegar aos rochedos, fez sinal para que eles esperassem. Em seguida, espiou com cuidado por cima dos rochedos e, depois de alguns instantes, acenou para eles, dizendo em voz baixa: "Venham até aqui ao meu lado, amigos, que os senhores vão vê-la muito bem".

Axl ajudou Beatrice a subir num ressalto ao lado dele, depois se debruçou sobre um dos rochedos. O fosso lá embaixo era mais amplo e mais raso do que o idoso esperava — parecia mais um lago seco do que um fosso escavado na terra. A maior parte dele estava iluminada pelo sol pálido e parecia consistir inteiramente de rocha cinza e cascalho — o capim tisnado terminava de forma abrupta na beira — de modo que a única coisa viva visível, além da própria dragoa, era um pilriteiro solitário que brotava incongruentemente do meio das pedras, perto do centro do fosso.

Quanto à dragoa, à primeira vista nem dava para saber ao certo se ela estava viva ou morta. Sua postura — ela estava de bruços, com a cabeça virada para o lado e as pernas estendidas — poderia facilmente nos levar a pensar que seu cadáver havia sido arremessado dentro do fosso de um lugar alto. Na verdade, levava-se um tempo para perceber que aquela criatura era uma dragoa: ela estava tão magra que mais parecia um réptil fino e comprido acostumado a viver na água, que viera para a terra por engano e agora estivesse ficando desidratado. Sua pele, que deveria ter uma cor semelhante à do bronze e parecer oleosa, tinha em vez disso um tom amarelado de branco, que fazia lembrar a barriga de certos peixes. Suas asas, ou o que restava delas, eram dobras de pele frouxa, e alguém que olhasse para elas sem prestar muita atenção poderia achar que eram apenas amontoados de folhas secas de ambos os lados da dragoa. Como a cabeça estava pousada de lado sobre as pedras cinzentas, Axl só conseguia ver um dos olhos, que era protuberante como o de uma tartaruga e se abria e se fechava letargicamente, de acordo com algum ritmo interno. Esse movimento e o leve subir e descer ao longo da espinha dorsal da criatura eram os únicos indícios de que Querig ainda estava viva.

"Será que esta é mesmo ela, Axl?", Beatrice perguntou baixinho. "Essa pobre criatura que não passa de um fiapo de carne?"

"Mas olhe lá, senhora", disse a voz de Gawain atrás deles. "Enquanto estiver respirando, ela continuará cumprindo o seu dever."

"Será que ela está doente ou, talvez, já envenenada?", perguntou Axl.

"Ela simplesmente está ficando velha, senhor, como acontece com todos nós um dia. Mas ela ainda respira e, portanto, o trabalho de Merlin perdura."

"Agora está me voltando à lembrança alguma coisa desse tempo", disse Axl. "Eu me lembro do trabalho que Merlin fez aqui, um trabalho tenebroso."

"Tenebroso, senhor?", disse Gawain. "Por que tenebroso? Era o único jeito. Antes de termos vencido de fato aquela batalha, eu cavalguei até aqui com quatro bons companheiros para domar esta mesma criatura, que naquela época era não só poderosa como colérica, para que Merlin pudesse pôr seu grande feitiço no hálito dela. Ele pode ter sido um homem tenebroso, mas nessa ocasião ele fez a vontade de Deus, não só a de Arthur. Sem o hálito dessa dragoa, será que a paz algum dia teria chegado? Olhe como nós vivemos agora, senhor! Antigos inimigos como primos, em todas as aldeias. Sr. Wistan, o senhor se calou diante desta visão. Eu vou pedir de novo. Será que o senhor não pode deixar essa pobre criatura viver os dias que lhe restam? O hálito dela não é mais o que era antes, mas ainda mantém a mágica até hoje. Pense, senhor, no que poderá despertar por toda esta terra quando esse hálito cessar, mesmo depois de tantos anos! Sim, nós matamos muitos, eu admito, sem nos importar se eram fortes ou fracos. Deus pode não ter sorrido para nós, mas nós varremos as guerras desta terra. Vá embora deste lugar, senhor, eu te imploro. Nós podemos rezar para deuses diferentes, mas com certeza o seu deve abençoar esta dragoa como o meu abençoa."

Wistan deu as costas para o fosso para olhar para o velho cavaleiro.

"Que espécie de Deus é esse, senhor, que deseja que injustiças permaneçam esquecidas e impunes?"

"É uma boa pergunta, sr. Wistan, e eu sei que o meu Deus vê com desconforto o que fizemos naquele dia. No entanto, tudo isso ficou para trás faz tempo, e os ossos jazem protegidos por um belo tapete verde. Os jovens nada sabem sobre eles. Por isso eu imploro ao senhor que vá embora e permita que Querig faça o trabalho dela por mais um tempo. Mais uma ou duas estações, é o máximo que ela vai resistir. Mesmo sendo pouco tempo, pode ser que seja suficiente para que velhas feridas cicatrizem para sempre e que uma paz eterna prevaleça entre nós. Veja como ela se apega à vida, senhor! Seja compassivo e vá embora daqui. Deixe esta terra repousar no esquecimento."

"Isso é um disparate, senhor. Como as velhas feridas poderão cicatrizar se estão cheias de vermes que subsistem de forma tão exuberante? Ou como a paz poderia durar para sempre se foi construída sobre um massacre e um truque de mágico? Eu vejo com que ardor o senhor deseja que os seus velhos horrores se esfarelem até virar pó. No entanto, eles continuam esperando debaixo da terra, como ossos brancos, que os homens os desencavem. Sir Gawain, a minha resposta não mudou. Eu tenho que descer até o fundo desse fosso."

Com ar grave, sir Gawain fez que sim com a cabeça. "Eu entendo, senhor."

"Então chegou a minha vez de te fazer um pedido, senhor cavaleiro. Será que o senhor não pode me deixar sozinho aqui e voltar agora para o seu bom e velho garanhão, que o espera lá embaixo?"

"O senhor sabe que eu não posso, sr. Wistan."

"Foi o que eu pensei. Pois bem, então."

Wistan passou por Axl e Beatrice e desceu os degraus grosseiros de pedra. Quando chegou mais uma vez ao pé do monte, olhou ao redor e disse, num tom de voz completamente diferente: "Sir Gawain, o terreno aqui tem uma aparência curiosa. Será que a dragoa, nos seus tempos de mais vigor, tinha o hábito de cuspir fogo nesta direção? Ou será que raios caem aqui com frequência, queimando o solo antes que o mato tenha a chance de tornar a crescer?".

Gawain, que havia descido o monte atrás do guerreiro, também desceu o último degrau de pedra; por um momento, os dois ficaram perambulando por ali, como companheiros que estão avaliando em que local devem montar sua barraca.

"Isso é uma coisa que também sempre me intrigou, sr. Wistan", disse Gawain. "Mesmo quando mais nova, Querig costumava ficar no alto, e eu não creio que tenha sido ela quem queimou o terreno deste jeito. Talvez ele já fosse assim quando nós a trouxemos para cá e a botamos lá embaixo na toca." Gawain bateu o calcanhar no chão, testando-o. "Mas é um bom terreno de qualquer forma, senhor."

"De fato." Wistan, de costas para Gawain, também estava testando o chão com o pé.

"Talvez só um pouco estreito, não?", comentou o cavaleiro. "Olhe como aquela beira ali se inclina em direção ao penhasco. Um homem que caia aqui vai repousar numa terra acolhedora, sem dúvida, mas o sangue dele pode escorrer rapidamente por esse capim queimado e pela encosta abaixo. Eu não sei o senhor, mas eu não gostaria que as minhas vísceras ficassem pingando pela parede do penhasco feito fezes brancas de gaivota!"

Os dois riram. Em seguida, Wistan disse:

"Não precisa se preocupar, senhor. Veja como o terreno se eleva ligeiramente ali, antes do penhasco. Quanto ao outro lado, a beira está muito distante e há bastante solo sedento antes de o terreno terminar."

"Boa observação. Bem, então, não é um mau lugar!" Sir Gawain olhou para cima, na direção de Axl e Beatrice, que ainda estavam no alto da escada, embora agora de costas para o fosso. "Sr. Axl", ele chamou num tom alegre, "o senhor é que sempre teve um enorme talento para a diplomacia. O senhor não quer usar a sua bela eloquência agora para nos permitir sair deste lugar como amigos?"

"Lamento, sir Gawain. O senhor foi muito gentil conosco e nós te agradecemos por isso. No entanto, estamos aqui para ver o fim de Querig e, se o senhor quer defendê-la, não há nada que eu ou a minha esposa possamos dizer a seu favor. Nós estamos com o sr. Wistan nesta questão."

"Entendo, senhor. Então, deixe-me te pedir ao menos um favor: eu não temo este guerreiro diante de mim, mas, caso eu caia, o senhor poderia levar o meu bom Horácio de volta até lá embaixo e para longe desta montanha? Ele acolherá com prazer um bom casal de bretões no lombo. O senhor pode ter a impressão de que ele resmunga, mas os senhores estão longe de ser pesados demais para ele. Levem o meu querido Horácio para longe daqui e, quando não precisarem mais dele, levem-no para um prado verde e aprazível onde ele possa comer o quanto quiser e pensar nos velhos tempos. Os senhores farão isso por mim, amigos?"

"Faremos com prazer, senhor, e o seu cavalo também será a nossa salvação, pois a viagem até lá embaixo é árdua."

"A esse respeito, senhor", disse Gawain, que agora havia chegado bem ao pé do monte, "eu já o aconselhei antes a usar o rio e vou insistir mais uma vez. Deixe Horácio levá-los até o fim destas colinas, mas, quando encontrarem o rio, procurem um barco para levá-los para o leste. Há estanho e moedas na sela para pagar a passagem dos senhores."

"Nós agradecemos, senhor. A sua generosidade nos comove."

"Mas, sir Gawain", disse Beatrice, "se o seu cavalo levar nós dois, como o corpo do senhor será carregado até lá embaixo? Na sua generosidade, o senhor esqueceu o seu próprio corpo. E nós ficaríamos com pena de enterrá-lo num lugar tão solitário como este."

Por um instante, as feições do velho cavaleiro assumiram uma expressão solene, quase pesarosa. Depois, se engelharam num sorriso, e ele disse: "Por favor, senhora, não vamos discutir planos para o meu enterro quando eu ainda espero sair vitorioso! De toda maneira, esta montanha não é um lugar mais solitário do que qualquer outro para mim agora, e eu tenho receio do que o meu fantasma terá que testemunhar lá embaixo se esta luta tiver outro desfecho. Então, chega de falar de corpos, senhora! Sr. Wistan, o senhor não tem nada a pedir aos nossos amigos caso o destino não o brinde com a vitória?".

"Como o senhor, sir Gawain, eu prefiro não pensar na derrota. No entanto, só um grande idiota consideraria o senhor outra coisa senão um adversário temível, não importa a sua idade. Então, eu também vou importunar este bom casal com um pedido: se eu não estiver mais aqui, por favor, façam o possível para que o jovem Edwin chegue a uma aldeia acolhedora e digam a ele que o considero o mais valoroso dos aprendizes."

"Nós faremos isso, senhor", disse Axl. "Procuraremos o melhor para ele, muito embora a ferida que ele carrega torne o seu futuro sombrio."

"Tem razão. Mais um motivo para que eu me esforce ainda mais para sobreviver a este confronto. Bem, sir Gawain, vamos a ele então?"

"Só mais um pedido", disse o velho cavaleiro, "e este é para o senhor, sr. Wistan. Eu me sinto constrangido de mencionar o assunto, pois toca numa questão que nós discutimos com prazer ainda há pouco. Eu me refiro, senhor, à questão de desembainhar a espada. Com a minha idade avançada, eu levo um tempo estupidamente longo para puxar esta velha arma para fora da bainha. Se o senhor e eu iniciarmos a luta com as nossas espadas na bainha, temo te oferecer parca diversão, sabendo a rapidez com que o senhor puxa a sua. Sabe, senhor, eu posso ainda estar coxeando, resmungando pequenas maldições e puxando este ferro com uma mão e depois a outra — enquanto o senhor dá uma volta, se perguntando se deve cortar a minha cabeça ou recitar uma ode enquanto espera! No entanto, se nós concordarmos em desembainhar nossas espadas cada um no seu próprio tempo... Ah, isso me deixa terrivelmente constrangido, senhor!"

"Não precisa dizer mais nem uma palavra sobre isso, sir Gawain. Eu nunca tive em alta conta um guerreiro que se vale da rapidez com que puxa uma espada para tirar vantagem do adversário. Então, vamos nos enfrentar já de espada em punho, como o senhor sugere."

"Eu agradeço, senhor. E, em troca, embora saiba que o seu braço está enfaixado, prometo não tentar tirar nenhuma vantagem especial disso."

"Obrigado, senhor, embora isto seja um ferimento à toa."

"Bem, então, senhor, com a sua permissão."

O velho cavaleiro puxou a espada — de fato, a operação pareceu levar mais tempo que o normal — e pousou a ponta no chão, exatamente como tinha feito antes no túmulo do gigante. No entanto, em vez de se apoiar nela, ele ficou examinando a sua arma de alto a baixo, com um misto de cansaço e afeição. Depois, pegou a espada com as duas mãos e a ergueu — e então a postura de Gawain adquiriu uma inequívoca majestade.

"Eu vou virar de costas agora, Axl", disse Beatrice. "Quando acabar, você me avisa. E queira Deus que seja uma luta curta e limpa."

A princípio, os dois homens seguraram suas espadas apontadas para baixo, a fim de não exaurir seus braços. De onde estava, Axl via a posição dos dois com clareza: a no máximo cinco passos de distância de Gawain, o corpo de Wistan inclinava-se levemente para a esquerda, para longe do adversário. Eles mantiveram essas posições por algum tempo; depois, Wistan deu três passos lentos para a direita, fazendo com que se tivesse a impressão de que seu ombro esquerdo não estava mais protegido pela sua espada. Mas, para tirar vantagem disso, Gawain teria que transpor aquela distância com extrema rapidez, e Axl não ficou surpreso quando o cavaleiro, olhando com ar acusador para o guerreiro, moveu-se ele próprio para a direita com passos cuidadosos. Enquanto isso, Wistan trocou a posição de ambas as mãos na espada, mas Axl não tinha como ter certeza se Gawain havia notado a mudança, pois era possível que o corpo do guerreiro estivesse tapando a visão do cavaleiro. Agora, porém, Gawain também estava alterando a sua empunhadura, deixando que o peso da espada passasse do braço direito para o esquerdo. Então, os dois ficaram parados em suas novas posições e, para um espectador leigo, poderiam parecer estar posicionados de forma praticamente idêntica à de antes um em relação ao outro. No entanto, Axl sentia que essas novas posições tinham um significado diferente. Já fazia muito tempo que ele não tinha que analisar uma luta em tantos detalhes, e uma sensação frustrante de não estar conseguindo perceber metade do que estava se passando diante dele o invadiu. Mas, de alguma forma, ele sabia que a luta havia chegado a um momento crucial, que as coisas não poderiam continuar daquele jeito por muito tempo sem que um ou outro combatente fosse forçado a atacar.

Mesmo assim, Axl foi pego de surpresa pelo modo súbito com que Gawain e Wistan investiram um contra o outro. Foi como se eles tivessem reagido a um sinal: o espaço entre eles desapareceu, e de repente os dois estavam atracados num tenso abraço. Aconteceu tão rápido que Axl teve a impressão de que os dois homens haviam abandonado suas espadas e estavam agora prendendo um ao outro numa mútua e complicada chave de braço. Enquanto se seguravam, eles rodaram um pouco, como dançarinos, e Axl conseguiu então ver que as duas espadas, talvez por causa do enorme impacto da colisão, haviam se fundido numa só. Mortificados com esse revés, os dois homens agora faziam o que podiam para separar uma espada da outra. Mas não era uma tarefa fácil, e as feições do velho cavaleiro estavam contorcidas com o esforço. O rosto de Wistan naquele momento não estava visível, mas Axl percebeu que o pescoço e os ombros do guerreiro tremiam com o esforço que ele também estava fazendo para reverter aquela calamidade. No entanto, os esforços de ambos eram em vão: quanto mais eles faziam força, mais as duas espadas pareciam se colar uma na outra, como se não houvesse outro jeito senão abandoná-las e começar a luta de novo. Nenhum deles, porém, dava sinais de estar disposto a desistir, apesar de seus esforços ameaçarem esgotar-lhes as forças. Então, algo cedeu e as espadas se separaram. Quando isso aconteceu, algum tipo de fragmento escuro — talvez a substância que havia feito as lâminas ficarem grudadas uma na outra — voou pelos ares entre os dois. Com uma expressão de espanto e ao mesmo tempo de alívio, Gawain deu uma meia-volta e foi com um joelho ao chão. Wistan, por sua vez, havia sido forçado pelo impulso a dar um rodopio quase completo e tinha parado apontando sua espada, agora livre, na direção das nuvens acima do penhasco, completamente de costas para o cavaleiro.

"Deus o proteja", Beatrice disse ao lado do marido, e Axl se deu conta de que ela estivera assistindo à luta o tempo inteiro. Quando ele olhou de novo lá para baixo, Gawain tinha levado o outro joelho ao chão. Então o corpo alto do cavaleiro foi tombando e girando lentamente, até cair no capim escuro. Ali, ele se remexeu por um momento, como um homem adormecido que tenta encontrar uma posição mais confortável. Ao virar o rosto para o céu, embora suas pernas ainda continuassem dobradas de um jeito desengonçado debaixo dele, Gawain parecia contente. Quando Wistan se aproximou dele com passos aflitos, o velho cavaleiro pareceu dizer alguma coisa, mas Axl estava longe demais para conseguir ouvir. O guerreiro permaneceu parado ao lado do adversário durante algum tempo, segurando a espada ao lado do corpo, esquecida, e Axl percebeu que gotas escuras estavam caindo da ponta da lâmina até o chão.

Beatrice se abraçou ao marido. "Ele era o defensor da dragoa, mas foi gentil conosco", disse ela. "Quem sabe onde nós estaríamos agora sem ele, Axl? Vê-lo caído me deixa triste."

Axl apertou Beatrice junto a si. Depois, soltando-a, desceu pelas pedras até um lugar de onde podia ver melhor o corpo de Gawain caído no chão. Wistan tinha razão: o sangue havia escorrido apenas até onde o terreno se elevava como uma espécie de beiço na beira do penhasco e estava formando ali uma poça, que não corria nenhum risco de transbordar. Ver aquilo fez com que Axl fosse invadido por uma grande melancolia, mas também por uma sensação — ainda que vaga e distante — de que uma enorme raiva dentro dele havia finalmente sido atendida.

"Bravo, senhor!", ele gritou lá para baixo. "Agora não há mais nada entre o senhor e a dragoa."

Wistan, que estivera olhando para o cavaleiro caído aquele tempo todo, agora veio andando devagar, como se estivesse um pouco tonto, até o pé do monte. Quando levantou a cabeça para olhar para Axl, parecia estar como que sonhando.

"Faz tempo que aprendi a não temer a morte quando estou lutando", disse ele. "No entanto, eu tive a impressão de ouvir os passos suaves dela atrás de mim enquanto enfrentava esse cavaleiro. Apesar da idade avançada, ele esteve perto de me vencer."

Então o guerreiro pareceu notar que ainda estava com a espada na mão e fez um movimento como se pretendesse fincá-la na terra macia ao pé do monte. Mas mudou de ideia no último instante, quando a lâmina já estava quase encostando na terra, e, endireitando o corpo, disse: "Para que limpar já esta espada? Por que não deixar o sangue do cavaleiro se misturar com o da dragoa?".

Ele começou a subir a lateral do monte, seu andar ainda lembrando um pouco o de um bêbado. Passando rente a Axl e Beatrice, ele se debruçou sobre um rochedo e olhou para dentro do fosso, seus ombros se movendo a cada inspiração.

"Sr. Wistan", Beatrice disse com voz suave. "Nós agora estamos ansiosos para vê-lo matar Querig. Mas o senhor poderia enterrar o corpo daquele pobre cavaleiro depois? O meu marido está muito cansado e precisa poupar forças para seguir viagem."

"Ele era parente do odiado Arthur", disse Wistan, virando-se para ela, "mas não vou deixá-lo à mercê dos corvos. Fique tranquila, senhora, que eu vou cuidar dele. Posso até enterrá-lo no fosso lá embaixo, ao lado da criatura que ele defendeu por tanto tempo."

"Então ande rápido, senhor, e termine a sua missão", disse Beatrice. "Pois, embora Querig esteja fraca, nós só vamos ficar tranquilos quando soubermos que ela está morta."

Wistan, porém, não parecia estar mais ouvindo Beatrice, pois olhava para Axl com uma expressão distante.

"O senhor está bem, sr. Wistan?", Axl perguntou por fim.

"Sr. Axl, é possível que não nos vejamos mais", disse o guerreiro. "Então, deixe-me te perguntar pela última vez. Poderia ter sido o senhor aquele bretão gentil da minha infância, que perambulava como um príncipe sábio pela nossa aldeia, fazendo os homens sonharem com maneiras de manter os inocentes fora do alcance da guerra? Se o senhor tem alguma lembrança disso, eu te peço que me diga antes que nos separemos."

"Se eu fui esse homem, senhor, só o vejo hoje detrás da névoa do hálito dessa criatura, e ele me parece um homem tolo e sonhador, ainda que tivesse boas intenções e tenha sofrido vendo juramentos solenes serem quebrados numa chacina cruel. Havia outros encarregados de propagar o pacto pelas aldeias saxãs, mas, se o meu rosto desperta alguma lembrança no senhor, por que supor que fosse o de outro?"

"Eu tive essa impressão quando nos conhecemos, senhor, mas não tinha como ter certeza. Eu te agradeço pela sua franqueza."

"Então, seja franco comigo também, pois há uma coisa que está me inquietando desde o nosso encontro de ontem e talvez, na verdade, desde muito antes. Esse homem de que o senhor se lembra, sr. Wistan, ele é alguém de quem o senhor deseja se vingar?"

"O que você está dizendo, marido?" Beatrice chegou para a frente, enfiando-se entre Axl e Wistan. "Que desavença pode existir entre você e esse guerreiro? Se houver alguma, ele vai ter que passar por mim primeiro."

"O sr. Wistan está falando de uma pele que eu deixei para trás antes mesmo de nós dois nos conhecermos, princesa. Uma pele que eu esperava que já tivesse se esfarelado há muito tempo em alguma trilha esquecida." Depois, dirigindo-se a Wistan, Axl perguntou: "O que o senhor me diz? A sua espada ainda está pingando. Se é vingança que o senhor deseja, o senhor pode obtê-la facilmente, embora eu te peça que proteja a minha querida esposa, que teme por mim".

"Aquele era um homem que eu adorava à distância. É verdade que houve momentos, mais tarde, em que desejei que ele fosse cruelmente punido pela participação que teve na traição. No entanto, hoje percebo que ele pode ter agido sem maldade, desejando igualmente o bem do seu próprio povo e do nosso. Se eu o encontrasse de novo, senhor, diria a ele que seguisse em paz, apesar de saber que a paz agora não poderá resistir por muito tempo. Mas, com a sua licença, amigos, agora preciso descer e terminar a minha missão."

Lá embaixo, no fosso, nem a posição nem a postura da dragoa haviam se alterado: se os sentidos dela estavam-na alertando da proximidade de estranhos — e de um estranho em particular que descia naquele momento a parede íngreme do fosso —, Querig não dava nenhuma indicação disso. Ou será que os movimentos de subida e descida ao longo de sua espinha tinham se tornado um pouco mais acentuados? E será que havia uma nova ansiedade no olho protuberante quando ele abria e fechava? Axl não tinha como ter certeza. Mas, enquanto observava a criatura lá embaixo, ocorreu-lhe que o pilriteiro — o único outro ser vivo dentro do fosso — devia ter se tornado uma fonte de grande conforto para a dragoa e que mesmo agora ela devia estar tentando se aproximar dele, ainda que apenas em pensamento. Axl se deu conta de que isso era uma ideia fantasiosa, mas, quanto mais ele observava a dragoa, mais essa ideia lhe parecia plausível. Pois como um arbusto solitário poderia ter brotado num lugar como aquele? Não teria sido o próprio Merlin quem permitiu que o arbusto crescesse ali, para que a dragoa tivesse um companheiro?

Wistan continuava a descer a parede do fosso, ainda com a espada na mão. Seu olhar raramente se desviava do lugar onde a criatura jazia, como se uma parte dele esperasse que ela se levantasse de repente, transformada num demônio assustador. Num determinado momento, ele escorregou e cravou a espada no chão para evitar deslizar de costas até lá embaixo. O escorregão fez com que uma cascata de pedras e cascalho caísse pela parede do fosso abaixo, mas Querig continuou sem esboçar nenhuma reação.

Pouco depois, Wistan chegou são e salvo ao chão. Secou a testa com as costas da mão, olhou para Axl e Beatrice lá em cima e foi andando em direção à dragoa, parando a alguns passos de distância dela. Depois, levantou a espada e começou a examinar a lâmina, aparentemente surpreso de vê-la suja de sangue. Durante alguns instantes, Wistan permaneceu assim, sem sair do lugar, o que fez com que Axl se perguntasse se o estranho estado de espírito que havia dominado o guerreiro desde sua vitória o tinha feito esquecer por um momento a razão pela qual ele entrara no fosso.

Mas, em seguida, com uma brusquidão parecida com a que caracterizara sua luta contra o velho cavaleiro, Wistan avançou de repente. Não correu, mas saiu andando com passadas largas e rápidas, subindo no corpo da dragoa sem diminuir o ritmo e seguindo adiante como se estivesse com pressa de chegar ao outro lado do fosso. No decorrer daquela caminhada, no entanto, sua espada havia descrito um arco baixo e veloz ao passar, e Axl viu a cabeça da dragoa girar no ar e sair rolando, antes de estacar no chão de pedra. Contudo, ela não ficou ali por muito tempo, pois logo foi engolfada por uma copiosa torrente, que a princípio se dividiu ao redor dela, depois a elevou à tona, até que ela saísse boiando pelo chão do fosso. Foi parar no pilriteiro, onde se alojou, com a garganta virada para o céu. Ver aquilo fez Axl se lembrar da cabeça do cão monstruoso que Gawain havia decepado no túnel, e mais uma vez Axl sentiu que uma grande melancolia ameaçava invadi-lo. Forçou-se a desviar os olhos da dragoa e a prestar atenção nos movimentos de Wistan, que ainda não havia parado de andar. O guerreiro agora estava voltando para o lado de onde viera, evitando a poça que só crescia, e depois, com a espada ainda na mão, começou a escalar a parede do fosso.

"Está feito, Axl", disse Beatrice.

"É, está, princesa. Mas eu ainda gostaria de fazer uma pergunta a esse guerreiro."

Wistan levou um tempo surpreendentemente longo para sair do fosso. Quando enfim surgiu diante deles, o guerreiro parecia acabrunhado e não tinha o menor ar de triunfo. Sem dizer uma palavra, ele se sentou no chão escuro bem na beira do fosso e, finalmente, enfiou a espada com força dentro da terra. Depois, ficou olhando com uma expressão vazia não para dentro do fosso, mas para além dele, para as nuvens e as colinas pálidas ao longe.

Após alguns instantes, Beatrice se aproximou e pôs a mão no braço dele delicadamente. "Nós te agradecemos por esse feito, sr. Wistan", disse ela. "E há muita gente espalhada por estas terras que também te agradeceria se estivesse aqui. Por que ficar tão desanimado?"

"Desanimado? Ah, não tem importância... Logo, logo eu recupero o ânimo, senhora. É só que neste momento..." Wistan desviou os olhos de Beatrice e mais uma vez ficou contemplando as nuvens. Depois, disse: "Talvez eu tenha vivido tempo demais entre vocês, bretões. Desprezando os covardes entre vocês, admirando e amando os melhores de vocês, e tudo isso desde muito pequeno. Agora estou eu aqui, tremendo não de cansaço, mas só de pensar no que as minhas próprias mãos fizeram. Preciso tratar logo de endurecer este meu coração, ou serei um guerreiro fraco para o meu rei quando tiver que enfrentar o que está por vir".

"Do que o senhor está falando?", perguntou Beatrice. "Que outra missão o aguarda agora?"

"A justiça e a vingança aguardam, senhora. E elas logo virão correndo para estes lados, pois estão ambas muito atrasadas. No entanto, agora que a hora está quase chegando, eu descubro que o meu coração treme como o de uma donzela. Só pode ser porque eu passei tempo demais no meio do seu povo."

"Sr. Wistan, um comentário que o senhor fez antes me chamou a atenção", disse Axl. "O senhor falou que desejava que eu seguisse em paz, mas que a paz não poderia resistir por muito tempo. Desde então, mesmo enquanto o senhor estava descendo para o fundo do fosso, eu fiquei me perguntando o que quis dizer com isso. Será que o senhor poderia nos explicar agora?"

"Vejo que o senhor está começando a entender, sr. Axl. O meu rei me mandou destruir essa dragoa não só em respeito àqueles do nosso povo que foram chacinados muito tempo atrás. Como o senhor está começando a perceber, essa dragoa morreu para preparar o caminho para a conquista que está por vir."

"Conquista?", disse Axl, aproximando-se do guerreiro. "Como isso é possível, sr. Wistan? Por acaso os seus primos de além-mar engrossaram tanto assim os exércitos saxões? Ou será que é porque os seus guerreiros são tão ferozes que o senhor fala de conquista em terras bem assentadas na paz?"

"É verdade que os nossos exércitos ainda são escassos, mesmo na região dos pântanos. No entanto, olhe bem para toda esta terra, senhor. Em cada vale, ao lado de cada rio, o senhor encontrará agora comunidades saxãs, e todas elas com homens fortes e meninos que estão crescendo. É com eles que nós vamos engrossar as nossas fileiras à medida que formos avançando rumo ao oeste."

"Com certeza o senhor está falando ainda na confusão da sua vitória, sr. Wistan", disse Beatrice. "Como uma coisa dessas seria possível? O senhor mesmo viu como nesta região inteira o seu povo e o meu vivem misturados em todas as aldeias. Quantos deles se virariam contra vizinhos que eles amam desde crianças?"

"Olhe para o rosto do seu marido, senhora. Ele está começando a entender por que eu estou sentado aqui como se estivesse diante de uma luz intensa demais para os meus olhos."

"É verdade, princesa, as palavras do guerreiro me fazem tremer. Você e eu ansiávamos pelo fim de Querig, pensando apenas nas nossas próprias lembranças, tão preciosas para nós. No entanto, quem sabe o que velhos ódios irão libertar nestas terras agora? Nós temos que rezar para que Deus encontre uma maneira de preservar os elos entre os nossos povos, mas os costumes e as desconfianças sempre nos dividiram. Quem sabe o que virá quando homens eloquentes começarem a fazer velhos rancores rimarem com um novo desejo de conquistar terras e poder?"

"Tem toda a razão de temer isso, senhor", disse Wistan. "O gigante, que antes estava bem enterrado, agora se remexe. Quando ele se levantar, como com certeza fará em breve, os elos de amizade existentes entre nós vão se mostrar tão frágeis quanto os nós que as meninas fazem nos caules de pequenas flores. Homens irão atear fogo nas casas dos vizinhos à noite e enforcar crianças nas árvores de madrugada. Os rios vão exalar o fedor dos cadáveres intumescidos depois de dias de viagem dentro da água. E, quanto mais avançarem, mais os nossos exércitos crescerão, inchados pela raiva e pela sede de vingança. Para vocês, bretões, vai ser como se uma bola de fogo estivesse rolando na sua direção. Os que não fugirem morrerão. E, de região em região, esta irá se tornar uma nova terra, uma terra saxã, sem nenhum vestígio do tempo do seu povo aqui, a não ser um ou outro rebanho de ovelhas vagando, desprotegido, pelas colinas."

"Será possível que o guerreiro esteja certo, Axl? Ele com certeza está delirando, não?"

"Ainda é possível que ele esteja enganado, princesa, mas delírio isso não é. A dragoa não existe mais, e a longa sombra de Arthur vai desaparecer junto com ela." Virando-se para Wistan, ele disse: "Eu pelo menos tenho o conforto de ver que o senhor não tira nenhum prazer desses horrores que pinta".

"Eu tiraria algum prazer se pudesse, sr. Axl, pois será uma vingança justa. Mas fui enfraquecido pelos anos que vivi no meio do seu povo e, por mais que eu tente, uma parte de mim quer distância das chamas do ódio. É uma fraqueza que me envergonha, mas em breve vou oferecer no meu lugar alguém treinado pelas minhas próprias mãos, alguém com uma vontade muito mais pura que a minha."

"O senhor está falando do jovem Edwin?"

"Estou. E eu acho que ele vai se acalmar rapidamente agora que a dragoa está morta e a atração dela não está mais agindo sobre ele. Aquele menino tem o espírito de um verdadeiro guerreiro, algo que só é concedido a poucos. O resto ele aprenderá em pouco tempo, e eu vou treinar muito bem o coração dele para que nenhum sentimento terno o invada como invadiu o meu. Ele não terá compaixão no trabalho que nós temos pela frente."

"Sr. Wistan", disse Beatrice, "ainda não sei se o senhor só está dizendo isso tudo porque está delirando. Mas o meu marido e eu estamos ficando fracos e precisamos voltar para um terreno mais baixo e procurar abrigo. O senhor vai se lembrar da sua promessa de enterrar bem aquele gentil cavaleiro?"

"Eu prometi que ia enterrá-lo e vou, senhora, embora receie que os pássaros já o tenham encontrado. Caros amigos, avisados com antecedência como foram, os senhores terão tempo suficiente para escapar. Peguem o cavalo do cavaleiro e partam destas terras o mais rápido que puderem. Procurem a aldeia do seu filho se acharem necessário, mas não se demorem lá mais do que um ou dois dias, pois ninguém sabe com que rapidez as chamas do ódio irão se inflamar diante da marcha dos nossos exércitos. Se o seu filho se recusar a ouvir as suas advertências, deixem-no e fujam para a região mais a oeste que puderem. Os senhores ainda podem conseguir se manter à frente da chacina. Vão agora e achem o cavalo do cavaleiro. E se encontrarem o jovem Edwin mais calmo e já sem aquela estranha febre, soltem-no e peçam que ele venha se juntar a mim aqui em cima. Um futuro violento o aguarda, e eu quero que ele veja este lugar, o cavaleiro caído e a dragoa morta antes de dar seus próximos passos. Além disso, eu me lembro da eficiência com que ele é capaz de cavar uma sepultura com uma ou duas pedras! Agora vão correndo, caros amigos, e boa sorte!"

16.

Já fazia algum tempo, o bode estava pisoteando o capim bem perto da cabeça de Edwin. Por que raios aquele animal tinha que chegar tão perto? Eles podiam estar amarrados à mesma estaca, mas com certeza havia terreno suficiente para os dois se espalharem.

Edwin poderia ter se levantado e enxotado o bode, mas estava cansado demais para isso. Um pouco antes, a exaustão havia se apoderado dele e com tanta intensidade que ele tinha desabado de bruços no chão, o capim da montanha espetando a sua bochecha. Estivera perto de pegar no sono, mas fora despertado em seguida pela súbita convicção de que sua mãe havia partido. Tinha continuado deitado, de olhos fechados, porém murmurara para a terra: "Mãe, nós estamos chegando. Falta pouco agora".

Nenhuma resposta viera, e ele tinha sentido um enorme vazio se abrindo dentro dele. Desde então, oscilando entre o sono e a vigília, o menino já havia chamado a mãe várias outras vezes, mas só tinha recebido como resposta o silêncio. E agora o bode estava comendo o capim perto da sua orelha.

“Mãe, me perdoe”, ele disse baixinho para a terra. “Eles me amarraram. Não consegui me soltar.”

Vozes vinham de cima dele. Só então lhe ocorreu que os passos que estava ouvindo em volta de si não eram do bode. Alguém desamarrava suas mãos, e a corda estava sendo puxada de debaixo de seu corpo. Uma mão delicada levantou sua cabeça e, quando abriu os olhos, Edwin se deparou com a velha — a sra. Beatrice — olhando para ele. Ao perceber que não estava mais atado, ele se pôs de pé.

Um de seus joelhos doía muito, mas o menino conseguiu manter o equilíbrio quando uma forte lufada de vento o balançou. Ele olhou ao redor: lá estava o céu cinzento, o terreno em aclive, os rochedos no alto da colina seguinte. Não fazia muito tempo, aqueles rochedos significavam tudo para ele, mas agora ela havia partido, quanto a isso não havia dúvida. Então, ele se lembrou de uma coisa que o guerreiro lhe dissera: quando já não há mais tempo para salvar, ainda há bastante tempo para se vingar. Se isso era verdade, aqueles que levaram sua mãe pagariam um preço terrível por isso.

Não havia nenhum sinal de Wistan. Não tinha ninguém ali a não ser o casal de velhinhos, mas Edwin se sentiu reconfortado com a presença deles. Eles estavam parados na sua frente, observando-o com um ar de preocupação, e olhar para a amável sra. Beatrice fez com que ele sentisse de repente uma grande vontade de chorar. Mas Edwin percebeu que ela estava dizendo alguma coisa — algo a respeito de Wistan — e fez um esforço para ouvir.

O saxão dela era difícil de entender, e o vento parecia carregar suas palavras para longe. Por fim, ele a interrompeu para perguntar: “O sr. Wistan morreu?”.

Ela se calou e não respondeu. Só quando ele repetiu a pergunta, com uma voz mais alta que o barulho do vento, foi que a sra. Beatrice balançou a cabeça enfaticamente e disse:

"Você não está me ouvindo, menino Edwin? Eu disse que o sr. Wistan está bem e te espera no alto daquela trilha."

A notícia lhe deu um alívio enorme e ele saiu correndo, mas logo depois se sentiu tonto e foi obrigado a parar antes mesmo de ter chegado à trilha. Recuperando o equilíbrio, ele olhou para trás e viu que o casal de velhos havia dado alguns passos na sua direção. Edwin notou então como eles pareciam frágeis. Os dois estavam parados lado a lado no vento, apoiando-se um no outro, e pareciam muito mais velhos do que quando os viu pela primeira vez. Será que ainda lhes restavam forças para descer a montanha? Agora, porém, os dois estavam olhando para o menino com uma expressão estranha e, atrás do casal, o bode também havia interrompido sua incessante atividade para olhar para ele. Um pensamento esquisito passou pela cabeça de Edwin: o de que ele estava naquele momento coberto de sangue da cabeça aos pés e era por isso que tinha virado objeto de tanto escrutínio. Mas, quando olhou para baixo, embora suas roupas estivessem sujas de lama e capim, ele não viu nada de anormal.

De repente, o velho gritou alguma coisa. Tinha sido na língua dos bretões e Edwin não conseguiu entender. Fora um aviso? Um pedido? Então a voz da sra. Beatrice veio com o vento.

"Menino Edwin! Nós dois temos um pedido a te fazer. No futuro, lembre-se de nós. Lembre-se de nós e da amizade que você fez conosco quando ainda era menino."

Ao ouvir isso, Edwin se lembrou de outra coisa: de uma promessa que ele tinha feito para o guerreiro; do dever que ele havia assumido de odiar todos os bretões. Mas, com certeza, Wistan não havia tido a intenção de incluir aquele amável casal. E agora lá estava o sr. Axl, levantando hesitantemente uma das mãos no ar. Era um aceno de adeus ou uma tentativa de detê-lo?

Edwin virou as costas e dessa vez, quando correu, mesmo com o vento o empurrando para o lado, seu corpo não o decepcionou. Sua mãe havia partido, muito provavelmente para um lugar de onde era impossível resgatá-la, mas o guerreiro estava bem e o esperava. Edwin continuou correndo, mesmo quando a trilha foi ficando cada vez mais íngreme e a dor no seu joelho, cada vez mais forte.

17.

Eles vieram cavalgando pela tempestade quando eu estava abrigado debaixo dos pinheiros. Isso não é clima para um casal de idade tão avançada enfrentar, e o cavalo alquebrado parece tão exausto quanto eles. Será que o velho teme que o coração do animal arrebente se ele der mais um único passo? Por que mais parar no meio da lama quando ainda faltam cerca de vinte passos para a árvore mais próxima? No entanto, o cavalo espera com paciência sob o aguaceiro enquanto o velho tenta ajudar a velha a descer. Será que eles fariam a tarefa mais devagar se fossem figuras pintadas num quadro? "Venham, amigos", eu os chamo. "Corram e se abriguem."

Nenhum dos dois me ouve. Talvez seja o assobio da chuva que os impede de ouvir, ou teriam sido os anos que taparam seus ouvidos? Eu chamo de novo, e dessa vez o velho olha em volta e enfim me vê. Finalmente a velha desliza para os braços dele e, embora ela seja franzina como um passarinho, percebo que ele mal tem forças para segurá-la. Então, abandono meu abrigo e saio correndo pelo capim encharcado. O velho se vira para mim, assustado, mas aceita a minha ajuda, pois não é verdade que ele estava prestes a desabar na lama, com os braços da sua boa esposa ainda em volta do seu pescoço? Eu a pego no colo e corro de volta para as árvores, pois ela está longe de ser um fardo para mim. Ouço o velho arfando logo atrás de mim. Talvez ele tema pela segurança da esposa nos braços de um estranho. Então eu a pouso no chão com cuidado para mostrar que só quero o bem deles. Apoio a cabeça dela na casca macia de um tronco de árvore e num lugar bem abrigado pela folhagem, embora um ou dois pingos de chuva ainda caiam perto dela.

O velho se agacha ao lado da esposa, dizendo palavras de estímulo, e eu me afasto, pois não quero me intrometer na intimidade dos dois. Volto para o meu velho lugar, onde as árvores se encontram com a clareira, e fico observando a chuva cair na charneca. Quem me condenaria por querer me proteger de uma chuva como essa? Posso compensar o atraso facilmente durante a viagem e vou estar em condições muito melhores para enfrentar as semanas de labuta incessante que estão por vir. Ainda os ouço conversando atrás de mim, mas o que posso fazer? Ir para debaixo da chuva para não ter mais como ouvir os murmúrios dos dois?

"É só a febre que está fazendo você dizer isso, princesa."

"Não é não, Axl", ela diz. "Eu estou me lembrando de outras coisas. Como nós fomos esquecer? O nosso filho mora numa ilha. Uma ilha que pode ser vista de uma enseada bem protegida e que com certeza fica perto daqui."

"Como isso é possível, princesa?"

"Você não está ouvindo, Axl? Eu estou ouvindo até agora. Não é o mar aqui perto?"

"É só a chuva, princesa. Ou talvez um rio."

"Nós esquecemos, Axl, com a névoa nos encobrindo, mas agora está começando a ficar claro. Há uma ilha aqui perto, e o nosso filho está à nossa espera lá. Axl, você não está ouvindo o mar?"

"É só a sua febre, princesa. Logo vamos encontrar um abrigo e você vai ficar bem de novo."

"Pergunte a esse estranho, Axl. Ele conhece esta região melhor do que nós. Pergunte se não há uma enseada aqui perto."

"Ele é só um homem gentil que quis nos ajudar, princesa. Por que haveria de ter algum conhecimento especial sobre essas coisas?"

"Pergunte a ele, Axl. Que mal vai fazer?"

Devo continuar calado? O que devo fazer? Eu me viro e digo: "A boa senhora está certa, senhor". O velho tem um sobressalto, e há medo em seus olhos. Uma parte de mim deseja ficar em silêncio de novo, deseja dar as costas e ficar observando o velho cavalo, que continua a suportar a chuva com determinação. No entanto, agora que falei, preciso continuar. Aponto para um lugar além de onde eles estão.

"Há uma trilha lá, entre aquelas árvores, que leva a uma enseada como a que a sua senhora mencionou. A maior parte da praia é coberta de seixos, mas quando a maré está baixa, como deve estar agora, os seixos dão lugar à areia. E, como a senhora disse, há uma ilha a uma pequena distância mar adentro."

Eles ficam olhando para mim em silêncio, ela com uma alegria cansada, ele com um medo cada vez maior. Será que não vão dizer nada? Será que esperam que eu diga mais?

"Eu estive observando o céu", digo. "Essa chuva vai passar logo, e a noite vai ser de tempo bom. Então, se os senhores quiserem que eu os leve de barco até a ilha, será um prazer."

"Eu não falei, Axl?"

"Então o senhor é um barqueiro?", o velho pergunta de um jeito solene. "E por acaso já nos vimos em algum lugar antes?"

"Sim, sou um barqueiro", respondo. "Infelizmente, não sei

dizer se já nos vimos antes, pois sou obrigado a trabalhar muitas horas por dia e a transportar tantas pessoas que não consigo me lembrar de todas elas."

O velho parece mais amedrontado do que nunca e abraça a esposa com força ao se agachar ao lado dela. Achando melhor mudar de assunto, digo:

"O seu cavalo ainda continua parado na chuva, senhor, embora não esteja amarrado e não haja nada que o impeça de procurar abrigo embaixo das árvores próximas."

"Ele é um velho cavalo de batalha, senhor." Contente de deixar de lado o assunto da enseada, o velho fala rápida e avidamente. "Apesar de o seu dono não estar mais aqui, ele continua mantendo a disciplina. Nós vamos precisar cuidar dele em breve, como prometemos ao valente cavaleiro que era o dono dele, mas agora estou preocupado com a minha querida esposa. O senhor sabe onde poderíamos encontrar um abrigo, senhor, e uma fogueira para aquecê-la?"

Não posso mentir e tenho que cumprir o meu dever. "Na verdade, há um pequeno abrigo na enseada de que estávamos falando", respondo. "Fui eu mesmo que construí, um simples telhado feito de galhos e trapos. Deixei uma fogueira em brasa ao lado dele uma hora atrás e imagino que não seria impossível reavivá-la."

O velho hesita, examinando o meu rosto com cuidado. A velha agora está de olhos fechados e com a cabeça encostada no ombro dele. Ele diz: "Barqueiro, a minha esposa só disse aquilo porque está febril. Nós não precisamos de ilha nenhuma. É melhor ficarmos abrigados debaixo destas árvores acolhedoras até a chuva passar e depois seguirmos o nosso caminho".

"Axl, o que você está dizendo?", pergunta a mulher, abrindo os olhos. "Você não acha que o nosso filho já esperou o suficiente? Deixe que esse bom barqueiro nos leve até a enseada."

O velho ainda hesita, mas sente a mulher tremer em seus braços e olha para mim com um ar de súplica e desespero.

"Se o senhor quiser", digo, "posso carregar a sua senhora no colo para tornar a ida até a enseada mais fácil."

"Eu mesmo a carrego", diz ele, como alguém derrotado, mas rebelde. "Se ela não puder ir com os próprios pés, vai nos meus braços."

O que dizer a isso, quando o marido agora está quase tão fraco quanto a esposa?

"A enseada não fica longe", digo num tom gentil. "Mas o caminho até lá embaixo é íngreme e cheio de buracos e raízes retorcidas. Por favor, me deixe carregá-la até lá, senhor. É mais seguro. O senhor poderá andar bem ao nosso lado, nos trechos em que o caminho permitir. Quando a chuva diminuir, nós descemos correndo, pois veja como a boa senhora está tremendo de frio."

A chuva parou pouco depois e eu carreguei a senhora trilha abaixo, enquanto o velho cambaleava atrás de nós. Quando chegamos à praia, as nuvens escuras tinham sido empurradas para um lado do céu como que por uma mão impaciente. Os tons avermelhados do anoitecer coloriam a praia inteira, um sol enevoado descia em direção ao mar e o meu barco balançava ao sabor das ondas. Fazendo mais uma demonstração de gentileza, deito a senhora sob a tosca cobertura de peles secas e galhos, acomodando sua cabeça num travesseiro de pedra musgosa. O velho vem correndo cuidar dela, antes mesmo de eu ter tempo de me afastar.

"Olhem lá", digo, me agachando em seguida ao lado da fogueira quase apagada. "Aquela é a ilha."

A mulher só precisa mover um pouco a cabeça para ver o mar e solta um suave suspiro. O velho tem que se virar sobre os seixos duros e fica olhando para as ondas, confuso, procurando de um lado e de outro.

"Lá, amigo", eu digo. "No meio do caminho entre a margem e o horizonte."

"Os meus olhos já não enxergam muito bem", diz ele. "Mas, sim, acho que estou vendo agora. Aquilo são copas de árvores? Ou pontas de rochedos?"

"São árvores, amigo, pois é um lugar ameno." Digo isso enquanto parto gravetos e atiço a fogueira. Os dois ficam olhando para a ilha, e eu me ajoelho no chão para assoprar as brasas, sentindo os seixos ásperos comprimirem meus ossos. *Esse homem e essa mulher, eles não vieram por livre e espontânea vontade? Deixe que eles decidam que caminhos vão trilhar*, digo a mim mesmo.

"Você está sentindo o calor do fogo agora, princesa?", ele pergunta. "Logo, logo você vai ficar inteira de novo."

"Eu estou vendo a ilha, Axl", ela diz, e como eu poderia não atrapalhar essa intimidade? "É lá que o nosso filho nos espera. É tão estranho que tenhamos nos esquecido de uma coisa como essa!"

Ele resmunga uma resposta e eu percebo que ele fica apreensivo de novo. "Mas, princesa, nós ainda não decidimos nada", diz o homem. "Será que queremos mesmo fazer a travessia para um lugar desses? Além disso, nós não temos como pagar as nossas passagens, pois deixamos o estanho e as moedas na sela do cavalo."

Será que eu deveria permanecer em silêncio? "Isso não é problema, amigos", digo. "Posso perfeitamente pegar as moedas na sela depois. Aquele corcel não vai para muito longe." Alguns podem achar que fui ardiloso, mas eu disse isso levado por pura caridade, sabendo muito bem que nunca mais encontraria aquele cavalo. Eles continuaram conversando em voz baixa, e eu me mantive de costas para eles, cuidando do fogo. Para que eu iria querer me intrometer na conversa dos dois? No entanto, num dado momento, ela eleva a voz e fala com mais firmeza do que antes.

"Barqueiro", diz ela, "eu ouvi uma história uma vez, talvez quando eu ainda era criança, sobre uma ilha cheia de bosques e riachos aprazíveis, mas que também era um lugar de estranhas características. Segundo me disseram, muitos já fizeram a travessia até lá, mas, para cada uma das pessoas que lá habita, é como se ela vagasse sozinha pela ilha, sem ver nem ouvir os vizinhos. Por acaso a ilha diante de nós é assim, senhor?"

Eu continuo partindo gravetos e os colocando com cuidado em volta das chamas. "Boa senhora, eu sei de várias ilhas que se encaixam nessa descrição. Quem sabe se a que está diante de nós é uma delas?"

Uma resposta evasiva, que a estimula a ser mais audaciosa. "Eu também ouvi, barqueiro", diz ela, "que há vezes em que essas estranhas condições são abolidas, que graças especiais seriam concedidas a certos viajantes. Está correto o que eu ouvi, senhor?"

"Cara senhora", respondo, "eu sou apenas um humilde barqueiro. Não cabe a mim falar desses assuntos. Mas como não há mais ninguém aqui, creio que possa te contar uma coisa: ouvi dizer que pode haver certas ocasiões, talvez durante uma tempestade como a que acabou de passar, ou numa noite de lua cheia durante o verão, em que os habitantes da ilha conseguem sentir outros se movendo ao seu lado no vento. Talvez tenha sido isso que ouviu, boa senhora."

"Não, barqueiro", diz ela, "eu ouvi mais do que isso. Ouvi que um homem e uma mulher, depois de dividirem uma vida inteira e tendo um laço de amor excepcionalmente forte, conseguem viajar para a ilha e ficar lá sem ter que se separar. Eu soube que eles podem desfrutar dos prazeres da companhia um do outro, como fizeram durante todos os anos em que viveram juntos. É possível que seja verdade isso que ouvi, barqueiro?"

“Vou repetir o que já falei, boa senhora. Sou apenas um simples barqueiro, encarregado de transportar aqueles que desejam atravessar as águas. Só posso falar do que observo na minha faina diária.”

“No entanto, não há ninguém aqui para nos orientar a não ser o senhor, barqueiro. Então, eu te pergunto: se o senhor transportar agora o meu marido e eu, é possível que, em vez de sermos forçados a nos separar, tenhamos a liberdade de caminhar pela ilha de braços dados, como fazemos agora?”

“Pois bem, boa senhora. Vou falar com franqueza. A senhora e o seu marido são um tipo de casal que nós, barqueiros, raramente encontramos. Eu vi a dedicação incomum que os senhores têm um ao outro já quando vieram cavalgando pela chuva. Então, não há dúvida de que os senhores terão permissão para morar juntos na ilha. Estejam certos disso.”

“O que o senhor diz me enche de felicidade, barqueiro”, ela responde, e seu corpo parece relaxar de alívio. Depois, acrescenta: “E, quem sabe, durante uma tempestade, ou uma noite calma de luar, Axl e eu possamos vislumbrar o nosso filho em algum lugar perto de nós? Talvez até lhe dirigir uma ou duas palavras”.

Tendo conseguido fazer o fogo se firmar, eu agora me levanto. “Olhem lá”, digo, apontando para o mar. “O barco está balançando ali no raso, mas eu mantenho o meu remo escondido numa caverna próxima, mergulhado num pequeno lago de pedras frequentado por peixinhos minúsculos. Amigos, eu vou lá agora buscar o meu remo e, enquanto isso, os senhores podem aproveitar para conversar a sós, sem a minha presença para atrapalhá-los. Assim, os senhores poderão decidir de uma vez por todas se essa é uma viagem que de fato desejam fazer. Volto daqui a pouco, então.”

Mas a velha não me deixa ir tão facilmente. “Só mais uma

pergunta antes de o senhor ir, barqueiro", diz ela. "Quando o senhor voltar, antes de concordar em nos transportar, o senhor pretende nos interrogar, um de cada vez? Pois ouvi dizer que esse era o método dos barqueiros para descobrir os raros casais que estão aptos a caminhar pela ilha juntos."

Os dois ficam olhando para mim, com a luz do fim de tarde em seus rostos, e eu vejo que o dele está cheio de desconfiança. Olho nos olhos dela, mas não nos dele.

"Boa senhora, eu sou grato a você por ter me lembrado disso. Na minha pressa, eu poderia facilmente ter me descuidado de algo que o costume me obriga a fazer. É como a senhora disse, mas, neste caso, apenas por uma questão de tradição. Pois, como eu havia dito, vi logo de saída que os senhores eram um casal unido por uma extraordinária dedicação um ao outro. Agora com licença, amigos, pois o meu tempo está ficando apertado. Eu lhes peço que tomem uma decisão antes de eu voltar."

Então, deixei os dois sozinhos e fui andando pela praia sob o céu do anoitecer, até as ondas se tornarem ruidosas e os seixos sob meus pés darem lugar à areia molhada. Sempre que olhava para trás, eu via a mesma coisa, embora cada vez um pouco menor: o velho grisalho agachado diante da mulher, em solene conferência. Dela eu pouco via, pois a pedra em que ela estava encostada escondia tudo fora os gestos que ela fazia com a mão enquanto falava. Um casal dedicado, mas eu tinha a minha obrigação; e segui até a caverna para pegar o remo.

Quando voltei para perto deles, com o remo sobre o ombro, eu vi a decisão estampada nos olhos dos dois antes mesmo de o velho dizer: "Nós te pedimos que nos leve até a ilha, barqueiro".

"Então vamos correndo para o barco, pois já estou muito atrasado", digo e começo a me afastar como se fosse correr em direção às ondas. Mas depois volto, dizendo: "Ah, esperem. Antes temos que passar por aquele tolo ritual. Então, amigos, permitam-me lhes propor o seguinte. Caro senhor, por acaso o senhor se importaria de se levantar agora e andar até um ponto um pouco afastado de nós? Quando o senhor estiver a uma distância que não te permita mais ouvir as nossas vozes, eu conversarei brevemente com a sua amável esposa. Assim, ela não precisará sair de onde está. Depois irei até o senhor, onde quer que o senhor esteja nesta praia. Nós logo terminaremos a nossa conversa e voltaremos para cá para buscar esta boa senhora e levá-la até o barco".

Ele me encara, um lado seu agora ansioso para confiar em mim. Por fim, diz: "Está bem, barqueiro, vou caminhar um pouco por esta praia". Depois, fala para a esposa: "Nós só vamos nos separar por um instante, princesa".

"Não há motivo para se preocupar, Axl", ela diz. "Eu já me sinto bem melhor. E estou segura sob a proteção deste bom homem."

Ele se afasta, caminhando devagar em direção ao leste da enseada e à grande sombra do penhasco. Os pássaros fogem quando ele se aproxima, mas voltam rapidamente para bicar as algas e pedras que tinham abandonado. Ele manca um pouco e tem as costas encurvadas de alguém que está perto da derrota, mas ainda vejo uma pequena chama dentro dele.

A mulher está sentada diante de mim, olhando para cima com um sorriso suave. O que devo perguntar?

"Não tenha medo das minhas perguntas, boa senhora." Eu gostaria agora que houvesse um grande muro por perto, para o qual eu pudesse virar o meu rosto enquanto falo com ela, mas só o que há é a brisa do anoitecer e o sol baixo no meu rosto. Eu me agacho diante dela, como vi o marido fazer, puxando a minha túnica para cima até os joelhos.

"Eu não tenho medo das suas perguntas, barqueiro", ela diz com voz suave. "Sei o que sinto por ele no meu coração.

Pergunte o que quiser. As minhas respostas serão honestas e, no entanto, só irão provar uma coisa."

Faço uma ou duas perguntas, as perguntas de costume, pois já não fiz isso vezes suficientes? Depois, para encorajá-la e mostrar que estou prestando atenção, faço de vez em quando alguma outra pergunta. Mas nem seria necessário, pois ela fala espontaneamente. Fala sem parar, às vezes fechando os olhos, sua voz sempre clara e calma. E eu ouço com cuidado, como é meu dever, mesmo quando o meu olhar se volta para a enseada, em direção ao vulto do velho cansado que anda ansiosamente de um lado para o outro entre as pequenas pedras.

Então, lembrando do trabalho que me espera em outro lugar, interrompo as reminiscências dela, dizendo: "Eu te agradeço, boa senhora. Agora deixe-me ir correndo ao encontro do seu bom marido".

Por certo ele está começando a confiar em mim agora, senão por que teria ido para tão longe da esposa? Ele ouve os meus passos e se vira como se estivesse acordando de um sonho. O brilho do entardecer o ilumina, e eu vejo que já não há mais desconfiança no seu rosto, mas sim uma tristeza profunda, e que pequenas lágrimas lhe inundam os olhos.

"Como foi, senhor?", ele pergunta baixinho.

"Foi um prazer ouvir a sua boa esposa", respondo, ajustando a minha voz ao tom suave dele, embora o vento esteja começando a soprar forte. "Mas agora, amigo, sejamos breves, para podermos nos pôr a caminho."

"Pergunte o que quiser, senhor."

"Não tenho nenhuma pergunta profunda a fazer, amigo, mas a sua boa esposa agora há pouco se lembrou de um dia em que ela e o senhor levaram ovos de um mercado para casa. Ela disse que estava carregando os ovos dentro de uma cesta na frente de si e que o senhor, que estava andando ao lado dela, ficou o caminho inteiro olhando para a cesta, com medo de que os passos dela quebrassem os ovos. Ela se lembrou desse dia com alegria."

"Acho que também me lembro, barqueiro", ele diz e olha para mim com um sorriso. "Eu estava preocupado com os ovos, porque ela já tinha tropeçado antes quando voltava do mercado e quebrado um ou dois. Era uma caminhada curta, mas nós estávamos bem contentes naquele dia."

"É como ela se lembra também", digo. "Bem, então, não vamos mais perder tempo, pois esta conversa foi apenas para cumprir um costume. Vamos buscar a boa senhora e carregá-la até o barco."

Seguindo na frente, eu começo a fazer o caminho de volta para o abrigo e para a mulher dele, mas agora ele anda num ritmo arrastado, me forçando a diminuir o passo também.

"Não tenha medo daquelas ondas, amigo", eu digo, imaginando que seja essa a fonte de sua preocupação. "O estuário é bem protegido, nenhuma catástrofe vai nos atingir daqui até a ilha."

"Estou pronto a confiar no seu julgamento, barqueiro."

"Na verdade, amigo", digo — pois por que não preencher aquela lenta caminhada conversando um pouco mais? —, "há uma pergunta que eu teria feito agora há pouco se tivéssemos mais tempo. Como estamos caminhando lado a lado, o senhor se importaria se eu te dissesse qual era a pergunta?"

"De forma alguma, barqueiro."

"Eu ia perguntar apenas se há alguma lembrança dos anos que os senhores viveram juntos que ainda seja particularmente dolorosa para você. Era só isso."

"Esta nossa conversa ainda faz parte do interrogatório, senhor?"

"Não, não", respondo. "Isso já acabou. É que eu fiz essa mesma pergunta para a sua boa esposa, então era só para satisfazer a minha própria curiosidade. Não precisa responder, amigo, eu não vou me ofender. Olhe lá." Aponto para uma pedra no caminho. "Aquilo não são simples cracas. Se tivéssemos mais tempo, eu mostraria ao senhor como arrancá-las da pedra e fazer um jantar bem prático com elas. Eu costumo torrá-las no fogo."

"Barqueiro", ele diz com ar grave, e seus passos ficam ainda mais lentos. "Se o senhor quiser, eu respondo a sua pergunta. Não tenho como ter certeza do que a minha esposa respondeu, pois há muitas coisas que são mantidas em silêncio mesmo entre casais como nós. Além disso, até o dia de hoje, o hálito de uma dragoa vinha poluindo o ar e turvando as nossas lembranças, tanto as boas como as más. Agora, porém, a dragoa está morta, e muitas coisas já estão ficando mais claras na minha mente. O senhor perguntou de uma lembrança particularmente dolorosa. O que mais eu poderia dizer, barqueiro, senão que é a lembrança do nosso filho, quase um homem-feito quando o vimos pela última vez, mas que nos deixou antes ainda de ter barba no rosto? Ele saiu de casa depois de uma briga e não foi para muito longe, só até uma aldeia vizinha. Achei que ele voltaria em questão de dias."

"A sua esposa falou da mesma coisa, amigo", eu lhe digo. "E ela disse que ele foi embora por culpa dela."

"Se ela se condena pela primeira parte dessa história, há muito por que me condenar no que aconteceu depois. É verdade que, durante um breve período, ela foi infiel a mim. Pode ser, barqueiro, que eu tenha feito alguma coisa que a tenha empurrado para os braços de outro. Ou teria sido algo que eu deixei de dizer ou de fazer? Está tudo muito distante agora, como um pássaro que passou voando e virou um pontinho no céu. Mas o nosso filho testemunhou o rancor que isso provocou, numa idade em que ele já era velho demais para se deixar enganar por palavras tranquilizadoras, mas ainda jovem demais para entender as estranhas razões do coração. Então ele foi embora jurando nunca mais voltar e estava longe de nós quando ela e eu nos reconciliamos."

"Essa parte a sua esposa me contou. E narrou também como logo depois chegou a notícia de que o seu filho havia sido vítima da peste que assolava a região. Os meus pais morreram da mesma peste, amigo, e eu me lembro bem dela. Mas por que se culpar por isso? Uma peste enviada por Deus ou pelo diabo, mas que responsabilidade o senhor tem nisso?"

"Eu a proibi de visitar o túmulo dele, barqueiro. Foi uma coisa cruel. Ela queria que fôssemos juntos ao lugar onde ele estava enterrado, mas eu me recusei. Muitos anos já se passaram desde então, porém só alguns dias atrás foi que resolvemos partir em viagem para encontrá-lo, quando a névoa da dragoa já havia nos tirado toda a clareza do que exatamente estávamos procurando."

"Ah, então foi isso", eu digo. "Essa parte a sua esposa ficou receosa de revelar. Então foi o senhor que não deixou que ela fosse visitar o túmulo dele."

"Foi uma coisa cruel que eu fiz, senhor. E uma traição pior do que a pequena infidelidade que me botou chifres durante um ou dois meses."

"O que esperava ganhar, senhor, negando não só à sua esposa, mas também a si mesmo a chance de chorar pelo seu filho no lugar onde ele descansa?"

"Ganhar? Não havia nada a ganhar, barqueiro. Foi só estupidez e orgulho. E o que quer que se esconda nas profundezas do coração de um homem. Talvez tenha sido um desejo de punir, senhor. Eu falava e agia como se a tivesse perdoado, mas talvez tenha mantido trancada durante longos anos uma pequena câmara no meu coração que ansiava por vingança. Foi uma coisa mesquinha e perversa que eu fiz com ela e com o meu filho também."

"Eu te agradeço por me confidenciar isso, amigo", digo a ele. "E talvez tenha sido melhor assim, pois embora esta conversa não afete em nada o meu dever e nós estejamos falando agora como dois companheiros que estão passando o dia juntos, eu confesso que antes existia uma pequena inquietação no meu espírito, uma sensação de que eu ainda não tinha ouvido tudo o que havia para ouvir. Agora vou poder transportá-los no meu barco com satisfação e tranquilidade. Mas me diga, amigo, o que o fez desistir de uma resolução de tantos anos e partir finalmente nessa viagem em busca do seu filho? Foi alguma coisa que alguém disse? Ou foi uma mudança de sentimentos tão misteriosa quanto a maré e o céu diante de nós?"

"Também fiquei me perguntando isso, barqueiro. E agora acho que não foi uma coisa só que fez os meus sentimentos mudarem, mas sim que eles foram mudando aos poucos ao longo dos anos que vivemos juntos. Pode ter sido só isso, barqueiro. Uma ferida que demorou a cicatrizar, mas que enfim cicatrizou. Pois, não faz muito tempo, houve uma manhã em que a aurora trouxe consigo os primeiros sinais desta primavera, e eu fiquei observando a minha esposa ainda adormecida, embora o sol já iluminasse o nosso quarto. E eu percebi então que as últimas sombras do rancor haviam me deixado. Pouco depois disso, nós iniciamos esta nossa viagem, senhor, e agora a minha esposa se lembrou de que o nosso filho zarpou antes de nós rumo a essa ilha, de modo que ele deve estar enterrado em algum dos bosques ou talvez no ameno litoral de lá. Barqueiro, eu fui honesto com o senhor e espero que isso não ponha em dúvida o julgamento que fez de nós antes. Pois suponho que o que eu acabei de contar faria alguns pensarem que o nosso amor é falho e vacilante. Mas Deus conhece o lento caminhar do amor de um casal de velhos e entende que sombras escuras fazem parte do caminho como um todo."

"Não se preocupe, amigo. O que o senhor me contou apenas confirma o que eu vi quando o senhor e a sua esposa chegaram aqui debaixo de chuva, montados naquele corcel cansado. Bem, senhor, chega de conversa, pois quem sabe se outra tempestade não está vindo ao nosso encontro? Vamos depressa buscar a sua esposa e levá-la para o barco."

A senhora está dormindo encostada na pedra, com um ar de contentamento no rosto, o fogo soltando fumaça ao seu lado.

"Desta vez eu mesmo vou carregá-la, barqueiro", diz ele. "Estou me sentindo mais forte agora."

Posso permitir isso? Não vai facilitar nem um pouco a minha tarefa. "Esses seixos dificultam muito o nosso andar, amigo", digo a ele. "Imagine o que pode acontecer se o senhor tropeçar com sua esposa no colo? Eu estou bastante acostumado com esse trabalho, pois ela não é a primeira a precisar ser carregada até o barco. O senhor pode andar ao nosso lado e conversar com ela à vontade. Deixe que seja como no dia em que ela estava carregando aqueles ovos e o senhor foi andando ansioso ao lado dela."

O medo volta ao rosto do velho. No entanto, ele responde num tom contido: "Está bem, barqueiro. Vamos fazer como o senhor diz".

Ele caminha ao meu lado, murmurando palavras de incentivo para a esposa. Será que estou andando rápido demais? Pois agora ele está ficando para trás e, enquanto carrego a senhora mar adentro, sinto a mão dele se agarrar desesperadamente às minhas costas. No entanto, ali não é um lugar onde eu possa me demorar, pois os meus pés precisam encontrar o cais escondido sob a superfície da água gelada. Subo nas pedras do cais, as ondas ficam mais rasas de novo, e eu entro no barco, mal chegando a me inclinar apesar de estar com a velha no colo. Os tapetes que revestem a popa estão molhados de chuva. Afasto com o pé as primeiras camadas encharcadas e pouso a velha cuidadosamente. Deixo-a sentada, com a cabeça logo abaixo da amurada, e vasculho o baú em busca de cobertas secas para protegê-la do vento marítimo.

Sinto o velho subir no barco enquanto enrolo a coberta em torno dela, e o chão balança a cada passo que ele dá. "Amigo", falo, "como o senhor pode ver, o mar está ficando mais agitado, e este barco é pequeno. Em condições assim, eu não me atrevo a levar mais que um passageiro de cada vez."

Vejo a chama dentro dele com bastante clareza agora, pois ela faísca pelos seus olhos. "Pensei que estivesse bem entendido, barqueiro, que a minha esposa e eu faríamos a travessia até a ilha juntos", diz ele. "O senhor não disse isso várias vezes? E não era esse, aliás, o objetivo das suas perguntas?"

"Por favor, não me entenda mal, amigo. Estou me referindo apenas à questão prática de atravessar estas águas. Não há a menor dúvida de que o senhor e a sua esposa vão ficar juntos na ilha, andando de braços dados como sempre fizeram. E se o túmulo do seu filho se encontrar num lugar de boa sombra, os senhores podem pensar em enfeitá-lo com as flores do campo que brotam pela ilha. Há urzes e até cravos nos bosques. No entanto, para esta travessia hoje, eu te peço que espere um pouco mais ali na praia. Vou tomar todas as providências para que a boa senhora fique confortável na praia do outro lado, pois conheço um lugar perto do desembarcadouro onde três pedras muito antigas estão voltadas umas para as outras como velhas companheiras. Vou deixar a sua senhora bem abrigada lá, mas com uma vista para as ondas, e voltar correndo para buscá-lo. Agora, porém, eu te peço que nos deixe e espere só mais um pouco na praia."

A luz vermelha do pôr do sol incide sobre ele, ou será que

ainda é a chama ardendo nos seus olhos? "Não vou descer deste barco, senhor, enquanto a minha mulher estiver dentro dele. Pegue o seu remo e nos transporte juntos, como o senhor prometeu. Ou será preciso que eu mesmo reme?"

"Eu seguro o remo, senhor, e continua sendo meu dever decidir quantos passageiros podem viajar neste barco. Será que, apesar da nossa recente amizade, o senhor desconfia que eu esteja querendo trapaceá-lo? O senhor teme que eu não volte para buscá-lo?"

"Não estou acusando o senhor de nada. No entanto, correm muitos rumores sobre barqueiros e o que eles costumam fazer. Não quero ofendê-lo, mas peço que o senhor transporte a nós dois agora, sem mais delongas."

"Barqueiro." É a voz da velha, e eu me viro a tempo de ver a mão dela se estender no ar vazio como que para me tocar, embora os seus olhos continuem fechados. "Barqueiro, deixe-nos sozinhos um momento. Por favor, permita que eu e o meu marido conversemos um pouco a sós."

Será que devo deixar o barco para eles? No entanto, ela agora certamente fala por mim. Segurando o remo com firmeza nas mãos, eu passo ao lado do velho e desço para a água. O mar sobe até os meus joelhos, molhando a barra da minha túnica. O barco está bem amarrado e o remo está comigo. Como eu poderia ser passado para trás? Mesmo assim, não tenho coragem de ir para muito longe e, embora fique olhando para a praia e me mantenha imóvel como uma pedra, sinto mais uma vez que estou invadindo a intimidade dos dois. Ouço suas vozes por cima do barulho suave das ondas.

"Ele já foi, Axl?"

"Ele está na água, princesa. Como relutou em sair do barco, não creio que vá nos deixar sozinhos por muito tempo."

"Axl, isso não é hora de discutir com o barqueiro. Nós tivemos muita sorte de encontrá-lo hoje. Um barqueiro que tem uma opinião tão favorável de nós."

"No entanto, já ouvimos muitas histórias sobre as peças que eles pregam, não ouvimos, princesa?"

"Eu confio nele, Axl. Ele vai manter a palavra."

"Como você pode ter tanta certeza, princesa?"

"Eu sinto, Axl. Ele é um homem bom e não vai nos enganar. Faça o que ele pediu e espere por ele na praia. Ele vai voltar para pegar você logo, logo. Vamos fazer desse jeito, Axl, ou podemos acabar perdendo a grande graça que nos foi oferecida. Ele prometeu que vamos ficar juntos na ilha, o que só é dado a muito poucos, mesmo entre os que passaram uma vida inteira unidos. Por que pôr em risco um prêmio como esse por causa de alguns momentos de espera? Não discuta com ele, pois quem sabe com que tipo de homem vamos nos deparar da próxima vez? Pode ser que seja um bruto... Axl, por favor, faça as pazes com ele. Agora mesmo já estou com medo de que ele se zangue conosco e mude de ideia. Axl, você ainda está aí?"

"Eu continuo aqui na sua frente, princesa. Será possível que nós estejamos mesmo falando de nos separar?"

"Vai ser só por um momento, marido. O que ele está fazendo agora?"

"Ele continua parado lá na água, mostrando apenas suas costas compridas e a careca reluzente para nós. Princesa, você acha mesmo que nós podemos confiar nesse homem?"

"Acho, Axl."

"A sua conversa com ele agora há pouco correu bem?"

"Correu bem sim, marido. Não correu bem para você também?"

"Imagino que sim, princesa."

O pôr do sol na enseada. Silêncio atrás de mim. Será que me atrevo a virar para eles já?

"Princesa, me diga uma coisa", eu o ouço dizer, "você está contente que a névoa esteja sumindo?"

"Talvez isso cause horrores nesta terra, mas para nós ela está sumindo na hora exata."

"Eu estava pensando, princesa. Será que o nosso amor teria se fortalecido tanto com o passar dos anos se a névoa não tivesse nos roubado as nossas lembranças como roubou? Talvez ela tenha permitido que velhas feridas cicatrizassem."

"Que importância tem isso agora, Axl? Faça as pazes com o barqueiro e deixe que ele nos leve até a ilha. Se ele se propõe a levar um de nós e depois o outro, para que discutir com ele? Axl, o que você me diz?"

"Está bem, princesa. Vou fazer o que você quer."

"Então me deixe agora e volte para a praia."

"Vou fazer isso, princesa."

"Então por que você continua aí parado, marido? Você acha que barqueiros não perdem a paciência?"

"Está bem, princesa. Mas antes me deixe te dar só mais um abraço."

Será que eles estão se abraçando agora, apesar de eu a ter enrolado na coberta como um bebê? Apesar de ele ter que se ajoelhar e assumir uma posição estranha no chão duro do barco? Imagino que sim e, enquanto o silêncio continua, não me atrevo a me virar. O remo nos meus braços, será que ele produz uma sombra nas águas agitadas? Quanto tempo ainda vou ter que esperar? Enfim, ouço suas vozes de novo.

"Vamos conversar mais na ilha, princesa", ele diz.

"Sim, vamos, Axl. E agora que a névoa se foi, vamos ter muito do que falar. O barqueiro ainda está parado na água?"

"Está, princesa. Eu vou até lá agora fazer as pazes com ele."

"Boa sorte, então, Axl."

"Boa sorte, meu único amor verdadeiro."

Eu o ouço vir andando pela água. Será que pretende me dizer alguma coisa? Ele tinha falado de fazer as pazes comigo. No entanto, quando me viro, ele não olha para mim: olha apenas para a terra e o sol baixo na enseada. E eu também não procuro seus olhos. Ele passa por mim, sem olhar para trás. "Espere por mim na praia, amigo", digo baixinho, mas ele não ouve e segue em frente.

1ª EDIÇÃO [2015] 9 reimpressões

ESTA OBRA FOI COMPOSTA PELO GRUPO DE CRIAÇÃO EM ELECTRA E IMPRESSA PELA GEOGRÁFICA EM OFSETE SOBRE PAPEL PÓLEN DA SUZANO S.A. PARA A EDITORA SCHWARCZ EM MARÇO DE 2025

A marca FSC® é a garantia de que a madeira utilizada na fabricação do papel deste livro provém de florestas que foram gerenciadas de maneira ambientalmente correta, socialmente justa e economicamente viável, além de outras fontes de origem controlada.